hogan
horni
isio mwy

hogan horni
isio mwy

menna medi

Gomer

Cyhoeddwyd yn 2009 gan
Wasg Gomer, Llandysul, Ceredigion SA44 4JL

ISBN 978 1 84323 991 8

Dymuna'r cyhoeddwyr gydnabod cymorth
Cyngor Llyfrau Cymru.

Argraffwyd a rhwymwyd yng Nghymru gan
Wasg Gomer, Llandysul, Ceredigion

Diolch:

> am y cyfle i ddefnyddio'r dychymyg a
> gwneud gwaith ymchwil unwaith eto . . .
> i Gomer, y Cyngor Llyfrau a Chanolfan y
> Celfyddydau am eu ffydd mewn ail gyfrol
> i'r golygydd, Ioan Kidd, am ei gynghorion
> buddiol a'i hawddgarwch
> i chi, y bobol go iawn, am ei darllen.

A Dim Diolch rhag blaen:

> i'r beirniaid llenyddol snoblyd a'r trendis
> ôl-fodernaidd am eu siniciaeth gul.

1. Yn y dechreuad

'Rho dy fys yn dy din a chwisla!' ebychodd y newyddiadurwraig Tina Thomas o dan ei gwynt. Wrth lwc, chlywodd ei bòs newydd mohoni. A dweud y gwir, fyddai fawr o bwys ganddi petai o wedi clywed y cyfan, oherwydd roedd cynddaredd yn berwi y tu mewn iddi.

Doedd Tina ddim wedi gweld lygad yn llygad efo perchnogion newydd y *Borth Journal* ers i'r giwed gymryd rheolaeth o'r papur. Yn ogystal â newid natur y cynnwys, penderfynodd Mr Godfreys a'i gwmni newid ei enw hefyd. Fel dyn pengaled a nawddoglyd, doedd y penci ddim eisiau arddel tref y Borth yn y papur, na chynnwys fawr o newyddion am bobl a digwyddiadau'r ardal chwaith. Cafwyd gwared ar yr hen elfen newyddiadurol ac aeth ei ddelwedd yn un rad, llawn cleber am sêr y byd ffilm a'r cyfryngau. Doedd y criw newydd yn poeni dim am ddiswyddo nifer o'r staff chwaith, ac i goroni'r cyfan, ailfedyddiwyd yr wythnosolyn yn *House Journal*. Papur lleol o ddiawl, meddyliodd Tina!

Ar ôl i gyn-olygydd y *Journal*, Jeff Parry, gael ei daro'n wael, roedd Tina'n fwy na bodlon helpu'r bosys newydd, ac roedd yn falch eu bod yn ymddiried ynddi fel golygydd dros dro. Mwynhaodd ei phrofiad byrhoedlog yn fawr. Roedd ganddi berthynas glòs efo'r darllenwyr ac roeddynt yn ei pharchu hi a'r papur. Cynyddodd y gwerthiant yn sylweddol, a galluogodd hynny iddi gael mwy o staff i ofalu am yr ochr hysbysebu a marchnata. Ond, ar ôl ychydig wythnosau o dan y drefn newydd, darostyngwyd hi'n is-olygydd, ac yna'n ôl yn bwt o ohebydd am gyfnod prawf. Mr Godfreys oedd bellach yn y gadair, ac yn cael y gair olaf am bob penderfyniad.

Ymhen amser, rhoddodd Tina'r gorau i geisio creu argraff a llyfu tin y cythrel diegwyddor, a theimlai fel chwilio am waith arall – efo rheolwyr fyddai'n ei pharchu. Doedd ganddi ddim dyfodol o fewn y cwmni unbenaethol hwn, meddyliodd. Roedd hi'n gorfod cyfiawnhau popeth a wnâi, tra bod y llinyn trôns awdurdodol yn edrych i lawr ei drwyn arni hi a'i 'straeon plwyfol'!

Er i Jeff Parry droi stumog Tina lawer gwaith wrth geisio'i hudo efo'i brydau bwyd drudfawr, ac er mor awgrymog a di-chwaeth oedd ei sgyrsiau ar brydiau, rhoddai Tina'r byd i'w gael yn ôl i redeg swyddfa'r *Borth . . . House Journal*. Jeff oedd y callaf yn ymddeol yn gynnar, meddyliodd. Byddai'n anodd iddi hi adael ei swydd heb reswm digonol. Pe byddai'n cwyno am ddiffyg brwdfrydedd Mr Godfreys tuag at yr iaith a lles darllenwyr yr ardal, byddai'n cael ei chyhuddo o fod yn hiliol. Byddai ymddiswyddo'n golygu na châi dâl diswyddo, a byddai'n methu talu'r morgais ac yn teimlo'n hunandosturiol! Efallai mai rŵan oedd yr amser delfrydol i drafod ymfudo i Awstralia efo Dic a'i deulu, meddyliodd!

'Be ydi hyn am ryw gapel yn cau yn y pentref?' holodd Mr Godfreys yn ei acen drwynol, ddosbarth canol.

Roedd wrthi'n darllen proflen papur yr wythnos ganlynol ar sgrin ei gyfrifiadur, ac roedd Tina wedi rhag-weld ei ymateb.

'Capel olaf i'r Annibynwyr ei godi yn y dre 'ma ydi'r un cynta i gael ei dynnu i lawr,' atebodd hithau'n frwdfrydig, gan feddwl y byddai'r stori'n gyfoes, dadleuol ac o ddiddordeb i'r darllenwyr lleol.

'Dydi hyn ddim yn stori o gwbl,' harthiodd yntau. 'Mae capeli'n cau yn rhywle bob dydd. A hen bryd hefyd! Hen adeiladau hyll a neb yn mynd ar eu cyfyl nhw ydyn nhw!'

Daliodd Tina ei thafod. Er na fu'n gapelwraig selog ei hun, teimlai i'r byw fod dyn fel hwn yn bychanu crefydd ac un o arferion hynaf y wlad – a hynny heb arlliw o gywilydd yn perthyn iddo. Yn sicr, nid fo roddodd y 'God' yn y Godfreys, meddyliodd.

'Mae'n bwnc mor agos at galonnau'r ardal, Mr Godfreys,' mentrodd herio awdurdod. 'Dwi'n meddwl y byddai llawer o'r to hŷn yn prynu'r papur i gael y stori yma'n unig.'

'Dydi meddwl ddim yn ddigon da, Miss Thomas,' oedd ateb parod y llwdn mewn siwt ac oglau pres arni. 'Ac nid apelio at bobol hŷn mae'r Journal erbyn hyn chwaith. Sgrapiwch y stori, ac ewch ar drywydd rhywun enwog sy'n cael affêr efo rhywun neu rywbeth!'

Ac i ffwrdd â fo i wneud bywyd rhywun arall yn anodd.

Aeth Tina o'i gwaith yn hynod rwystredig y diwrnod hwnnw, yn union fel y bu'r wythnosau blaenorol, ac roedd yn casáu meddwl am godi yn y bore i wynebu cael ei dilorni fel hyn ddydd ar ôl dydd. Roedd wedi cael llond bol ar sgwennu erthyglau disylwedd am fywyd personol enwogion Prydeinig. Oni fyddai sgŵp am Beti George, Dewi Llwyd neu Denzil Pobol y Cwm yn fwy difyr i'w darllenwyr nhw? Wyddai Mr Godfreys ddim pwy oedd ei nain heb sôn am y rheiny!

Roedd Tina mewn cymaint o stêm y noson honno fel y penderfynodd bicio heibio'i chyn-fòs i gael ei farn ar y sefyllfa. Byddai Jeff Parry'n deall ei dilema i'r dim, ac yn fwy na balch i gael bwrw sen ar y rheolwyr newydd, meddyliodd. Byth ers i Jeff gael ei lawdriniaeth ddiweddar bu'n fwriad gan Tina fynd i'w weld, felly dyma ei chyfle. Arhosodd mewn garej leol i nôl potel o win a blodau iddo, er nad oedd am iddo feddwl am eiliad y byddai eu perthynas yn blodeuo dim wedi'r ymweliad!

'Wel, wel, Tina fach,' meddai Jeffrey Parry'n wên lydan wrth ei chyfarch. 'Beth sy'n gwneud i chi alw heibio hen ddyn gwan ar noson arw fel hon?'

'Meddwl sut ydach chi'n teimlo erbyn hyn, Mr Parry, a chywilydd na ddes i yma'n gynt. Dyma 'chydig o flode a photel fach i godi'r galon. Ydech chi angen rhywbeth . . .?'

Deallodd Tina ar unwaith ei bod wedi rhoi'r abwyd i Jeff Parry feddwl am nifer o bethau yr oedd ei 'angen' ganddi.

'. . . wel, os ydach chi'n cynnig *unrhyw beth*, Tina fach, beth am swper efo fi heno, a photel hyfryd o Saint-Clair o Bordeaux i'w olchi i lawr? Neu'r plonc . . . botel sydd gennoch chi yn eich llaw wrth gwrs. Diolch yn fawr i chi.'

Cymerodd y cyn-newyddiadurwr hy'r gwin a'r blodau o'i dwylo heb hyd yn oed ei gwadd i mewn.

'Gwell i chi beidio rhoi straen ar eich calon i gwcio i mi, Mr Parry,' ceisiodd Tina ddod allan o dwll. 'Ei chymryd hi'n ara' ddyle chi neud . . .'

'. . . mi fyswn i'n ei chymryd hi unrhyw ffordd efo chi, Tina fach . . .'

'. . . falch bod yr un hiwmor yn dal gennoch chi . . .' meddai hithau gan droi ar ei sawdl, rhag gorfod gwrando mwy ar ei syniadau trachwantus.

'. . . os ydach *chi'n* cynnig gwneud swper i *mi*, Tina, mi ddo i draw i Dŷ Clyd heno efo breichiau agored . . . Wyth o'r gloch yn iawn? Wela i chi yn y man.'

Ar hynny, heb i Tina gael cyfle i ddweud 'ffyc off y bastad powld', caeodd Jeff Parry'r drws yn glep. Roedd hi'n difaru nad pasio wrth alw yn hytrach na galw wrth basio wnaeth hi, a doedd hi ddim am fod ar ei phen ei hun efo'i 'gwestai' yn rhy hir.

Wedi iddi gyrraedd adre a chloi'r drws (rhag ofn ei fod wedi ei dilyn), camodd Tina i gawod boeth a stemllyd. Mor braf oedd gadael i holl broblemau'r dydd redeg i lawr y draen – am y tro o leiaf! Rhwbiodd ei hun yn galed gyda sbwng tyllog a gafodd gan ryw Arab hael flynyddoedd ynghynt, ac ymlaciodd ei chorff wrth i ffrydlif pwerus y gawod agor ei holl fandyllau. Tylinodd ei phen efo siampŵ oglau coconyt, ac aeth ei meddwl yn ôl i'r amser hyfryd a gafodd dramor pan oedd efo'i ffrindiau cocwyllt yn mwynhau'r haul a'r hwrio.

Roedd Tina'n colli ei hugeiniau a'i ffrindiau gwyllt! Cyrhaeddodd ei thridegau'n llawer rhy fuan, ac roedd bellach ar groesffordd bywyd a byth yn gwybod beth oedd hi eisiau go iawn. Ond, gyda'i ffrindiau ysgol a choleg wedi ymbellhau, a'r criw yn y Borth wedi mynd i lawr i . . . neb call . . . rhaid oedd i Tina wneud y gorau o'r gwaethaf.

1. Oedd, roedd ganddi waith – fwy neu lai
2. Oedd, roedd ei theulu yno pan roedd eu hangen
3. Oedd, roedd ganddi gariad bendigedig – os gallwch chi alw dyn rhywun arall yn 'gariad'
4. Ac oedd, roedd ganddi gymdogion digon da – gydag ambell un yn fwy cymdogol na'r gweddill.

Ar hynny, cofiodd am ymweliad Jeff Parry ymhen ychydig dros awr! Neidiodd o'r gawod gan sychu ei gwallt tonnog, du o dan y sychwr. Credai'n gryf mewn achub y blaned pan oedd hynny'n siwtio'i phoced a'i ffordd hi o fyw, a rhoddodd ei dillad gwaith yn ôl yn y wardrob. Doedd hi ddim am wastraffu dŵr a phowdr i olchi dillad ar ôl eu gwisgo unwaith yn unig! Byddai'r sgert a'r blows yn ddigon da am ddiwrnod arall yn swyddfa Mr Godfreys, a wnaeth ychydig o oglau chwys erioed ladd neb (gwaetha'r modd)! Yn eu lle, gwisgodd jîns a siwmper gynnes, gan nad oedd arni angen creu argraff ar neb heno!

Aethai'n rhy hwyr i Tina feddwl am goginio pryd o fwyd ffansi i'w chyn-fòs, a chan nad hi wahoddodd o'n y lle cyntaf, doedd arni fawr o awydd cwcio iddo o gwbl! Ar ben hynny, daeth i'r casgliad nad peth doeth fyddai iddi fod ar ei phen ei hun efo'r ci drain. Does wybod sut fyddai ei galon wan pe gwelai ei gyfle, meddyliodd! Fyddai ei hannwyl Ddic ddim am ei gweld yn diddanu dyn arall ar ei phen ei hun chwaith, felly, penderfynodd y byddai'n ffonio rhywun am gwmnïaeth. Ond pwy fyddai'n picio draw ar fyr rybudd yr adeg honno o'r nos? Roedd hi'n dywyll a gaeafol, ac roedd gan bawb ei fywyd a'i broblem ei hun i boeni amdanynt!

Roedd ei chyn-breswylwyr yn Stryd Fawr y Borth yn byw'n rhy bell erbyn hyn, a fyddai'r hync pryd tywyll Gruffudd Antonio ddim yn gwerthfawrogi cael ei ddistyrbio petai ar ganol gorchwyl bleserus efo rhywun arall! Prin oedd Tina wedi gweld Gwenan ers iddi symud yn ôl i Geredigion, ac roedd Ann yn rhy brysur efo'i bywyd amaethyddol a gwaith yr ysbyty i fedru fforddio amser i ddiddanu hen ffrind! Deuai

Gwenda drws nesa i'w helpu'n syth pe byddai angen, ond byddai Dic a Tina fwy o angen honno i warchod y plant maes o law. Felly, yr hen landlord bywiog, Lyn Adams, ddaeth i'r adwy unwaith eto, ac roedd o'n falch o'r cyfle i ddifyrru!

'Haia, Lyn,' meddai Tina wrth ei gyfarch ar y ffôn, gan ddefnyddio'r llais erfyniol hwnnw pan mae rhywun yn amlwg yn crafu cyn gofyn ffafr. 'Sgen ti awr neu ddwy i'w sbario heno?'

'Digwydd bod yn noson i mi fy hun, *babes*,' atebodd yntau, gyda'r sŵn rhyfedda'n dod o ben arall y lein. 'Dwi wrthi'n trio sgert newydd, felly aros i mi gael cau'r sip, nei di, Tins?'

Arhosodd Tina iddo orffen twtio'i hun cyn iddo ailddechrau paldaruo'r ochr arall i'r lein.

'Wedi bod yn Gaer! O! Mae genna i gur yn fy mhen ar ôl yr holl siopa. Nes i ffansïo sgert hir, gynnes at y gaeaf 'ma, a bŵts sodle uchel. Braidd yn *wobbly* ydw i'n cerdded ar y funud, ond mi ddo' i arfer! Fyse *stabilizers* yn handi, cyw! Brynes i jympar *mohair* i fynd efo hi hefyd. Rhaid i ti gael eu gweld nhw . . .'

Gwelodd Tina ei chyfle i dorri ar ei draws, a dechreuodd ar ei thruth ei hun.

'. . . be am heno? Dwi angen dy gwmni di'n fwy nag erioed, Lyn. Mae Jeff Parry wedi gwadd ei hun yma am swper, ac mae genna i ddwy broblem. Un – sgenna i ddim byd i'w fyta. Dau – dwi'm isio byta efo fo ar ben fy hun . . .'

'. . . a lle dwi'n dod i mewn i hyn i gyd?' holodd Lyn braidd yn gymysglyd.

'Tri . . .ti fydd y cwc, ac yn ei fyta fo . . . hynny ydi'r bwyd . . . efo fi a Jeff. Dallt?'

'*Mm . . .*'

'Sgen ti rwbeth wedi'i rewi neith y tro?'

'Wel . . . Oes! Sbarion *chilli con carne* nes i i Doug a Craig. O! Roedden ni i gyd yn boeth ar ôl hwnnw, cyw!'

''O'n i'n gwybod y byswn i'n gallu dibynnu arnat ti, Lynsi! Mi 'na i reis ffres i fynd efo fo. Fydd o yma am wyth ar y dot, felly tyrd draw cyn hynny i mi ddadrewi pob dim.'

A dyna Tina wedi cael pryd ar glud a chwmni difyr yn hollol ddidrafferth. 'Digywilydd, di-golled,' meddai'r hen air, meddyliodd.

Cyn i Tina orffen hwylio'r bwrdd, cyrhaeddodd Lyn efo'i 'luniaeth a'i lawenydd'. Daeth yno'n llawn bwrlwm a chynnwrf, gan fod cyfle prin ganddo i ddangos ei ddillad newydd. Roedd yn ddiolchgar am farn a chyngor Tina ers iddo gyhoeddi ei fod yn groes-wisgwr rai misoedd ynghynt. Parchai Tina ei ddyheadau yntau. Nid pawb yn y Gymru gul, hen ffasiwn fyddai mor ystyriol. Gwyddai Tina i Lyn fyw yng nghysgod ei fam drwy ei lencyndod ac, fel unig blentyn, roedd yn naturiol ei fod wedi troi at ei harferion gwisgo a choginio hi.

Wedi rhoi reis i ferwi a bara garlleg i grasu, chafodd Tina fawr o gyfle i sgwrsio am ei wisg ddiweddara. Canodd cloch y drws ffrynt yn llawer rhy gynnar.

Arhosodd Lyn yn y gegin o'r ffordd tra bod Tina'n cyfarch ei gwestai, ac amneidiodd hithau ar i Jeff Parry dynnu ei gôt ucha. Oddi tani, datgelodd drowsus a bresys cochion efo dici-bo coch i fatsio. Estynnodd botel o win yn anrheg i Tina.

'Doedd dim isio i chi, Mr Parry,' meddai hithau'n hynod o amheus o gynnwys y cwdyn plastig.

'Does dim isio llawer o bethau, Tina fach,' atebodd,

efo'i lais yn y donfedd chwareus arferol. 'Ond mae 'na rai pethau mae rhywun ei isio'n fwy na dim . . .'

'. . . eisteddwch. 'Na i estyn diod i chi rŵan. Wisgi?'

Aeth Tina ar ei phen i'r gegin, a chafodd gipolwg sydyn yn y cwdyn. Bu bron iddi dagu wrth weld mai'r un botel ag roedd hi ei hun wedi mynd iddo fo oedd ynddo!

'Y bolgi barus,' meddai'n dawel wrth Lyn, a dechreuodd hwnnw chwerthin yn afreolus.

Daliodd Tina wyneb syth wrth ddychwelyd i'r lolfa efo gwydraid mawr o wisgi. Yna, wedi sadio'i hun, dilynodd Lyn hi efo'i frat am ei ganol a lliain bwrdd dros ei fraich chwith.

'Haia, cyw!' meddai Lyn wrth Jeff, fel petai'n ei nabod erioed.

Ond, ymateb yn ddigon surbwchaidd wnaeth y cyn-newyddiadurwr.

'Ro'n i wedi gwadd Lyn am swper cyn i chi wadd eich hun, Mr Parry,' ceisiodd Tina raffu celwyddau. 'Dod i ddangos ei ddillad newydd i mi . . .'

'. . . weles i o'n cyrraedd.'

Wnaeth Tina ddim mwynhau'r *chilli* poeth gan ei bod yn chwysu gormod yn ceisio dal pen rheswm efo'i chymydog. Chafodd Jeff Parry fawr o flas ar y gwmnïaeth chwaith, gan fod presenoldeb Lyn wedi dinistrio noson allai fod wedi bod yn hynod o ddifyr. Penderfynodd Tina beidio cynnig gwin na phwdin i'r penbwl digywilydd, a rhoddodd y botel Piat d'Or yn ôl lle roedd hi cynt!

Er i Tina ofyn am ei farn ynglŷn â delwedd newydd yr *House Journal*, a'i bod yn anhapus efo sut roedd y rheolwyr newydd yn ei thrin hi a'r papur, doedd gan Jeff Parry fawr o gysur i'w gynnig iddi.

'Rhaid i chi brofi'ch hun iddyn *nhw* rŵan, fel y gwnaethoch chi i fi,' meddai, â thinc o'r hen fòs awdurdodol yn amlygu'i hun unwaith eto. Nid dyna oedd yr ateb yr oedd Tina wedi ei ddisgwyl. 'Nhw ydi'r penaethiaid rŵan, Tina, ac mae'n rhaid i chi dderbyn hynny. Nid pawb sydd efo'r un weledigaeth â ni'n dau. Dwi'n ystyried cychwyn papur fy hun o hyd, cofiwch. Mae'r gwahoddiad yn dal yna i chi ymuno yn y fenter.'

Ar hynny, cododd Jeff Parry gan wisgo'i gôt a'i throi hi o Dŷ Clyd fel plentyn wedi cael cerydd.

'Mi fydda i'n cadw llygad ar y datblygiadau,' meddai, ac i ffwrdd â fo gan gau'r drws ar ei ôl.

'Byddi 'mwn,' meddai Tina o dan ei gwynt, gan gofio mai trwy 'gadw llygad' y cafodd drawiad ar ei galon yn y lle cyntaf. Roedd Dic a hithau wedi bod dipyn mwy gofalus o'u campau rhywiol wedi hynny!

'Ti angen *night cap*, *babes*,' awgrymodd Lyn yn gysurlon wrthi. Roedd wedi bod yn dawedog iawn yn ystod y wledd, ond yn falch o fod yn reffarî rhwng y ddau ohonynt. 'Be am i ni'n dau yfed y Piat d'Or ein hunain, neu mi fydd y botel yn d'atgoffa di o Jeff o hyd yn bydd?'

Bodlonodd Tina ar resymeg gall ei chyn-landlord, gan gyrraedd gwaddod y botel yn poeni dim am resymeg anghall ei chyn-olygydd.

*   *   *

Roedd bod yn briod am ychydig o wythnosau'n dangos ei ôl ar Ann. Er ei bod bellach yn byw efo'i gŵr ar fferm Pant Mawr, roedd yna ddau gysgod dros y lle'n barhaol. Oherwydd i'r adeiladwyr ddili-dalio cymaint dros fisoedd yr haf, roedd byngalo Ned a

Nansi Davies yn bell o fod yn barod, ac roedd eu cael o gwmpas y lle fel cynffonnau'n achosi tensiwn a chynnen. Roedd ehangu'r gegin a newid ystafell y *lean-to*'n *conservatory* yn ei anterth, ond roedd y ffermdy'n edrych fel petai bom wedi glanio yno. Roedd Ann am gael gwared ar ei rhieni yng nghyfraith mor fuan â phosib, a doedd Mrs Davies ddim wedi arfer cael dynes arall ar hyd y lle.

Câi Tomi dipyn o drafferth i gadw'i dymer o dan reolaeth wrth drio plesio dwy ddynes, a doedd yr un o'r ddwy fawr o help iddo forol am ei dad a helpu efo'r gwaith ffarm. Yng nghanol pob dim, roedd Ned Davies, y penteulu bregus, yn ddigon call yn dweud dim, ac roedd hynny yn y pen draw yn dweud y cyfan.

'A sut ddiwrnod gest ti heddiw, Anni Panni, fy ngwraig fach ddel i? Wyt ti wedi blino, siwgr candi? Be am i fi neud swper neis, neis tri chwrs i ti heno, ia? Gawn ni noson fach gynnar a hei di ho ar ben ein hunain wedyn, ia, cariad?'

Na, nid Tomi oedd wedi cael munud wan ac yn cynnig y byd i Ann, ond hi oedd yn gwawdio Tomi, gan wybod na fyddai'n cael y fath foethusrwydd petai'n byw'n gant.

'Paid â chymryd y pis, washi!' meddai Tomi o'i soffa flodeuog wrth wrando ar y newyddion ar y teledu du a gwyn yn y gornel. 'Ges inna ddiwrnod uffernol hefyd!'

Roedd Tomi wedi mentro rhoi dau far y tân trydan ymlaen – peth anarferol iawn i ddyn darbodus (neu gybyddlyd?) fel fo. Doedd bywyd ffarmwr ddim yn fêl i gyd ar y gorau, ac roedd costau byw, pris tanwydd a bwyd wedi mynd drwy'r to. Roedd pethau'n galed arno fo fel pawb arall, ond derbyniai ddau bensiwn ei rieni, budd-dal gofalu am ei dad a chyflog Ann ar ben grantiau'r defaid a'r tir. Ond, roedd ceisio fforchio allan i dalu am fyngalo newydd, addasu tŷ fferm, bwydo'r anifeiliaid a phedwar oedolyn yn dipyn o dreth ar ei waled a'i gydwybod.

Roedd parlwr Pant Mawr yn llawn i'r ymylon o focsys wedi i Ann symud ei thrugareddau o Stryd Fawr y Borth. Prin digon o le i soffa gul a theledu 14" oedd yno. Ond, diolchodd Ann am yr unig breifatrwydd oedd i'w gael yn ei 'chartref newydd'. Doedd Mrs Davies ddim yn cael t'wllu'r parlwr ganddi – roedd yn rhaid iddi hi a Tomi gael ffwc preifat yn rhwla, meddyliodd! Hen wely haearn bwrw efo sbrings gwichlyd a matras lympiog oedd yn y llofft, felly doedd fawr o obaith cael jwmp tawel yn y fan honno.

Newydd gyrraedd adre yr oedd Ann wedi diwrnod caled o ffeilio ac ateb ymholiadau yn Ysbyty'r Borth. Roedd Tomi, er mawr syndod iddi, wedi dod i'r tŷ o'i blaen. Gorffennodd ei orchwylion ar y fferm yn gynnar, cael cawod a hyd yn oed fwyta.

'Be sydd i swpar heno, ta?' holodd Ann yn obeithiol wrth gamu dros focsys a gweld plât a chyllell a fforc Tomi ar y bwrdd.

'*Steak 'n kidney pie home made*!' Oedd, roedd o'n fwyd wedi ei baratoi gartre oherwydd gorfu i Tomi dynnu'r bastai o'i chwdyn plastig, ei chynhesu yn y popty a chwilota am rywbeth tebyg i *chutney* neu bicls i addurno'r plât. 'Mae Mam wedi mynd i Landudno efo Blodwen Bryn Caled.'

'Asu Ffeta! Mae honna'n cael bywyd braf choelia i byth!'

'Mi all hi neud fel licith hi'n ei chartra'i hun,' ebychodd Tomi i fyny'r simdde.

'Ond, dydi hi byth YN ei chartra'i hun, yn nachdi,' atebodd Ann fel bollt, ac i ffwrdd â hi i'r cwpwrdd bwyd i chwilio am dun o gig. Roedd yn well ganddi hynny na mentro coginio rhywbeth poeth yng nghegin sanctaidd Mrs Davies!

Wrth chwilota'r cypyrddau, anghofiodd bob dim fod Ned Davies yno! Eisteddai hwnnw o flaen yr Aga'n edrych yn 'drist a distaw' fel yr hen Fedwyr gynt.

'Ydach chi'n iawn, Mr Davies?' holodd Ann. Roedd ganddi feddwl y byd o'i thad yng nghyfraith. Ond, ddaeth dim llawer o ymateb oddi wrtho'r tro hwn. Rhwbiai ei fol yn arw, a phoenai Ann ei fod ar fin cael pwl arall ar ei frest. 'Ydach chi mewn poena?'

'Yn . . . dw gwael. Heb neud . . . nymbar tŵ ers dyddia!'

'Ydi Mrs Davies yn gwybod?' holodd Ann, gan wybod ei fod yn ddyn rhy ostyngedig i gwyno am broblem mor gachlyd wrth honno.

Gwyddai Ann ble roedd y cwpwrdd pils a crîm yn iawn, oherwydd roedd storfa fawr ar gael i gadw'r cyfryw bethau. Roedd rhai at ddyn ac anifail yno, a'u hanner wedi pasio'u dyddiau gorau. Yn eu mysg, roedd potiau Vicks a Victory Vs, tomen o Andrews ac Epsom Salts. Dan y rheiny roedd tabledi *calcium* defaid a rhai colestrol Ned Davies, ac yn y top roedd hen antibiotics a photel o *antifreeze* wedi sychu. Yn llechu y tu ôl i'r rheiny roedd hen baced o Tampax o ddyddiau gwaedlyd Mrs Davies, a chydig o Tamazipans a gymerai rŵan at ei nerfau.

'Ylwch, Mr Davies, cymerwch y *salts* 'ma i lacio'ch cylla, ac mi ddo i â rwbath iawn i chi o'r hospitol nos fory. Yn y cyfamsar, weles i dun o *prunes* yn rwla . . .'

Aeth Ann yn ei hôl i'r gegin i geisio bod yn nyrs gymunedol.

19

'Does ryfadd fod y creadur yn rhwym,' meddai wrth ddychwelyd at Tomi. 'Mae o'n styc yn 'i gadair bob dydd heb 'stwytho o gwbl.'

'Argol – TI yn dangos cydymdeimlad efo rhywun o nheulu I!' saethodd yntau ei druth tuag ati, gan synnu fod ganddi galon o gwbl o dan ei bronnau bryniog.

'Mae gwaed yn dewach na dŵr, Tomi Davies. Waeth i mi boeni amdanyn nhw ddim. Fyddan nhw ddim yma'n hir . . .'

Wedi bwyta, ceisiodd Ann holi Tomi pryd oedd yr adeiladwyr yn rhag-weld y byddent yn gorffen y byngalo a gwneud mwy o welliannau i'r ffermdy. Ond, codi o'i sedd wnaeth ei gŵr, gan ffeindio rhyw esgus neu'i gilydd i beidio trafod y mater.

'Gwell i mi baratoi'r ciando i'r hen ddyn,' meddai. 'Does wybod pryd ddaw'r alwad ar ôl yr holl gybolfa roist ti iddo fo. Bîb, bîb.'

Gwnaeth Ann yn siŵr ei bod yn cofio am fwled i roi yn nhin Mr Davies y noson ganlynol. Byddai o, os na fyddai hi, yn sicr o ffrwydro.

2. Pawb â'i fys

Roedd rhyw annwyd neu bigyn clust dragwyddol ar Gari a Marged, meddyliodd Dic, wrth din-droi o gwmpas y gegin yn meddwl beth i'w wneud i swper iddynt. Roedd wedi gorfod cymryd diwrnod arall i ffwrdd o'i waith yn yr ysbyty. Cafodd Gari anhwylder stumog eto, a bu Dic yn rhedeg yn ôl ac ymlaen i'r fferyllfa cyn i ddim byd stopio'i ddolur rhydd. Doedd o ddim am fynd â'i fab at y meddyg am rywbeth mor ddibwys, gan y gwyddai o'r gorau fod meddygon o dan straen y dyddiau hyn. Ond, tybed ai ei blant ei hun oedd yn dioddef? Afiechyd tawel yw hiraeth, meddyliodd, ac roedd bod heb eu mam am ychydig o fisoedd yn dechrau dweud arnynt – ac arno yntau.

Er bod Dic yn llawfeddyg esgyrn, doedd o ddim yn feddyg cyffredinol, a doedd ganddo ddim syniad mwnci sut i drin afiechydon bob dydd. Ond, gan mai fo oedd wedi gwahardd ei Ddraig rhag mynd i'w chartref ei hun i ofalu am eu plant, roedd y baich i gyd wedi disgyn ar ei ysgwyddau o. Teimlai'n rhwystredig, blinedig, hunandosturiol ac unig efo'r holl gyfrifoldebau tadol. Fo, erbyn hyn, oedd yn gorfod rhedeg â nhw i bob man – o fabolgampau'r ysgol i ymarfer y tîm nofio, ac o de parti hwn a'r llall i'r disgo diwedd tymor. Ond, fedrai o ddim beio neb arall. Fo oedd wedi gwneud ei wely ei hun trwy gael affêr efo Tina, ac roedd o wrth ei fodd yn gorwedd yn y gwely hwnnw!

Wrth edrych ar ei adlewyrchiad yn ffenestr y gegin, sylweddolodd Dic ei fod wedi heneiddio mewn ychydig wythnosau. Roedd y rhychau a'r blewiach gwyn yn fwy amlwg ganddo, a'r bagiau o dan ei lygaid fel pothelli mawrion. Doedd dim amser i edrych yn ddifrycheulyd wrth lanhau chwd a snot o hyd, meddyliodd yn hunanymwybodol. Ers iddi gael clec gan Bryn y Boncyn, doedd gan Dic fawr o amynedd efo edrychiad ei wraig chwaith. Ond, roedd Marie'n edrych a theimlo fel cadach llawr ers blynyddoedd, er nad oedd Dic yn llawn sylweddoli pam. Erbyn hyn, gwyddai mai gofalu am y plant a wnâi iddi edrych felly, ac am eiliad, roedd yn tosturio wrthi!

Yn ei isymwybod, gwyddai Dic fod gwahardd Marie rhag gweld y plant yn loes calon ganddi, a theimlai'n euog yn eu hamddifadu o'i gofal a'i chariad. Gwyddai hefyd fod chwalu'r teulu wedi effeithio ar y plant. Roedd Marged yn gwlychu'r gwely'n gyson, ac yn cael hunllefau ganol nos. Ond, roedd pethau ychydig yn well ers iddi gychwyn yn llawn amser yn ysgol gynradd y Borth. Cafodd fynediad yno'n gynt, gan i'r prifathro benderfynu bod angen mwy o ddisgyblion arno ar ddechrau'r tymor. Roedd hynny'n siwtio Dic i'r dim, ac yn sbario iddo ofyn i Gwenda drws nesa ofalu amdani bob prynhawn. Diamynedd a digywilydd oedd Gari'n fwy na dim y dyddiau hyn, ac roedd wedi mynd i deimlo'n sâl bob yn ail wythnos. Eisiau sylw a chariad ei fam oedd y creadur, meddyliodd ei dad yn ystyriol unwaith eto.

Oedd, roedd Marie'n fam dda, ac ni chredai Dic y gwnâi Tina riant cystal â hi. Ond, roedd yn grediniol ers pedair blynedd mai Tina oedd y cariad a'r carwr gorau o bell ffordd! Er iddo gael aml i affêr yn ystod ei briodas, chafodd o neb erioed i drwbl! Y trwbl oedd bod Tina'n methu cael plant, a gobeithiai wyrdroi hynny pan fyddai'r amseriad yn caniatáu.

Gwnaeth Dic drefniant efo Ysbyty'r Borth i weithio llai o oriau er mwyn disgyn a nôl y plant o'r ysgol, ond gostyngodd ei gyflog yn sylweddol wrth wneud hynny. Teimlai'r aberth yn werth pob ceiniog er mwyn cael magu ei epilion. Hynny yw, ar y dechrau. Roedd yn dal i weithio rhwng 9.00 a 3.00 o ddydd Llun i ddydd Gwener, ond roedd ganddo ddwy lawdriniaeth i'w gwneud bron bob dydd. Rhwng gofalu am y plant a'i waith, a cheisio cadw Tina'n hapus, roedd yn ei chael hi'n anodd canolbwyntio yn y theatr erbyn diwedd yr wythnos. Doedd o ddim yn cael amser am doriad dros ginio, ac roedd yn rhaid gwneud y gwaith papur yn ystod ei oriau hamdden. Er nad oedd am fynd o flaen gofid, doedd o ddim chwaith am i gamgymeriad ddigwydd ar fwrdd y theatr. Roedd pobl mor barod i hawlio insiwrans y dyddiau hyn, meddyliodd. Gallent gyhuddo am y peth lleiaf – yn union fel y ceisiodd Bryn y Boncyn wneud wrth honni i lawdriniaeth penglin newydd ei fam fynd o chwith. Wnâi Dic byth faddau i'r coc oen am geisio dinistrio'i enw da!

Felly, daeth i'r casgliad ei fod angen brêc oddi wrth ei blant, a phenderfynodd dorri ei reol ei hun. Bellach, teimlai fod ei Ddraig yn haeddu gweld Gari a Marged o leiaf bob penwythnos! Câi yntau weld Tina'n amlach wedyn. Er mai troi'r dŵr i'w felin ei hun oedd hynny, roedd y plant a'u mam yn gorfoleddu, ac yn falch o gael mynd yn ôl i ryw fath o normalrwydd.

'Dwi ddim yn meddwl fod y plant yn canolbwyntio'n yr ysgol y dyddia yma,' meddai Dic wrth geisio egluro'r sefyllfa wrth Marie. Roedd hi wedi dod i'w gweld at giât yr ysgol. 'Maen nhw'n sâl yn aml ac yn edrych yn anhapus. Ddylie nhw gael gweld eu mam yn amlach.'

Doedd Marie ddim yn credu ei chlustiau!

'Ti wedi sylweddoli hynny o'r diwedd! Neu wedi dallt pa mor anodd ydi magu plant ar ben dy hun wyt ti?'

'Gei di ddod i'w gwarchod nhw bob penwythnos i Lys Meddyg os wyt ti isio.' 'Dwi'n cael dod yn ôl i *gysgu* i Lys Meddyg?' holodd hithau mewn anghrediniaeth.

'Dwi ddim am i ti feddwl dy fod yn cael dod yn ôl ata i,' ychwanegodd Dic wrth roi ei droed a'i reolau i lawr. 'Trefniant dros dro ydi hwn. Gawn ni weld sut mae pethau'n gweithio allan i ti, fi, Tina – ac yn bwysicach, i'r plant.'

Roedd Marie wedi gobeithio ers tro y byddai Dic yn gweld synnwyr ac yn ei derbyn yn ôl at y teulu bach. Gallent fyw'n uned deuluol hapus unwaith eto, meddyliodd, dim ond i bawb faddau i'w gilydd, ac i Dic fagu ei babi newydd fel un fo'i hun. Ei gŵr roedd hi'n ei garu o hyd, nid Bryn y Boncyn, tad y 'bastard mul'!

'Dwi ddim isio i'r plant ddod atat ti i Boncyn a meddwl mai'r twat yna ydi'u tad nhw! Gei di ddod i Lys Meddyg i gysgu ar nos Wenar a mynd yn ôl bnawn Sul. Mi wna inna fynd i Dŷ Clyd i fwrw'r Sul.'

'Hunanol ydi'r diawl,' hefrodd Bryn wedi i Marie ddweud y newyddion wrtho. 'Isio bwrw'i hadau mae yno!'

Roedd Boncyn yn amlwg yn anhapus efo'r trefniant, ond roedd Marie yn ei seithfed nef. Doedd hi ddim wedi ceisio mynd â'r achos i'r llys oherwydd gwyddai ym mêr ei hesgyrn brau mai hi oedd ar fai yn beichiogi babi dyn arall. Gobeithiai hefyd y byddai Dic yn newid ei feddwl amdani, ac yn erfyn arni i fynd yn ôl ato fo a'r plant. Doedd yna run ysgariad wedi ei gyflwyno ganddo yntau chwaith. Ond, byddai Marie'n gwerthu popeth i hawlio'r plant yn ôl petai'n gorfod mynd i lys barn.

'Ti'n meddwl mod i'n hapus dy fod di'n mynd yn ôl at *hwnne*, a gadael fi ar ben fy hun efo Mam?' Roedd sbarcs yn codi o din Bryn. 'A be ddigwyddith wedi i'n babi *ni* landio? Bydd yn rhaid i mi ofalu am y ffwc peth ar ben fy hun bob *weekend* wedyn!'

Doedd Tina ddim yn rhy hapus efo trefniant Dic ar benwythnosau chwaith. Rhagwelodd Dic hynny, oherwydd codi'r ffôn yn hytrach na siarad wyneb yn wyneb â hi wnaeth o i dorri'r newyddion. Er i Tina ysu ers blynyddoedd i gael cwmni Dic yn amlach yn Nhŷ Clyd, teimlai bod gadael Marie efo'r plant bob penwythnos fel y cam cyntaf i'r teulu symud yn ôl at ei gilydd.

'Wnest ti ddim gofyn i fi'n gynta os ydw i'n fodlon i ti ddod yma ar benwythnose,' meddai Tina'n flin. Roedd ei hamynedd yn brinnach na dannedd iâr.

'Ara' deg, Tina! On i'n meddwl 'sa ti'n falch,' atebodd Dic fel llo bach, diniwed.

'Yndw, ond . . .'

'. . . ond, fysa ti ddim yn cael diddanu dynion eraill. Dyna ti'n feddwl?' Roedd geiriau Dic yn finiog.

'Paid â siarad drwy dy het,' atebodd hithau'n euog. 'Dwi'm 'di bod efo neb . . . ond Antonio, ers talwm! A ti'n gwbod mai dim ond iwsio fi mae hwnnw.'

'Dwi'n siŵr fasa ti'n licio iddo fo dy "iwsio" di'n amlach!'

'Rwyt tithe'n dal i fynd ar gyrsie i rywle o hyd, ond ches i ddim mynd wedi'r tro hwnnw yn Llundain!'

'Mi fydd bod efo'n gilydd ar benwythnosa'n esgus i ni'n dau gallio felly'n bydd?' Roedd llais Dic wedi meddalu erbyn hyn. 'Mi fydd yn arbrawf da, yn brawf o'n cariad ni at ein gilydd, ac yn rhagbrawf gwych o fywyd newydd ar gyfandir arall!'

'Araith wedi'i dysgu'n dda, *Professor*!'

'Dwi hefyd awydd rhoi hysbyseb yn y *Journal* i chwilio am nani i ofalu am y plant,' cyhoeddodd Dic ei gynllun diweddaraf, ac roedd meddwl Tina ar chwâl. 'Meddwl mynd yn ôl i weithio'n llawn amsar i gael mwy o bres ar gyfar yr ymfudo ydw i.'

'Fyse'm yn well i ti gael dy wraig yn ôl yn llawn amser i warchod a thithe ddod i fyw ata i'n barhaol?' Caeodd hynny ei geg. 'Mi fyddai hynny'n rhatach na nani, yn arbed i ti lusgo dy blant a finne i bellafion byd, ac yn gyfle i Marie weld ei phlant unwaith eto. Llawer llai o hasl i bawb!'

'Mi fydd y plant yn gweld eu mam yn Awstralia hefyd! Treulio'r gaea' efo fi yno, a'r hafau yma efo'u mam. Geith Marie ddod draw bob Dolig os ydi isio. Ag efo'r dechnoleg fodern 'ma, geith hi siarad efo'r plant ar web-cam bob nos.'

'Callia, washi. Trafod dy *blant* di wyt ti, nid rhyw selébs ar raglen deledu!'

Ar hynny, dechreuodd Gari grio eto, ac arbedwyd Dic rhag gorfod rhesymu mwy efo Tina.

Wrth roi'r ffôn i lawr, aeth Tina i banig. Roedd hi'n ofni colli gafael ar Dic, a wyddai hi ddim at bwy i droi am gyngor i dawelu ei nerfau. Gan nad oedd wedi gweld llawer ar Ann ers ei phriodas rai wythnosau ynghynt, roedd ganddynt lawer o straeon i'w cyfnewid, a byddai hi'n sicr o roi barn ddiflewyn-ar-dafod ar sefyllfa Dic, y plant a'i Ddraig.

'Mae o'n cael hwyl yn bwyta allan o ddwylo dwy ddynas,' heriodd Ann hi efo'i hiwmor arferol. 'Fydd bod yn ei gwmni bob penwythnos yn *taster* da i ti benderfynu os mai fo ydi dyn y dyfodol i ti. Gorfod *priodi* Tomi nes i i weld os oedden ni'n medru cyd-fyw!'

'Taswn i'n gwrthod gadael iddo fo ddod acw, mi fyse'n mynd yn ôl at ei deulu'n syth,' meddai Tina wrth geisio rhesymoli'r sefyllfa. 'Paid â chamddeall. Mi fyddai cael Dic ar fy mhen . . . fy hun yn grêt. Ond, mae o'n dal yn briod. Ac fel merch sengl, rydw inne angen y *space* hefyd. Mi fydda'i gael o dan draed bob penwythnos yn fy nadu i rhag bod yn annibynnol!'

'Yn stopio ti rhag gweld Antonio – neu pwy bynnag arall ti awydd – ti'n feddwl?'

Cododd gwrychyn Tina. Doedd hi ddim yn hoffi agwedd Ann at ferched sengl ers iddi hi ei hun briodi. Dim ond ychydig yn gynt roedd hi'n hwrio o gwmpas y lle ei hun!

'Dim jest ffwcio unrhyw ddyn mae hi'n weld mae dynes sengl,' cywirodd Tina hi. 'Ti 'di anghofio hynny ar ôl cael modrwy?'

'Hei, paid â cholli limpyn efo fi, gwael! Deud dy ddeud wrth Dic! Ond, os ti o ddifri am fynd efo fo a'i blant i Awstralia, mi ddylat dreulio amsar efo nhw cyn mynd.'

'Sori am weiddi. Dwi 'di cael wythnos giami yn y gwaith. Mae genna ti broblemau dy hun siŵr gen i. Sôn am hynny, sut mae Tomi?'

'Dal yn brysur, dal heb orffan y tŷ a'r byngalo, ac yn dal i drio stopio fi rhag gweithio'n yr ysbyty!'

'Paid â rhoi gormod o raff iddo fo, neu mi grogi dy hun,' cynghorodd Tina hi. 'Tithe angen annibyniaeth hefyd. A chofia alw am sgwrs. Mae'n rhyfedd hebdda ti yn y Red a ballu.'

Wedi i Tina ffarwelio ag Ann, bu'n ceisio rhoi trefn bellach ar ei meddyliau. Er i Dic a hithau ganlyn ar y slei am flynyddoedd, doedd hi ddim am wneud penderfyniad byrbwyll i setlo i lawr efo fo tra oedd o'n dal yn figamydd.

*　　　　　*　　　　　*

'Gwell i ti fynd adre nawr, Gwenan fach, mae'n dechrau mynd yn hwyr,' meddai Wncwl Morys yn dadol wrth ei 'ferch', wedi iddi dreulio hanner y prynhawn ar ei aelwyd. Bwthyn bach a digon gwag fu Rhos Helyg trwy ddyddiau unig Morys Lewis, ond roedd balchder yn llenwi'r lle'r dyddiau hyn.

Dim ond ychydig fisoedd oedd Morys wedi ei gael i ddygymod â'r ffaith mai fo oedd tad merch ei frawd, ac roedd gweld Gwenan o gwmpas y lle'n fendigedig.

Teimlai bellach fod tebygrwydd mawr rhwng y ddau ohonynt. Roedd ganddynt ill dau lygaid brown a gwallt gwinau ac roedd hi'n fain ac yn ystwyth fel fynte. Roedd hi'n hoffi loncian yn yr awyr iach, ac yn hoff o gerdded yng nghefn gwlad fel ei thad. Roedd hi'n hoffi anifeiliaid, yn enwedig Mot ei gi, ac roedd hi'n dawel a di-ffws, fel yr oedd o. Ar ben hynny, roedd ffydd a gweddi'n bwysig i'r ddau, er nad i'r un graddau.

Credai Morys fod modd byw bywyd cyflawn fel Cristion heb orfod mynd i adeilad i addoli, neu wneud hynny ar y Sul yn unig. Roedd Gwenan, ar y llaw arall, fel ei mam, yn hoff o ddangos i'r byd ei bod yn mynychu'r capel, er bod mwy i grefydd a bywyd

28

ysbrydol na hynny iddi hi. Câi bleser mawr yn ymlacio a gwneud ioga er mwyn cryfhau'r weddi fewnol, a gallai gerdded am filltiroedd yng nghanol unigrwydd mynyddoedd Ceredigion er mwyn bod yn agos at ei Chreawdwr. Roedd O'n nes ati yno gan mai yno roedd hi'n perthyn, meddyliodd.

'Ddo' i dy hebrwng di lan yr hewl,' meddai Morys, fel petai'n ceisio gwarchod Gwenan yn ormodol. 'Mae'r nosweithiau'n cau i mewn yn glou'r dyddie hyn, a does wybod pwy sydd obwytu'r lle.'

'Diolch am bnawn diddorol, Wncwl Morys,' meddai Gwenan wrth ffarwelio ag o yng ngheg y ffordd. 'Wela i chi'n fuan, a chymrwch ofal o'r gwynegon 'na.'

Ers i fam-gu Gwenan dorri'r newyddion mai Morys oedd ei thad biolegol, doedd hi ddim yn siŵr ai 'wncwl' neu 'dad' ddylai hi ei alw bellach. Daeth i'r penderfyniad mai sticio at y drefn arferol oedd y doethaf, gan gadw'r heddwch efo'i mam a'i thad maeth. Wedi'r cyfan, roedd Elfed Lewis wedi ei magu fel ei ferch ei hun am gynifer o flynyddoedd. Ond, yn dawel bach, credai Gwenan fod Morys yn ysu i fedru ei pherchnogi hi fel ei ferch.

'Mae'n bwysig cael cwmni (fy) merch mor aml ag sy'n bosib,' meddai Morys yn gynnil un tro. 'Does gan ddyn ddim llawer o amser ar ôl ar yr hen ddaear 'ma!'

Odi pawb yn mynd yn hunandosturiol wrth fynd yn hŷn, holodd Gwenan ei hun?

Teimlai'n euog yn aml wrth ymweld â Rhos Helyg, oherwydd gwthiai Wncwl Morys ddarn o bapur ugain punt i'w phoced bob tro. Cadwodd yr arferiad hwnnw'n gyfrinach rhag ei rhieni, ond mynegodd ei chonsýrn wrth Morys ei fod o'n taflu ei arian ati.

'Rhaid i ddyn gael cyfle i sbwylo merch unwaith yn ei fywyd!' oedd ei ateb cellweirus.

Byddai Elfed Lewis yn barod i edliw mai canlyniad 'sbwylo merch' i Morys unwaith oedd cenhedlu plentyn efo gwraig ei frawd ei hun – y plentyn a fagwyd ganddo ef am dros ddeng mlynedd ar hugain!

Wedi i Gwenan gyrraedd adre'r noson honno, roedd y swper yn barod fel bob amser. Eisteddodd y tri'n ddefodol o flaen bwrdd crwn y gegin, heb yr un teledu na radio ymlaen i darfu ar eu hymborth – ei thad yn pendwmpian, ei mam yn hiraethu a Gwenan yn gweddïo.

Ond, buan y pylodd y distawrwydd wedi i Gwenan ddatgan iddi alw heibio i Wncwl Morys unwaith eto. Doedd hi ddim am gadw'n dawel wrth ei rhieni am ei hymweliadau ag o, gan mai dyna'n aml oedd unig sgwrs y bwrdd bwyd. A pham na ddylai sôn amdano beth bynnag, meddyliodd? Roedd yn frawd i'w thad, yn gyn-gariad i'w mam, yn dad iddi hi ac yn gymydog i'r tri ohonynt!

'Roedd Wncwl Morys yn edrych wedi blino'n shwps heddi,' meddai Gwenan wrth dorri'r heddwch.

'O'dd e, bach?' holodd Mrs Lewis, gyda'r embaras diweddar a deimlai wrth glywed enw ei chyn-gariad.

Doedd Elfed Lewis ddim am gyfrannu at drafod gwrthrych y sgwrs. Os oedd Morys ei frawd yn llawenhau fod ei blentyn coll wedi ymddangos ar ôl yr holl flynyddoedd, roedd o'i hun wedi pellhau oddi wrthi, ac roedd wedi mynd i ddibynnu'n helaeth ar y botel i sadio'i nerfau.

'Achwyn mwy bob tro am y gwynegon,' ychwanegodd Gwenan. 'Mae'n ffaelu gwneud y pethe lleia' erbyn hyn. Agor tun *corned beef* er enghraifft. Pethe ry'n ni'n cymryd mor ganiataol.'

'Jiw, jiw, odi fe cynddrwg â 'ny?' holodd Gwyneth, heb lawn sylweddoli cymaint yr oedd yn ei ddioddef.

'Trueni na fyddet ti'n dangos bach o gonsýrn am dy ŵr,' meddai Elfed â'i ben erbyn hyn yn y papur dyddiol. 'Beth sydd i bwdin?'

Ers iddi symud o'r gogledd, roedd byw efo'i rhieni'n mynd yn fwy o dreth bob dydd ar Gwenan. Weithiai, teimlai y dylai fod wedi mynd i'r coleg yn llawn amser i wneud ei hôl-radd mewn Diwinyddiaeth ac Astudiaethau Crefyddol. Wrth ddilyn cwrs rhan-amser, roedd hefyd yn gorfod dioddef y tensiwn a'r clawstroffobia yn ei chartref ei hun. Yr unig beth o blaid y trefniant hwnnw oedd ei bod yn cael arbed talu am lety, a châi ddod i adnabod Wncwl Morys o'r newydd. Cafodd ei phig i mewn i gynnal y ffydd o fewn Capel Hebron a'r cylch hefyd. Roedd yn colli ei ffrindiau gogleddol yn fwy nag a feddyliodd ar ôl dychwelyd i'w chynefin. Er nad oedd bywyd afradlon Tina ac Ann erioed wedi ei siwtio, roeddynt yn hwyliog a difyr, a'r gwmnïaeth yn torri ar undonedd ei gwaith yn y llyfrgell. Yn ôl adre, doedd neb o'r hen ffrindiau ysgol ar gael i bicio am glonc a phaned. Serch hynny, roedd un ffrind annwyl iawn yn parhau'n driw iddi, ac yn dal yn ddolen gyswllt rhyngddi hi â'r Borth. Roedd Lyn yr hen landlord yn dal i alw'n achlysurol yn ei chartref, a doedd ei rhieni ddim yn cwestiynu'r berthynas o gwbl erbyn hyn. Roedd hithau'n teithio i'w weld yntau o dro i dro i'r Borth. Ond, oherwydd ei bod yn credu'n gryf y gallai wneud gwahaniaeth i grefydd yn ei bro enedigol, daeth ymweliadau â'r gogledd yn fwy anodd iddi.

Cafodd ei thynnu i mewn i'r bywyd capelyddol yn ddigon sydyn, ond digon dilornus oedd Elfed Lewis o hynny ar y dechrau. Credai mai despret am arweinydd oedd yr aelodau gan nad oedd ganddynt weinidog. Gwyddai pawb hefyd fod Mrs Lewis yn gwthio'i merch yn ormodol er mwyn cael ei gweld, gan iddi fod yn geffyl blaen ei hun ar hyd y blynyddoedd. Roedd y ddwy erbyn hyn yn tra-arglwyddiaethu ar redeg y capel ac unrhyw godi arian a ddigwyddai yn enw crefydd!

Roedd aelodau Hebron wedi mynd i lawr i lai nag ugain yn y blynyddoedd diwethaf, a phrin ddeg oedolyn oedd yn addoli yno ar y Sul. Effeithiwyd ar yr ardal wledig hon fel pob man arall gan ddiboblogi, a doedd dim swyddi newydd i ddenu gwaed newydd yno. Pleser, felly, oedd derbyn hanner dwsin o bobl ifanc o Ddwyrain Ewrop i'r oedfaon yn Hebron. Roeddynt yn gweithio yn y lladd-dy lleol, ac wrth eu boddau efo'r canu cynhenid, er mor wael oedd hwnnw'n swnio i'r gweddill. Caent fendith er na fedrent ddilyn y gwasanaeth hefyd, a derbynient mai'r iaith frodorol oedd cyfrwng yr addoliad. Ond, doedd hi ddim yn hir cyn iddynt wneud cais am gael defnyddio'r adeilad at eu dibenion eu hunain. Wedi i aelodau Hebron wrthod hynny ar sail egwyddor, cynigiodd Gwenan ddysgu Cymraeg iddynt, er mwyn i bawb fedru integreiddio'n well â'i gilydd. Prin oedd Saesneg rhai ohonynt, heb sôn am iaith y nefoedd, ac roedd yn anodd i Gwenan eu dysgu heb unrhyw fath o gynllun addysgol. Ond, llwyddodd yn rhyfeddol i gyfathrebu â nhw, a chaent fwynhad mawr wrth iddi gyflwyno'r efengyl a'r Gymraeg ar ffurf lluniau ac arwyddiaith syml.

Yn dilyn ei llwyddiant yn denu aelodau newydd, gwnaed Gwenan yn flaenor, a hynny ar gais ei mam. *Gwyn y gwêl* . . . Ond, roedd yr aelodau'n hynod o falch o weld ei llafur a'i syniadau'n dwyn ffrwyth. Awgrymodd Gwenan y dylai aelodau capeli'r dalgylch fynd i oedfaon ei gilydd bob yn ail wythnos, ac er bod yr enwadau'n amrywiol, cytunodd pawb, gan fwynhau'r teimlad cymdeithasol o deithio yng ngheir ei gilydd i gapeli cyfagos. Roedd yn union fel cynnal trip ysgol Sul bob yn ail benwythnos, ac roedd pawb yn elwa ar bresenoldeb ei gilydd ac arian y casgliad i gynnal y ffydd!

Dechreuodd Gwenan fwynhau awdurdod, ac aeth ati i argymell mwy o welliannau o fewn cylch yr addoldai. Gan ei bod yn mynd yn anos cael pregethwyr i lenwi'r Suliau, credai'n gryf mewn cynnal oedfaon teuluol i ddenu pobl i'r gwasanaethau. Byddai hynny'n rhoi cyfle i bawb – o ffermwyr cyfoethog i athrawon tlawd – i gyflwyno oedfa syml. Cynigiodd lenwi Suliau gweigion ei hun hefyd, gan gynnal pregethau byrion. Roedd wrth ei bodd efo'r ymateb, ac o dipyn i beth, cynyddodd aelodaeth Hebron i dros ddeg ar hugain, gyda bron ddau ddwsin yn mynd yno'n rheolaidd. Cyfaddawdodd yr aelodau erbyn y diwedd hefyd i ganiatáu i'w cyd-Ewropeaid gynnal gwasanaethau yno – gan dalu am y fraint, wrth gwrs!

Teimlai Gwenan ei bod wedi achub y byd, ac roedd yn ei helfen yn gweld y rhai a gefnodd ar grefydd yn dychwelyd i fan o addoliad. Yr unig un a fethodd ei drawsnewid oedd ei thad ei hun. Roedd gan Elfed Lewis fwy o ffydd yn y wisgi na'i Waredwr, ac roedd yn well ganddo ysbryd y dafarn na'r Ysbryd Glân.

*   *   *

Bu Bryn yn cydfwyta'n iach efo Marie byth ers darganfod eu bod yn mynd i fod yn rhieni. Roedd Mrs Griffiths y Boncyn hefyd yn fodlon coginio pethau iachus i'w mab ac i fam ei blentyn, cyn belled â'i bod hi ei hun yn cael bwyta saim o'r badell! Chwarae teg i Bryn, roedd wedi aberthu ei brydau parod a lleihau ei fewnlif helaeth o gwrw er mwyn cefnogi'r beichiog-rwydd. Ond, ysai'n dawel bach am gael mynd yn ôl i'w hen arfer drwg o dancio efo Harri Cae Pella!

Yn ôl Bryn, doedd Marie ddim byd tebyg i'w fam am goginio, er iddi lwyddo i fwydo Dic a'i phlant am flynyddoedd. Roedd rhywbeth mawr ar goll yn ei phrydau, meddyliodd: dim amrywiaeth, dim menter-garwch – mwy o bannas nag o *banache* fel petae. Unig broblem unig blentyn fel Bryn oedd cael mam yn gwneud popeth drosto, felly doedd ganddo mo'r syniad lleiaf sut i goginio. Ond, ar ôl byw efo Marie am ychydig, teimlodd fod yn rhaid iddo goginio ambell i bryd ei hun. Cynt, roedd agor tun a berwi wy yn dipyn o fenter. Ond, wrth gael diléit sydyn yn y gegin, roedd yn cael arbed bwyta bwyd diddychymyg a di-flas Marie, ac yn gallu sgloffio dogn go helaeth o'i greadigaethau ei hun ar y slei!

Tro Bryn oedd gwneud cinio'r diwrnod hwnnw, oherwydd roedd Marie wedi bod yn gorffwyso. Roedd ganddi apwyntiad am sgan yn Ysbyty'r Borth am dri o'r gloch, a chytunodd yntau i fynd efo hi. Roedd hi bron chwe mis yn feichiog erbyn hyn – yn fawr, ac yn blino'n hawdd wrth wneud y nesaf peth i ddim. Er ei bod yn colli Gari a Marged yn fwy na dim yn y byd, teimlai'n falch nad oedd yn gorfod gofalu amdanynt a hithau'n ei chyflwr presennol.

Bu Bryn yn gweithio ers saith y bore hwnnw, fel

pob diwrnod gwaith arferol arall. Gofynnodd i'w fòs am y prynhawn i ffwrdd er mwyn bod yn gefn i Marie a'i bol. Edrychai te ddeg yn bell iawn erbyn un y pnawn, ac roedd ar glemio wrth gyrraedd y Boncyn. Roedd ei fam yn gweithio'n wirfoddol yn siop Ysbyty'r Borth y diwrnod hwnnw, a wyddai Bryn ddim beth oedd ar gael yn yr oergell na'r rhewgell.

'Salad ysgafn i mi,' meddai Marie. 'Mae fy stumog yn pwyso arna i.'

Yr unig salad roedd Bryn wedi arfer ei fwyta oedd y gwyrddni a ddeuai efo *kebab* yn y dre ar nos Sadwrn. Ond, doedd o ddim yn fodlon i Marie (nac yntau, wrth gwrs) fynd am sgan ar stumog wag! Sut oedd dyn o'i gorffolaeth o i fod i fyw ar rashyns dyn anorecsig, holodd ei hun? Roedd yn rhaid i rywun ar ei brifiant roi ei ddannedd mewn cig heblaw cnawd ei lefran, meddyliodd, wrth feddwl am stecen neu gamon tew i swper! Slafio trwy'r bore a gweithio wedyn ar ôl mynd adre myn diawl i, hefrodd wedyn o dan ei wynt, gan fynd ati i bilio tatws ar gyfer eu berwi.

Dechreuodd olchi'r llysiau'n drylwyr rhag ofn i Marie ddal haint. Ond, ar ôl ychydig, cafodd lond bol! Doedd o'n gweld dim pwynt mewn bwyta gwynt a achosai fwy o wynt iddo'n nes ymlaen. Felly, taflodd ei siâr o o'r letys a'r ciwcymbr i'r adar, a choginiodd dair *beefburger* a ffrio *chips* efo'r tatws. Bendi-blydi-gedig, meddyliodd!

'Ti ddim yn trio,' meddai Marie wedi iddi godi'n drwsgl oddi ar y soffa.

'Ti ddylie fyta pethe seimllyd fel hyn i gael nerth i gario'n babi ni,' atebodd yntau'n flin. 'Dwi'n mynd yn ôl i fyta fel cynt, rhag ofn mai fi fydd yn gorfod dy gario *di*!'

Cyrhaeddodd y ddau Ysbyty'r Borth yn ddiogel yn y fan wen (a oedd ychydig yn lanach y dyddiau hyn, diolch i ddylanwad Marie).

Hwn oedd y tro cyntaf i Bryn fynd efo hi am sgan, ond roedd yn gyfarwydd â'r coridorau llydain gan iddo fynd yno efo'i fam dros gyfnod ei llawdriniaeth penglin. Teimlai fel dyn o'r lleuad yn dilyn ei gariad a'i lwmp i'r Adran Famolaeth. Doedd o'n dda i ddim yno, meddyliodd. Roedd y tadau eraill yn ifanc a threndi, yn gwthio pram neu'n hefru ar i blant eraill fod yn llonydd. Teimlai fel hen gant a hen ffasiwn, a chredai mai gwastraff ar brynhawn o waith oedd bod yno.

Ond, caeodd ei geg yn ddigon sydyn wedi un edrychiad gan Marie. Roedd ei hormonau i fyny ac i lawr y dyddiau hyn, fel y bu ei dymer yntau ers blynyddoedd! Bu'n rhwystredig trwy'r beichiogrwydd gan nad oedd Marie wedi diwallu ei wanc ers wythnosau. Gormod o fol neu flinder oedd ei hesgus bob tro, a byddai hyrddio gwyllt Bryn yn gallu peryglu datblygiad y babi, meddai. Ond, wyddai Bryn ddim beth oedd o'i le ar ffwc o'r tu ôl tra oedd hi ar ei phedwar yn diodde'n dawel!

Cyn cyrraedd yr ystafell aros yn brydlon am bum munud i dri, collodd calon Bryn guriad, wedi iddo gerdded i mewn i rywun ar y coridor. Neb llai na thalach na gŵr ei gariad!

'Edrycha lle ti'n mynd, y cont!' meddai Bryn wrth i Dic ruthro i lygad y storm.

'Dos ditha i lle ti'n edrach!' atebodd Dic.

'Ti'n meddwl mai ti sy'n rhedeg y lle 'ma?' holodd Bryn fel matsien.

'Cau dy geg, Bryn,' meddai Marie wrtho, gan ochri

efo'i gŵr afradlon. 'Mae fy mhwysedd gwaed i'n ddigon uchel heb i ti neud pethe'n waeth!'

Oni bai bod Dic . . . y Dr Richard Jones . . . yn dal o fewn muriau ei weithle, byddai wedi rhoi swadan go egr i Bryn ar ei foch dde, fel y gwnaeth o'r blaen. Ond, ffrwynodd ei gynddaredd y tro hwn, oherwydd roedd yn hwyr i'r ysgol.

'Ti'n iawn?' holodd Dic ei Ddraig yn ddigon sifil. Nodiodd hithau'n llawn embaras. Yn dawel bach, rhoddai Marie'r byd i gael troi'r cloc yn ei ôl. Fo ddylai fod yn dad i'r lwmp oedd o'i blaen, meddyliodd! 'Sgenna i dim amser i siarad, Marie. Mae genna i blant i'w nôl.'

'Ein plant *ni*, Dic! Pryd ydw i'n cael dod i'w gweld nhw?'

Ar hynny, clywodd Marie ei llais yn cael ei alw ar yr uchelseinydd.

'Heb benderfynu. Dwi'n mynd i hysbysebu am nani. Mi fydd yn haws.'

Disgynnodd gwep Marie, a gorfu iddi bwyso ar Bryn i fynd i ystafell yr arbenigwr.

'Haws i bwy, Dic?' gwaeddodd, â'i hadlais i'w glywed drwy'r coridorau wrth i'r llawfeddyg parchus ruthro am yr allanfa.

'Diolch byth y bydd gan y babi yma dad call i edrych ar ei ôl o!' gwaeddodd Bryn.

Er bod Marie'n gandryll efo Dic, roedd hefyd yn amau datganiad Bryn yn fawr yr eiliad honno!

3. Tra bo tri

'Diolch i ti am noson lyfli. Fedra i ddim aros i'w wneud o eto am benwythnos cyfa!'

Dic oedd yn seboni wrth iddo ffarwelio â Thŷ Clyd am saith o'r gloch y bore. Roedd wedi aros yno am noson ganol wythnos tra oedd Gwenda drws nesa'n gwarchod y plant. Roedd cyfarfodydd gwaith yn esgus handi i fynd i ffwrdd dros nos – efo rhyw chwantus yn dilyn fel rheol!

Roedd gwaed Dic a Tina wedi oeri cryn dipyn ers iddi wrthod ymfudo efo fo i bellafion byd. Oedd, roedd o wedi cael ei frifo efo'r gwrthodiad. Ond, pwy welai fai arni? Cynigiwyd golygyddiaeth y *Borth Journal* iddi yn dilyn pwl ar galon Jeff Parry, ac yn naturiol, fe'i derbyniodd. Roedd ei gyrfa'n bwysig iddi. Ond, wrth wneud hynny, roedd wedi pechu Dic gan roi'r dampar ar ei syniad o godi pac am Awstralia. Ar ôl sbel, cytunodd y ddau ei bod hi'n normal i anghytuno.

Roedd Tina'n deall teimladau a dilema Dic yn iawn. Gwyddai fod ei fywyd priodasol ar chwâl ers blynyddoedd, ac roedd yn ddidwyll wrth ddweud ei fod yn ei charu hi. 'Fyswn i'n gamblo fy mhlant bron i gael bod efo ti,' meddai wrthi unwaith.

Roedd yn amlwg fod ganddo deimladau cryfion a diymwad tuag ati, neu fyddai o fyth yn fodlon ildio'i blant i'r Ddraig bob penwythnos. Ar y pryd, roedd yn hynod o siomedig efo gwrthodiad Tina, a bu'n broc egr i'w ego. Oherwydd fod ei fywyd yn gythrwfl llwyr, teimlai y byddai ymfudo i Awstralia'n un ffordd o wneud pethau'n haws. Ond, haws i bwy, holodd ei hun? Er y byddai'n torri calonnau cynifer o bobl, teimlai hefyd y dylai ddilyn ei reddf ei hun.

Erbyn hyn, roedd Dic yn deall pam fod Tina wedi dewis aros efo'r *Journal* yn hytrach nag ymfudo efo fo. Gwyddai y byddai rhoi swydd 'Golygydd' ar CV yn edrych yn llawer gwell na 'ffwcio gŵr priod'!

Felly, bu neithiwr yn noson o ecstasi llwyr, ac yn falm i'r enaid i Dic – heb sôn am fod yn wagiad i'w beli trymlwythog. Mor braf oedd deffro ym mreichiau'r ferch berffaith – yr un oedd yn chwys oer un munud, ac yn diferu o chwys poeth a llysnafedd stemllyd y munud nesaf; yr un oedd yn gwenu yn hytrach nag yn gwgu arno yn y bore, a'r un a werthfawrogai staeniau ei ddŵad ar hyd dillad ei gwely. Gyda'r meddyg drwg o gwmpas y lle'n amlach, byddai'n rhaid i Tina fuddsoddi mewn tunelli o bowdr golchi, a phrynu cyflenwad ychwanegol o gynfasau gwely er mwyn ateb ei alw mynych am jwmp.

Ond, doedd Tina ddim yn cwyno. Roedd y ddau'n siwtio'i gilydd i'r dim – roedd eu cyrff yn fagnetig, meddyliodd – yn tynnu ac yn glynu yn ei gilydd ar y cyffyrddiad lleiaf, ac yn ysu am lapio'u breichiau a'u coesau'n glymau tynn. Byddai'n rhaid i Dic arafu pethau ar ôl symud i fyw ati'n barhaol, meddyliodd Tina wedyn, oherwydd gallai gormod o ryw effeithio ar ei olwg a'i ganolbwyntio. Fyddai uchel swyddogion yr ysbyty (yr Hitlerwraig erchyll, er enghraifft) ddim yn dosturiol iawn pe digwyddai anffawd yn ystod llawdriniaeth! Dangosodd honno ei chymeriad awdurdodol wedi i Boncyn gyhuddo Dic o wneud llanast yn ystod llawdriniaeth pen-glin ei fam. Doedd y Dr Richard Jones ddim eisiau i neb ei gyhuddo o amryfusedd fel y gwnaeth hwnnw. Os oedd ei fywyd carwriaethol wedi bod yn un gybolfa gymhleth, doedd o ddim am i'w fywyd proffesiynol gael enw drwg.

Rhaid oedd i Dic frysio o Dŷ Clyd am Lys Meddyg i baratoi Gari a Marged ar gyfer yr ysgol. Roedd angen anfon e-bost i'r *Journal* yn hysbysebu am nani, a newid i'w ddillad gwaith cyn mynd i'r ysbyty erbyn naw. Onid oedd bywyd yn hectic wrth geisio bod yn bob dim i bawb, meddyliodd Dic?

Wrth gyrraedd ei gerbyd yn nreif Tŷ Clyd, daeth y postman i'w gyfarfod gan estyn llythyr a rhywbeth tebyg i fil.

'Bora braf,' meddai Dic, gan obeithio y byddai'r postman yn hoff o dynnu sgwrs. Ond ddywedodd y bwbach ddim gair wrtho. Wyddai Dic fawr o Bwnjabi i'w gyfarch yntau chwaith!

Mor wahanol i ers talwm, meddyliodd Dic, pan oedd postmyn yr ardaloedd gwledig i gyd yn Gymry Cymraeg, ac yn fwy na balch i alw heibio am banad a brechdan. Oedd 'na rywun yn cynnig panad iddyn nhw'r dyddiau hyn? Roedd pobl wedi mynd ag ofn gwadd cymdogion i'w cartrefi heb sôn am ddieithriaid, meddyliodd. A phe derbyniai rhywun y gwahoddiad, byddai'n debygol o gael ei gyhuddo o afradu amser, busnesa neu ymosod!

Trodd Dic yn ôl am y tŷ i roi'r llythyron i Tina, a sylwodd iddi gyffroi drwyddi wrth agor un ohonynt.

'Wedi ennill y Loteri?'

'Fydda i byth yn gwastraffu pres ar hapchwarae.'

Roedd ateb Tina'n ymosodol. Ychydig a wyddai Dic mai rhywun cyfarwydd iawn oedd perchennog y llythyr a achosodd iddi gochi i lawr hyd at rigol ei bronnau.

'Rwbath neis?' holodd ymhellach er mwyn cynhyrfu'r dyfroedd, cyn troi'n ei ôl am y car.

Neis iawn! meddyliodd Tina'n freuddwydiol, ac aeth yn dawel wrth iddi hoelio'i sylw ar y gwahoddiad yn ei llaw.

'Mm . . . na, dim byd mawr . . . Bil ydi un . . . a llythyr ydi'r llall . . . gan ffrind . . .' Darllenodd o'n araf.

'. . . Tina. Fedra i ddeud ar dy lais di fod o'n rwbath cyfrinachol.'

'Os felly, cyfrinach ydi cyfrinach.'

'Ond, ti fel arfar yn dda am ddeud cyfrinacha pobol eraill!'

'Dwi ddim wedi ei ddarllen o'n iawn eto! Cer – ti'n hwyr at dy blant.'

'Mi fydd yn rhaid i ni rannu pob dim os ydan ni'n seriws am fyw efo'n gilydd.'

Wnaeth Tina ddim ymateb i'w ddatganiad. Beth oedd hi'n ei guddio? Arhosodd yn ei unfan am eiliad i weld Tina'n astudio cynnwys y llythyr.

'Gwahoddiad i barti ydi o, os ydi'n RHAID i ti gael gwybod. Yn nhŷ . . . Lyn.'

'O'n i'n meddwl bod hwnnw byth yn gwadd neb i'w dŷ,' crechwenodd Dic. 'Ydw i'n cael mynd efo ti?'

Aeth yn ei flaen heb aros am ei hateb a heb lyncu ei stori.

Dychwelodd Tina i'r gegin mewn byd arall. Cywilyddiai braidd wrth deimlo cymaint o wefr, oherwydd llythyr gan Antonio oedd o'n ei gwadd i 'barti preifat' yn ei fflat newydd – a'i hen fflat hi. Pa mor 'breifat', wyddai Tina ddim.

Cafodd 36A, B ac C Stryd Fawr y Borth wedd-newidiad llwyr gan Lyn ers i Ann, Gwenan a Tina adael ychydig fisoedd ynghynt. Y tri gŵr doeth – Antonio, Craig a Doug – oedd yn talu arian mawr yn rhent iddo'r dyddiau hyn. Wrth fyw yno am dros dair blynedd, ni phoenai'r merched fawr ddim am addurn a phaent. Ond, roedd y ddau 'dde-heuwr' a'r stalwyn Eidalaidd yn credu mewn ychydig mwy o chwaeth na nhw.

Er eu bod yn dal i din-droi ymysg ei gilydd, doedd Doug a Craig ddim am gyd-fyw. Gallent ddrilio twll yn y wal i gysylltu'r ddau fflat pe dymunent, ond byddent yn colli annibyniaeth wedyn. Fyddai Lyn ddim yn caniatáu hynny beth bynnag. Felly, bodlonodd y ddau ar bicio drws nesa i lenwi tyllau ei gilydd bob yn hyn a hyn.

Blas ar addurniadau clasurol oedd gan Antonio, a llanwodd ei fflat efo cerfluniau Eidalaidd a charpedi drudfawr o wlad ei gyndadau. Gwisgai ddillad a phersawr o'r wlad hefyd, a chredai Tina fod ei wedd drwsiadus yn wrthgyferbyniad llwyr yn ymyl Cymry hen ffasiwn cefn gwlad. Doedd hi ddim wedi arfer efo cyntefigedd y rheiny, a châi ei chynhyrfu dim ond wrth ddweud enw'r hync Eidalaidd! 'Antôôônio'! Roedd yn swnio mor orgasmig. A sôn am hynny . . .

Roedd Antonio am rannu ei chwaeth (ac unrhyw beth di-chwaeth) efo unrhyw un fyddai'n gwerth-fawrogi ei steil, a Tina oedd wedi mynd â'i fryd y dwthwn hwnnw. Byddai'n rhaid iddi feddwl am esgus dilys i'w ddweud wrth Dic erbyn y nos Wener ganlynol, ac yntau'n dod ati am y penwythnos cyntaf cyfan heb y plant!

*　　　*　　　*

Edrychai Tina'n wefreiddiol yn ei throwsus lledr coch, top du, isel a sgarff sidan dynn am ei gwddw. Roedd y siaced ledr a'r bŵts pigfain du ac arian yn ddiweddglo perffaith i'r wisg bryfoclyd. O dan y trowsus, llechai defnydd prin ei llinyn-G o'r golwg yn rhigol ei thin, a gwisgai fra lledr coch i fatsio'r ddelwedd. Rhoddodd ddau ddeigryn o bersawr Yves Saint Laurent o dan ei dwy glust, gan y gwyddai y gwnâi hynny i synhwyrau a chalon ambell ddyn redeg yn wyllt. Heno, byddai'r person mwyaf dall yn y byd yn glafoerio amdani.

Doedd Antonio ddim wedi gwadd Tina i'w fflat tan wedi naw o'r gloch. A hithau bellach yn nesáu at hynny, roedd ar bigau'r drain eisiau diflannu o Dŷ Clyd cyn i Dic yntau gyrraedd yn llawn disgwyliadau.

'Mi fydda i wedi byta cyn cyrraedd,' eglurodd Dic pan ffoniodd Tina i'w gwaith yn ystod y prynhawn. 'Ga i dy fyta *di* ar ôl i ti ddod yn ôl! Gwell i mi aros i'r plant fynd i'w gwlâu cyn dod draw, ac mi ddo i a photel o bybli i ddathlu'r uniad wedyn!'

Doedd Tina ddim yn gweld pethau mor hawdd ag yr oedd Dic, achos roedd hi'n cachu brics! O! oedd, roedd rhannu potel o shampers efo Dic yn syniad bendigedig yn ei hanfod. Ond nid HENO, achos roedd y rambo randi'n disgwyl pethau mawr ganddi hefyd yn doedd?

Neidiodd calon Tina wrth i gloch y drws seinio yn ei chlustiau. Diolch byth bod y tacsi wedi cyrraedd, meddyliodd, a llamodd i agor y drws er mwyn diflannu i'r tywyllwch.

'Tina, ti'n edrych yn blydi ffantastig!' meddai Dic ar drothwy'r drws, gan afael am ei chanol gydag un llaw ac estyn y botel shampên efo'r llall. Wrth iddi dderbyn sws wlyb, hir, araf a hynod o rywiol, wyddai Tina ddim beth i'w ddweud. 'Diolch am fynd i drafferth i blesio dyn blinedig, Tins!'

Roedd Dic wedi gwirioni'n lân wrth weld eilun ei fywyd yn edrych mor fendigedig o fwytadwy. Tyfodd iris ei lygaid yn beli mawrion, a chynhyrfodd peli eraill yng ngwaelod ei dorso!

Sut fedra i ei dwyllo fo a mynd at ddyn arall?

holodd Tina'i chydwybod mewn panig. Chafodd hi ddim ateb. Sut feiddia i chwarae efo tân fel hyn? holodd. Hawdd, meddai wedyn! Dwi'n eneth rydd!

'Dic! Ti'm yn cofio mod i'n mynd i barti heno?' Edrychodd yntau'n hollol ddi-glem. 'Yn nhŷ Lyn?' Disgynnodd y geiniog a gwep Dic yr un pryd, a chanodd corn car y tu allan. 'O! Mae'r tacsi wedi cyrraedd!' Yn hytrach na sws rywiol arall, dim ond rhyw hobaid fach sydyn ar ei foch gafodd Dic y tro hwn. 'Gwna dy hun yn gartrefol. Fydda i adre cyn bore.'

A diflannodd Tina efo'i bochau'r un mor fflamgoch â'i throwsus cwna.

Doedd gan Dic ddim i'w wneud ond derbyn y drefn, gan ddweud y drefn yr un pryd. Sut allai Tina'i adael ar ei ben ei hun, a'r ddau ohonynt i fod i gael penwythnos rhamantus heb blant yn brygowthan? Oedd parti yn nhŷ 'Lyn' yn bwysicach na'i bresenoldeb o? Pwdodd yn ei gwmni'i hun, ac roedd blys mynd yn ôl at ei wraig a'i blant i Lys Meddyg arno. Ond, wedi i'w dymheredd oeri a'i siomiant bylu, gwnaeth ei hun yn anghyfforddus o flaen y teledu ac yfodd gynnwys y shampên yn y fan a'r lle.

Wrth gamu o'r tacsi, edrychodd Tina mewn rhyfeddod ar 36 Stryd Fawr y Borth. Roedd *pebble dash* hyfryd y tu allan, dim damprwydd i'w weld o gwmpas y cyrn simnai, ac roedd y to wedi cael llechi newydd. Cafwyd drysau a ffenestri newydd hefyd, ac roedd yr ardd a'r dreif yn edrych yn bictiwr. Mae'n rhaid fod Lyn y Landlord wedi mynd i gryn drafferth i blesio'i dri 'ffrind', meddyliodd Tina. Hwn fu ei hofel hi am dros dair blynedd, ond er mor hen ffasiwn oedd o'r adeg hynny, cafodd amser bendigedig yno. Mwynhaodd amal i *take away* a photel o win yn fflatiau'r ffrindiau, a dychwelodd nifer o ddynion ati i gael 'coffi du' (ha, blydi ha!). Cododd hiraeth arni am yr adeg pan oedd Ann yn rhydd ac yn gêm am unrhyw beth – a phan oedd Gwenan yn ddiniwed ac yn dibynnu arni am ryw fath o gwmni. Doedd gweithio mewn llyfrgell dawel a mynychu capeli gweigion ddim yn gwneud lles i neb, haerodd Tina.

Roedd hi'n nerfus iawn yn cerdded at ddrws y tŷ. Twtiodd ei dillad a phwysodd y gloch efo bysedd crynedig. Tybed fyddai bysedd Antonio yr un mor grynedig heno? meddyliodd. Atebwyd yr *intercom* gan Craig. Pan agorodd y drws, doedd o'n amlwg ddim yn poeni mai *dressing gown* byr oedd amdano, a doedd gweld brest foel a choesau robin goch ddim yn gwneud llawer i stumog wan Tina! Roedd golwg newydd gael sesiwn o gloddio efo Doug arno, ac am funud, wyddai o ddim pwy oedd o'i flaen. Y tu ôl iddi, ymddangosodd Lyn o rywle, a phan welodd o Tina, fedrai o ddim egluro digon pam ei fod yno.

'Tins, zut wyt ti? Dwi'n dal i nôl y rhent, fel y gweli di. Ti'n OK, *babes*? O'n i'n bwriadu galw efo ti fory i ddangos fy wardrob newydd yn iawn i ti, os ydi hynny'n iawn genna ti? Bicia i tua wyth, iawn *babes*?'

Ac i ffwrdd â fo heb iddi ei gyfarch heb sôn am ei ateb.

'Alla i'ch helpu chi?' holodd Craig yr Oesoedd yn gysglyd ar stepen y drws.

'Tina. Wedi dod i barti Antonio.'

'Parti?' holodd hwnnw'n amheus. Crechwenodd Tina arno gan awgrymu'n gynnil efo'i haeliau y dylai symud o geg y drws i wneud lle iddi basio. 'Sori, del. Roedd fy meddwl i'n bell i ffwrdd – i fyny'r grisia oedd o a deud y gwir! Ty'd mewn. Mae fflat Antonio ar y dde.'

'Yndi, dwi'n cofio'n iawn lle o'n i'n arfer byw,' meddai hithau'n sych, a gwthio heibio iddo.

Wrth gnocio ar ddrws fflat Antonio, sylwodd Tina ei fod yn gilagored. Arhosodd ennyd i Craig fynd yn ôl i'w ystafell ei hun cyn mentro gweiddi'n dawel.

'Antôôônio!' Gwthiodd y drws yn araf bach a rhoddodd un droed i mewn yn y fflat. Gallai weld canhwyllau persawrus yn mudlosgi ymysg cerfluniau drudfawr yn y cyntedd, ac roedd cerddoriaeth isel yn dod o gefn y fflat. Ai *Madame Butterfly* oedd yn melysu ei chlustiau? Wyddai hi ddim fod gan Antonio chwaeth at Puccini a cherddoriaeth glasurol. Aroglai bersawr *pot pourri* hyfryd hefyd, ac am eiliad, oerodd gwaed Tina, gan ofni fod Antonio ar ganol sesiwn o ddiddori rhywun arall. Oedd y noson iawn ganddi? Beth petai'n barti agored, ac nid yn 'breifat' iddyn nhw'u dau? Wrth ofni ei bod wedi gwneud ffŵl ohoni'i hun, trodd Tina ar ei dwy sawdl gan anelu am yr allanfa. Yna, ymddangosodd Antonio yn ei holl ogoniant.

'Tins, ti wedi dod.'

Aeth hithau'n hynod o swil wrth ei weld yn edrych mor berffaith.

'Do. Ond dwi ddim wedi dod â dim efo fi heno chwaith.'

'Mae jest ti yn digon, *bellissima* . . . Tyrd draw.'

Cusanodd Antonio ei dwy foch, fel cyfarchiad pob Eidalwr pybyr. Roedd o'n sidêt a pharchus iawn, meddyliodd Tina. Fel arfer, smacar ar y gwefusau, tafod i lawr y geg ac awê fyddai hi! Ond, cymerai Antonio ei amser i wneud i Tina deimlo'n gartrefol y tro hwn. Neu ai ei chadw ar bigau'r drain roedd o'n ceisio'i wneud? 'Mi wna i iddi gagio amdani,' meddai yntau wrtho'i hun.

Gallai Tina deimlo chwys yn cronni o gwmpas ei

bochau isaf, ac roedd gwefusau ei chont wedi llacio'n awtomatig yng nghwmni'r cwlffddyn.

Arweiniwyd hi ganddo i'w hen ystafell fyw gynt, ac roedd y newid yn anhygoel. Lle gynt roedd moelni, hen bapur wal a charpedi afiach, roedd yno loriau pren a ffresni modern. Edrychai'r gweddnewidiad yn glasurol, gyda darluniau meistri'r Dadeni'n hongian hwnt ac yma yn y cyntedd a'r ystafell fyw. Ar y lloriau pren, roedd carpedi wedi eu gwehyddu, ac o flaen sgrin deledu fawr a osodwyd i mewn yn y wal, gwahoddai soffa ledr frown y ddau i eistedd (a gorwedd yn nes ymlaen, dim dowt). I orffen y ddelwedd soffistigedig, roedd cawgiau calch yn dal blodau papur lliwgar ymhob cornel.

'Mae'r lle'n hynod o chwaethus,' meddai Tina, heb wybod yn iawn beth i'w wneud na'i ddweud nesa.

'A ti hefyd. Dwi wedi colli chdi ers *ages*. Eistedd. Chianti ar y ffordd.'

'Tase ti wedi rhoi dy rif ffôn, fyswn i wedi gallu dy ffonio di'n gynt . . .'

Troi ar ei union i weini'r gwin wnaeth Antonio, gan anwybyddu ei sylw. Gwyddai hithau nad oedd hi'n draddodiad ganddo roi rhifau cyswllt i'w amryfal gariadon, rhag ofn i un well gysylltu pan oedd ar ganol diddanu un arall. Anghofiodd Tina bopeth am hynny, gan ymlacio yn sŵn y gerddoriaeth.

Ymhen y rhawg, a dau neu dri gwydryn o win yn ddiweddarach, roedd y parchusrwydd cychwynnol bellach wedi troi'n wahoddiad i weld yr ystafell wely ar ei newydd wedd. Simsanodd Tina'i ffordd tua'r nefoedd, a chofiodd am yr oriau hyfryd a dreuliodd Antonio a hithau yno pan oedd y lle'n dipyn plaenach. Yn lle'r addurniadau di-chwaeth a'r dillad gwely pygddu oedd ganddi hi, roedd gwely mawr pren efo wardrob y gallech gerdded i mewn iddi. Ynddi, cadwai Antonio'i grysau sidan a'i siwtiau Armani, ei esgidiau lledr a'i siwmperi trawiadol. Yno hefyd roedd ei glybiau golff, a byddai'n treulio oriau lu efo Craig a Doug yn llenwi tyllau cyrsiau golff cyfagos.

A'r nos yn prysur garlamu at y wawr, esgusododd Antonio'i hun i nôl diod o Sambuca yr un iddynt. Wrth aros amdano yn yr ystafell wely, yr hyn a drawodd Tina fwyaf oedd y drychau a orchuddiai'r waliau a'r nenfwd. Mae'n siŵr eu bod wedi gweld pethau mawr, meddyliodd Tina. Ond, fedrai hi ddim canolbwyntio'n iawn ar ei hadlewyrchiad yn y drychau oherwydd effaith y gwin. Roedd hi wedi mynd i drafferth i wisgo'r pethau mwyaf rhywiol posib, a gobeithiai y byddai hynny'n atyniadol i'r sleifar Eidalaidd heb iddi hi orfod gwneud y symudiad cyntaf. Doedd hi ddim yn hoffi merched powld oedd yn mynd i'r afael â'u dynion cyn i'w dynion fynd i'r afael â nhw.

Gan fod ei choesau'n dechrau gwegian, eisteddodd ar y gwely. Roedd o'n gyfforddus ond eto'n gadarn, gyda gorchuddion sidan yn ei harddu. Roedd teledu a chwaraewr DVD yn y wal hefyd, ac roedd seinyddion ymhob cornel o'r ystafell. Mae'n siŵr i'r hync greu aml i ffilm bornograffig yn y fangre hon, meddyliodd, gan deimlo cenfigen mwyaf sydyn! Cywilyddiodd wedyn wrth gofio na ddylai deimlo fel hyn o gwbl am ddyn arall. A dweud y gwir, ddylai hi ddim bod yn ei fflat o gwbl. Beth petai Dic yn darganfod ei bod yno? Roedd ganddi ddyletswydd i ymbarchuso a bod yn driw i'r dyn a aberthodd ei briodas a'i blant er ei mwyn! A beth wnaeth hi? Gadael Dic ar ei ben ei hun yn y tŷ, tra'i bod hi'n chwenychu dyn arall! A hynny ar y noson gyntaf i'r ddau fod ar eu pennau eu hunain yn swyddogol heb y plant. Ddylai hi ffonio tacsi i fynd adre ato? Wedi'r cwbl, roedd hi bellach wedi gweld trawsffurfiad y fflat. Beth arall oedd i'w chadw yno?

Dychwelodd yr Adonis cyn iddi ateb ei hamheuon. Holodd Tina'i hun yn y drych os oedd o wedi agor botwm neu ddau o'i grys?

'*Bellissima* . . . Dyma ti. Sambuca at y calon!'

'Be 'di'r cachu llygoden 'ma sydd ynddo fo?' holodd Tina'n ddi-glem.

'Mae 'na fflam i fod yn fo hefyd. Ond, o'n i'n meddwl bod ti'n ddigon poeth heb tân! Fel 'ny mae o'n cael ei neud yn Italy.'

Eisteddodd yn ei hymyl, a gallai Tina arogli ei bersawr yn gymysg â'i chwys.

'Ti'n un da am werthu gwlad dy gyndadau,' meddai Tina wrth dderbyn y gwydryn.

'Cynt . . . be?'

'Cyndadau, dy hen deulu . . .' ceisiodd Tina egluro, gan yfed y ddiod draddodiadol heb ei llawn werthfawrogi.

Wedi i Antonio holi a hoffai Tina weld ffilm, cytunodd hithau, heb sylweddoli mai ffilm bornograffig oedd ganddo ar yr agenda.

Closiodd y ddau at ei gilydd i fwynhau'r sinema, a rhyfeddodd Tina at gampau orgasmig yr 'actorion'. Er ei bod wedi gweld nifer o ffilmiau XX o'r blaen, roedd hon yn fwy anweddus na'r un. Gwyddai fod gan ferched dyllau digon dyfnion i gociau wyth modfedd eu llenwi, ond welodd hi erioed ffilm am ferched yn rhaeadru eu hylif corfforol i mewn i gegau ei gilydd o'r blaen! Er i'r lluniau droi ei stumog i ddechrau, fuodd hi ddim yn hir nes iddynt ei throi ymlaen!

'Ti isio mwy?' holodd Antonio gan yrru ei fys i fyny a lawr ei braich yn araf, araf.

'Dwi'n llawn djiolch, Antôôôn,' meddai Tina'n ddiniwed efo tafod tew.

Cymerodd yntau ei gwydryn gwag a'i roi ar silff ger y gwely.

'Llawn o *drink* falle,' atebodd yntau'n ddireidus. 'Ond, fedra i llenwi chdi'n fwy!'

Sut fedrai Tina wrthod ei gynnig? Roedd ei stumog a'i llygaid yn gwneud tin dros ben o dan effaith y ddiod. Ond eto, gwyddai'n iawn beth roedd hi'n ei wneud. O leiaf, roedd o wedi rhoi rhybudd cyn gweithredu!

'Mm, Antôôônio, dwi isio tji'n llenwi fi'n uffrnol!'

Roedd yn amlwg fod Antonio wedi glanhau ei ddannedd Colgate-aidd gan fod blas mintys ar ei gusanau brwd.

'Mm, mae hynne'n troi fi ymlaen ac yn ôl,' meddai Tina'n dawel. 'Mae dy dafod di fel neidar!'

Llithrodd Antonio ei ddwylo sidanaidd i lawr gwddf a chefn Tina, a chwythodd gusanau poethion ar ei gwar a thu ôl i'w chlust. Gwnaeth hithau'r un modd, gan gymryd yr awenau a rhoi Antonio i orwedd yn lletraws ar y gwely. Tynnodd gareiau ei esgidiau gloywon yn hamddenol, fel petai ganddi drwy'r nos i gyflawni'r orchwyl. Roedd hyd yn oed sanau Antonio'n sidan, ond i ffwrdd y daethant, efo Tina'n hofran uwch ei ben fel gast ar dân. Roedd o eisoes wedi agor nifer o fotymau ei grys, felly agorodd Tina'r gweddill gydag un llaw, tra bo'r llall yn chwilio am ei dethi er mwyn eu sugno'n galed. Gwingodd yntau mewn pleser, gan edrych i fyny arni'n ei bryfocio mor rhywiol.

'Mmm. Dwi'n gallu gweld ti tair gwaith yn y *mirrors* 'na, Tina. Tin del, a *tits awesome*!'

Wrth eistedd arno, gallai Tina deimlo'i ddynoliaeth chwyddedig yn ei gwadd i'w rhyddhau o'i drowsus. Wnaeth hi ddim – er mwyn ei herian; dim ond rhwbio'n araf yn ôl ac ymlaen yn awgrymog.

'Y *bitch* fach,' meddai yntau ynghanol ei ecstasi. 'Ti'n real *prick teaser*!'

Ar hynny, cododd Antonio'n wyllt gan daflu Tina'n lleden ar y gwely y tro hwn.

''Nes ti enjoio'r ffilm fyswn i'n deud, Tina,' meddai'n floesg. 'Ti'n socian! Tynna dy trowsus. Dwi isio dy ratlo di rŵan!''

Gobeithiai Tina mai siarad llawn nwyd oedd hyn, ac nad ymosodiad rhywiol mohono, a gwnaeth fel y gorchmynnodd. Tynnodd ei bŵts i ddechrau, gan adael ei sanau bach duon amdani.

'Agor dy sip.'

Wrth i Tina agor ei balog, teimlodd law chwareus yn ffeindio'i ffordd heibio'i llinyn-G. Lledodd ei choesau o'i flaen, nes oedd y demtasiwn yn ormod iddo, ac roedd ei weld drachefn yn y drych yn ychwanegu at ei ddyheadau. 'Gad y G-string ymlaen – 'na i tynnu fo.'

Ar hynny, aeth Antonio ar ei bedwar o'i blaen gan afael ym mochau ei thin a'i chodi at ei wyneb. Tyrchodd ei drwyn a'i dafod heibio'r llinyn, a llyfodd a sugnodd ei mannau mwyaf dirgel a gwlyb. Yna, tynnodd y llinyn yn gelfydd efo'i ddannedd, gan barhau i bwnio'i dafod yn galed y tu mewn iddi. Wedi ffeindio'i gwefusau miniatur, bu'n eu llyfu a'u sugno'n ysgafn am funudau lawer.

'Y *bitch*! Ti'n dod yn barod?'

Edrychodd Tina arno yn y drych, a gallai weld ei llygaid a'i hwyneb ei hun yn goch gan chwant. Cododd ar ei heistedd er mwyn i Antonio'i dadwisgo'n llwyr, a phan ddaeth ei thop du i ffwrdd, aeth yntau'n wyllt wrth weld ei bra lledr. Agorodd y bachyn cefn efo'i law dde, gan folestu ei brestiau wrth iddynt ddisgyn allan o'u cwpanau. Poerodd ar ei thethi, a'u troi efo'i fysedd nes roedd hi'n gwingo. Roedd ei sgarff yn dal am ei gwddw, ond tynnodd hi'n araf gan glymu dwylo Antonio i ben y gwely. Roedd hi'n ysu i'w weld heb ei drowsus, ac wedi iddi ei helpu, brathodd ei thong gan ei dynnu i ffwrdd efo'i dannedd.

'*Copy cat*!' meddai yntau'n chwareus. 'Gobeithio neith ti copïo popeth dwi wedi neud.'

Ac fe wnaeth. Gafaelodd yn ei bolyn cadarn efo un llaw, a phoerodd ar fys canol ei llaw chwith, a'i wthio'n araf i fyny twll ei din.

'*Ffak*, mae hynnya'n *lovely*, Tins,' meddai yntau mewn gwewyr. 'Rho dau bys i fyny.'

Ac fe wnaeth. Yna, agorodd ei cheg yn fawr a gorchuddio'i flaengroen a'i sugno'n ôl ac ymlaen nes oedd ei benbiws yn sôr.

'Dyro wanc i fi. Fedra i ddim gneud. Mae llaw fi'n styc.'

Ac fe wnaeth. Ond wnaeth o ddim dadlwytho'i sberm drosti oherwydd roedd o'n giamstar ar ryw Tantric. Gallai fynd a mynd heb ddod am hydoedd. Ataliodd Tina'i hun hefyd a datgymalodd y cwlwm yn y sgarff gan hyrddio Antonio nes ei fod yn gorwedd ar ei phen. Roedd hi mewn cymaint o lesmair fel y gafaelodd yn ddiseremoni yn ei goc a'i gwthio i mewn i'w hogof laith, ddisgwylgar.

'Reidia di fi'r rambo diawl, yn lle mynnu pob dim,'

meddai wrtho, gan fwynhau edrych ar bob ongl o'u cyrff yn y drych.

Ac fe wnaeth. Wrth i'r ddau ddryllio'i gilydd yn llwyr a gwlychu'r cynfasau sidan drwadd i'r matres, sylwodd Tina ar gamera bach uwch ei phen oedd wedi cofnodi pob symudiad o'u campau. Gwnaeth hynny hi'n fwy horni byth.

'Pryd ydw i'n cael gweld yr *action replay* 'te?' holodd Tina Antonio wrth i'r ddau ddadebru'n araf rywbryd rhwng cyfnos a gwawr.

'Be am bore fory?' holodd yntau mewn gobaith y byddai'n cael ailadrodd y weithred yn fuan.

'*Shit!*' Neidiodd Tina ar ei thraed simsan ar ôl iddi gofio'n sydyn am Dic. 'Dwi'n hwyr . . . a dwi 'di mynd adre.'

Neidiodd i'w dillad prin gan ddiflannu i'r nos heb i Antonio gael cyfle i ddweud *Arrivederci* hyd yn oed.

Pan gafodd Tina dacsi i Dŷ Clyd am bump y bore, aeth i mewn yn betrusgar, a sobrodd yn sydyn. Yno roedd Dic yn eistedd wrth fwrdd y gegin efo glasied o ddŵr yn un llaw a phaced o dabledi yn y llall. Ofnodd y gwaethaf, ond araf sobri o'i feddwdod oedd yntau. Roedd wedi yfed cynnwys y botel shampên i gyd ei hun.

Aeth Tina'n gochach nag y bu yn ystod yr epig efo Antonio, a wyddai 'run o'r ddau beth i'w ddweud.

'S . . . âl?' holodd Tina.

'H . . . wyr!' nododd Dic.

'I . . . nsomnia?'

'T . . . abledi!'

Efo Dic yn llawn amheuaeth a Tina'n llawn euogrwydd, roedd eu gwely'n wag o serch y noson honno.

4. Mae rhywbeth bach yn poeni pawb

Roedd y tywydd gwlyb a gaeafol yn ddigon i godi'r felan ar Tomi. Roedd baich y byd ar ei ysgwyddau, a'r eiliad honno, roedd yn grediniol na chafodd ei eni i fwynhau bywyd. Doedd o ddim angen Moses i gyflwyno deg gorchymyn iddo, oherwydd roedd ganddo ddeg o gŵynion i'w dweud ei hun:

1. Roedd bywyd priodasol efo'i rieni'n fwrn
2. Roedd cael Ann yn ei wely bob nos yn flinedig
3. Achosai addasu'r tŷ dyndra i bawb
4. Roedd pris y farchnad yn isel
5. Rhoddwyd rhwystr eto ar werthu anifeiliaid
6. Byddai'n rhaid iddo dagio'i ddefaid i gyd yn electronig
7. Peth prin oedd peint efo'r hogia
8. Diflannai ei fam yn ddyddiol a'i adael i forol am ei dad
9. O ble roedd y geiniog nesa'n dod?
10. Gwyddai sut roedd Calimero'n teimlo.

Tynnwyd o allan o'i hunandosturi gan wich ei ffôn symudol.

'Pnawn da. Tomi Davies?'

Ffurfiol ar y diawl, meddai wrtho'i hun. Pwy sy'n haslo fi rŵan?

'Ia.'

'Glyn Price o'r Weinyddiaeth Amaeth. Angen galw i'ch gweld.'

'Be sy'n bod ar fy nghlywad i?' holodd Tomi'n

biwis, heb y mymryn lleiaf o ddiddordeb mewn clywed mwy am reolau iechyd a diogelwch a llenwi ffurflenni cymhleth.

'Mae rhywun wedi cwyno am y llwybr cyhoeddus sy'n mynd drwy Bant Mawr.'

'Os ydi o'n llwybr "cyhoeddus", pobol eraill sy'n ei iwsio fo, dim y fi.'

'Ydi deg bore fory'n gyfleus i chi, fel mae o i fi, Mr Davies?'

Gwyddai Tomi na fyddai hefru arno'n ei nadu rhag gorfod delio efo'r awdurdodau, a bu'n rhaid iddo ildio. Roedd eu crafangau am wddf rhywun o hyd, meddyliodd. Os oedd rhywbeth yn eu poeni NHW, doedden nhw 'run dau gachiad yn ei sortio! Ond, gwae chi os oedd rhywbeth yn eich poeni CHI!

Pan gyrhaeddodd Glyn Price y buarth yn ei Beetle bach melyn 'cyfeillgar i'r amgylchedd', doedd gan Tomi fawr o amynedd efo fo na'i araith oedd i ddilyn.

'Ble mae Cae Rhedyn, Mr Davies?' holodd yn awdurdodol, heb ei lawn gyfarch, na sôn am y tywydd hyd yn oed.

'Ar eich O.S. map chi tasech chi ond yn edrach!'

'Ddowch chi efo fi i'w ddangos o?'

'Sgenna i ddim amsar i'w wastraffu. Genna i waith i neud.'

'A finne, Mr Davies. Dyne pam dwi yma. Rŵan, mae'n bwysig mod i'n clywed eich ochr *chi* o'r stori hefyd.'

'Pa stori, Mr Price? Neu ga i dy alw di'n Glyn?'

Doedd y pidlyn ddim mwy nag ugain oed yn ôl rhagdybiaeth Tomi, felly pam ddylai o'i alw fo'n CHI? A phwy oedd y glaslanc hunanbwysig i'w ordro FO o gwmpas ei le ei hun?

'Rhywun wedi cwyno ar ôl syrthio wrth gerdded y llwybr, Mr Davies.'

'Cerdda yno dy hun i archwilio'r lle 'ta'r Glyn Cysgod Angau diawl.'

'Gneud fy ngwaith ydw i, Mr Davies.'

'Trio gneud fy ngwaith ydw inna hefyd taswn i'n cael llonydd. Ŵan, wyt ti wedi dod â chamera?' Nac oedd, mwn, meddyliodd Tomi fel cacynen – a doedd o ddim chwaith. 'Sut fath o "swyddog amaeth" wyt ti'r tidli winc uffarn? Ty'd, neidia 'mlaen. Awn ni am sbin i'r cae.'

Cyndyn oedd Glyn Price i godi ei goes ar y *quad bike* na baeddu ei drowsus lliw hufen. Doedd ganddo ddim côt law addas chwaith. Ond wnaeth Tomi ddim aros eiliad iddo fynd i'w gar i nôl un o ymbaréls lliwgar ei gwmni. Cafodd daith anghyfforddus ar y diawl ar gefn y beic, a gorfu iddo ddal yn dynn o gwmpas canol Tomi. Roedd hwnnw'n gwneud ati i yrru fel ffŵl dros bob twyn ac i mewn i bob twll y gallai ei ffeindio yn y caeau.

'Ara' deg y cadi ffan diawl,' gwaeddodd Tomi i ddannedd y gwynt, gan boeni fod y swyddog yn mynd i'r afael ag o'n ormodol. 'Dydi ngwraig i ddim yn gwasgu nghanol i mor dynn â hynna!'

Wedi cyrraedd y gamfa a arweiniai at Gae Rhedyn, neidiodd Glyn fel gwenci oddi ar y beic, gan lanhau'r baw oddi ar ei drowsus. Teimlai'n chwydlyd wedi taith mor arw. Ond doedd o ddim am ddangos ei wendid i Tomi Davies, felly dechreuodd gerdded i archwilio'r llwybr.

'Dim y lle gora i sgidia gora, Glyn!'

Anwybyddu'r sylw wnaeth Glyn Price, gan dynnu papur a phensel o boced ei wasgod. Gan fod Tomi wedi ei ddal heb ei gamera, rhaid oedd sgriblo rhywbeth ar bapur. Trwy wneud hynny byddai'n ymddangos yn brysur yn gwneud braslun o'r cae ar gyfer yr ymchwiliad.

'Be ydi'r cyhuddiad yn union, ac yn lle ddigwyddodd o?' holodd Tomi'n nawddoglyd, gan boeni'n dawel bach rhag ofn fod rhywbeth wedi digwydd go iawn.

'Gwraig yn disgyn ar ei thrwyn i'r . . . brwyn 'ma . . .'

'Rhedyn ydi o, Mr Price. Dyna pam gafodd o'r enw "Cae Rhedyn".'

'O, ie. Syrthio ar ddarn o frigyn oedd yn ei llwybr hi, medde hi.'

'O, a ble mae brigau sy'n disgyn efo gwynt i fod i fynd 'lly?'

'Does 'na'm coed yn agos i'r llwybr, Mr Davies.'

Sylwgar iawn, meddyliodd Tomi, gan ofni fod y swyddog cîn yn mynd i'w ffeindio'n euog o ryw drosedd anhysbys.

'Ond, mae'r gwynt yn chwythu ble y myn, yn ôl yr hen air. Ac mi oedd gan y wraig 'ma gynteddau o dir i osgoi'r blydi brigyn os oedd o'n ei llwybr hi!' Sgyrnygodd Tomi ei ddannedd arno, a meddyliodd eto am gyhuddiad di-sail y cerddwr. Yna, cornelodd Glyn Price eto, a fedrodd hwnnw yn ei fyw â rhoi ateb dilys iddo'r tro hwn. 'A be oedd y wraig 'ma'n ei wisgo am ei thraed pan oedd hi'n cerddad, tybad? Sodla uchal, debyg?'

Doedd y Swyddog Amaeth ddim wedi meddwl gofyn beth oedd am draed y wraig a wnaeth y gŵyn, felly doedd ganddo yntau ddim troed i sefyll arni chwaith.

'Glyn, bach!' meddai Tomi'n dadol, gan batio'i law ar ei ysgwydd chwith. 'Dos yn d'ôl i'r swyddfa ngwas i, a gwna dy waith cartra'n gynta. Gei di gyhuddo ffarmwr tlawd os ydi o'n euog, nid pan mae 'na ramblar diawl yn meddwl fod o'n gwbod y blydi lot. Mae genna i isio gweld buwch gyflo'n Cae Dan Tŷ yli. Bydda'n ofalus efo'r tarw 'cw. Hwre rŵan.'

Ac yna, refiodd Tomi'r motor beic pedair olwyn gan ruo i lawr am y cae nesaf, a gadael Glyn Price ar ganol y cae ac ynghanol y mwd. Brasgamodd hwnnw'n ôl am y buarth. Roedd o'n ofni ei gysgod ei hun gymaint â'r tarw anweledig, ac edrychai dros ei ysgwydd bob eiliad rhag ofn. Cafodd y rhyddhad rhyfeddaf wedi cyrraedd y car yn ddiogel, a diolchodd nad oedd o'n gorfod delio efo ffermwyr blin fel Tomi Davies bob dydd!

Ond, roedd cynllwyn Tomi wedi gweithio – doedd yr un tarw yno, wrth gwrs, a doedd gan Glyn Price ddim prawf o gwbl fod cyflwr y llwybr yn torri unrhyw reol bathetig. Erbyn i'r swyddog ceiniog a dime adael, roedd Tomi'n dal yn flin. Roedd ganddo ddigon o bethau i'w gwneud ar y ffarm heb i lipryn fel hwnnw amharu ar ei ffordd o ffermio.

Er mai cyndyn fu Ann i weithio llai o oriau yn Ysbyty'r Borth, edrychai Tomi ymlaen at yr amser pan oedd y ddau'n medru byw'n gytûn ym Mhant Mawr. Yr adeg hynny, byddai *hi'n* cael delio efo problemau rhedeg ffarm o ddydd i ddydd, meddyliodd Tomi. Hi hefyd fyddai'n gwneud y VAT, archebu hyn a'r llall i'r anifeiliaid a'r tŷ, edrych ar ôl ei fwyd a'i ddillad o, morol am ei dad, ac wrth gwrs, edrych ar ei ôl yn y gwely! Roedd Tomi wedi mynd yn ddyn priod rhwystredig iawn. Roedd pob dyn call arall yn byw efo'i wraig heb eu rhieni, meddyliodd, ac felly'n gallu ei charu hi ddydd a nos os oedd o'i hawydd hi. Ond, oherwydd bod pawb yn byw mor agos at ei gilydd yn y tŷ, roedd yn haws iddo ofyn i Ann am jwmp rywle y tu allan nag yn ei wely ei hun! O leiaf, roedd preifatrwydd i'w gael yn y sied wartheg, ac roedd digon o le rhwng dwy *big bale* iddo chwalu ei hadau.

Wedi i'r ymwelydd codog adael, roedd hi'n un ar ddeg ar Tomi'n cyrraedd y tŷ am ei de ddeg. Roedd ei dad yn prysur wneud dim yn ei gadair olwyn. Dim ond eistedd yn honno fedrai'r creadur ei wneud ddydd ar ôl dydd oherwydd cyflwr ei iechyd.

Roedd Ned Davies yn ddyn addysgiedig iawn, a hoffai ddarllen llyfrau a phapurau newydd i lenwi ei amser. Roedd hynny'n llawer gwell na gwrando ar gerddoriaeth undonog y radio neu ailddarllediadau'r teledu, meddyliodd. Chwarae teg i Mrs Davies, roedd wedi nôl y papurau i'w gŵr yn blygeiniol y bore hwnnw – er mwyn iddi hi ei hun gael ei miglo hi am Fore Coffi arall efo'r Gymdeithas mae'n siŵr! Ond, darllen taflenni marchnata rhyw gynnyrch neu'i gilydd a ddaeth drwy'r post oedd ei dad pan ddaeth Tomi i mewn am ei baned. Taflenni Nadoligaidd oedd y rheiny'n cynnig sbwriel i'r rhai oedd yn ddigon gwirion i'w prynu nhw. Roedd hi hefyd yr adeg o'r mis pan oedd cyfriflenni banc yn cael eu hanfon allan, ac roedd Ned wedi darllen un y ffarm yn ofalus.

'Dach chi'n iawn, Dad?' holodd Tomi'n reddfol.

'Yndw, ond yn poeni am y *bank statement* 'ma. Ydi petha'n iawn ar y fferm, Tomi?'

Er na fedrai wneud gwaith corfforol ers blynyddoedd bellach, roedd yn naturiol fod gan Ned Davies gonsýrn am ei fferm o hyd. Dyna fu ei fywyd – etifeddu'r busnes gan ei dad yntau, ymdopi â chyni a gwaith caled, rashyns a chaledi'r rhyfel, ac yna priodi a llawenhau pan anwyd mab iddynt. Roedd Tomi'n dal yn bartner efo'i rieni, felly roedd gan Ned hawl i edrych ar fanylion y banc.

'Fuodd hi'n flwyddyn galad, Dad,' eglurodd Tomi dros fygiad o de a thair rownd o dost. 'Pris yr ŵyn yn isel, petha eraill yn codi, gormod o efeilliaid, a thrio cael trefn ar y byngalo a'r tŷ 'ma.'

'Paid â phoeni, was,' meddai Ned yn gysurlon, gan sylwi fod gofid yn bwyta tu mewn i'w fab. 'Mi gei di ddwy ewyllys wedi i ni'n dau fynd o'r hen fuchedd yma! Dwi'n gobeithio y daw'r *grant* 'na drwodd cyn hynny i godi'r bynglo. Os nag ydw i'n cael iechyd, 'dw i'n cael pres am fy afiechyd!'

Y broblem i Tomi oedd mai rŵan roedd o angen yr arian, ac nid wedi i'w rieni ei phegio hi! Ond, ddywedodd o ddim byd rhag distyrbio'i dad. Un pwl ar y galon, a gallai fod yn ddigon iddo.

'Dylai Ann fod yn fwy o gefn i ni'n fan hyn,' ychwanegodd Tomi. 'Er bod ei chyflog hi'n handi at bethau bob dydd.'

'Dy fam ddylia fod yn fan hyn, Tomi bach,' crechwenodd Ned i'w fyg. 'Ond, dyna fo. Waeth iddi fwynhau bywyd ddim. Dydi bod efo dyn musgrall fel fi'n gneud dim i'w hysbryd hi goelia i.'

'Ffoniodd 'na rywun ers i mi fynd allan bora 'ma, Dad?' holodd Tomi, i newid ei diwn gron yn fwy na dim byd arall.

'Na, neb was. Poeni am y bildars wyt ti? Siŵr bod hi'n anodd i ti ag Ann fyw bywyd priodasol allan o focsys.'

'Ydi, anodd iawn ar adegau,' cyfaddefodd hwnnw.

'Be wnewch chi pan ddaw 'na draed bach? Mi fysa'n braf dod yn daid cyn i mi . . .'

Aeth Ned Davies o dan gymaint o deimlad fel y tagodd ar ei dost, ac aeth yn llyffant tew yn ei wddw. Arweiniodd hynny at iddo fygu'n lân wrth geisio cael ei wared.

Wedi i Tomi roi slap go egr ar ei wegil, helpodd ei dad i reoli ei anadlu a rhoddodd bwmp *asthma* iddo. Yna, tawelodd y gwichian yn ei frest.

'Dyna ni, Dad. Mi a' i â chi i orffwyso ar y soffa am chydig.'

'Diolch, was,' atebodd Ned wrth gael ei yrru'n ei gadair olwyn o fwrdd y gegin i'r gegin orau.

'Gyda llaw, Dad. Rydw inna'n gobeithio y bydd 'na etifedd yma ryw ddiwrnod.'

*   *   *

Bu Dic yn paratoi'n drylwyr ar gyfer cyf-weld ymgeiswyr am swydd nani. Edrychai ymlaen at fynd yn ôl i weithio'n llawn amser heb orfod poeni am nôl y plant a'u danfon i'r fan hyn a'r fan draw, a byddai'r codiad yn ei gyflog yn mynd yn syth i gyfrif banc yr ymfudo mawr!

Derbyniodd ddwsin o enwau ar gyfer y swydd, ond roedd eu hanner yn dramorwyr! Allan o'r hanner dwsin o Brydeinwyr oedd ar ôl, dim ond pedwar o'r rheiny oedd yn Gymry. Ac allan o'r rheiny, dim ond dau oedd â'r Gymraeg yn iaith gyntaf. Doedd Dic ddim am i'w blant gael eu dylanwadu gan siaradwyr di-Gymraeg cyn eu hamser. Byddai digon o hynny o'u blaenau yn yr ysgol uwchradd a choleg bywyd, meddyliodd. Ond, pan ddychwelodd o i Lys Meddyg wedi bwrw'r Sul, roedd y Ddraig yn anghydweld. Roedd hi wedi treulio'r penwythnos yn gwarchod ei phlant ei hun.

'Byddai clywed Saesneg yn ifanc yn fanteisiol iddyn nhw,' meddai Marie.

'Maen nhw'n clywed digon o hynny ar y teli'n barod,' atebodd o'n bendant.

Doedd Tina ddim yn cyd-weld â barn Dic am yr iaith fain chwaith.

'TI sy'n pasa mynd â nhw i Awstralia, Dic! Fydd neb yn fanno'n eu dallt nhw, a fyddan nhwthe'n dallt neb chwaith, y creaduriaid bach!'

A dyna pryd y sylweddolodd Dic fod gan Tina bwynt.

Er iddi achosi loes iddo wrth aros allan yn hwyr ym 'mharti Lyn', teimlai Dic fod Tina'n meddwl mwy am bobol eraill nag oedd o'n ei sylweddoli. Edrychai'n wrthrychol ac yn gadarnhaol ar bethau bob amser, ac roedd wastad yn ceisio rhesymu cyn dod i benderfyniad byrbwyll. Ond, anghydweld efo'i chais nesaf wnaeth Dic!

'Ga i eistedd i mewn yn y cyfweliade, Dic?'

'Ym . . . na, gwell peidio dychryn yr ymgeiswyr.'

Yn dawel bach, roedd Tina'n genfigennus ohono'n mynd i holi merched ifanc a del yn ei gartref ei hun. Does wybod beth oedd yn mynd drwy ei feddwl, meddyliodd.

'Mi fydde barn dynes yn fanteisiol iawn, fyswn i'n deud. Teimlad mamol ag ati . . .'

'Os felly, Marie ddylai eu holi nhw!'

Aeth hynny i lawr fel bwced o chwd efo Tina.

'A lle mae hynny'n gadael fi, Dic? Fi ydi dy gariad di; efo fi ti'n byw ar benwythnose rŵan, ac efo fi ti'n bwriadu ymfudo – a hynny efo dy blant di. Oes genna i unrhyw farn ar dy gynllunie tymor hir di?'

Gwyddai Dic ei fod wedi tramgwyddo Tina, ond

doedd hynny'n ddim o'i gymharu â sut roedd y Ddraig yn mynd i'w deimlo o'u colli nhw, meddyliodd.

'Mi fyddi di'n elwa o ddau blentyn, Tina,' mentrodd Dic ei phechu ymhellach. 'Colli nhw fydd Marie.'

'Iawn, 'te! Rho gyfweliad iddyn nhw dy hun 'te. Elli di ymfudo efo dy nani a dy blant os wyt ti isio! Dwi'n amlwg ddim yn ddigon da i ti!'

'Tina! Actia dy oed, nid maint dy sgidia! Wna i ddim gofyn i Marie ddod i'r cyfweliada siŵr iawn. Ond, mi wna i ofyn i'r plant fod yno.'

A dyna wnaeth Dic. Byddai'n gyfle i'r ymgeisydd llwyddiannus ddangos sut y byddai'n ymdopi efo'r plant. Byddai hefyd yn gyfle i'r plant ymddwyn yn waraidd neu'n anwaraidd o flaen yr ymgeiswyr, a rhoi eu barn bach nhw amdanynt. Ond, er mwyn bod ar ochr iawn Tina, gwnaeth Dic yn siŵr ei bod yn cael mynd drwy'r ffurflenni cais efo fo gan ddewis y pedwar ymgeisydd mwyaf addas.

Roedd rhai o'r merched (ac un dyn) wedi anfon lluniau ohonynt eu hunain efo'r ffurflenni cais. Nododd rhai fod ganddynt brofiadau o ofalu am blant tra oedd y rhieni'n gweithio dramor, ac roedd eraill wedi gwarchod babanod o oed meithrin i staff o fewn cwmnïau mawrion. Ond, ychydig iawn ohonynt oedd wedi byw efo teuluoedd gan ofalu am blant a'r cartref. Dyna oedd Dic yn chwilio amdano fwyaf, wrth gwrs. Er bod Marie yn Llys Meddyg ar benwythnosau, fedrai o ddim disgwyl iddi lanhau ar ben coginio a gofalu am y plant. Roedd hi'n blino ar y gorau heb sôn am fod yn disgwyl plentyn arall! Ond, roedd Dic angen person i ofalu amdano fo, y plant a'r cartref trwy gydol yr wythnos hefyd. Felly, y telerau i'r ymgeisydd llwyddiannus oedd:

i) chwarae efo, a gofalu am y plant
ii) danfon a nôl y plant o'r ysgol
iii) bod efo'r plant yn ystod gwyliau ysgol
iv) golchi a smwddio dillad y plant – a rhai Dic
v) coginio i'r plant – ac i Dic erbyn y nos
vi) siopa
vii) twtio'r ardd.

Doedd o ddim yn gofyn llawer!

Eisteddai Gari a Marged ar soffa'r lolfa, tra oedd Dic yn eistedd un pen i'r bwrdd bwyd a'r ymgeisydd y pen arall. Roedd y ddau fach yn dawel ac yn ymddwyn yn grêt drwy'r cyfweliad – dechrau da i unrhyw warchodwr, meddyliodd Dic.

'Fyddet ti'n fodlon edrych ar ôl y gegin yn ogystal â'r plant?' holodd Dic y cyntaf ar y rhestr fer.

''Na i edrych ar ôl y gegin, ond fedra i ddim cwcio,' atebodd honno.

Doedd ganddi ddim digon o synnwyr i gau ei cheg, meddyliodd Dic, ac roedd o un ymgeisydd i lawr. Daeth yr ail ymgeisydd i'r cyfweliad mewn siwt ddynol ac esgidiau cryfion, a doedd dim golwg fod ofn gwaith arni. Byddai hon yn grêt yn yr ardd hefyd, meddyliodd Dic yn obeithiol.

'Wyt ti isio plant dy hun?' holodd Dic, wedi iddo synhwyro nad oedd ganddi fawr o amynedd efo nhw.

'Nachdw, dwi'n *lesbian*,' oedd ei hateb annisgwyl.

A dyna Dic ddau ymgeisydd i lawr. Doedd ganddo ddim byd yn erbyn hoywon, ond doedd o ddim am i'w blant gael dau dad o gwmpas y lle chwaith!

'Oes genna ti gwestiwn i'r plant?' holodd Dic y trydydd cyfwelai, sef yr unig ddyn i ymgeisio am y swydd. Byddai ganddo well syniad o'i ymddygiad efo'r plant wedi iddo'i weld yn cyfathrebu â nhw, meddyliodd.

'Ym . . . Gari wyt ti, ie? Billy ydw i. Dwi'n dod o dre. Deud wrtha fi, pam fod mam a dad ti wedi gwahanu?'

Y penci dwl, meddyliodd Dic, a dyna'r tri ymgeisydd cyntaf wedi cael y garden goch ganddo. Dim ond un ymgeisydd oedd ar ôl. Roedd honno'n cyrraedd o fewn hanner awr.

Gwnaeth Dic goffi mawr du iddo'i hun, a dywedodd wrth y plant am fynd i chwarae am ychydig er mwyn iddyn nhw gael chwythu ychydig o stêm. Chwarae teg iddynt, roeddynt yn ymddwyn yn broffesiynol iawn ac yn gwrando ar bob dim oedd yn digwydd yn y cyfweliadau.

Pan gyrhaeddodd Dyddgu Morris, fedrai Dic ddim llai na sylwi ei bod yn ferch dipyn tlysach a hŷn na'r gweddill. Roedd ei hymarweddiad yn fwy aeddfed, a methai dynnu ei lygaid oddi ar ei chorff siapus a'i phrydliw ifanc. Gwisgai drowsus tyn nefi blŵ efo crys polo pinc – gwisg addas iawn i warchod plant, meddyliodd. Wedi i'r ddau fach ddychwelyd i eistedd, aeth Dic yn ôl at y bwrdd arholi, a meddyliodd am bob math o gwestiynau i'w gofyn iddi. Ond, gan fod ganddi flynyddoedd o brofiad ym maes gwarchod plant, aeth ar drywydd anoddach er mwyn gweld beth fyddai ei hymateb.

'Dyddgu, dwi'n sylwi fod genna ti bump Lefel "O". Pam dy fod di isio gwarchod plant efo cymwysterau mor uchel?'

'Mae angen gwybodaeth ymhob pwnc i fagu plant, Mr Jones,' atebodd hithau'n hynod o synhwyrol. 'Mae Bywydeg yn help cyffredinol at fywyd bob dydd.

Allwch chi fynd â'r plant i rywle yn y byd efo gwybodaeth am Hanes. Mae Cerddoriaeth yn eich galluogi i'w diddanu wrth ganu neu chwarae offerynne. Mae Gwyddor Cartref yn help i gynnal a chadw'r tŷ, ac mae Mathemateg yn gymhwyster sy'n hanfodol ymhob agwedd o fywyd.'

'Diolch, Dyddgu. Pryd alli di gychwyn?'

Erbyn i Dyddgu fedru gadael ei swydd bresennol i warchod Gari a Marged, roedd Dic wedi hysbysu'r ysbyty a threfnu i fynd yn ôl i weithio'n llawn amser. Trawsnewidiodd ei stydi'n stafell wely sbâr i Dyddgu, a rhoddodd gadair esmwyth a theledu ynddi er mwyn iddi gael preifatrwydd. Gan fod ganddo gyfrifiadur sbâr a wnâi'n iawn iddi, prynodd gadair a desg addas ar ei gyfer, ac roedd band llydan eisoes ar gael yn y tŷ. Er mai cytundeb pum diwrnod oedd gan Dyddgu, byddai'n cael rhwydd hynt i fyw yn Llys Meddyg ar benwythnosau hefyd pe dymunai.

Wrth gael dynes arall o gwmpas y lle, wyddai Dic ddim ai Tina neu Marie fyddai fwyaf cenfigennus. Ond, fel efo pob ci da, roedd o'n edrych ymlaen yn arw i gael sylw gan dair gast!

5. Pleidiol wyf i'm Had

Ers i Dic symud i mewn at Tina ar benwythnosau, teimlai Lyn yn genfigennus ac yn unig. Roedd fel petai wedi colli ffrind, oherwydd gallai godi'r ffôn ar Tina unrhyw adeg o'r dydd neu'r nos. Er ei fod yn gyndyn o gael pobl ddiarth i'w gartref oherwydd ei ffetis am ddillad merched, teimlai'n gyfforddus i gael Tina o gwmpas. Byddai'n rhoi ei barn ar ei goginio yn ogystal â'i ffasiwn. Roedd wrth ei fodd yn arbrofi ar gyfer bwydlen y Bistro, a gwerthfawrogai farn ddiflewyn-ar-dafod Tina ar ei greadigaethau.

Un bore Sadwrn, roedd Lyn angen trafod pryd o fwyd newydd yr oedd wedi ei greu ar gyfer ei gwsmeriaid. Ond, roedd yn hynod o siomedig pan wrthododd Tina iddo alw yn Nhŷ Clyd – a hithau'n ben-blwydd arno a phob dim!

'Mae'n anodd i ti ddod draw rŵan bod Dic yma mor aml,' eglurodd Tina ar y ffôn.

'Sori, *babes*,' mwmblodd Lyn, yn amlwg o dan deimlad. 'Siŵr bod hi'n grêt cael dyn mor olygus o gwmpas y lle.'

'Ti'n gwbod fel mae dynion yn gallu bod yn genfigennus!' meddai Tina.

Oedd yna elfen o rwystredigaeth yn llais Lyn? Oedd o'n ffansïo Dic? Aaaah! Wnaeth Tina erioed feddwl am hynny o'r blaen. Sobrodd, gan berswadio'i hun ei bod yn gwneud 'mynydd allan o dwmpath twrch daear'.

Roedd ffrindiau a chydnabod Lyn i gyd yn gwybod bod dylanwad ei fam wedi bod yn gryf arno ers yn fychan. Roedd yn naturiol ei bod hithau wedi ei faldodi, a doedd ganddo mo'r diddordeb lleiaf mewn tractorau, anifeiliaid nag unrhyw beth 'bachgennaidd' arall. Ond, trodd diddordeb ei fam yn y gegin yn fywoliaeth i Lyn, a choginio oedd yn talu'r morgais iddo erbyn hyn.

'Paid â phoeni Tins,' atebodd Lyn. 'Ro'n i jest isio gneud yn siŵr mod i wedi cael pob dim yn iawn efo'r saig newydd 'ma ... meddwl cael diod fach penblwydd yr un pryd ... Ond os ti'n brysur, does dim problem ...'

'... O, Lyn! Pam na faset ti'n deud ei bod hi'n benblwydd arnat ti?'

'Dydy rhywun ddim isio cyhoeddi ei fod yn mynd yn hen!' atebodd i guddio'i siomedigaeth.

'Ydi Gwenan yn dod i fyny i ddathlu?' holodd Tina er mwyn busnesa yn fwy na dim byd arall.

'Na. Mae ei chwaer yn mynd adre i drafod ei phriodas.'

'Priodas Gwenan?' gwenodd Tina wrth dynnu ei goes. Ond, wnaeth o ddim ymateb i'r cellwair. 'Gwranda! Be am i fi ddod draw atat ti pnawn 'ma? Wna i ddim aros yn hwyr, cofia, neu mi becha i Dic!'

Doedd Tina ddim am fod allan yn rhy hir y tro hwn, gan fod Dic yn dal i edliw am ei hymweliad hwyrol/cynnar ym 'mharti Lyn'. Doedd hi ddim yn siŵr beth oedd sefyllfa bersonol Lyn a Gwenan y dyddiau hyn chwaith, a byddai sgwrs breifat efo fo'n ateb llawer o gwestiynau! Pan oedd Gwenan yn gweithio yn llyfrgell y Borth, roedd yn hawdd cadw trac ar gyfeillgarwch/perthynas/carwriaeth y ddau. Ond, rŵan ei bod hi 'nôl yng Ngheredigion, wyddai neb a oedd hi'n ymweld â Lyn neu a oedd o'n mynd i lawr ati i'r gorllewin ai peidio.

Roedd Lyn ei hun yn fwy caeth erbyn hyn gan ei fod wedi cael dyrchafiad yn ei swydd. Fo bellach oedd prif gogydd y Bistro, ac roedd yn gorfod gweithio'n llawn amser – peth prin yn ei hanes. Ond, rhwng pres rhent gan dri pherson a chyflog llawn, gallai wario'n ddi-ben-draw ar rigowts newydd petai angen.

Roedd bod yn ben ar y gegin yn golygu llawer o waith meddwl am seigiau newydd, felly, roedd Lyn yn hynod falch o glywed car Tina'n cyrraedd y dreif yn hwyr un prynhawn Sadwrn. Byddai hithau yn ei hôl efo Dic yn Nhŷ Clyd erbyn naw o'r gloch, gan nad oedd hwnnw yn y mŵd gorau'r dyddiau hyn. Tybed oedd o'n genfigennus o berthynas glòs Tina a Lyn? Oedd o'n dechrau difaru symud ati ar benwythnosau? Neu oedd o hyd yn oed yn gweld colli'r Ddraig?

Dyna'r cwestiynau oedd yn gwibio trwy feddwl Tina wrth iddi geisio ymddangos yn gyffrous am syniadau newydd Lyn. Fel arfer, byddai Lyn wedi gwisgo'n drwsiadus (h.y. 'dros y top') ar gyfer cyfarfod Tina. Ond, y diwrnod hwnnw, edrychai'n ddigon di-nod a phathetig. Er fod pob owtffit yn gwneud iddo edrych yn heglog a thrwsgl, edrychai'n waeth os rhywbeth y diwrnod hwnnw!

'O, del, Lyn!' meddai Tina i godi ei galon. 'Mae dy sgert di'n dangos dy goesau di'n . . . dda.'

Ond roedd y sgert bletiog yn hynod o hen ffasiwn a thyn. Felly hefyd ei dop lycra, glas, oedd i fod i ddangos brestiau merched ar eu gorau. Doedd Tina ddim yn siŵr a oedd o'n cymryd tabledi i newid ei hormonau ai peidio, ond chwarddodd yn dawel wrth feddwl bod ei dits mor fflat ag Ynys Môn ar un ochr a'r Iseldiroedd ar y llall. Roedd dylanwad a steil chwedegau ei fam yn dal yn bwysig iddo – roedd ei esgidiau, ei emau, a hyd yn oed ei frat yn dangos hynny. Teimlai Tina ei bod wedi gweld cynnyrch gwell mewn *Sale of Work* yn festri'r capel flynyddoedd yn ôl, ond ddywedodd hi ddim!

'Fase sgidie *sling-back* yn edrych yn well na rhai platfform dwed, *babes*? . . . Ydi'r *toupé* yma'n rhy hir . . . 20 neu 40 Denier ydi'r gore efo'r sgert yma . . .?'

Gorfu i Tina dorri ar ei draws.

'. . . sori, Lynsi. Oeddet ti ddim isio trafod rhyw fwydiach efo fi . . .?'

Treuliodd Tina ddwy awr yn trafod ei saig unigryw – ac aeth Lyn i'r drafferth i'w choginio o'i blaen i wneud yn siŵr fod pob dim yn gweithio yn ei goncocsiyn newydd.

'*Lyn's Leek and Cheese Flan* ydi hi,' eglurodd gan ddechrau pwyso a mesur ei gynhwysion. 'Gei di fod yn fochyn cwta i mi i wneud yn siŵr ei bod yn fwytadwy!'

'Be sydd ynddi hi i gyd?' holodd Tina i ddangos diddordeb.

'Wel,' atebodd yn gynhyrfus. 'Roedd yn bwysig cael cynnyrch Cymreig fel cennin, 'toedd, *babes*? Wedyn, genna i gaws Llŷn, wyau a llaeth lleol, rhyw dwts bach o nytmeg a chynhwysion eraill sy'n gyfrinachol . . .'

Wedi hanner awr arall yn aros iddo goginio, a gwrando ar Lyn yn trafod ei syniadau ar gyfer dyfodol y Bistro, roedd Tina wedi yfed digon o de iddi fedru piso cymaint â phistyll Llanrhaeadr ym Mochnant.

'Neis iawn,' meddai'n ddidwyll yn gymaint ag i'w blesio. 'Llongyfarchiade ar dy greadigaeth. Ga i fynd i'r lle chwech rŵan?'

'Wrth gwrs. Diolch am dy farn onest.'

'Pen-blwydd hapus Lyn,' meddai Tina wedi iddi gael rhyddhad, ac esgusododd ei hun i fynd yn ôl i Dŷ

Clyd. Roedd wedi mwynhau cwmni Lyn gan ei fod yn chwa o awyr iach, a gwyddai fod ganddo botensial i ddod yn un o brif gogyddion Cymru.

Pan gyrhaeddodd ddreif ei chartref, roedd Tina'n barod i gael noson glòs yng nghwmni ei hanwylyd. Ond, wrth gyrraedd, sylwodd fod y llenni ar gau. Roedd y drws ar glo hefyd, a phan roddodd y goriad yn y twll, doedd hi ddim yn troi! Dechreuodd amau pawb a phob dim, ac aeth cant a mil o bethau drwy ei meddwl. Yn lle canu'r gloch i Dic gael cyfle i ddod i agor y drws, aeth at y ffenest i geisio edrych drwy'r llenni. Oedd hi'n gweld cysgod dau berson ar y soffa? Oedd hi'n gweld rhywbeth tebyg i din yn codi a gostwng? Yna, cofiodd yn sydyn am y nani! Ffycin hel, meddai wrthi hi ei hun, mae Dic ar gefn Dyddgu!

'Dic!' gwaeddodd Tina'n wyllt, gan gnocio'n orffwyll ar y ffenestr. 'Agor y drws 'ma'r sglyfaeth! Dwi'n gallu'ch gweld chi'n iawn!'

Yna, canodd y gloch, a bu peth oedi cyn i Dic ymddangos ar stepen y drws. Roedd yn hynod o dawel a digynnwrf. Oedd o'n edrych yn rhy ddiniwed? Ai ci tawel oedd newydd frathu oedd o? meddyliodd Tina.

'Lle mae hi?'

'Lle mae pwy?' holodd yntau, gan ei hannog i fynd i mewn i'r tŷ, yn lle bod allan ar noson mor aeafol. 'Ty'd i mewn yn lle rhewi'n fan hyn, a gwaedda'n dawelach, neu mi fydd pawb yn dy glywed di!'

'O, diolch yn fawr! Cael fy ngwadd i fy nhŷ fy hun rŵan ie, pan mae 'ne ddynes arall newydd ei heglu hi allan drwy'r drws cefn!'

'Am bwy wyt ti'n sôn, dwed? Ty'd. Mi wna i goffi cry a wisgi'n ei lygad o i ti.'

Wedi i Dic gysuro Tina a'i darbwyllo nad oedd neb

wedi bod ar *gouch* y doctor y noson honno, cwtsiodd y ddau at ei gilydd gan setlo i wylio ffilm ar DVD – un dipyn mwy diniwed na'r un welodd Tina efo Antonio! Tawelodd ei gwaed a'i nerfau, a bodlonodd ar dreulio'r noson yn edrych ar un o ffilmiau Bond – James Bond. Llonydd oedd y ddau ohonyn nhw eisiau heno, a doedd yr un yn teimlo fel 'ysgwyd na throi' eu hen bethau fel y cymeriadau yn y ffilm!

'O'n i'n genfigennus dy fod di wedi mynd allan eto heddiw,' cyfaddefodd Dic pan oedd 007 ar ganol diddanu rhyw ferch fronnog a deniadol.

'Cenfigennus mod i efo dyn fel Lyn?' holodd Tina, efo gwên ar ei hwyneb erbyn hyn.

'Na. Achos bod gen ti gymaint o ffrindiau.'

Pitïodd Tina drosto. Roedd Dic yn ddyn o statws uchel o fewn yr ysbyty, ond doedd o'n gwneud fawr ddim efo neb y tu allan i'w weithle. Doedd o'n perthyn i'r un gymdeithas (oni bai am y BMA), nac yn aelod o'r un clwb golff, rygbi na Derby and Joan hyd yn oed! Yr unig rai roedd o'n cymdeithasu â nhw oedd llawfeddygon eraill adeg partïon Nadolig neu gynad-leddau, a phaned weithiau efo Gwenda ac Arthur drws nesa. Y Ddraig a'i ddau o blant oedd ei fywyd wedi bod ers cymaint o flynyddoedd.

Doedd Dic ddim wedi sylweddoli fod gan Tina fywyd mor brysur. Credai cyn symud ati ar benwythnosau mai fo yn unig oedd ei byd, ac y byddai'n rhedeg ato dim ond iddo glicio'i fysedd! Er nad oedd Tina'i hun yn aelod o unrhyw glwb na chymdeithas, roedd ganddi ddigon o fywyd cymdeith-asol, a deuai ymlaen yn dda efo pawb. Roedd yn dal i nofio dipyn ers dyddiau ei hen gariad, Andrew, a chadwodd mewn cysylltiad efo rhai o gyd-weithwyr y

Borth Journal a Radio Ysbyty'r Borth. Daeth i nabod llawer trwy gylch o ffrindiau ei chyn-gyd-letywyr, Ann a Gwenan, hefyd.

'Mae bod heb y plant ar benwythnose'n gyfle i ti ddechre cymdeithasu,' awgrymodd Tina, gan ei bod yn synhwyro bod Dic yn hunandosturiol. 'Be am fynd i'r *gym* neu i chwarae sboncen neu rywbeth ar nos Wener?'

'Ro'n i'n meddwl mai'r syniad oedd i ni'n dau ddod i nabod ein gilydd yn well!'

'Mae pawb angen gofod, Dic, ac mae bod ar wahân i fod i gryfhau perthynas.'

'Ond, efo *ti* dwi isio treulio'r penwythnos, Tina!'

'Dwi'n falch o glywed, cariad. Fedren ni fynd i'r *gym* neu i nofio efo'n gilydd.'

'Fawr o awydd wedi diwrnod o waith.'

'Ydi hynny'n golygu y dylwn i weld llai o fy ffrindie ar benwythnose 'te?'

Poenai Tina fod Dic yn mynd i'w ffrwyno i'r tŷ'n ormodol, ond doedd hi ddim yn barod i gael ei chaethiwo gan neb – dim hyd yn oed gan y dyn yr oedd yn ei garu fwyaf. 'Dwi'm isio bod fel dau *hermit* yn y tŷ o hyd!'

'Sgenna i ddim gwrthwynebiad i ti fynd, Tina.'

Roedd rhywbeth yn amlwg ar feddwl Dic, meddyliodd hithau. Roedd o'n flin fel cacynen, a doedd dim a ddywedai'n mynd i'w blesio. Oedd o'n trio cuddio'r ffaith fod Dyddgu wedi bod yno wedi'r cwbl? Mentrodd ofyn sut roedd y nani'n dod ymlaen efo'r plant.

'Mae'n hogan atebol iawn,' atebodd Dic, heb unrhyw arlliw ei fod yn cael perthynas â hi. 'Mae'r plant yn licio hi dwi'n meddwl, er ei bod hi braidd yn chwit-chwat. Digon o ymennydd ond dim digon o amynedd, hwyrach.'

'Be mae hi'n neud tra bod Marie'n gwarchod ar benwythnose?'

'Mynd yn ôl at ei rhieni weithia.'

'Ac aros yn Llys Meddyg dro arall?'

'Ia.'

'Oes ganddi hi gariad?'

Cochodd Dic.

'Be wn i, Tina! A be ydi'r holl holi 'ma? Ti'n dal i feddwl ei bod hi wedi bod yma?'

'O leiaf, mae o'n gneud dau berson cenfigennus. Dwyt ti ddim yn licio mod i wedi treulio'r pnawn efo Lyn, a dydw inne ddim yn licio bod genna ti nani a gwraig yn rhannu dy gartre di!'

'Mae'n rhaid ein bod ni'n licio'n gilydd,' chwarddodd Dic gan afael yn warchodol amdani.

Wedi i gampau gorchestol Bond – James Bond – ddod i ben, doedd hi ddim yn hir cyn i Tina a Dic gael yr awydd rhyfeddaf i efelychu campau rhywiol yr actorion.

*   *   *

Daeth diwedd ar wythnos hectig arall yn Ysbyty'r Borth, ac roedd Ann yn falch o gael bwrw'r Sul yn nhawelwch Pen Llŷn. Doedd hi ddim yn wyliau ysgol eto, felly doedd pobl o dros y ffin ddim wedi tyrru yno! Dyna oedd un o anfanteision byw ar y penrhyn, meddyliodd Ann – pobl ddiarth yn prynu harddwch ei bro efo'u harian parod. Bu hi'n hynod o lwcus fod Tomi wedi etifeddu fferm deuluol ei dad er mwyn cael aros yn ei chynefin. Ond, problem fawr Ann oedd ei hanfodlonrwydd i roi'r gorau i'w gwaith er mwyn bod yn wraig amser llawn ar y fferm honno.

Dyna oedd y pwnc trafod ym mharlwr Pant Mawr ryw bnawn Sadwrn glawog arall. Roedd Ann â'i thraed i fyny'n barod i wylio *You've Been Framed* a rhaglenni adloniannol eraill pan orffennodd Tomi ei dasgau am y dydd.

'Fuodd y bildars yn brysur wythnos yma,' meddai Ann dros goffi a chacen gri. 'Mae'r byngalo wedi altro.'

'Mae'r gragan yn ei lle beth bynnag,' atebodd Tomi, yn fwy gobeithiol na'r arfer. 'Plastar a lloria wythnos nesa, ac mi· wellith petha'n arw cyn y Nadolig.'

'Mae 'na obaith y bydd pob man wedi'i orffan ymhell cyn y Pasg, felly?' holodd Ann yn hyderus, a gwelodd Tomi ei gyfle.

'Fysa hynny ddim yn amsar call i ti roi'r gora yn yr ysbyty 'na dwed? Mi fydd 'na dipyn o waith peintio a phapuro.'

'Ti'n trio deud mai fy ngwaith i fydd hynny?'

'Mi fydd 'na loia bach ac ŵyn genna i'n bydd!'

'Be am dalu am rywun proffesiynol 'ta?'

'Os ydi cyflwr y wlad 'ma wedi gwella, rydan *ni'n* dal mewn *credit crunch*! Dwi'm yn mynd i dalu am beintio ar ôl gwario'r holl am neud y ddau le!'

Roedd bygythiad yn llais Tomi. Meddyliodd Ann am rywbeth diplomataidd i'w ddweud, cyn esgusodi ei hun i fynd am gawod.

'Mae parch yn ennyn parch, Tomi Davies. Be am drafod y matar ymhellach dros beint a phryd o fwyd yn y Ship? Fuon ni ddim allan efo'n gilydd ers ioncs.'

Roedd y syniad o wlychu pig yn apelio at Tomi. Doedd o ddim wedi cael noson allan ers wythnosau, a theimlai ei fod yn llwyr haeddu sesiwn iawn. Wedi i

Ann fynd i'r ystafell ymolchi, mentrodd Tomi ffonio Harri Cae Pella i ofyn a oedd am ymuno efo nhw am bryd. Roedd hwnnw'n hynod o falch o gael cwmni hefyd, ac fe ffoniodd yntau Bryn y Boncyn, a oedd yn fwy na bodlon cael noson o olwg Marie a'i lwmp boliog. Roedd Bryn wedi dweud ers blynyddoedd fod eisiau cau tafarndai bach y wlad . . . er mwyn adeiladu rhai mawr yn eu lle!

Roedd wedi mynd yn anodd cael bwrdd yn y dafarn leol y dyddiau hyn, a doedd Ann a Tomi ddim wedi bod yno ers i'r lle gael ei brynu gan fragdy mawr o 'ffwr. Gwnaed llawer o newidiadau gan y tenantiaid newydd, a thrawsnewidiwyd y lle'n ôl fel yr oedd yn y ddeunawfed ganrif. Yn hytrach na'r olwg blastig oedd arno yn y blynyddoedd diweddar, roedd distiau derw a hen greiriau morwrol yn britho'r lle. Roedd bareli cwrw hynafol fel cadeiriau a hen estyll cychod wedi eu haddasu'n fyrddau. Gan i'r pen-cogydd newydd gael ei enwi'n un o gogyddion gorau Prydain, edrychai Ann ymlaen at gael rhoi ei barn ei hun ar ei goginio, a mwynhau pryd o fwyd rhamantus yng nghwmni ei gŵr.

Cyrhaeddodd y ddau'r dafarn yn gynnar. Cwpwl hoyw o dde Lloegr oedd yn rhedeg y lle erbyn hyn, ac roeddynt yn gefnogol iawn i'r Gymraeg a'r bobl leol. Ond, cythruddwyd Ann cyn iddi roi ei throed i mewn drwy'r drws hyd yn oed. O dan arwydd y Ship & Compass, roedd y cyfieithiad codog 'Cludo & Amrediad'! Yna, uwchben y drws roedd 'Yn Mygu Arwynebedd' am *No Smoking*! Ddywedodd Ann ddim byd am y tro, gan na fyddai llawer o Gymraeg rhyngddi hi a Tomi erbyn diwedd y noson chwaith!

'Bwrdd i ddau,' meddai Ann wrth y Pwyliad gwelw a ddaeth i'w hebrwng i'r bwyty.

'Bwrdd i bedwar,' cywirodd Tomi hi, ac edrychodd Ann yn hurt arno. 'Mae Harri a Boncyn yn ymuno efo ni!'

Mwynhaodd Ann ei *lasagne* a'i bara garlleg yn fwy na'r cwmni. Erbyn naw, roedd wedi cael digon ar sgwrs y dynion, a throdd honno o drafod y farchnad stoc a stoc a phris y farchnad i ferched rhydd a babis! Roedd y tri'n yfed ei hochr hi, a gwyddai Ann o'r dechrau mai hi fyddai'n gorfod gyrru. Gan ei bod yn teimlo mor unig, penderfynodd hithau ffonio Catrin, ei ffrind bore oes. Ymhen chwinciad, roedd honno wedi ymuno, ac roedd y ddwy wrth eu boddau'n cael cyfle prin i sgwrsio am bethau dibwys bywyd. Doedden nhw ddim wedi gweld ei gilydd ers y briodas, ac roedd y cwrw'n achosi i Harri a Boncyn ddangos diddordeb mawr ynddi!

Merch sengl oedd Catrin erbyn hyn, er iddi fod yn briod ddwywaith. Serfio petrol a gwneud y gwaith papur yng ngarej y pentre oedd ei gwaith ers blynyddoedd, felly roedd pawb lleol yn ei hadnabod yn dda. Roedd y dynion yn ei nabod yn well fyth, oherwydd bu'n diddanu nifer ohonynt ar hyd y blynyddoedd. Ond, roedd ganddi hawl i wneud hynny, oherwydd doedd ganddi ddim cyfrifoldebau o fath yn y byd.

Erbyn diwedd y nos roedd Harri wedi closio ati, ond dilynodd Boncyn o fel cynffon.

'Be ti'n neud rŵan?' holodd Harri hi efo aneglurder lleferydd.

'Mwynhau peint o Mild,' chwarddodd Catrin, gan wincio ar Bryn.

'Wyt ti isio un? Hynny ydi, peint . . .?' cynigiodd Harri.

Doedd o ddim yn siaradwr cyhoeddus da iawn, ond roedd o'n fflyrtiwr gwaeth fyth.

"Dw i newydd roi un i mewn iddi,' atebodd Bryn gydag ystyr deublyg pellach, ac edrychodd Catrin yn chwareus arno.

'Fedri di ailadrodd hynna plîs?' meddai â thinc nwyfus yn ei llais. 'Mi gymera i hwnnw i wlychu pen y babi. Pryd mae o'n diw, Bryn?'

'Mewn llai na dau fis.'

'Mae'n rhaid dy fod di'n edrych ymlaen!'

'Difaru mwy wrth edrych yn ôl!'

Aeth Bryn yn dawel, a throdd Harri ar ei sawdl i fynd i'r lle chwech.

'Dydi petha ddim yn berffaith o bell ffordd,' ychwanegodd Bryn. 'Mae Mam yn dangos mwy o ddiddordeb yn y babi na fi a Marie efo'n gilydd!'

'Alle neith y llinyn bogail glymu'ch perthynas chi efo'i gilydd,' cynigiodd Catrin air o gysur iddo.

'Tyrd â dy rif ffôn di i mi ac mi ffonia i i ddeud pryd mae o'n cyrraedd.'

Wedi i Catrin a Bryn gyfnewid rhifau, ac i Harri straffaglu am adre'n unig unwaith eto, penderfynodd Ann fod Tomi wedi cael hen ddigon o gwrw hefyd.

'Adre, Tomi Davies, neu fyddi di ddim gwerth dy godi.'

'Noson ramantus, ia, Ann?' holodd Catrin.

'Argol!' atebodd hithau. 'Taswn i'n rhoi *blowlamp* o dani, fysa honno ddim yn codi heno, gwael!'

Roedd Ann yn nabod ei gŵr mor dda â hynny. Ond, ar y pryd, doedd hi ddim yn llawn sylweddoli fod *blowlamp* Tomi eisoes wedi gorweithio ychydig o fisoedd ynghynt.

*   *   *

Cyrhaeddodd Tina'i gwaith efo'r *Borth . . . House Journal* am chwarter i naw. Roedd yn hoffi bod yno'n gynnar er mwyn cael paned a chlirio'i desg yn barod am ddiwrnod o newyddiadura. Ond, doedd pawb ddim mor gydwybodol â hi. Dod i mewn hanner awr yn hwyr wnâi rhai, tra bod eraill yn cymryd y clod am ysgrifennu straeon pobl eraill. Doedd gan Tina fawr o amynedd efo gweithwyr oedd yn cymryd mantais ar eu cyflogwyr. Byddai rhai'n absennol dim ond i'r gwynt chwythu arnyn nhw! Ond, yn ddiweddar, roedd hi ei hun, yn ogystal â nifer o staff y *Journal* wedi cael llond bol ar y bosys newydd. Felly, tueddai pawb i wastraffu amser yn gwneud pethau personol yn ystod oriau gwaith. Os nad oedd y parch i'w gael ar y top, meddyliodd Tina, pam ddylai hi a'r staff ar y gwaelod gario'r baich?

'Tina Thomas. Swyddfa – mewn deng munud!'

Yr unben oedd yn galw, a wyddai hi ddim beth oedd y tu ôl i'r gorchymyn. Roedd Mr Godfreys wedi cachu ar ei *chips* unwaith, a doedd fawr o bwys gan Tina beth fyddai'r crinc yn ei ddweud y tro yma chwaith! Cafodd ei hisraddio ganddo ar y dechrau, ac efallai y byddai'n cael ei darostwng eto. Ond, roedd yr hwyl a'r her, y parch a'r pleser wedi mynd o'r gwaith erbyn hyn. Felly, roedd hi'n barod i ddweud hynny yng ngwyneb llyfn Mr Godfreys heb boeni 'run botwm corn.

'Mae gwerthiant y papur wedi mynd i lawr, Miss Thomas.' 'A bore da i tithe hefyd y ffycar,' hefrodd Tina o dan ei gwynt. 'Mae'n amlwg mai ti a'r gohebwyr eraill sydd ar fai. Mae angen newid cynnwys y papur ac arddull y sgwennu. Mae o'n rhy gyntefig. Mae o'n stêl.'

Llyncodd Tina ei phoer, a chymerodd wynt hir, hir i mewn i'w hysgyfaint.

'Mr Godfreys,' mentrodd. 'Dwi wedi gweithio ar y papur 'ma fel gohebydd, is-olygydd a golygydd, ac roedd y gwerthiant yn mynd i fyny fel roeddwn i'n dringo'r ysgol. Rŵan, ers i chi gymryd drosodd, mae'r gwerthiant wedi mynd i lawr. Sut fedrwch chi feio rhywun arall am hynny?'

Baglodd hwnnw'n simsan dros ei theori dila. Sut feiddiai hi ei ateb yn y fath fodd?

'Mae gennym ni weledigaeth . . . Mae'r darllenwyr angen rhywbeth newydd . . . Mae'n cymryd amser i bethau newid . . . Rhaid i bethau fynd i lawr cyn mynd i fyny.'

Dwi'n gwybod hynny'n iawn, y pen coc diawl, meddyliodd hithau.

'Gaf i awgrymu nifer o bethau i chi Mr Godfreys,' meddai Tina ymhellach ac yn hollol hyderus erbyn hyn. 'Yng nghefn gwlad Cymru rydech chi rŵan, a phobol llawr gwlad ydi'r rhan fwyaf o'ch darllenwyr chi. Mae ganddyn nhw ddiwylliant a disgwyliadau gwahanol os nad ydech chi wedi sylwi. Rŵan 'te. Dyma ddywedodd pobol ardal y Borth roedden nhw eisiau ei weld mewn papur lleol mewn holiadur 'nes i ei gynnal dro 'nôl:

1. Straeon lleol, nid sgandalau am selébs
2. Adroddiadau a lluniau o ddigwyddiadau lleol
3. Colofn lythyrau i leisio barn y werin bobl, draddodiadol
4. Colofn Genedigaethau, Priodasau a Marwolaethau.

Efallai y byddai'n werth i chithau gynnal holiadur i weld drosoch chi eich hun.'

'Diolch am y sylwadau, Miss Thomas. Yn y cyfamser, gaf i ofyn i chi lansio Colofn Broblemau at yr wythnos nesa. Sgwennwch ychydig o rai ffug neu ddwyn rhai o gylchgronau i ddechrau. Yna, dwi'n ffyddiog y bydd pobl yn sgwennu i mewn yn eu dwsinau efo'u problemau pathetig eu hunain.'

Dydi'r cwd ddim wedi gwrando gair arna i, meddyliodd Tina, ac aeth yn ôl at ei desg i wastraffu mwy o amser y cwmni. Beth oedd pwynt trafferthu? Doedd neb uwch ei phen yn poeni dim am ei barn hi, gweddill y staff na'r darllenwyr hyd yn oed. Oedd! Roedd gan Tina ddigon o bethau i'w gwneud yn ei gwaith. Ond, bellach, doedd nemor ddim ohono'n gysylltiedig â'r *House Journal*! Roedd anfon negeseuon Facebook, prynu pethau oddi ar eBay neu e-bostio'i ffrindiau'n dipyn mwy difyr. Felly hefyd chwilio'r we am wyliau haf, gwaith yn Sydney, insiwrans car, tŷ yn Sydney, morgais rhatach, ysgolion cynradd yn Sydney, llenni newydd, car arall . . . a phrynu teganau rhyw ar gyfer Dic a hithau.

Ers i Tina gael cwmni Dic bob penwythnos tra oedd ei wraig yn gwarchod eu plant, teimlai ei bod yn hawdd i berthynas sefydlog fynd yn stêl yn sydyn. Roedd cariad Dic yn ddiogel erbyn hyn, ac o'r herwydd, roedd wedi colli ychydig o'r cynnwrf cychwynnol. Dyna pam fod cynnig Antonio wedi bod yn gymaint o wefr iddi. Roedd y berthynas ddirgel yn beryglus a thrachwantus – yn union fel yr oedd un Dic a hithau ar y dechrau. Roedd yna hud a pherygl yn perthyn i'r tsips yn Pesda a'r jwmp yn y car yn unigeddau Eryri ers talwm.

Felly, penderfynodd Tina ei bod yn bryd chwilio am rywbeth i gynhyrfu'r berthynas.

Bu'n Gwglo'r we am oriau pellach yn chwilio am rywbeth i godi'r awydd, gan chwerthin a chwenychu bob yn ail. Erbyn diwedd y dydd, roedd wedi archebu pob mathau o ddilladau a theclynnau rhywiol. Fyddai neb callach mai *vibrator* ar ffurf ffôn symudol a minlliw fyddai'n llenwi ei chês y tro nesa'r âi ar wyliau! Ac fel un bach ychwanegol, archebodd y *Tingle Tip Electric Toothbrush Clitoral Stimulator*. Bendigedig, meddyliodd. Y cwbl fydd yn rhaid neud fydd tynnu pen y brwsh dannedd trydan o'i soced a gosod y *Tingle Tip* yn ei le. Digon i dynnu dŵr i'ch . . .

Wrth wneud gwaith cartref fel hyn yn ystod oriau gwaith, doedd o ddim i gyd yn ofer. Erbyn diwedd y dydd, roedd Tina wedi meddwl am lu o gwestiynau i golofn newydd yr *House Journal*.

6. Du a Gwyn

Ceisio gwneud gwaith ymchwil ar gyfer ei chwrs Astudiaethau Crefyddol oedd Gwenan un noson. Ond, oherwydd nad oedd Band Llydan ar gael yn yr ardal, roedd wedi cael ei chaethiwo i geisio astudio yn ystafell fyw ei chartref. Roedd hynny'n amhosib! Rhwng bod ei mam yn hel clecs ar y ffôn rownd y rîl, a'i thad yn actio'n odiach nag erioed, doedd dim llonydd iddi ganolbwyntio ar chwilio'r we na darllen mewn tawelwch. Roedd wedi cael mwy na llond bol.

'Beth yw dy gynllunie di am weddill yr wythnos 'te, bach?' holodd ei mam ar ôl rhoi'r ffôn poeth yn ôl yn y crud. Roedd pwy bynnag oedd y pen arall yn siŵr o fod yn falch o gael tawelwch!

'Rwy'n mynd lan i'r Borth,' oedd ateb pendant ei merch.

''To?' holodd ei thad yn ddiemosiwn. 'A gadael fi 'da hon!'

Dim ond syllu i'r fflamau a mwmian siarad wnâi Elfed Lewis y dyddiau hyn. Câi'r tân ei sugno i fyny'r simdde gan rym y stormydd allanol a'r rhai mewnol.

'Ond, mae Lliwen yn dod gartre i drafod y briodas!' meddai Gwyneth Lewis yn hallt, gan geryddu ei merch ddilychwin. 'Fe ddylet fod yma i helpu dy chwaer fach!'

'Hanner chwaer,' ychwanegodd Elfed Lewis, gan godi hen grachen unwaith eto.

Roedd o'n methu'n lân â maddau i'w wraig am gael perthynas odinebus efo'i frawd dros dri deg mlynedd yn ôl. I geisio anghofio am hynny, deuai'r botel wisgi allan pan nad oedd neb o gwmpas, ac roedd yn fynychwr selog erbyn hyn yn y dafarn leol.

'Mae 'da fi mywyd 'yn hunan i'w gael, ac rwy'n mynd i'r north i gael llonydd.'

'Ond, so ti eriôd wedi cwrdd â Gwyn,' ychwanegodd ei mam.

'Mae Lliwen a Gwyn yn ddigon hen i wneud eu trefniadau priodas eu hunain.'

'Fydde fe ddim yn beth Cristnogol iawn i ti fynd odd'ma Gwenan!'

Pigodd hynny gydwybod Gwenan, ac roedd yn rhaid iddi newid ei threfniadau munud olaf. Roedd wedi meddwl cael penwythnos yng nghwmni Lyn, a'i helpu yng nghegin y Bistro. Byddai wedi hoffi mynd heibio Tina i Dŷ Clyd, a galw am baned efo Ann ym Mhant Mawr. Ond, dyna ddiwedd ar ei chynlluniau personol, ac roedd ei mam wedi cael y llaw uchaf arni eto.

Roedd Gwenan yn awyddus iawn i brofi bwydlen newydd Lyn, ac roedd ganddi syniadau pellgyrhaeddol am adloniant i Bistro'r Borth. Petai ei chynllun yn llwyddiant, gallai ei gyflwyno i'w thafarn leol hithau hefyd. Gan ei bod wedi adfywio Capel Hebron efo'i chyfarfodydd ysgafn, llawn bwrlwm, roedd yn grediniol y byddai'n gallu achub mwy o eneidiau. Ei syniad diweddaraf oedd cynnal nosweithiau o Sesiwn a Seiat mewn tafarndai. Byddai'n gyfle i bawb gyd-yfed a chyd-drafod materion moesol ac ysbrydol mewn awyrgylch anffurfiol a llai capelyddol. Doedd ganddi ddim byd yn erbyn i bobl eraill yfed y ddiod gadarn, ond roedd hi ei hun yn gadarn yn ei erbyn.

Wedi mân-siarad efo'i mam, roedd Gwenan bellach yn edrych ymlaen at gyfarfod Gwyn, cariad Lliwen.

Roedd y ddau'n gweithio yn y cyfryngau ers nifer o flynyddoedd, ac yn canlyn ers o leiaf ddwy flynedd. Gweithio yn yr adran adloniant ysgafn oedd Lliwen tra bod Gwyn yn ymchwilydd yn yr adran chwaraeon. Roedd Gwenan wedi siarad ag o ar y ffôn, ac ymddangosai'n fachgen dymunol iawn.

'O, ti wedi siomi fi, Gwens!' meddai Lyn wedi iddi dorri'r newyddion nad oedd am fynd i'r gogledd. 'A finna wedi cymryd penwythnos i ffwrdd i fod hefo ti!'

'Wel, jiw, pam na ddoi di i lawr i fan hyn 'te? Bydd hi'n jacôs neis gyda ni i gyd gartre!'

Ac felly y bu. Wedi i Lyn orffen ei shifft gynnar yn y Bistro ar y dydd Gwener, roedd wedi neidio i'w gar gan yrru'n llawen ar hyd y ffyrdd culion am y gorllewin. Câi bleser pur wrth yrru i weld Gwenan. Roedd yn braf bod rhywun eisiau ei gwmni, ac roedd wrth ei fodd yn cael yr esgus lleiaf i bacio'i gês efo'i ddillad diweddaraf. Er bod y ffordd bellach yn gyfarwydd iddo, roedd hi'n nosi'n gynnar a gallai niwl neu rew lyffetheirio'i daith. Roedd yn nerfus iawn mewn amgylchiadau o'r fath. Ond, cyrhaeddodd gartref Gwenan yn ddidrafferth, ac fel roedd yn cyrraedd, roedd hi'n ei gyfarch yn y dreif. Wedi coflaid ddiniwed, aethant i'r tŷ, lle'r oedd te bach (paned mewn cwpanau tsieina a phice ar y maen) wedi ei baratoi.

'Shwt o'dd yr hewl, Lyn bach?' holodd Mrs Lewis – dyna oedd ei chwestiwn cyntaf bob tro.

Ond, y tro hwn, doedd gan Mrs Lewis fawr o amynedd i aros i wrando am yr ateb, oherwydd roedd yn disgwyl y ferch afradlon a'i chariad adre o Gaerdydd.

'Nawr 'te, Lyn. Ewch â'ch bagiau lan stâr i stafell Gwenan er mwyn i Lliwen a Gwyn gael digon o le. Dyma'r tro cyntaf i ni gyfarfod Gwyn, chi'n gweld.'

'O,' meddai Lyn. 'Un o le ydi o?'

'O Gaerdydd. Cymro Cymraeg! Ma' nhw'n priodi cyn Pasg hyn.'

'Plesio felly, Mrs L?'

'Fi'n lico honna! Rwy 'di cael fy ngalw'n bopeth, ond eriôd yn Mrs L!'

'Dim ond Blydi L,' meddai Elfed Lewis o dan ei wynt.

'Odi, plesio'n fowr,' atebodd hithau, gan anwybyddu sylw pigog ei gŵr.

Fel roedd pawb yn gorffen eu te, clywyd sŵn car arall yn nesu at y tŷ, a rhoddwyd y tegell i ailferwi er mwyn croesawu'r gwesteion newydd. Gan ei bod yn rhy oer i neb fynd allan i gyfarch Lliwen a Gwyn, arhosodd pawb iddyn nhw ddod i'r tŷ – a chafodd pawb sioc efo'i gilydd.

'Shwt mae pawb 'te?' holodd Lliwen i dorri'r oer, ac yn ymwybodol o'u sioc. 'Mam! Dad! Shw'mai Gwens. A Lyn . . . Pawb yn *ace*?'

Edrychai Lliwen fel seren o'r byd ffilm yn ei sodlau uchel a'i cholur. Roedd llithro ar rew neu eira'n bell oddi ar feddwl merch ddinesig fel hi erbyn hyn! Ond, nid arni hi yr oedd golygon ei theulu. Llygadrythodd pawb ar Gwyn cyn edrych ar ei gilydd gyda llygaid mawrion ac anghrediniaeth.

'Ble mae Gwyn 'te, bach?' holodd Mrs Lewis mewn penbleth.

'Blydi L!' harthiodd Elfed Lewis o'i gadair. 'Hwn yw e'r fenyw dwp!'

'Dyn du . . . duwiol y'ch chi, Gwyn?'

Wyddai Gwyneth Lewis ddim ble i edrych na ble i droi.

'Paid poeni, Mrs Lewis. Rwy wedi hen arfer *like*. Mae llawer o bobl du yn *Kerdiff*, t'wel.'

'Nawr 'te, Gwyn bach,' meddai Elfed Lewis, gan gymryd llawer mwy o ddiddordeb ynddo na'i wraig o flaenores barchus. 'Dynion di-Gwmrâg sydd fel arfer yng Nghaerdydd, ond rwyt ti'n ddu, Gwyn a Chwmrâg. Shwd 'nny 'te?'

'Hen, hen taid fi'n caethwas *like*. Wedi dod i'r Byd Newydd o'r Congo. A Bandundu oedd enw'r lle, *mun*! *Honest* nawr!'

'Wel, wel.'

'Roedd hen, hen nain fi'n dod o Alltyblaca *though*! *"Black and White Minstrels"* oedd pawb yn galw nhw *mun*!'

Chwarddodd Elfed Lewis fel petai wedi cael bywyd newydd.

'Mae gwaed Cardi ynot ti! Bachan, bachan. Nawr 'te, beth am joch bach o wisgi i dy groesawu di'n swyddogol! Gwyneth! Dere â diod fach i dy fab yng nghyfraith yn lle sefyll yn fanna'n rhythu fel delw.'

Deffrodd Gwyneth o'i pherlewyg gan ufuddhau i orchymyn ei gŵr. Roedd yn falch o gael mynd i'r gegin i ddod dros y sioc. Yna, ymunodd Lliwen â hi, gan ei bod wedi amau mai fel hyn y byddai ei mam yn ymateb.

'Odych chi'n iawn?' holodd Lliwen ei mam welw. 'Mae swch ar y diawl ar eich wyneb chi.'

Cydiodd Gwyneth Lewis ym mhotel wisgi ei gŵr gan gymryd llwnc go helaeth ohono ei hun. Roedd hi ar fin crio. Beth fyddai pobl y capel yn ei ddweud? O'r fath bechod! Byddent yn siŵr o edrych yn ddu arni!

Llyncodd gegaid arall tra oedd Lliwen yn edrych i ffwrdd. Ac un arall, ac un arall . . .

'Iawn? Ym . . . odw, odw. Diolch i ti am ddod ag e draw. Ond, beth fydd lliw eich plant chi, bach?'

'Mam, peidwch â bod mor hen ffasiwn a hiliol! A rhowch y botel 'ne i lawr cyn i chi wneud ffŵl ohonoch chi'ch hun a'ch teulu!'

Yn grynedig, tywalltodd Gwyneth wisgi i bump o dymbleri, cyn ailddarganfod ei llais a mynd drwodd at ei gwesteion.

'Dyma ni 'te, deulu hapus! Wisgi bach i Lyn . . . un bach mwy i Lliwen . . . un mwy mawr i Gwyn . . . (wel, chi'n gwybod beth maen nhw'n ddweud am ddynion duon on'd y'ch chi?) Ac un *extra large* i Elfed . . . arbed iddo gael dim nes mlân chi'n gweld . . . Geith Gwenan wneud ei dishgled ei hun!'

Wedi i Gwyneth Lewis ddadebru a gwneud swper i'w theulu, roedd ei merched wedi cael digon arni. Awgrymodd Lliwen ei bod hi a Gwyn yn mynd i'r dafarn leol i dreulio gweddill y nos, a holodd os oedd Gwenan a Lyn am ymuno â nhw.

'Byddai'n haws trafod y briodas yn y fan honno,' awgrymodd Lliwen yn gynnil.

'Ddo' i am beint 'da chi!' meddai Elfed Lewis, gan godi'n sydyn i wisgo'i gôt uchaf.

'Chi, Dad?' holodd Lliwen yn syn. Doedd ei thad erioed wedi mynychu tŷ potes o'r blaen, meddyliodd.

'Pam lai? Wedi'r cyfan, FI fydd yn talu am dy briodas DI ondefe, Lliwen?'

A dyna'r penteulu wedi rhoi pigiad yn swigen Gwyneth a Gwenan Lewis unwaith eto.

Fore Sadwrn, cododd Gwenan a Lyn yn blygeiniol. Doedd Gwenan ddim am fod yn y tŷ pan oedd pawb arall yn codi, gan ei bod wedi cael digon ar yr holl gecru a'r siarad gwag. Byddai bod yng nghwmni ei chwaer a'i chariad ar eu pennau eu hunain wedi bod yn iawn, ond nid pan oedd eu rhieni o gwmpas. Roedd Gwenan wedi rhoi ei barn ar nifer o bwyntiau perthnasol am y briodas y noson cynt, ac roedd yn falch iawn o gael ei dewis yn forwyn. Ond, penderfynodd adael y pedwar eu hunain i drafod ymhellach, tra bod Lyn a hithau'n mynd am dro hir i ben y mynydd. Roedd ei meddwl angen llonydd, ac roedd ei henaid angen tawelwch.

'Awn ni i ben Moel y Cedyrn, Lyn,' meddai ar ôl paratoi picnic a digon o ddiod gynnes mewn fflasg. 'Does dim eira lan 'na 'to, felly dylai fod yn ddigon diogel i gerdded.'

Ac i ffwrdd â'r ddau fel dwy wenci ysgafndroed. Roeddynt yn rhydd, yn hapus, ac efo'i gilydd! Dyna oedd yn bwysig i'r ddau. Cwmnïaeth ddiogel a dim ymyrraeth ynglŷn â'u perthynas. Roedd ei mam a'i thad (ac Wncwl Morys) wedi rhoi'r gorau i holi am hynny bellach beth bynnag, ac wedi derbyn Lyn fel brawd mawr iddi.

Edrychai'r wlad yn freuddwydiol o dan y tarth cynnar. Fel y codai llen y niwl, doedd dim i'w glywed ond siffrwd ambell gwningen neu sgwarnog ofnus yn mentro allan o'i gwâl. Edrychai'r defaid yn ddigynnwrf yng nghaeau'r ffermydd islaw, a doedd hyd yn oed cŵn Caer ddim wedi dechrau cyfarth eto. Dyma'r man a'r amser mwyaf delfrydol i fod yn agos at fy Nghreawdwr, meddyliodd Gwenan.

'Gawn ni wneud ioga am ychydig?' mynnodd Gwenan ar ôl cerdded am gryn bellter, ac ufuddhaodd Lyn i'w dymuniad.

Eisteddodd y ddau ar foncyff coeden, gyda'r gwlith cynnar o'u cwmpas. Roeddynt mewn ystum arbennig i ganolbwyntio ar synau natur ar ei orau, ar liwiau'r gaeaf a sŵn yr awel, ar ddŵr y nant a redai'n gyflym islaw, ar drydar yr adar, ac ar batrymau'r awyr wedi'r gwawrio. Wrth iddynt gau eu llygaid a rhyddhau'r tensiwn yn eu cyhyrau, dechreuodd y ddau anadlu'n ddwfn gan gyrraedd stad o fyfyrdod bodlon.

"Rho gyfle i dy feddyliau setlo, a theimla dy feddwl yn clirio fel pwll llonydd y goedwig,' dyfynnodd Gwenan o eiriau doeth y Bwdha, a dechreuodd Lyn fwmial ei fantra personol.

'Omm . . . omm . . . Fi ydi'r llonyddwch . . . Omm . . . omm . . .'

'Omm . . . Fi yw'r heddwch . . .' ymunodd Gwenan gan lafarganu ei mantra hithau. Roeddynt fel dau'n canu deuawd ar lwyfan eisteddfod gyntefig yn Nhibet.

Yna, daethant yn ôl i'r byd hwn trwy ysgwyd eu dwylo a'u traed er mwyn llacio'r cyhyrau ymhellach. Erbyn hyn, roeddynt yn teimlo fel dau berson newydd. Wedi paned sydyn, dyma barhau â'r daith i ben y mynydd. Ond, roedd Gwenan a Lyn eisoes ar ben y byd.

*   *   *

Daeth y Nadolig yn gynnar i Tina wedi i'r postman ddod â pharsel cynhwysfawr iddi.

Gwyddai'n iawn beth oedd ei gynnwys, ond doedd ganddi ddim amser i'w agor y bore hwnnw. Câi'r pleser o wneud hynny pan fyddai Dic yn ymuno â hi yn y nos – a fedrai hi ddim aros! Ond, roedd ganddi ddiwrnod cyfan i'w wynebu yn y swyddfa cyn hynny, ac os mai cwestiynau twp i sefydlu tudalen problemau disylwedd oedd Mr Godfreys ei eisiau, dyna fyddai'n ei gael!

Annwyl Anti Climax,
   Rydw i'n amau fod fy nghariad yn cysgu o gwmpas. Sut fedra i wybod?
Yn bryderus,
Ann Fodlon

Annwyl Ann Fodlon,
   Dilyna fo, neu chwilia am asiant. Ogleua'i ddillad, a chwilia bob cornel o'i gorff am *love bites*. Os ydi o'n cysgu'n hwyr, mae o 'di hario. Os ydi o wedi hario, neith o'm perfformio. Os gei di flode, mae o'n euog. Os na chei di flode, mae o'n dal yn euog.
Pob lwc,
Anti Climax

Roedd Tina'n cael hwyl yn darllen ei llythyron ei hun, ond roedd angen problemau mwy mentrus a horni arni!

Annwyl Anti Climax,
   Dwi erioed wedi cael orgasm. Be 'di'r broblem?
Yn obeithiol,
Dot

Annwyl Dot,
   Oes gen ti ddyn/ddynes? Os oes, defnyddia fo/hi i diclo dy ffansi. Dylai dy glitoris fod ar flaen ei d/thafod. Os na, bysedda dy hun, neu defnyddia *vibrator*. Awgrymaf y *Tingle Tip Electric Toothbrush Clitoral Stimulator*. Opsiwn olaf – ffeindia gi. Mae o'n gallu gwneud gwyrthiau efo'i dafod.
Joia,
Anti Climax

Yn ffodus, roedd Mr Godfreys wrth ei fodd, a chredai fod y papur wedi cael ei achub!

Yn anffodus, doedd y darllenwyr ddim yn teimlo felly, ac roedd hynny'n fêl ar fysedd Tina Thomas!

Defnyddiodd Tina weddill yr amser yn pori'r we at ei dibenion ei hun unwaith eto. Llanwodd ei Blogiadur ac anfonodd fwy o negeseuon at ei ffrindiau Facebook. Roedd yn benderfynol o gael pob diferyn o waed allan o garreg y cwmni. Roedd eisoes wedi penderfynu nad oedd dyfodol iddi efo'r *House Journal*, a'i bod yn bryd iddi symud ymlaen. Roedd wedi meddwl yn ddwys am fisoedd am ddymuniad Dic i ymfudo i Awstralia, ond doedd hi ddim wedi meddwl o ddifrif am oblygiadau ac effeithiau byw yno go iawn. Ond, gyda'i swydd yn ansicr yn y Borth, a Dic wedi aberthu ei fywyd teuluol i fod efo hi, teimlodd ddyletswydd i ddechrau gwneud mwy o waith ymchwil am y ddinas a'r wlad anferthol.

Y cyfan a wyddai am Sydney oedd ei bod yn brifddinas talaith De Cymru Newydd. Roedd yno draethau a pharciau hyfryd, ac roedd y Tŷ Opera'n denu llawer o dwristiaid. Ond pa ddiddordeb oedd hynny iddi hi? Yn bwysicach fyth, beth oedd yno heblaw Sw Taronga ar gyfer y plant? Byddent wedi syrffedu ar dwll tinau mwncis neu fynd i draeth Bondi ar ôl ychydig o fisoedd, meddyliodd.

Yna, Gwglodd Tina'r *Sydney Tribune* y clywodd gymaint o sôn amdano. Ar ôl darllen ei gefndir, teimlai ei fod yn bapur digon safonol a difyr. Roedd ynddo ddigon o newyddion, ond heb fod yn rhy galed, a doedd dim gormod o hel clecs am selebs y byd cyhoeddus ynddo – yn wahanol i'r tabloids ym Mhrydain. Roedd ynddo newyddion am gwmnïoedd a busnesau yn ogystal ag adolygiadau am sioeau cerdd ac opera, arddangosiadau mewn orielau a chanolfannau celfyddydol eraill y ddinas. Roedd economi'r wlad a'r byd yn cael sylw teilwng, yn ogystal â newyddion ysgafnach am chwaraeon, colofn lythyrau a thudalennau ar gyfer pobl o wahanol drasau.

Un peth a ddenodd sylw Tina oedd ei fod yn bapur a barchai'r dyn du yn ogystal â'r gwyn, ac roedd ynddo golofn ar gyfer yr Aboriginiaid o dras gynhenid. Roedd yn bapur dyddiol hefyd, a olygai ei fod yn cyflogi dwsinau o bobl.

Yna, chwiliodd Tina yn eu colofn recriwtio. Daeth ar draws swydd wag mewn adran newydd sbon. Roedd y papur yn chwilio am Ohebydd Amaeth. Pam oedd papur mor ddinesig angen un o'r rheiny cwestiynodd ei hun? Doedd hi ddim wedi sylweddoli fod yna lawer o faestrefi a miloedd o aceri o dir amaeth ar gyrion y ddinas. Y *Sydney Tribune* oedd yn cyflenwi newyddion i'r pentrefi a'r trefi hynny – ac roeddynt gannoedd o filltiroedd o'r ddinas! Byddai'n her gohebu'r dalgylch i gyd, meddyliodd! Doedd Tina ddim wedi deall fod sioeau amaethyddol yn cael eu cynnal yn Sydney chwaith. Roedd sioe fawr fel y Sioe Frenhinol yno'n flynyddol, heb sôn am Sioe'r Pasg oedd yn para am bron i bythefnos! Felly, gan fod ganddi brofiad o ohebu o'r Roial Welsh a'i bod yn ferch o gefn gwlad, teimlai fod ganddi ddigon o brofiad i ymgeisio am y swydd.

Roedd wedi cynhyrfu'n lân erbyn i Dic gyrraedd Tŷ Clyd yn hwyrach yn y nos. Ond, ddywedodd hi ddim byd wrtho am y tro. Gobeithiai y byddai Dic yn cynhyrfu mwy wedi gweld ychydig o'r nwyddau pleserus!

Erbyn saith, roedd y caserol cyw iâr a gellyg wedi'i

goginio'n hyfryd o frau, y bwrdd wedi ei osod a'r canhwyllau ynghynn. Gyda cherddoriaeth *jazz* araf yn gefndir, roedd Tina am greu awyrgylch mor rhamantus â phosib, ac roedd eisoes wedi gwisgo rhai o ddillad isaf y pecyn mawreddog.

'Roedd y bwyd yn fendigedig,' meddai Dic, wedi iddo orffen ei ail wydraid o win. 'Dwyt ti ddim yn boeth yn y gardigan 'na dwed?'

'Ydi hi'n hen ffasiwn?' holodd Tina, gan actio'n ddiniwed.

'Ym . . . yndi, braidd!'

'Fyset ti'n licio i mi ei thynnu hi?' Cododd Tina ei haeliau cyn codi oddi wrth y bwrdd. Roedd golwg benderfynol ar ei hwyneb, ac roedd ei symudiadau mewn *slow motion*. 'Mae'n rhaid i ti eistedd ar y soffa'n gynta!'

Deallodd Dic ar lygaid a thonfedd llais Tina ei bod yn teimlo'n horni, ac aeth at y soffa ar ei union. Mwynhaodd berfformiad bendigedig oedd yn hynod o erotig, ac agorodd hithau fotymau'r gardigan yn araf, araf gan ei bryfocio gyda phob ystum. O dani, gwisgai ddillad rhywiol merch o *Gangster*. Popiodd llygaid Dic allan o'i ben, a disgynnodd yn llipa ar y soffa! Gerllaw, roedd het *trilby* ddu, a gwisgodd Tina hi dros ei gwallt hir, blêr o rywiol. O dan ei ffrog fer, ddu, gwisgai sodlau uchel, *fishnet stockings* a garter llawn ffrils. Yn llechu o dan y garter roedd gwn. Cyn i Dic ddweud dim byd, tynnodd Tina'r gwn allan a'i anelu at ei drwyn.

'Dwylo i fyny!'

Dychrynodd yntau am eiliad, ond wedi dod dros y sioc a deall mai gwn ffug oedd o, ufuddhaodd.

'Agor fotyme dy grys . . .'

Ufuddhaodd.

'. . . a dy falog . . . a thynna dy goc allan i chware efo ti dy hun!'

Gwneud hynny mewn preifatrwydd wnâi Dic fel arfer, ond rhoddodd hyn fwy o bleser nag erioed iddo. Edrychai Tina'n rhyfeddol yn ei choler a'i thei a'i *G-string* prin, a chynyddodd curiad ei law dde. Yna, daeth gorchymyn arall.

'Cau dy lygaid!'

Ufuddhaodd.

'Ti'n llawn . . . syrpreisys heno, Tins.'

Tra oedd Dic yn llythrennol mewn tywyllwch, gwisgodd Tina gyffiau ffwr duon am ei harddyrnau.

'Dydi fy nwylo i ddim yn rhydd rŵan Dici, felly rhaid i mi iwsio ngheg . . .'

Plygodd i lawr i wneud gwaith Dic yn haws, gan fod ei law bellach yn dechrau blino. Wedi iddo agor ei geg a darganfod ei serchferch yn sugno'n dynn ar ei bidlen, roedd yr olygfa'n ddigon iddo ffantasïo am wadd rhywun arall i rannu ei brofiadau. Tybed fyddai Tina'n mwynhau dau ddyn, meddyliodd? Neu beth am ddynes arall? O! Byddai gweld dynes yn llyfu Tina o'r tu ôl tra'i bod hi'n fy sugno i'n fendigedig, meddyliodd. Ond, bu'r syniad hyfryd hwnnw'n ormod iddo, ac fe ffrwydrodd yng ngheg Tina.

'Sori, Tins . . . Nes ti yrru fi'n wyllt!'

Safodd Tina, llyncu ei ddŵad, gofyn i Dic agor ei gefynnau a mynd i'r lle chwech. Pan ddychwelodd, roedd ganddi rywbeth tebyg i frwsh dannedd yn ei llaw.

'Paid â phoeni amdana i . . . mae genna i drwy'r nos efo fy nirgrynwr *Tingle Tip*.'

A tip top i titha hefyd meddyliodd Dic, gan orwedd yn ôl ar y soffa'n freuddwydiol.

7. Llenwi ffurflen ar ôl ffurflen

Er ei bod yn gyfnod tawelach na'r arfer ar fferm Pant Mawr, roedd Ann a Tomi'n falch o weld prysurdeb yr adeiladu yn ei anterth. O'r diwedd, roedd hanner dwsin o ddynion o gwmni John Watkins wedi bwrw ati o ddifrif i godi'r byngalo. Roedd dau neu dri arall wedi tynnu'r *lean-to* i lawr a'i ddisodli efo *conservatory* helaeth, ac yn gweithio fel lladd nadroedd i wneud y parlwr a'r pantri'n gegin cynllun agored. Roedd yr amserlen i fod i gael ei chwblhau yn fuan, a galluogai'r amser llac hwn o'r flwyddyn i Tomi gadw llygad barcud ar y datblygiadau.

Yn anffodus, roedd gan Ann ddigon o amser ar ei dwylo hithau'r dyddiau hyn hefyd.

Gan fod gwasgfa ariannol y byd wedi taro Ysbyty'r Borth, fel pob man arall, roeddynt yn awyddus i arbed arian. Derbyniodd holl staff yr adran weinyddol lythyr yn cynnig tâl diswyddo, ac achubodd Ann ar y cyfle i ennill ceiniog neu ddwy. Roedd yn grediniol mai gorffen yno fyddai ei thynged yn hwyr neu'n hwyrach beth bynnag, gan y byddai Tomi wedi sicrhau (= mynnu) hynny!

'Mae'n RHAID i ti ddod draw i'r Red am sesiwn,' mynnodd Tina, wedi i Ann ei ffonio efo'r newyddion diweddaraf. 'Fedri di ddim diflannu o'r Borth jest fel 'ne!'

'Mi fysa'n neis gweld pawb eto,' cyfaddefodd Ann. 'Mae bywyd gwraig ffarm yn gallu bod yn unig ac yn ddiawledig o undonog.'

'Wel, be am i'r hen griw gael aduniad tua'r Dolig 'te?'

'Ti'n werth y byd, Tina Thomas!'

Wedi i'r ddwy drefnu dyddiad addas ar gyfer hynny, teimlai Ann yn llawer hapusach, a fedrai hi ddim aros i gael rhyw fath o fywyd yn ôl i'w bywyd ei hun.

'Drws a ffenestri *teak* fyddai'n gweddu i dŷ ffarm, nid rhai gwyn! Baeddu wnân nhw . . .'

Nansi Davies oedd yn mynnu rhoi ei phig i mewn wrth i'r adeiladwyr ruthro o un gorchwyl i'r llall. Ond, roedd Ann wedi penderfynu ar liw'r ystafell haul fisoedd ynghynt pan ddaeth Henry Jones i (geisio) drafod y cynlluniau.

'Mi gollith y lle'i gymeriad ar ôl uno'r pantri a'r parlwr hefyd! Byw ar be oedd yma wnes i ar ôl priodi tad Tomi – a bod yn ddiolchgar am a gafwyd!'

'Mae 'na lot wedi colli eu cymeriad yn y lle 'ma fyswn i'n ddeud,' hefrodd Ann o dan ei gwynt. 'Diolchwch fod Ned wedi slafio er mwyn i *chi* gael byw fel brenhinas!'

'Does dim isio bod yn snoti efo'ch mam yng nghyfraith!'

'Tynnwch eich bys allan o botas pobl eraill 'ta, rhag ofn i chi sgaldio.'

'Be haru Ned yn rhoi'r lle 'ma i ddynas fel chi, dwn i ddim . . .'

'Siawns am ginio gan un ohonoch chi?' holodd Tomi wrth ruthro i mewn ar ei gythlwng. Roedd o wedi amau ar wep y ddwy fod tyndra'n cyniwair.

'Mae fy hen gegin i wedi mynd,' meddai Mrs Davies yn ddagreuol, er mwyn ennyn tosturi. 'Dydw i ddim yn dallt y popty pong newydd 'na.'

'Ping, Mam!' cywirodd Tomi hi.

'Wel, os ydi o'n ping neu'n pong, mae'r peth yn

rong,' atebodd hithau'n farddonol. 'Canser gewch chi wrth i'r ymbelydredd 'na fyta'ch stumoga' chi!'

'Mae 'na dun o Fray Bentos yn y cwpwrdd,' meddai Ann wrth Tomi. 'Dwi'n mynd i'r dre.'

Ac i ffwrdd â hi i brynu paent a llenni, a mynd o sŵn aflafar ei mam yng nghyfraith yr un pryd.

'Gobeithio'n wir y byddi di'n hapus yma efo honna, Tomi bach. Fues i erioed mor hy efo rhieni dy dad, gobeithio.'

Amau hynny oedd Tomi, ond diolchodd ei bod o gwmpas yr eiliad honno i wneud paned o de a brechdan spam iddo. Byddai'r Fray Bentos yn cael aros tan y tro nesa.

Gan fod y parlwr â'i draed i fyny a dodrefn gwahanol ystafelloedd ym mhob twll a chornel, roedd pawb yn gorfod byw yn yr un ystafell y dyddiau hyn. Pawb ar gefnau ac ar nerfau ei gilydd. Fedrai Ned Davies ddim diflannu i unman yn ei gyflwr o, ac roedd Tomi'n falch fod cymaint o waith ar y fferm i'w gadw y tu allan, er garwed y tywydd.

'Dwi'n mynd i chware bowls i'r neuadd pnawn 'ma,' ychwanegodd ei fam. 'Mae rhywun o'r *Social Services* yn dod yma i asesu dy dad yn y munud. Cofia ofyn am gadair olwyn drydan – arbed i mi halio fo o gwmpas y byngalo newydd!'

Ac i ffwrdd â hithau, gan adael Tomi'n ddi-wraig ac yn ddi-fam i ofalu am ei dad, yr adeiladwyr, y gwaith ffarm a'r asesydd o'r adran gwasanaethau cymdeithasol.

'Tomi!' Ei dad oedd yn mynnu ei sylw'r tro hwn. 'Comôd ngwas i!'

Blydi hel, harthiodd Tomi. Gofyn 'ta mynnu ydach chi?

'Iawn, Dad. Yna rŵan.'

'Tomi, sgen ti bum munud i weld bod unedau'r gegin yn y lle iawn?' holodd un o'r adeiladwyr ar draws pob dim.

'Nagoes! Oes siŵr, fydda i yna yn y munud!'

Ar ben popeth, canodd y ffôn.

'Jane Hughes o'r *Social Services*,' meddai llais cythryblus y pen arall. 'Dwi ar goll, ac mae'r Sat Nav wedi marw arna i. Ddowch chi i fy nghwfwr i, Mr Davies? Dwi ar y B666 neu rywle. Fedra i ddim darllen map a dreifio 'run pryd!'

Na fedri gobeithio, meddyliodd Tomi wrth geisio dyfalu ble ar wyneb y ddaear oedd y ffordd efo rhif y diafol arni. Dechreuodd fyllio, ond doedd o ddim am ddangos i neb ei fod yn methu ymdopi.

Aeth at ei dad i ddechrau er mwyn sicrhau ei fod yn cael gollyngdod. Roedd hwnnw mewn hwyliau da'n ddiweddar, ac wrth sibrwd yng nghlust Tomi (rhag bod yr adeiladwyr yn clywed), adroddodd ei gynllwyn wrtho, ac roedd ei fab yn cytuno'n llwyr.

Wedi setlo'r fargen annisgwyl, aeth Tomi i roi sêl ei fendith ar unedau'r gegin, cyn nodi rhif y galwr olaf ar y ffôn a'i droi hi yn ei 4 x 4 am geg y ffordd. Ond, ble roedd cychwyn chwilio am Jane Hughes? Deialodd Tomi'r rhif ar ei ffôn symudol, a deallodd mai ychydig filltiroedd yn unig i lawr y ffordd yr oedd hi.

Edrychai ymlaen at weld y weithwraig gymdeithasol. Doedd o ddim yn gweld llawer o ferched o un pen blwyddyn i'r llall. Gallai ddychmygu geneth dal, olygus, mewn siwt las tywyll a sbectol ar flaen ei thrwyn, ei bronnau'n syrthio allan isio sylw a'i choesau'n cyrraedd y nefoedd. Cafodd siom.

'Chi ydi Mrs Hughes?' holodd Tomi rywun mewn

car bach gwyrdd oedd wedi ei barcio yn nhin y gwrych.

Gweddai'r car yn iawn i weithiwr cymdeithasol nodweddiadol, meddyliodd Tomi.

'*Miss* Hughes ydw i,' meddai'r llais gwichlyd, oeraidd.

Synnu dim, meddyliodd Tomi wrth ddarganfod dynes blaen dros ei thrigain oed yn eistedd y tu ôl i'r llyw. Roedd ei gwallt mewn bynsen frith, â'i dannedd isa'n ddu gan ddegawdau o fwg sigaréts. Chlywodd hi erioed am Specsavers, a byddai rhaglen *Cwpwrdd Dillad* yn falch o'i chael ar y rhaglen.

'Sut mae pethau ym Mhant Mawr?' holodd gan grychu ei thrwyn o dan ei sbectol.

'Da . . . 'dan ni'n rhygnu 'mlaen,' meddai Tomi, gan gofio peidio canmol gormod. 'O dan yr amgylchiada.'

Doedd fiw dweud llawer wrthynt. Deud llai = holi llai meddyliodd, cyn ei harwain yn ddiymdroi am adre. Pan welodd honno'r gweithwyr i gyd yn chwysu wrth ruthro 'nôl a blaen, dechreuodd amau cymhelliad Ned Davies wrth ofyn am arian gan y gwasanaethau cymdeithasol.

'Lot o brysurdeb yma,' meddai wrth gamu o'r Fiesta. 'Wedi ennill y pŵls?'

'Erioed wedi trio nhw,' meddai Tomi. 'Gêm pobol dlawd.'

Roedd o wedi gwarafun gwario er mwyn colli erioed.

'Ydech chi'n trio deud eich bod chi'n gyfoethog?'

Roedd Tomi'n tyllu twll dyfnach iddo fo'i hun, ond doedd o ddim am i'r hulpen yma gael y gorau arno.

'Yma i asesu iechyd fy nhad ydach chi Miss Hughes, nid i fy holi fi. Mae o'n aros amdanoch chi.'

Dilynodd Miss Hughes Tomi fel pwdl bach ufudd, a

chawsant sioc wrth ddarganfod Ned Davies yn swp diymadferth ar y llawr.

'Dad!' gwaeddodd Tomi.

'Ydi o'n anymwybodol?' holodd Miss Hughes mewn panig. 'Oes ganddo fo byls?'

Wedi i Tomi ysgwyd Ned Davies i chwilio am fywyd, ddaeth dim symudiad o du ei dad.

'Pasiwch y ffôn i mi,' gorchmynnodd Tomi, ac ufuddhaodd Miss Hughes, a oedd mor wyn â chynfas erbyn hyn. 'Ambiwlans . . . Pant Mawr . . . Ia, Ned Davies . . . gwaeth cyflwr nag o'r blaen . . . y galon . . . ydi wir, mae'n gwanio'n arw . . . Na, methu symud o'i gadair . . . gorfod iwsio comôd . . . ia, fi sy'n ei llnau a'i folchi bob dydd a nos . . . Ydi wir, straen i finna . . . Cusan bywyd? Iawn!'

Rhoddodd Tomi'r ffôn i lawr a rhuthro at ei dad gan wneud ystum i bwmpio'i frest a rhoi cusan bywyd iddo bob yn ail.

'Ers faint . . . mae'r ysgyfaint . . . wedi bod heb ocsigen?' holodd Miss Hughes, fel petai angen ychydig o aer yn ei hysgyfaint ei hun.

'Sut gwn i?' hefrodd Tomi. 'Ro'n i wedi mynd i'ch nôl *chi*! Chi fydd y bai am hyn! Tasach chi heb ddefnyddio'r Sat Nav diawl 'na, mi fyswn i wedi bod efo fo pan ddigwyddodd o!'

Dychrynodd hithau ymhellach, gan geisio'i gorau i wenieithio Tomi.

'Mi wna i fy ngorau efo'ch cais chi am gymorth, Tomi . . . Mae'ch tad yn siŵr o gael cadair drydan . . . cadair toilet . . . ocsigen . . . *pacemaker* . . . ffon . . . ffôn . . . *hoist* . . . rêls . . . unrhyw beth . . . a chithau fel gwarchodwr hefyd, Tomi. Rydych chi'n ofalwr heb ei ail. Ydi o'n fyw?'

'Cerwch yn ôl i'ch swyddfa i lenwi'r holl ffurflenni 'na wir dduw, a defnyddiwch lofnod ffug er mwyn prosesu'r gwaith yn gynt. Mi ddaw'r ambiwlans yn y munud. Hwre rŵan!'

Rhedodd Miss Hughes nerth ei gwynegon i lawr y dreif, a sgrialodd y Fiesta bach gwyrdd ar hyd y ffyrdd culion.

'Helpa fi fyny, was. Mae'n oer ar y diawl ar y llawr 'ma!'

A dyna Ned a Tomi Davies wedi gwneud y sioe *double act* orau erioed, gan sicrhau y byddai arian teilwng yn dod i ran dyn gwael a gofalwr da fel ei gilydd.

*   *   *

Roedd pwysedd gwaed Marie i fyny'r dyddiau hyn. Does ryfedd, a Bryn y Boncyn yn ei thrin mor siofenistaidd. Roedd hi angen chwilio am ddillad a nwyddau i'r babi gan fod llai na thri mis i fynd cyn ei eni. Ond, gan fod gan Bryn bob math o orchwylion (= esgusodion) i'w gwneud cyn y Nadolig, roedd hi'n amhosib iddo fynd i siopa efo'i feinwen foliog. Dyna pryd y cynigiodd ei fam fynd yn ei le.

'Na, mae'n iawn wir, Mrs Griffiths,' ceisiodd Marie wrthod ei chynnig mewn ffordd neis.

'Rydw i'n mynnu,' atebodd honno'n bendant. 'Ewch chi ddim i siopa a chario pethau trwm yn eich cyflwr chi! Mae dydd Llun yn well na'r Sadwrn ac mae Bangor yn nes na Chaer. Iawn?'

Doedd gan Marie fawr o ddewis fwy nag oedd ganddi o amynedd nac awydd.

Dechreusai ei choesau chwyddo'n ddiweddar, a châi byliau o deimlo'n benysgafn. Pwysedd gwaed debyg. Doedd hi ddim yn licio cwyno'n ormodol wrth

Bryn, neu byddai'n gwneud môr a mynydd o bethau, a'i gorfodi i hysbysu'r fydwraig.

Er mai mewn ysbyty y ganwyd Gari a Marged, genedigaeth gartref fyddai Marie wedi ei hoffi'r trydydd tro – petai Dic yn dad i'r babi. Fedrai hi ddim meddwl am ddim byd gwell na'i dŵr yn torri o flaen y tân yn Llys Meddyg, a Gari, Marged a'u tad yn gwylio'r cyfan. Ond, gan mai Bryn oedd y tramgwyddwr, a bod y Boncyn yn rhy fach a diarffordd, gwell oedd iddi fynd i'r ysbyty'r tro hwn hefyd. Roedd Bryn yn falch iawn ei bod wedi ei wahardd rhag bod yn yr enedigaeth. Doedd o ddim yn hoff o weld gwaed, a doedd o ddim yn hoffi'r syniad ohoni'n agor ei choesau o flaen hanner dwsin o bobol chwaith!

Doedd yna fawr o ddewis o offer a nwyddau babis yn y dref. Ond, llwyddodd Mrs Griffiths a Marie i archebu cot a phram, cadair wthio a chadair uchel, cadair i'r car a bath, sterilydd a chlytiau papur, a hyd yn oed ratl a dymi!

'Mae'n rhaid cael paent i roi lliw i'r stafell hefyd,' mynnodd Mrs Griffiths. 'Ydach chi wedi gofyn i Bryn beintio'r llofft?'

'Fyswn i ddim yn rhoi'r cyfle iddo fy ngwrthod i,' atebodd Marie'n swta.

'Wel, mi wnaf i 'ta. Melyn – lliw niwtral – fyddai ora a chitha ddim yn gwybod ei *sex* o. Ydach chi'n iawn, Marie? Mae golwg gwelw arnoch chi.'

'Mewn chydig o boen, ond dim byd mawr.'

'Y babi'n cicio ia?'

'Na, mae o wedi stopio gneud hynny rŵan, diolch byth.'

Lluddedig iawn oedd y ddwy wrth ddychwelyd adre, ond doedd fawr o groeso'n eu haros gan Bryn.

Roedd yn gwaredu at yr holl wario a phrisiau afresymol y nwyddau, ac roedd yn fyrrach ei amynedd na'r arfer wrth wrando ar eu cwynion. Roedd pen-glin arall Mrs Griffiths yn brifo wedi'r holl gerdded, ac roedd cefn a bol Marie'n drwm ac anghyfforddus.

'Asu, stopiwch gwyno wir dduw,' harthiodd Bryn. 'Rydw inne wedi slafio drwy'r dydd hefyd. Mae fy nghefn i'n hollti ac mae'n stumog i'n gweiddi am swper. Does 'na 'run ohonoch chi wedi bod adre i neud bwyd i mi!'

'Gwna fo dy hun, Bryn! Ti'n ddyn sy'n licio gneud pob dim arall i blesio dy hun.'

'Fyswn i ddim wedi gwario'r holl ar bethau diangen taswn i wedi cael fy ffordd,' atebodd yn bifish. 'Dim ond cot a chlytia mae'r babi ei angan. Ches i ddim ffrils gennoch chi, Mam!'

'Mae'r modd genna *ti* i roi cychwyn da i dy blentyn,' ceisiodd ei fam daro ychydig o synnwyr i mewn i ben ei mab hunanol.

'Mi fydda i'n safio pres trwy gydol oes y blydi thing, nid jest ei *gychwyn* o! Geith o dalu am goleg ei hun!'

'Os fydd brêns ei dad ganddo fo, fydd dim angen,' meddai Marie, ac roedd y cap yn ffitio Bryn yn berffaith. 'Dwi'n mynd i ngwely i roi fy nhraed i fyny.'

'Rydw inna'n mynd i orffwyso mhen-glin,' adleisiodd Mrs Griffiths.

'Dydi hi ddim yn debyg y bydd 'na bres ar ôl i dalu am ben-glin arall ar ôl heddiw . . .'

A dyna Bryn yn gorfod morol am ei swper ei hun unwaith eto. Wyddai ei gariad na'i fam ddim sut y byddai'n ymdopi wrth roi lles y babi o'i flaen o ei hun wir!

*   *   *

Roedd ymateb trigolion y Borth a'r cyffiniau i golofn problemau'r *Journal* yn anhygoel . . . o wael. Darllenodd Tina nhw'n ofalus, ac roedd hi'n seinio buddugoliaeth.

Annwyl House Journal,

Siomedig oedd darllen y golofn newydd ddi-chwaeth a dibwrpas. Fydda i byth yn prynu'r papur eto. Mae'r Cymro'n llawer gwell.

Yn bryderus,
Gwen Wyn

Annwyl Olygydd,

Mae safon y papur wedi dirywio ers i chi gymryd drosodd. Biti fod talent Tina Thomas yn cael ei wastraffu. Newyddion a lluniau lleol ydan ni isio mewn ardal gefn gwlad Gymreig fel y Borth.

Yn obeithiol,
Miss O'Rybudd

Wedi i Tina a gweddill y staff dynnu sylw'r Panel Rheoli at yr ohebiaeth, cyhoeddwyd y byddai'r Bwrdd yn cyfarfod ar frys i drafod y mater. Achubodd Tina ar y cyfle i anfon e-bost i bob aelod cyn y cyfarfod er mwyn lleisio'i barn hithau. Doedd ganddi ddim i'w golli wrth fod yn onest.

At: Bwrdd Rheoli
cc: Staff Borth *Journal*
Dyddiad: Heddiw

Annwyl Reolwyr,

Yn dilyn derbyn cwynion am y newidiadau i'r *Borth Journal*, ysgrifennaf i gyfleu fy nheimladau innau. Synhwyrais o'r dechrau nad oedd y darllenwyr yn hapus, ac roedd newid yr enw'n gamgymeriad affwysol. Hysbysais y Golygydd ein bod wedi cynnal arolwg yn y gorffennol yn gofyn am farn y cyhoedd. Eu hateb amlycaf oedd newyddion lleol yn hytrach na sgandalau Prydeinig. Diystyrwyd eu gofynion, ac aeth y papur gam ymhellach trwy ddileu'r golofn lythyrau, a'i disodli gyda cholofn broblemau. Aeth nifer y darllenwyr a'r tanysgrifwyr i lawr, a methwyd â denu digon o hysbysebwyr. Mawr hyderaf y byddwch yn ystyried gwyrdroi'r penderfyniadau hyn, ac y bydd fy statws innau'n cael ei adfer fel golygydd. Arwain y papur ymlaen at flynyddoedd mwy llewyrchus yw'r nod yn awr.

Yn ffyddiog,
Tina Thomas

Aeth Tina adre'n hapusach ei byd. Roedd dweud ei dweud wedi bod yn therapiwtig, a ffoniodd Dic i gael ei farn.

'Mae 'na lot o bethau angen eu trafod, Tins. Mi ddof i draw. Mae Dyddgu'n ymdopi'n weddol.'

Bodlonodd Tina ar hynny, ac edrychodd ymlaen at gwmni hawddgar ei chariad i drafod eu dyfodol a llawer mwy. Beth oedd tynged yr *House Journal*? Ble byddai Dic ymhen chwe mis? Oedd o'n dal am fynd i Awstralia? Oedd hi'n ddoeth iddi ddangos diddordeb yn syniad Jeff Parry i sefydlu papur Cymraeg? O ie, oedd o'n falch ei bod hi wedi holi am swydd efo'r *Sydney Tribune*?

'Be? Ti o ddifri?' Doedd Dic ddim yn coelio'i glustiau, a chofleidiodd Tina ar ganol llawr y gegin. 'Ti wedi trio am job yn Sydney? Yn gneud be?'

'Gohebydd Amaeth!'

'Asu, oes 'na ffarmwrs mewn dinas mor fawr?'

'Mae'r papur efo darllenwyr mewn dwsine o dreflanne. Gwartheg godro a ballu sydd yn Harrington

Park er enghraifft. Ac mae tre Bangor yn siŵr o fod efo tir amaethyddol efo Cymry wedi sefydlu'r lle.'

'Ac mi rydw inna wedi cael cyfweliad mewn ysbyty orthopedig preifat yn y ddinas!'

'O, Dic. Grêt! Cyfweliad electronig fydd o? Neu ti'n gorfod mynd allan yno?'

'Mae'r bòs, Dr Thompson, yn disgwyl fi draw hanner tymor.'

Sobrodd Tina wrth feddwl am oblygiadau ei ymweliad.

'Be nei di, gadael y plant efo Marie?'

'Na. Mynd â nhw a Dyddgu efo fi am dair wythnos.'

Gwyddai Dic y byddai Tina'n genfigennus, ac roedd o'n iawn.

'Os wyt ti'n disgwyl i mi ddod drosodd i *fyw* efo ti, fyse hi'm yn gneud synnwyr i mi ddod i weld y lle cyn hynny?'

'Gyrra'r ffurflen gais yn syth 'ta, ac awgryma'u cyfarfod nhw'r adag honno.'

'Ond mae hynny lai na dau fis i ffwrdd! Mi fyddan nhw wedi recriwtio rhywun erbyn hynny!'

'Deud wrthyn nhw dy fod di'n werth yr aros!'

Gwasgodd Dic Tina i'w frest yn warchodol gan roi cusan hir, hir ar ei thalcen. Ond, fel roedd o'n mynd i'w thywys i'r lolfa i'w mwytho ymhellach, cafodd gryndod arall yn ei drowsus. Atebodd ei ffôn poced.

'Mae'n rhaid i mi fynd, Tins. Dyddgu – isio fi'n ôl.'

'O! Rhamantus iawn!' meddai hithau'n wawdlyd. 'Ti'n rhedeg mwy i honno nag i fi'r dyddie yma!'

'Paid â bod yn wirion. Methu copio efo'r plant mae hi. Maen nhw'n rhedeg yn wyllt cyn mynd i'r gwely o hyd.'

'Methu gneud hebddot ti mae hi mwy na thebyg! Ydi hi'n dy ffansïo di, Dic?'

'Tina! Mae'r hogan hannar fy oed i.'

'Wnaeth o ddim stopio Woody Allen.'

'Ia, reit dda rŵan.'

'Isio sefydlogrwydd mae'r plant.'

'Wel, rydan ni un cam yn nes i'w roi o iddyn nhw heno'n tydan.'

'Mae'n anodd iddyn nhw efo tair dynes yn ffrindie efo'u tad!'

'Dim ond un ddynas mae eu tad isio, a ti'n gwybod hynny! Cofia yrru'r ffurflen gais 'na.'

Treuliodd Tina'r dyddiau gwaith nesaf yn ymchwilio mwy i'r *Sydney Tribune* ac i fywyd trigolion y ddinas a'r ardaloedd cyfagos. Roedd am fod yn drylwyr yn ei pharatoadau i gynnig ei hun fel gohebydd, er y byddai'r swydd yn yr adran amaethyddol wedi ei llenwi erbyn iddi hi fynd draw yno. Ond, wrth yrru ffurflen gais, gallai ddangos diddordeb a brwdfrydedd i gael bod ar eu llyfrau at swyddi gweigion eraill yn y dyfodol.

Doedd hi ddim yn edrych ymlaen at ofyn i Mr Godfreys am dair wythnos o wyliau dros hanner tymor, ond magodd blwc, ac aeth i'w swyddfa.

'Na, dwi'n ofni nad oes digon o staff yma,' meddai'r penci, heb arlliw o awydd bod yn gymwynasgar tuag ati.

Roedd Tina wedi pechu Mr Godfreys yn anfaddeuol ar ôl anfon yr e-bost at y rheolwyr a'r staff, ond gwyddai hwnnw mai hi oedd yn iawn yn y bôn. Bygythiad i'w statws a'i ego fo'i hun oedd Tina Thomas, a doedd o ddim am iddi gael y blaen arno'n hawdd!

'Dyma'r unig gyfle i fy nghariad gael amser i ffwrdd efo'r plant. Maen nhw am fynd ar wylie i Awstralia,' meddai gan geisio gwneud iddo deimlo'n euog.

'Dwi'n ofni fod aelod arall o staff wedi rhoi ei notis i mewn. Dydi gadael i bobl fynd ar wylie am amser mor hir ddim yn bosib yn y tymor byr.'

'Tybed pam eich bod yn colli staff, Mr Godfreys?' holodd Tina. Doedd hi ddim am fod yn was bach i'r bastard fwy nag oedd raid. 'Mi fydda inna'n rhoi fy notis i mewn os na fyddwch chi'n fwy ystyriol o farn ac anghenion eich gweithwyr!'

Fel roedd hi'n diflannu yn ei hyff drwy ddrws y swyddfa, chlywodd Tina mo'i rheolwr yn ceisio gweiddi arni i droi'n ôl ar ôl iddo ailystyried ei benderfyniad. Er gwaethaf ei ofn am ei swydd ei hun, gwyddai Mr Godfreys na fyddai'r papur yn bodoli o gwbl heb y gohebydd Tina Thomas.

8. Chwarae plant

Yn y lolfa'n meddwl a phendroni yng nghanol y trimins yr oedd Dic. Roedd ei blant yn gwneud dyn eira yn yr ardd, ac wedi cael digon ar anrhegion drudfawr Siôn Corn yn barod. Dyddgu oedd yn gofalu amdanynt, ond doedd Gari a Marged ddim yn hapus. I ddangos hynny, roeddynt yn taflu peli eira ati bob yn ail â'i gilydd.

'Peidiwch, y tacla bach!' meddai'r warchodwraig yn flin fel cacynen a methu mynd i ysbryd y Nadolig yr un pryd.

Taflodd Gari belen fawr i'w chyfeiriad, a glaniodd yn dwt rhwng ei dwy lygad.

'Y bast . . . y bwystfil! Gwylia lle ti'n anelu'r cnaf!'

Rhedodd Dyddgu ar ei ôl, ond roedd yn gyflymach na hi.

'Ti'm yn cael tarro fi, neu fydda i'n rriporrtio ti!' meddai Gari, gan ddilyn rheolau'r oes, a rhedeg i ffwrdd.

'Ti lhy dew i ledeg!' cefnogodd Marged ei brawd mawr.

Y fath hyfdra gan blant mor fach, meddyliodd Dyddgu. Clusten iawn fyddai'n gwneud lles i'r ddau ohonyn nhw! Ond, y rhieni ydi'r bai am orffwylltra'u plant yn aml, meddyliodd wedyn. Roedd y rhain yn sicr yn cael gormod o faldod a dim digon o ddisgyblaeth ers i'r briodas fynd ar chwâl.

'Dim ti ydi mam fi,' gwaeddodd Marged wedyn. 'Tina sy'n cysgu al ben Dad lŵan. Dŷ-dy-dy-dŷ-dy!'

Roedd clywed hynny'n rhwbio halen i'r briw. Gan

fod Tina'n methu mynd efo Dic i Awstralia dros hanner tymor, roedd o wedi gofyn i Dyddgu a fyddai hi'n ffansïo'r gwaith o ofalu amdanynt am dair wythnos. Dyna beth ydi cilfantais swydd nani, meddyliodd hithau, a dechreuodd freuddwydio amdani hi a Dic yn rhannu ystafell (a gwely?) yr ochr arall i'r byd! Aeth Dic ymlaen i fwcio awyren i'r pedwar ohonynt, ond roedd y plant yn hynod o siomedig nad eu mam neu Anti Tina oedd yn mynd efo nhw.

'Dwi'm isio mynd efo Dyddgu,' meddai Gari wrth ei dad. 'Mae hi'n flin efo ni.'

'Chi sy'n ddrwg efo hi mae'n siŵr,' atebodd yntau, gan anwybyddu ple ei fab.

'Dydi ddim fel Mam achos mae'n gweiddi o hyd,' ategodd Marged.

Chlywodd Dic mo Dyddgu'n codi ei llais ar ei blant o gwbl, felly diystyrodd yr honiadau'n llwyr. Roedd wedi hen arfer clywed ei blant yn prepian.

Cymysgedd o hapusrwydd a thristwch fu'r ŵyl yn Llys Meddyg, gan fod y sefyllfa mor bisâr. Gan mai ar y dydd Iau yr oedd diwrnod Nadolig, roedd Dic wedi cael hanner yr wythnos a phenwythnos cyfan i ffwrdd i fod efo'i blant. Gofynnodd Marie a fyddai hithau'n cael dathlu'r diwrnod efo'i theulu, a phenderfynodd y byddai'n aros o'r nos Fercher hyd y nos Sul. Câi Bryn fyw ar fwyd ei fam yn oerni'r Boncyn, meddyliodd.

Fedrai Dic ddim ei gwrthod yn hawdd, oherwydd roedd Marie wedi gofyn iddo'n gynllwyngar iawn o flaen y plant. Roeddynt hwythau, wrth gwrs, wrth eu boddau.

Er i Dic ddweud wrth Dyddgu na fyddai ei hangen dros y gwyliau, penderfynodd honno aros yn Llys

Meddyg hefyd. Roedd hi wedi cael gormod o raff ers y dechrau gan Dic, meddyliodd Marie. Doedd fawr o awydd mynd adre dros y Nadolig arni, ac roedd yn glyd iawn yn ei hystafell, eglurodd. Gwell fyddai ganddi ymweld â'i theulu ei hun dros y flwyddyn newydd, ychwanegodd.

Doedd Tina ddim yn hapus fod Dic yn 'dad efo'i deulu dedwydd' chwaith. Beth oedd ei gynlluniau wrth adael i'r Ddraig aros yno am gymaint o amser? A pham cymhlethu bywydau'r plant wrth adael i Dyddgu loetran o gwmpas y lle heb fod ei hangen? Oedd o'n cael cyfle i brofi tri mewn gwely, tybed? Dyna oedd yn mynd drwy feddwl Tina cyn iddi ffonio Dic ar drothwy'r Nadolig.

'Lwcus mod i'n methu dod i Awstralia efo chi felly 'tydi?' meddai Tina'n blentynnaidd o genfigennus.

'Be sy'n dy boeni di'r tro yma?' holodd Dic yn nawddoglyd. 'Ti fydd efo nhw'n llawn amsar mewn ychydig fisoedd.'

'Dwi'n ame hynny weithie.'

'Mae'n rhaid i ddyn gadw'r heddwch efo pawb tan hynny, Tina – yn enwedig efo'r plant,' rhesymegodd Dic yn gadarn a diplomataidd. 'Mi fydd yn sioc enfawr i Marie eu gweld nhw'n mynd o'i bywyd.'

'Mi fydd hi'n sioc i'r plant golli Marie hefyd,' atebodd Tina, gan ochri'r plant.

'Mi fydd yn sioc i ti ac i finna orfod byw hefo'n gilydd hefyd! Rŵan, pryd ga i dy weld di? Mae genna i anrheg Nadolig i ti!'

'Wela i di'n y flwyddyn newydd, Dic,' atebodd Tina'n swta. 'Falle fydd gwell hwylie arna i, ac y byddi dithe wedi cael dy ben rownd pethe erbyn hynny. Dwi'n mynd adre at Mam am blwc!'

Roedd yn dipyn o sioc i Dic fod Tina wedi rhoi'r ffôn i lawr arno, ac roedd y ffaith ei bod wedi mynd o'r Borth dros y Nadolig yn siom. Roedd wedi gobeithio treulio noswyl y Nadolig a'r penwythnos canlynol yn ei chwmni, a hynny heb iddo boeni am ei blant am y tro cyntaf erioed. Ond, bodlonodd ar ei phenderfyniad, ac ar ddioddef bod yng nghwmni'r Ddraig am bum diwrnod cyfan! O leiaf, byddai Dyddgu yno i dorri ar yr undonedd, meddyliodd. Roedd yn iawn i Tina fynd at ei theulu ei hun, rhesymegodd, a rhaid oedd iddo yntau geisio chwarae rôl y rhiant hapus am unwaith.

Treuliodd Tina benwythnos hir a hyfryd efo'i mam ac Edward, a châi ei sbwylio'n lân, yn union fel ers talwm! Mwynhaodd y ddwy gerdded cefn gwlad yn yr eira, tra bod Edward yn y garej yn ffidlan efo'i hen beiriannau. Er bod y ddaear wedi rhewi ychydig, gwyddai ei mam yn union beth i'w wneud yn yr ardd ac edrychai ar ôl y planhigion gyda'r anwyldeb tyneraf. Bron na theimlai Tina mai'r ardd oedd ei chwaer fach hi!

Roedd Tina wrth ei bodd yn cael y sylw a'r newyddion diweddaraf gan hen ffrindiau o gwmpas y pentre. Mwynhaodd sgwrsio am bethau gwahanol i waith a dynion, ac roedd hynny, fel y tywydd, yn fendith. Roedd hi hefyd yn braf clywed plant yn canu carolau ar stepen y drws unwaith eto – aeth yn arferiad dieithr iawn mewn tref fel y Borth. Byddai'n destun erthygl ddifyr i gynnwys yr hen *Borth Journal*, meddyliodd. Ond, fyddai gan y penaethiaid newydd ddim diddordeb yn y pwnc ar gyfer yr *House Journal!*

Un diwrnod, mentrodd Tina brofi'r dyfroedd a dweud wrth ei mam fod ganddi ddiddordeb mewn mynd i weithio i wlad bell. Crybwyllodd Awstralia, ond doedd hi ddim am ddweud y cyfan wrthi eto. Roedd dweud mai mynd yno i weithio am amser byr yr oedd hi'n swnio'n well na'i bod am ymfudo yno efo dyn priod a'i deulu! Derbyniodd ei mam y newyddion yn hynod o dda, ac roedd yn edrych ymlaen at gael ymweld â hi cyn iddi fynd yn rhy hen i hedfan! Byddai wedi hoffi ymfudo ei hun yn ei hieuenctid, ond bod y gwifrau ddim wedi caniatáu.

Ar ôl seibiant haeddiannol, dychwelodd Tina i'r Borth wedi adfywio drwyddi. Ond, roedd Tŷ Clyd yn hynod o oer a llwm. Doedd hi ddim wedi trafferthu rhoi trimins Nadolig i fyny oherwydd ei bod yn mynd at ei mam. Dim ond Dic oedd yn dueddol o alw yno'r dyddiau hyn beth bynnag, felly beth oedd y pwynt mynd i gostau?

Yng nghanol ei hunandosturi, doedd hi ddim yn edrych ymlaen at ddychwelyd i weithle amhersonol ac anhapus chwaith. Ond, wrth agor drws Tŷ Clyd a sathru ar amlenni ar y llawr, cofiodd yn sydyn am ddigwyddiad pwysig oedd ar fin digwydd yno. Roedd wedi llunio gwahoddiadau Parti Blwyddyn Newydd a'u hanfon at eu ffrindiau cyn torri am y Nadolig. Roedd hefyd wedi anfon negeseuon Facebook ac e-byst yn sôn amdano. Wrth agor y post, ac yna edrych ar ei chyfrifiadur, diolchodd, fel Triawd Menlli, fod ganddi 'lu o ffrindiau'. Roedd pawb yn edrych ymlaen at barti yn y tŷ newydd, ac i gyfarfod yr hen griw unwaith eto.

Ymysg yr amlenni a'r cardiau Nadolig, roedd atebiad parchus iawn gan Dic. Ond, roedd hefyd wedi anfon negeseuon personol a rhwystredig i Tina ar e-bost, testun a'r gweplyfr yn dweud ei fod yn ei cholli. Gan na fedrai Tina fynd i Awstralia'r un pryd â Dic, awgrymodd ei fod yn ei ffilmio ar gamcorder er mwyn iddi wneud cyflwyniad ar gyfer penaethiaid y *Sydney Tribune*. Byddai yntau wedyn yn mynd i bencadlys y papur i gyflwyno'r cais ar dâp ar ei rhan.

'Byddai cais am swydd gohebydd yn llawer cryfach wrth i'r panel arholi dy weld mewn cig a gwaed, fel petai,' cynlluniodd Dic. 'Gall yr adran bersonél gadw'r cyfweliad ar gof a chadw wedyn rhag ofn i swyddi eraill ddod yn wag yn y dyfodol.'

Roedd Dic yn awyddus i'w ffilmio cyn diwrnod y parti fel bod modd iddo olygu'r tâp cyn hedfan allan yno. Bodlonodd Tina ar ei syniad, a bu wrthi'n ddygn yn llunio CV cryno ond cynhwysfawr, a'i ddysgu air am air.

Treuliodd Tina amser hir yn gwneud ei hun yn atyniadol ar gyfer y camera. Gwisgodd siwt gotwm, ysgafn i weddu gyda hinsawdd Awstralia, a rhoddodd ei gwallt yn ôl mewn plethen daclus gyda chudynnau cyrliog yn disgyn yn dwt dros ei chlustiau. I orffen y ddelwedd, gwisgodd glustdlysau a chadwen arian Geltaidd a dderbyniodd gan Dic ryw Nadolig a fu. Gwnaeth y wisg iddi deimlo'n hunanbwysig gyda statws proffesiynol, ac roedd yn teimlo'n hollol hyderus erbyn i Dic gyrraedd. Ond, ar ôl gweld Tina, roedd ganddo *fo* syniadau eraill.

'Ti'n edrych yn uffernol o *sexy*, Tins,' meddai, efo gwên ddireidus yn adlewyrchu'n ei lygaid. 'Ty'd yma. Dwi'm 'di cael sws Nadolig na Blwyddyn Newydd genna ti!'

Gafaelodd rownd ei chanol gydag un llaw tra bod y camera'n crynu o dan ei fraich chwith.

'Dic, mae hwnne'n galed yn erbyn fy senne fi . . .' protestiodd Tina'n ddiniwed am y camera.

'. . . Dim mor galed â fi! Ty'd â chalennig bach i blesio dyn unig!'

'Dic! Mae'n rhaid gwneud y cyflwyniad!'

'Mmm. Biti na fysa'r panel arholi'n gallu ogleuo dy bersawr di!'

Gollyngodd Dic ei afael yn Tina am eiliad er mwyn rhoi tripod y camera ar ganol llawr y lolfa. Ar ôl rhoi'r lens ar ongl lydan i weld pob dim o bwys, rhoddodd y tâp i redeg. Fedrai Tina brotestio dim, a buan y teimlodd ddwy fraich warchodol yn gwasgu amdani. Aeth ei gwaed yn boeth i gyd, er nad oedd am sbwybio'i dillad gwyn di-grych. Ond, roedd teimlo bysedd barus Dic yn crwydro'n ei gwahodd tua'r soffa'n ormod o demtasiwn iddi. Doedd y ddau ddim wedi gweld ei gilydd ers dros wythnos chwarae teg!

'Sgen ti nicyrs o dan dy sgert?'

Roedd o'n dechrau sibrwd o dan gyfaredd ei nwyd erbyn hyn.

'Does dim angen un ar gyfer cyfweliad camera!'

Doedd ganddi 'run chwaith, a llwyddodd Dic i ddarganfod ei mannau dirgel yn ddigon sydyn.

'Mmm . . . ogla dynas. Gorwedd ar y soffa ac agor dy goesa! Mae dy anrheg Dolig di ar y ffordd!'

Llwyddodd Dic i lyfu ei gwain yn gelfydd, a hynny heb gyffwrdd yn ei dillad, bron. Tra oedd ei dafod yn tic-tocio'n ôl a blaen fel pendil cloc, roedd un bys, ac un bawd yn symud gan Tina hefyd, a llwyddodd i rwbio'i hun i gyrraedd uchafbwynt heb i Dic gyffwrdd pen ei goc ynddi. Wedi tuchan a gwichian am ychydig eiliadau, rhoddodd Tina gusan chwantus ar wefusau disgwylgar Dic. Roedd hithau eisiau mwy, ond roedd hi fwy o eisiau i Dic lafoerio a dioddef wrth orfod aros am ei gwasanaeth. Agorodd Dic ei falog gan annog

116

Tina i wneud yr un weithred iddo yntau. Fedrai hi ddim gwrthod, oherwydd roedd ple yn ei lygaid a'i awydd am wanc yn amlwg yn ei wyneb. Felly, gwnaeth Tina yn ôl ei ddymuniad. Oherwydd bod ei thechneg mor gelfydd, ei cheg fel maneg gynnes yn llyfu a lapio am ei gleddyf, fuodd hi ddim yn hir nes i hufen dwbl Dic ffrwydro i bob cyfeiriad. Yn anffodus, aeth y rhan fwyaf o'r stomp dros ei gwisg gotwm, wen! Felly, ymsythodd Tina i dwtio'i siwt barchus er mwyn ailafael yn y cyfweliad.

'O, Dic! Ti wedi gwneud llanast! Ffycin hel!'

'Na, ffycin lyfli,' atebodd yntau, gan ei chusanu'n frwd eto nes oedd blas eu hylifau'n gymysg â'i gilydd.

Ond, doedd dim amser i'w golli – roedd gwaith yn galw, a rhyddhaodd Tina'i hun o'i afael.

'Dwi'n mynd i newid fy nillad a thwtio'n hun – eto! Cymer bum munud o rest!'

'Ti wedi fy llorio i'n llwyr, Tina ddrwg o dwll y mwg! Rho ddeg munud i mi.'

Oedd, roedd coesau a braich dde Dic yn hynod o grynedig ar ôl ei uchafbwynt, a phenderfynodd y byddai'n adfywio ar ôl diffodd y camera a chael cawod sydyn.

Teimlai Tina'n ddigon llegach hefyd, er mai honno oedd un o'r sesiynau rhyw byrraf mewn cof iddi. Roedd yn hynod o gysglyd ar ei hôl, ond roedd hefyd yn ddedwydd. Er nad edrychai cweit mor effro ag yr oedd hi cyn y prancio, doedd hi ddim yn meddwl y byddai penaethiaid y *Sydney Tribune* yn sylwi ei bod newydd gael yr orgasm cyflyma ar record!

Tra oedd Dic yn helpu ei hun i gawod, gwisgodd Tina grys a throwsus glân, twtio'i gwallt a rhoi minlliw yn ôl ar ei gwefusau. Yna, casglodd nifer o ffeiliau a llyfrau ynghyd a'u rhoi yn ymyl ei chyfrifiadur. Roedd am edrych mor broffesiynol â phosib ar gyfer y camera. Sganiodd dair erthygl fel enghraifft o'i gwaith yn y *Borth Journal* hefyd, ac erbyn i Dic ddod yn ôl a sefydlogi'r camera, roedd hi'n ysu i gael canmol ei hun o'i flaen.

'Barod Tins? Mae gennon ni gyfweliad i'w wneud sy'n mynd i drawsnewid dy fywyd di a minna.'

'Dwi'n awyddus i wneud cyfweliad efo ti am achos Bryn y Boncyn hefyd, Dic,' meddai wrtho, gan obeithio y byddai'n cydweld efo'i hawgrym. 'Byddai fy nghlywed yn holi rhywun am fater difrifol yn well nag unrhyw beth. Gan mod i wedi dy holi di o'r blaen, mae'r pwnc ar flaenau tafod y ddau ohonon ni.'

'Syniad da,' cydsyniodd Dic, gan ddotio at flaengaredd ei serchferch.

Yna, canolbwyntiodd Dic ar ffocysu'r llun drwy'r lens. Ond, roedd gweld Tina drwyddo'n ailgodi pethau eto, a dechreuodd ei fraich dde grynu.

'Ti'n codi'r awydd mwya arna i eto wrth dy weld di'n edrych arna i drwy hwn!'

'Ffrwyna dy goc ac anela'r lens ata i am newid Dic!' atebodd hithau'n chwareus ond hefyd yn bendant.

'Iawn, 'te *gorgeous*. Troi, ag *action*.'

Cyflwynodd Tina'i hun fel un o brif ohebwyr a chyn-olygydd un o bapurau newydd mwyaf llwyddiannus Prydain. Roedd hynny'n swnio'n well na phapur i dref fach mewn gwlad lle nad oedd neb wedi clywed amdani, meddyliodd! Aeth ymlaen â'i thruth.

'Mae'n bwysig rhedeg tîm yn effeithiol er mwyn cael y gorau allan o bawb. Mae triongl y gweithle'n bwysig pa safle bynnag yr ydych chi. Dylai'r staff ar y brig gymryd rôl yr un mor flaenllaw â'r rhai sydd ar y gwaelod er mwyn cael balans i gynhyrchu newyddiadur llewyrchus. Dylai llais y bobl a'r darllenwyr gael blaenoriaeth amlwg. Drwy eu cynnwys nhw mewn newyddion lleol, maent yn debycach o gyfrannu adroddiadau neu anfon sylw i'r golofn lythyrau. Trwy hyn, mae'r gwerthiant yn fwy tebygol o gynyddu. Mae rôl y ffotograffwyr yn hynod o bwysig hefyd, a dylent fynychu digwyddiadau ymhob cwr o ddalgylch y papur . . .

Symud at swydd Gohebydd Amaeth. Dwi'n ferch o gefn gwlad, a chefais fy newis i ohebu o un o brif sioeau amaeth y Deyrnas Gyfunol . . .'

Ac felly y bu Tina'n siarad efo hi'i hun yn ganmoliaethus am chwarter awr, nes oedd llygaid Dic yn hollol groes wrth geisio canolbwyntio. Fyddai o ddim yn gwneud dyn camera da, meddyliodd. Rhoddodd y camera yn ôl ar y tripod er mwyn iddo fo'i hun gael bod yn rhan o'r cyfweliad nesaf.

'. . . Rŵan, mae genna i gwmni sydd wedi cael profiadau dirdynnol wedi cyhuddiadau yn ei erbyn yn y gweithle. Dr Richard Jones, rydych chi'n llawfeddyg esgyrn, a chawsoch eich cyhuddo ar gam o achosi amryfusedd yn ystod llawdriniaeth. Sut wnaethoch chi ddelio efo'r mater?'

'. . . Diolch yn fawr, Dr Jones. Ac felly, dyma fi, Tina Thomas, yn ffarwelio â chi, gan edrych ymlaen am sgwrs bellach – yn y cnawd – yn y dyfodol agos.'

*   *   *

Cyrhaeddodd diwrnod y parti, ac oherwydd bod Dic bellach yn fynychwr rheolaidd yn Nhŷ Clyd, roedd o gwmpas i roi help llaw i Tina. Fo gafodd y dasg o ailwampio'r celfi i wneud lle i bawb, a rhoi hen drimins a choeden Nadolig i fyny. Teimlai Tina fod rhaid rhoi ychydig o fywyd a lliw i'r ystafell fyw gan ei bod yn dymor o ewyllys da. Sicrhaodd hefyd fod digon o uchelwydd wedi ei roi uwchben pob drws, er mwyn annog rhai i fynd i'r afael â'i gilydd heb deimlo cywilydd!

Aeth Tina i siopa ar gyfer y wledd. Wnaeth hi ddim gofyn i Lyn baratoi'r lluniaeth fel y gwnaeth mewn partïon blaenorol. Doedd hi ddim am i bobl ddechrau siarad â'i chyhuddo o fethu coginio – yn enwedig Dic, ac yntau am fyw efo hi am weddill ei oes!

Daeth yn ei hôl o siop y gornel (yr unig un oedd ar ôl yn y dref) yn 'llwythog a blinderog'. Prynodd lwyth o lysiau a ffrwythau er mwyn gwneud saladau amrywiol, a thaflodd lawer o gigoedd, *quiches* a manion sbeislyd i'r fasged er mwyn plesio'r gwesteion i gyd. Gwyddai nad oedd Bryn y Boncyn yn hoff o bethau poeth (heblaw am y Ddraig wrth gwrs), ac roedd Gwenan yn dal yn llwyrymwrthod cig â'r ddiod fain. Roedd Tina bron â sigo o dan bwysau'r neges, ac wedi pedair awr o baratoi'r wledd, gosododd Dic a hithau'r cyfan ar fwrdd y lolfa. Yng nghanol y bwydydd sawrus a'r melysfwyd, roedd amrywiaeth eang o wirodydd a chwrw (a diod ysgafn i Gwenan a Marie petai honno'n digwydd mentro yno yn ei stad bresennol).

Cafodd Tina a Dic awr dawel iddyn nhw eu hunain cyn i bawb gyrraedd, a rhannodd y ddau gawod sydyn cyn dechrau meddwl am beth i'w wisgo. Roedd Tina am fod mor rhywiol â phosib er mwyn gwneud rhai o'r gwesteion yn genfigennus – yn enwedig Antonio! Er bod Dic yn ei gweld yn aml y dyddiau hyn, doedd hi ddim yn gwisgo'n smart ar ei gyfer o hyd – oni bai am ddillad hwrio cyn sesiynau caru wrth gwrs. Gwyddai Tina y byddai llawer o lygaid yn edrych arni heno. Felly, dewisodd dop tyn a sgert fer. Bron nad oedd modd gweld ei gwefusau a'i bochau isaf a gwallt ei chedor hyd yn oed.

'Mae dy *hangover* di'n fendigedig,' meddai Dic wrth lygadrythu ar ei bronnau'n hongian o'i thop. 'Fedra i ddim aros i roi mwythau iddyn nhw nes ymlaen.'

Mae'n rhaid bod Tomi wedi gorffen ei amryfal waith ar y fferm yn gynnar, gan mai fo ac Ann oedd y rhai cyntaf i gyrraedd y parti.

'Blwyddyn Newydd Dda,' meddai Dic gan chwarae rôl y gwesteiwr, a rhoi cotiau ucha'r ddau o'r neilltu.

Roedd pawb yn falch o weld ei gilydd, ac yn gwerthfawrogi'r hanner awr o lonydd i sgwrsio cyn i neb arall gyrraedd. Derbyniodd Tina focs mawr o siocledi a gwin coch hyfryd o Chile ganddynt – anrhegion dros ben ar ôl y Nadolig efallai!

'Heb eich gweld ers talwm,' meddai Tina. 'Ti'n edrych yn llwyd, Ann. Ti'n iawn?'

'Wedi tendio gormod dros y gŵr mae'n siŵr,' atebodd hithau'n ysgafn. 'Dolig cynta! Mae o'n gwybod na cheith o ffŷs o hyn ymlaen!'

Efallai nad oedd ei dillad yn gwneud cyfiawnder ag Ann chwaith. Doedd steil ei ffasiwn ddim wedi newid llawer efo'r oes, ac edrychai mor blaen ag erioed mewn jîns a siwmper wlân ddu. Yn wir, roedd hi YN edrych yn welw, ac roedd wedi colli ychydig o bwysau hefyd. Rhoddai'r bai am hynny ar y rhedeg yn ôl a blaen a wnâi ar y fferm, gofalu am ei thad yng nghyfraith a gwrando ar baldaruo diddiwedd y teyrn o fam yng nghyfraith oedd ganddi. Ond doedd dim pwynt iddi gwyno am hynny ym mhresenoldeb Tomi. Dyna – yn ei farn ddirmygus o – mae gwraig ffarm i fod i'w wneud! Gofalu am ei gŵr a'i deulu, am ei gartre ac am ei fol!

'Lle clyd iawn Tina,' meddai Tomi i roi ei fewnbwn i'r sgwrs ac i newid ei thrywydd yr un pryd. Dyma'r tro cyntaf iddo weld y tŷ wedi'i ddodrefnu, er iddo helpu llawer ar Tina i symud pethau yno o'r stryd fawr. 'Does ryfadd bo ti yma'n amal rŵan, Dic!'

'Dwi'n licio chwarae tŷ bach,' meddai hwnnw cyn mynd i'r gegin i nôl diod i'r pedwar ohonynt.

Wedi trafod pynciau mor amrywiol â byd amaeth a'r gwasanaeth iechyd, daeth diwedd ar eu sgwrsio cartrefol wedi i Harri Cae Pella gyrraedd. Roedd Tina wedi gofyn iddo fod yn gyfrifol am y carioci, gan fod ganddo beiriant pwrpasol at y gwaith. Yn ogystal â'r caneuon Saesneg arferol a genid mewn partïon o'r fath, prynodd Harri DVDs carioci Cymraeg a gynhwysai ganeuon gwych i fynd i ysbryd unrhyw ddathliad. Gosododd ei declyn yn barod am *sing-song* cyn ymosod yn egr ar y caniau cwrw. Doedd gan y creadur fawr o hyder heb yr *amber nectar*.

O fewn deng munud cyrhaeddodd Bryn y Boncyn fel oen llywaeth. Gwyddai ei fod yn dal wedi pechu Dic yn dilyn llawdriniaeth ei fam. Ond, teimlai fod yn rhaid i bawb symud ymlaen, ac roedd am geisio dal ei ben i fyny'n uchel er mwyn Marie a'r babi.

Pan agorodd Tina'r drws, aeth llygaid y gwestai'n awtomatig i lawr at ei brestiau.

'Bryn!'

Dyna oedd unig gyfarchiad Tina iddo gan nad oedd am wneud mwy o ffŷs ohono.

'Mae genna ti ddau fryn!' meddai hwnnw'n ysgafn i dorri'r oer. 'Oes 'na wisg ffansi heno?'

Cyfeirio at brinder ei defnydd yr oedd Bryn, ond doedd ei siarad gwag a nerfus ddim yn mynd i lawr yn dda o gwbl efo Tina.

'Nagoes. Pam? Wyt ti wedi gwisgo fel rhywbeth?'

Clywodd Dic eu sgwrs, a rhoddodd ei ben rownd drws y gegin.

'Tramp?' meddai'n wawdlyd, a dychwelyd yn ei ôl.

'Fydda i'n gwisgo dillad blêr mewn lle diarth achos does neb yn nabod fi,' dechreuodd Bryn ar ei ddamcaniaeth. 'A dydw i ddim yn poeni os ydw i'n gwisgo dillad blêr o flaen fy ffrindie, achos mae pawb yn fy nabod i.'

'Os ydi Marie'n fodlon efo hynny, pwy ydw i i gwyno?' mentrodd Tina. 'Dwi'n cymryd na ddaw hi yma yn ei chyflwr hi?'

'Mae hi fel y twrci 'na gaethon ni i ginio Dolig – yn fawr ac wedi'i stwffio,' meddai Bryn yn wawdlyd cyn anelu am y wledd. 'Oes 'na fwyd yma? Mae'n senna fi'n twtsiad fy asgwrn cefn i myn diawl!'

Helpodd Bryn ei hun i gwrw a bwyd cyn mynd i'r gornel at Harri a Tomi. Doedd o ddim y cymdeithaswr gorau ac yntau'n sobor.

Ymhen ychydig, canodd ffôn poced Ann, a chlywodd pawb hi'n trafod y cyfarwyddiadau ar sut i gyrraedd Tŷ Clyd. Roedd Catrin ei ffrind ar goll gan na fu yno o'r blaen. Doedd dim sôn amdani ymhen deng munud chwaith, a ffoniodd Ann hi'n ôl.

'Lle wyt ti rŵan, gwael?'

'Dwi wedi ffeindio dyn clên sy'n gwbod lle mae Tina'n byw. Fyddwn ni yna'n y munud.'

A gwir fo'r gair. Pan gyrhaeddodd Catrin, y person

a'i helpodd oedd neb llai na Jeff Parry, a dyna fo wedi cael parti am ddim yn hollol ddiwahoddiad. Fedrai Tina ddim ei yrru oddi yno'n hawdd ac yntau'n gymydog iddi, ond roedd yn hynod o falch fod Dic o gwmpas y lle. Duw a ŵyr beth fyddai cynlluniau ei chyn-fos petai Tina'n ddi-ddyn.

Wnaeth Catrin ddim aros i siarad efo Jeff yn hir chwaith, oherwydd roedd wedi gweld Bryn yn y gornel. Gan iddi fwynhau ei gwmni yn y dafarn dro'n ôl, teimlai awydd i barhau i sgwrsio ag o. O dan y rwdlian a'r malu awyr arwynebol, roedd o'n fachgen digon difyr a diffuant, meddyliodd.

Bling, bling! Am naw o'r gloch, bywiogwyd y parti gan dri uchel iawn eu cloch.

Roedd hi'n amlwg fod Doug a Craig wedi bod yn yfed yn gynt, oherwydd roeddynt yn giglian yn blentynnaidd ac fel glud yn styc yn ei gilydd. Edrych fel dyn difrycheulyd a pherffaith mewn hysbyseb diod Eidalaidd wnâi Antonio. Doedd fiw iddo geisio cyffroi mannau dirgel Tina heno, gyda Dic o dan yr un to â nhw. Ond, gan fod Tina wedi yfed digon i'w llygaid a'i lleferydd fynd yn niwlog, wnaeth hi ddim gwrthod cusan hir a gwlyb Antonio o dan yr uchelwydd. Pa ots? Roedd y meddyg yn y gegin yn paratoi mwy o ddiodydd ar gyfer y gwesteion. Roedd hi'n dymor ewyllys da, ac roedd Tina'n ei ffansïo'n ddiawledig. Ond, chafodd Antonio ddim lingran efo'i sws yn rhy hir, oherwydd amharwyd ar ei fwyniant gan y bolgi Jeff Parry.

'Tina annwyl, gadewch i minnau fanteisio ar hwyl yr ŵyl,' meddai'n llawn cenfigen. 'Un gusan ddiniwed hirddisgwyliedig.'

Er mwyn ei blesio, gadawodd Tina lonydd iddo roi

peciad sydyn ar ei dwy foch, ond trodd ei hwyneb yn ddigon sydyn pan geisiodd roi un ar ei gwefusau!

'Mae'ch *lipstick* chi wedi smyjio digon ar ôl i Antonio'ch llyfu chi,' meddai Jeff, gan fynd yn rhwystredig wrth or-gynhyrfu. 'Fyddai un gusan arall ddim yn gwneud gwahaniaeth i chi.'

Er bod ei grafangau'n dechrau tynhau, gwthiodd Tina fo ymaith ychydig yn rhy llym a disgynnodd yn glewt ar y soffa. Pan ymddangosodd Dic o'r gegin, eisteddodd Jeff i fyny'n fachgen bach da gan newid ei ymddygiad yn syth.

Dim ond dau berson oedd ar ôl heb gyrraedd y parti. Ond, bum munud cyn i'r cloc daro hanner nos, cyrhaeddodd Gwenan a Lyn. Edrychai Lyn yn bictiwr yn ei ddillad Eira Wennaidd, a byddai Gwenan wedi bod yn gorrach bach digon del petai'n perfformio ar lwyfan festri'r capel. Peth rhyfedd ydi golwg ffasiwn, meddyliodd Tina, yn enwedig pan mae 'na ffasiwn olwg arno.

Tri, dau, un . . .

Bong! Roedd Lyn a Gwenan yn hollol sobor;

Bong! Edrychai'r ddau'n bictiwr o hapusrwydd;

Bong! Dechreuodd Gwenan weddïo, gan ddiolch am flwyddyn newydd arall . . .

Ar y pedwerydd Bong, gwaeddodd Tina arni yn lle'i bod yn codi embaras ar weddill y criw.

'Lyn a Gwenan. O dan yr uchelwydd â chi. Mae'n Flwyddyn Newydd i bawb ohonon ni, ac mae pawb arall wedi cael snog.'

A dyna a wnaethant, a hynny i gyfeiliant bonllef o glapio a gweiddi. Hwnnw oedd y tro cyntaf i neb weld y ddau mor agos i'w gilydd. Ond, diniwed iawn oedd y gusan. Daeth Tina i'r casgliad mai cusan frawdol yn unig oedd hi. Doedd yna ddim tafodi na labswchan yn y weithred yn ôl ei safonau hi. Ond, credai hefyd fod yna fwy o anwyldeb a dyfnder yn perthyn i'r gusan nag a deimlodd hi ei hun erioed.

Roedd pethau'n dechrau poethi go iawn yn y parti erbyn un o'r gloch y bore. Gyda'r gwin a'r cwrw'n llifo, roedd pawb yn mwydro a sgwrsio dros y gerddoriaeth. Bodlonodd ambell un wneud ffŵl ohono'i hun wrth ganu carioci aflafar hefyd. 'Chwarelwr' ddewisodd Boncyn, a bu'n slyrio trwy'r penillion nes syrffedu pawb. Canu am 'Ddefaid William Morgan' wnaeth Tomi, ac er nad oedd llais da ganddo, gallai ddynwared Now Hogia Llandegai'n chwibanu'n iawn.

'Ysbryd y Nos' ddewisodd Lyn er mwyn i Gwenan gael ymuno yn y miri. Roedd y gytgan yn addas iawn gan y soniai am angel, ysbryd ac enaid!

Dewisodd Tina ganu cân addas iddi hi a Dic hefyd – 'Chwarae'n troi'n chwerw'.

Wnaeth y gwesteion eraill ddim canu, oherwydd roeddynt yn teimlo naill ai'n:

1. unig = Jeff Parry
2. horni = Catrin
3. rhwystredig = Antonio
4. blinedig = Dic.

Pan oedd pawb arall yn meddwl am adael y parti, canodd cloch y drws, a dychrynodd Tina drwy dwll ei thin.

'Oes 'na rywun heb gyrraedd, Tins?' holodd Dic. Roedd o'n sobrach na Tina. 'Wyt ti isio i mi ateb?'

'Na, mae'n iawn, djel. Falle mai'r poliiish sydd yne – gormod o shŵn yma hwyrach.'

Lwcus nad Dic aeth at y drws. Er ei bod yn ceisio canolbwyntio ar y ffigwr aneglur o'i blaen, bu bron i Tina lewygu wrth weld un o'i chyn-gariadon yn estyn rhosyn coch iddi ar step y drws. Doedd hi ddim wedi ei weld ers deng mlynedd!

'Tina! *Mi amor. Te ofrezco una rosa.*'

'Andjrew? Be ffwc ti'n malu cachu mewn *Italian* efo fi dwedj? A be ti'n dja yma?'

'Chwilio amdanat ti. *Te ves muy bonita* – ti'n edrych yn neis. A Sbaeneg ydi o, gyda llaw!'

'Mae o fel gweld y marw wedi atgyfodji!'

Cododd Andrew hi'n ei freichiau i'w chyfarch gan ei throi o gwmpas y lle nes oedd oedd hwnnw'n troi hefyd. Yn anffodus, doedd y newydd-ddyfodiad ddim wedi sylweddoli cymaint yr oedd Tina wedi ei yfed, ac fe chwydodd hi'r gymysgfa ar ben ei siwt olau.

'Shori, Anjdrew! Gwin . . . a gin . . . a *champagne* . . . Mae 'na bartji yma. Fyse ti'n cael dy wadd tase tji ddim wedi cael dy wahardd.'

'Dwi'n gwbod am y parti, Tina. Weles i fo ar Facebook. Mi alwa i eto. *Adiós.*'

Ar hynny, diflannodd ei gysgod rownd y gornel, a meddyliodd Tina efallai mai breuddwyd neu hunllef oedd y cyfan.

'Problam?'

Roedd Dic wedi ymddangos i weld beth oedd yr ymwelydd hwyrol ei eisiau.

'Falle,' atebodd hithau, gan gamu dros ei chwd a dychwelyd i'r parti.

9. Gwylie llawen?

'Mae o wedi marw!' Siarad efo fo'i hun, neu pwy bynnag oedd yn digwydd bod yn y clyw yr oedd Tomi. 'Pam fod pob dim yn f'erbyn i?'

Nid fod llawer o neb yn sied Pant Mawr i wrando ar ei gwynion. Roedd o'n unig ac yn chwys laddar yn tynnu ŵyn yn llewys ei grys, ac roedd Ann i fod yno i'w helpu ers hanner awr! Aeth ei fam ar dramp arall efo Blodwen Bryn Caled – y tro hwn i sêls dechrau blwyddyn Llandudno.

'Ann!' gwaeddodd Tomi yng ngheg drws y sied, cyn mynd at oen newydd-anedig arall. Ond, roedd yn rhy bell o'r tŷ i'w wraig ei glywed, a llyncwyd ei eiriau gan ddannedd y gwynt. Peth dieithr iawn oedd storm o eira yn yr ardal hon. Ond, efo'r cynhesu byd eang yn effeithio ar bob rhan o'r byd, edrychai'r awyr yn llwyd a llonydd, ac roedd hyd yn oed y plu bach gwynion yn bygwth ar y gorwel.

Tynnodd Tomi'r wisg oddi ar drwyn yr oen rhag iddo fygu, a diolchodd pan welodd ager yn codi o'i geg. 'Mae gobaith tra bo chwythiad,' meddyliodd.

Roedd yn amhosib i Tomi fod efo pob dafad wrth iddynt esgor ar eu hŵyn. Roedd colli ambell oen, neu ddafad hyd yn oed, yn anochel. Ond, gan fod pob dim yn edrych yn ddu yn llygad Tomi, roedd colli hanner dwsin ohonynt yn teimlo fel diwedd y byd.

'Mae isio llygaid yn nhwll fy nhin efo chi'r tacla,' ychwanegodd, gan daflu corff oen marw arall at y bwndel oedd wedi rhewi'n gorn ger y fynedfa. 'Mwy o blydi costa!'

Fel pob ffarmwr gwerth ei arian, ffieiddiai Tomi at y rheol o orfod talu am i'r Weinyddiaeth Amaeth waredu llond bag o anifeiliaid. Beth oedd o'i le efo torri twll i roi'r ŵyn neu'r lloeau ynddo, fel y digwyddodd am genedlaethau o'i flaen, holodd ei hun? Gwyddai am nifer o ffermwyr oedd ddim yn trafferthu anfon am lori i nôl anifeiliaid marw. Roedden nhw'n dal i'w taflu i din rhyw wrych neu'i gilydd ac allan o'r golwg – gan eu gadael i bydru rhwng y cŵn a'r brain.

Pwnc annheg arall i Tomi oedd pam y dylai dalu am chwistrellu ei stoc rhag y tafod glas, a dim arlliw o'r clwy i'w gael yn y wlad? Pam na rwystran nhw fewnforio unrhyw anifail byw neu farw, holodd Tomi'r ci. Doedd dyn mewn siwt mewn swyddfa ym Mrwsel ddim i fod i ddweud wrtho *fo* sut i fyw! Y peth gwaethaf a wnaeth Ted Heath a'i blaid oedd ymuno â'r Undeb Ewropeaidd, meddyliodd wedyn. Ond, er cymaint yr oedd Tomi'n harthio ac yn diawlio i'w lewys, mynd efo'r rheolau oedd orau ganddo yn y diwedd. Doedd o ddim am fod yn ysglyfaeth i lygaid y brawd mawr.

Er fod tueddiad yn Tomi i gwyno am bopeth a wnâi Ann (neu am bopeth na wnâi yn amlach na pheidio), diolchodd amdani i dendio a bwydo'r ŵyn llywaeth. Câi llawer o efeilliaid gwan eu hadfywio ganddi gan ei bod yn giamstar ar eu cadw'n gynnes o flaen y tân. Byddai'n eu bwydo efo llaeth a brandi, ac roedd ganddi fwy o amynedd efo'r ŵyn nag oedd ganddi efo fo'n aml iawn! Petai oen yn cael ei eni heb dwll din, fyddai Ann fawr o dro'n creu un. Rhoddai brocer hir yn y tân nes y byddai'n wenias ac yn goch. Yna, gwyddai'n union ble i anelu er mwyn iddo gyrraedd perfedd yr oen druan!

'Ann!' gwaeddodd Tomi eto, rhag ofn bod ei wraig heb ei glywed y tro cyntaf.

'Beee?' meddai llais cyfarwydd o'r diwedd, a diolchodd Tomi ei bod wedi gwrando ar ei ble i ddod i'w helpu.

Ond, welodd o neb, dim ond dafad gyfeb arall yn sâl ac yn gweiddi am ei sylw!

Erbyn mynd i weld buwch gyflo oedd ar fin bwrw'i llo, daeth yn amser te ddeg ar Tomi, ac edrychai ymlaen i gael hoe haeddiannol, paned boeth a sgwrs efo'i dad. Roedd treulio trwy'r dydd efo anifeiliaid yn gallu bod yn waith unig iawn, a diolchodd fod ganddo deulu i fynd atynt am sgwrs. Nid pob ffarmwr oedd efo'r fraint honno, meddyliodd.

Er gwaetha'i iechyd bregus, ac er cymaint yr oedd Tomi wedi arfer ffermio'n annibynnol, roedd gan Ned Davies gynghorion difyr a defnyddiol i'w fab bob amser.

'Cofia di, os fydd llo yn yr esgyrn yn hir, mi fygith,' meddai Ned wrth Tomi, wedi i hwnnw orfod gwneud te a thost iddo fo'i hun. 'Mae'n gofyn gofalu ar ôl buwch bob eiliad, was.'

Deallodd Tomi'n ddigon sydyn nad oedd Ann o gwmpas y lle. Roedd wedi cymryd y goes yn slei iawn peth cynta'n y bore, meddyliodd. Aeth ei harferion cynddrwg â rhai ei fam bob blewyn! Ond, cyn i Tomi orffen lladd arni, clywodd gerbyd yn dod i fyny'r buarth, ac aeth allan i'w chyfarfod. Doedd o ddim am i'w dad ypsetio wrth ei glywed yn diawlio'i wraig eto fyth!

'Lle gythral ti 'di bod?' Roedd Tomi'n amlwg yn flin, ond roedd o hefyd o dan straen. 'Dwi 'di bod wrthi ers pump o'r gloch y bora'n trio cadw'n bywoliaeth ni i fynd! A lle ti 'di bod? Jolihoitian o gwmpas y dre 'na eto 'mwn!'

'Nage wir, Tomi Davies,' atebodd Ann efo'r pendantrwydd arferol pan wyddai fod ganddi newyddion a allai godi calon ei gŵr. 'Dwi'n gwybod bo ti'n gweithio'n galad, a dwi'n gwybod dy fod di wedi hario. Dyna pam dwi 'di bwcio gwylia i Bortiwgal i ni'n dau.'

'Be ti'n feddwl "gwylia"? Fedra i ddim mynd o fama, siŵr dduw! I Bortiwgal? Dwi'm yn cael cyfla i fynd i Bortdinllaen!'

'Mae isio creu amsar.'

'Pwy ofalith ar ôl Dad a'r anifeiliaid? Ag o le ddaw'r pres ar ôl talu am y byngalo ag ail-neud y lle 'ma? Callia!'

'Na, callia DI washi! Trio helpu ydw i. Rwyt ti'n rêl ffarmwr sydd ofn mentro mwynhau ei hun. Mi neith les i ni'n dau weld rwbath heblaw tina anifeiliaid. Ac mi neith ddaioni i dy fam edrych ar ôl dy dad am sbel. Dwi wedi gofyn i Blodwen ac Wmffra Bryn Calad i gadw golwg ar y ddau, ac ar yr anifeiliaid.'

Gadawodd hynny Tomi'n gegrwth. Er bod un rhan ohono'n dweud na ddylai adael y ffarm i fynd i fwynhau ei hun, roedd rhan arall yn dweud y dylai fynd, ac y byddai newid yn llesol i bawb.

'Dwn i'm be i ddeud.'

'Fysa "diolch" yn ddechra! Ac mi rwyt ti angan gwario chydig o'r pres 'na ti'n ennill am dy lafur caled, yn lle'i gadw fo'n y banc hyd dragwyddoldab! Drycha be ddigwyddodd i'n cynilion ni adag y *credit crunch*!'

Doedd Tomi ddim eisiau mynd i'r un cyflwr â'i dad heb weld ychydig o'r byd, a daeth deigryn i'w lygad wrth iddo ddiolch i Ann am ei gofal a'i chonsýrn amdano.

'Ann . . .' meddai, gyda'i lais yn torri o dan emosiwn. 'Ti'n iawn. Dwi'm yn diolch digon i ti. Isio'r gora i ni'n dau wyt ti, dwi'n gwbod. Mi fedrith rhywun weithio nes mae o'n disgyn a diawl o neb yn diolch amdano fo'n y diwadd.' Gafaelodd Tomi ynddi a'i chusanu'n galed. Anwybyddodd Ann yr ogle brych a'r cachu oedd arno, oherwydd roedd hi'n drewi felly ei hun y dyddiau hyn. 'Be am noson gynnar heno er mwyn i mi gael diolch yn iawn i ti?'

Gwelodd Ann ei chyfle i gael ei ffordd ei hun eto, a gafaelodd yn dyner yng nghwd llipa Tomi.

'Grêt. Edrych ymlaen at weld petha mawr! Gobeithio hefyd na fyddi di'n flin mod i wedi bwcio i fynd i'r gêm i Iwerddon efo'r genod!'

*   *   *

Anwesu ei bot peint mewn bar gwesty yn Blackpool yr oedd Bryn. Doedd o'n nabod neb ar drip Iona ac Andy a doedd dim sôn am Tony nac Aloma yn unman. Ymhen awr, roedd o wedi cael digon ar astudio gwahanol siapiau'r papur wal a'r carped gludiog, ac roedd ei stumog yn swnian isio'i llenwi. Roedd dwy awr arall cyn i Wil Tân gychwyn ar ei alarnadu hiraethus, felly penderfynodd Bryn fynd am *fish 'n chips* a gambl sydyn i aros. Fyddai Marie ddim callach gan iddi fynd i'w hystafell i fwrw'i blinder, ac roedd ei fam wedi mynd am gêm o bingo efo'i chyd-deithwyr i dafarn gyfagos.

Syniad Bryn oedd mynd i ffwrdd am benwythnos. Teimlai'n aml ei fod yn gariad gwael i Marie ac yn cymryd ei fam yn rhy ganiataol. Felly, roedd am wneud iawn am hynny a rhoi trît i'r ddwy cyn i'r *bambino* gyrraedd. Daeth i'r casgliad y byddai brêc yn codi calon Marie, ac y byddai'n rhoi cyfle i'w fam gael gwynt y môr cyn gorfod gwneud ei dyletswyddau fel nain!

Ond, cyn y gallai ei fam warchod ei blentyn, gwyddai Bryn y byddai angen pen-glin newydd arni. Roedd y rhestr aros yn hirach na phan gafodd y llawdriniaeth gyntaf, ond roedd ganddi fwy o boenau'r tro hwn. Dyna pam y penderfynodd Bryn ofyn ffafr i un o'i hen elynion. Er iddo gyhuddo Dic o roi loes i'w fam wedi'r pen-glin cyntaf, doedd gan Bryn ddim i'w golli wrth ofyn a fyddai'n fodlon ei thrin yn breifat i wneud y pen-glin arall. Byddai'n talu'n anrhydeddus iddo, eglurodd. Ond, gwrthod wnaeth Dic – nid am ei fod yn dal i ddial arno am wneud tro anfaddeuol ag o, ond am na wyddai am ba hyd y byddai'n parhau i weithio yn Ysbty'r Borth. Felly, gadawodd hynny Bryn a'i fam i chwilio am gelc dipyn mwy sylweddol o rywle.

Aeth Bryn o'r gwesty ac am sgowt i ganol bwrlwm a rhuthr y dre. O dan y tŵr enwog, roedd lle i hapchwarae ar beiriannau un fraich. Gwariodd hanner can punt mewn chwarter awr gan ennill dim ond ugain punt yn gyfnewid. Ar ôl colli mwy fyth o bres, penderfynodd y dylai fynd i chwilio am damaid sydyn efo'r hyn oedd ganddo'n weddill. Argol! Roedd byw yn Blackpool dipyn drutach nag yn y Borth, meddyliodd, a gorfu iddo dynnu cant neu ddau arall o'r twll yn y wal.

Wedi sgloffio byrbryd seimllyd a brynodd yn un o *take-aways* y strydoedd cefn, gwelodd arwydd llachar yn wincio arno ychydig i lawr y ffordd. Goleuwyd y ffenest gan olau neon coch, a deallodd yn ddigon sydyn beth oedd y gwahoddiad. Cerddodd heibio efo'r bwriad o basio (ha blydi ha). Ond, wrth giledrych i mewn efo un llygad, gwelodd fys Loteriaidd yn ei gymell i mewn, ac yn awgrymu efallai mai FO fyddai'n lwcus heno.

Gwisgai'r ferch ifanc bryd tywyll y nesaf peth i ddim, esgidiau sodlau uchel a gwên groesawus. Ond eto, roedd ei dillad yn ddigon chwaethus a adawai ddigon i'w ddychymyg. Edrychodd Bryn dros ei ysgwydd dde a chwith rhag ofn fod Wil Tân neu rywun o'r trip wedi cael yr un syniad ag o. Ond, doedd neb cyfarwydd yno, diolch byth.

Feiddiai o ofyn beth oedd hi'n godi (o ran pris)? Roedd ei fam a Marie wedi gwario'n wirion ar y babi, ac roedd yntau wedi gwario ar y ddwy ohonyn nhw i ddod ar wyliau. Felly, siawns nad oedd o'n haeddu sbwylio'i hun weithie, chwarae teg! Ond wedyn, roedd ei ddwylo'n seimllyd ac yn drewi o *fish 'n* . . .

'Deugain punt i mi dy sugno di, cariad,' meddai'r llais melfedaidd o du ôl y ffenest, ac aeth y ferch landeg ymlaen efo'i hudoliaeth. 'Hanner can punt i ti fy llyfu i – o'r top i'r gwaelod.' Cododd coc Bryn fel y cododd ei aeliau mewn rhyfeddod. 'Trigain punt am un sydyn o'r tu ôl yn gwisgo sach ddyrnu . . .' Doedd gan yr hwren ddim Cymraeg mor dda â hynny wrth gwrs, ond pwy oedd yn poeni pan oedd ffwc yn y fargen? '. . . Trigain a deg punt efo fi ar y top am chwarter awr. Pedwar ugain efo ti ar fy mhen i. Deg a phedwar ugain efo teclynnau ychwanegol i lenwi pob twll a chornel, a chan punt os ti isio ffrwydro dy lafa yn fy nhwll din i . . .'

Sobrodd Bryn ar ôl sylweddoli ei fod wedi dŵad yn ei drowsus dim ond wrth wrando arni. Yna, diolchodd am ddim byd, a dychwelodd i'r gwesty'n llawen ei drem. Roedd Tony ac Aloma ar fin gorffen canu 'Mae gin i drowsus tyn . . . a finna un gwyn . . .'

Ond, doedd gan Bryn fawr o awydd aros i wrando mwy ar eu canu plentynnaidd, a dim ond cenhedlaeth ei fam oedd ar ôl yn y bar yn sipian eu horenj jiws. Felly, penderfynodd fynd am noson gynnar at Marie, a oedd wedi synnu ei weld yn ôl mor gynnar.

'Noson ddiflas?' holodd yn gysglyd o'i gwely.

'Na, digon difyr,' atebodd Bryn gan wrido ychydig. 'Meddwl bod o ddim yn deg dy fod di ar dy ben dy hun.'

Diolchodd Marie na cheisiodd Bryn fynd ar ei phen hi. Doedd ganddi ddim awydd gwrando arno'n trio'n rhy galed i'w phlesio heb sôn am ddim byd arall. Roedd y daith fws wedi bod yn ormod iddi efo'i bol yn cael ei gorddi 'nôl a blaen am dros bedair awr. Teimlai'n chwydlyd a blinedig, ac roedd yn well ganddi lonydd a gwely cynnar na cheisio dal pen rheswm.

'Be ti 'di golli ar dy drowsus?' holodd Marie, gan edrych i gyfeiriad ei falog cyn troi i wynebu'r wal i gael llonydd.

'O! *Fish 'n chips*. Nos da.'

Llwyddodd Marie i godi am frecwast, ond edrychai'n hynod o welw. Eithriodd ei hun rhag mynd ar gyfyl siop na thafarn, a gorfu i Bryn gadw cwmni i'w fam am brynhawn cyfan. Bu honno'n help iddo brynu ambell grys a throwsus ar gyfer ei waith, a chafodd gôt uchaf wlân a throwsus melfaréd du yn barod ar gyfer bedyddio'r plentyn.

'Mae gofyn bod yn daclus yn capal,' meddai ei fam. 'Mi wnân nhw wedyn ar gyfar unrhyw angladd ddaw i'n rhan ni.'

135

Yna, wrth weld mwy o'i bres yn diflannu, esgusododd Bryn ei hun gan ddweud y dylai fynd yn ôl i gadw cwmni i Marie. Ond, roedd olwyn y rwlét yn troi yn ei ben unwaith eto, ac yno y bu am weddill y prynhawn yn gwario mwy o'i gynilion prin. Wedi dychwelyd i'r gwesty, wnaeth o ddim cyfaddef wrth Marie ei fod wedi bod ar gyfeiliorn. Roedd ganddi ddigon ar ei phlât ei hun heb boeni am ei broblemau o, meddyliodd.

'Wyt ti'n teimlo'n ddigon da i ddod am stecsen heno?' holodd Bryn, rhag ofn fod Marie'n ei feio am ei hesgeuluso drwy'r penwythnos. Doedd hi ddim.

'Mae fy nghefn i'n fy lladd i, Bryn,' meddai, a hynny mewn môr o ddagrau a phoenau mawr. 'Dwi'n dda i ddim byd i ti fel hyn, a ddyle bo fi ddim wedi dod ar y trip 'ma o gwbwl. Fedra i ddim aros i fynd adre.'

Dechreuodd Marie grio'n afreolus, a wyddai Bryn ddim beth i'w wneud. Ceisiodd afael ynddi, ond roedd ei bol anferth yn ei rwystro.

'Dy hormons di sy'n chware ar dy emosiyne di,' meddai, gan ymdrechu i ddangos cydymdeimlad a bod yn seicolegydd yr un pryd. 'Wyt ti am ddod lawr i'r bar i gael gweld rhywun heblaw fi a'r pedair wal 'ma?'

'Fedra i ddim symud, heb sôn am ddod i lawr y grisie,' atebodd.

'Pam na ffoni di'r plant i ti gael newid meddwl?'

'Fawr o awydd actio'r fam barchus a siarad plant rywsut!'

'Wyt ti isio i mi alw'r doctor?'

Dyna oedd y cwestiwn arferol pan na wyddai Bryn beth arall i'w wneud.

'Na. Fe arhosa i i weld fy noctor fy hun.'

'Fedrith Mam fod o help i ti? Mae hi wedi bod yn dy sefyllfa di pan oedd hi'n cario fi'n dydi?'

'Yndi, ag edrych be gafodd hi!' Doedd Bryn ddim yn siŵr os mai cellwair neu wawdio ynghanol ei phoenau yr oedd Marie. 'Dos di am swper a ty'd â rhywbeth yn ôl i mi i'w fyta. Gymera i fath a gwely cynnar arall, a mae 'na ddigon o raglenni ar y teli i fy nifyrru i.'

Bodlonodd yntau ar hynny. Ond, o dan yr wyneb gwydn, roedd Bryn yn bryderus iawn amdani. Wnaeth o ddim cwestiynu na phoeni llawer cyn hyn, oherwydd credai fod pawb yn dioddef o'r un symptomau yn ystod beichiogrwydd. Ond, ar ôl ystyried ei hymddygiad diweddar, sylweddolodd Bryn bod rhywbeth mwy yn bod arni. Doedd hi ddim yn ei hwyliau ers tro ac roedd mewn poenau ers wythnosau. Gorau po gyntaf i'r sbrog landio, meddyliodd.

I godi ei galon ei hun, prynodd Bryn *pizza* a *chips* a phedwar can o Mild cyn crwydro'n hamddenol i lawr y prom gwyntog i fwynhau'r wledd. Doedd ganddo ddim awydd cerdded y saith milltir ar ei hyd gan fod y tywydd yn gafael a'r dydd yn nosi'n gynnar. Erbyn iddo gychwyn cerdded yn ôl, roedd goleuadau'r dref a'r twr wedi goleuo, ac roedd y lle fel . . . wel, fel Blackpool yn union.

Pan gyrhaeddodd y gwesty, roedd hi wedi hwyrhau, ac roedd Iona ac Andy'n canu am fod ar y ffordd unwaith eto. Gan fod y *pizza* a gafodd yn hynod o hallt, roedd yn esgus digon dilys iddo aros yn y bar am ychydig i dorri syched. Cadwodd gwmni i'w fam a'i ffrindiau am awr neu ddwy cyn cofio'n sydyn nad oedd Marie wedi cael bwyd drwy'r dydd.

'Shit!' bloeddiodd, gan ruthro at y bar, a phrynu paced o *peanuts*, Scampi Fries a sudd oren iddi.

Ond, chlywodd Marie mohono'n cerdded i mewn i'r ystafell. Roedd hi wedi bod yn mynd i mewn ac allan o ymwybyddiaeth ers oriau.

'Grêt – mae'n cysgu,' meddai Bryn wrth ei adlewyrchiad yn y drych, a gadael y lluniaeth ar y cwpwrdd wrth ochr ei gwely.

Yna, cerddodd allan ar flaenau ei draed rhag ofn ei distyrbio, a dychwelodd i'r bar tan oriau mân y bore.

*   *   *

Edrychodd Dr Richard Jones ar ei oriawr. Roedd ganddo hanner awr cyn y byddai'n cyfarfod penaethiaid adran bersonél Ysbyty'r Borth. Doedd dim llawer o wythnosau ers iddo ddychwelyd yno i weithio oriau hirach, wedi iddo gyflogi Dyddgu i ofalu am Gari a Marged. Erbyn hyn, roedd am hysbysu'r awdurdodau ei fod am gymryd gwyliau hir dros hanner tymor. Fyddai o ddim yn dweud union bwrpas y daith nag i ble'r oedd yn mynd. Ei esgus oedd ei fod am fynd â'r plant i weld hen berthynas oedd ar fin marw ym mhen draw'r byd.

Rheswm arall am gyfarfod y penaethiaid oedd trafod ei ddyfodol yn yr ysbyty, goblygiadau hynny ar ei fywyd personol a materion ariannol. Gan fod mwy o ddiswyddiadau'n anorfod o fewn yr ysbyty, gwelodd Dic hynny'n gyfle i gynnig mynd o'i wirfodd i gael tâl diswyddo, fel y gwnaeth Ann.

I ladd amser cyn y cyfarfod, aeth Dic o gwmpas ei gleifion ar Ward 10. Credai'n gryf mewn ôl-ofal. Roedd hen bobl wrth eu boddau'n trafod eu hiechyd, ac roedd y rhan fwyaf yn falch o weld y llawfeddyg a gafodd wared ar y boen iddynt. Rhoddodd Dic ben-

138

glin newydd i dros ddwsin o bobl yn ystod y mis diwethaf, ac roedd y canlyniadau, fel arfer, yn dderbyniol iawn. Ond, roedd un o'r cleifion hynny'n dal heb fynd adre o'r ysbyty, ac roedd Dic yn poeni mwy am ei ddyfodol ei hun nag oedd o am y claf!

'Sut ydach chi'n teimlo erbyn hyn, Mrs Watkins?' holodd y wreigan wyth deg ac wyth oed.

'Yn iawn ynof fi fy hun, Doctor bach,' atebodd yn annwyl. 'Ond, mae genna i boenau mawr yn dal yn y pen-glin wyddoch chi.'

Suddodd calon Dic, ac roedd y wraig yn amlwg mewn gwewyr.

'Tewch.'

'Ydi hynny'n naturiol, d'wch?'

Dylai Mrs Watkins fod wedi mynd adre ers tridiau, ond roedd yn cael problemau cerdded difrifol.

'Naturiol iawn,' meddai yntau, gan guddio'i wir ofidiau.

'Mae o fel bod dau asgwrn yn dal i rwbio yn erbyn ei gilydd,' ceisiodd ddisgrifio'i symptomau.

'Wel, rhaid i chi gerdded mwy i drio ystwytho'r cyhyrau, Mrs Watkins. Mi gewch chi fwy o gyffuriau lladd poen hefyd. Gorffwyswch rŵan, ac mi fyddwch adra mewn dim o dro.'

Prysurodd Dic i ddweud wrth un o'r nyrsys i roi dos ychwanegol o dabledi iddi, a gorchmynnodd i'r ffisiotherapydd weithio'n galetach ar adfer y pen-glin.

Rhwng pob dim, roedd meddwl Dic wedi bod ar chwâl ers blynyddoedd. Hawdd iawn fyddai i rywbeth difrifol fod wedi digwydd go iawn oherwydd diffyg canolbwyntio. Ond, roedd un peth yn sicr. Fedrai o ddim wynebu achos tebyg i un Bryn a Mrs Griffiths y Boncyn. Bu bron i hwnnw ei lethu a'i yrru'n ynfyd gan boen meddwl. Felly, gorau po gyntaf iddo ddianc o'r ysbyty â'i gildwrn efo fo, meddyliodd.

Er gwaethaf yr holl ofidiau, aeth adre o'r ysbyty'n ddyn hapus iawn, a fedrai o ddim aros i ddweud y newyddion da ar y ffôn wrth Tina.

'Roedd personél yn hynod o falch fod rhywun o'r staff yn fodlon mynd o'i wirfodd,' meddai. 'Ond, doeddan nhw ddim wedi bargeinio bod llawfeddyg yn fodlon mynd chwaith!'

'Mae'n siŵr dy fod di wedi arbad dwy neu dair swydd ar y gwaelod iddyn nhw,' awgrymodd Tina.

'Na. Mae'n debyg y bydd y rheiny'n gorfod mynd beth bynnag.'

'Mi fydd llawfeddyg ifanc yn syth o'r coleg yn llawer rhatach na ti iddyn nhw!'

'Na. Gyrru mwy o gleifion dros y ffin fyddan nhw beryg. Ond meddylia'r pres ddaw'n handi i ni at yr ymfudo, Tina!'

'Hy! Mi fydd Marie'n siŵr o feddiannu ei hanner o!'

'"Yr hyn na wêl y llygad . . ." Gyda llaw, mae Marie'n rhy wael i ofalu am y plant y penwythnos yma.'

Roedd Tina wrth ei bodd bob tro roedd Gari a Marged yn mynd efo'u tad i Dŷ Clyd. Ceisiodd ei ddarbwyllo ers tro y dylai pawb arfer mwy yng nghwmni'i gilydd cyn yr ymfudo mawr i Awstralia.

'Felly, mae'r plant yn dod yma i Dŷ Clyd efo ti?' holodd Tina'n obeithiol.

'Nachdyn. Mi fydd y pedwar ohonon ni'n aros yn Llys Meddyg.'

Teimlodd Tina'r siom yn oeri ei gwaed, ac aeth yn fud wrth ebychu rhywbeth annealladwy cyn rhoi'r ffôn i lawr yn glep. Roedd hi wedi cael digon ar dderbyn siomedigaethau dro ar ôl tro. Roedd hi hefyd yn fwy crediniol byth fod Dic unai'n difaru gadael ei Ddraig neu ei fod yn ffansïo cnawd ifanc Dyddgu!

Yr eiliad honno, roedd Tina'n difaru nad oedd wedi mynnu cael rhif ffôn Antonio. Gallai wneud efo mwythau a chael ei mela gan ddyn go iawn! A pham na wnaeth Andrew adael ei gyfeiriad iddi neu gysylltu â hi wedyn? Penderfynodd Tina yn y fan a'r lle ei bod am roi nodyn cyffredinol ac amwys ar Facebook. Gobeithiai wedyn y byddai Andrew'n sylwi ar hwnnw hefyd.

'Dwi awydd dysgu Sbaeneg – oes rhywun awydd rhoi gwersi preifat i mi?'

10. Mwynhau'r Craic

Aeth mis arall heibio, a doedd Lyn ddim yn edrych ymlaen at nôl ei rent. Bu Craig yn ymddwyn yn rhyfedd tuag ato ers tro. Os oedd Doug i ffwrdd pan alwai Lyn yn y fflat, byddai Craig yn ceisio cymell Lyn i'w ystafell gan ddweud sylwadau rhywiol ac anweddus wrtho. 'Dyma dy bres di,' meddai un tro. 'Ydi'n well gen ti dderbyn na rhoi?' Gwyddai Lyn yn union at beth roedd o'n cyfeirio, ond anwybyddodd ei ensyniadau bob tro.

Er y gwyddai ers yn blentyn ei fod yn 'wahanol', doedd gan Lyn ddim yr un chwantau rhywiol ag oedd gan ddynion eraill. Yn laslanc, roedd ei feddwl yn gythrwfl llwyr oherwydd y pwysau cymdeithasol ac agwedd ei ffrindiau prin. Ni wyddai ai dynion neu ferched ddylai o eu ffansïo. Gan ei fod yn gwisgo'n wahanol efo ychydig o basiantri'n perthyn i'w steil, a'i fod yn dueddol o fwynhau coginio a chwmni merched, cymerai pawb yn ganiataol ei fod yn hoyw. Ond, y gwir amdani oedd nad oedd yn blysio am gnawd dyn na dynes. Roedd o'n anrhywiol.

Magodd bersonoliaeth gref er mwyn cuddio'r gwirionedd. Gallai actio'i ffordd drwy fywyd, ac roedd yn gyfathrebwr heb ei ail – ar yr wyneb. Er mor fyrlymus a di-hid yr ymddangosai tuag at bob dim, roedd pethau dipyn mwy cymhleth o dan ei fasg. Ac yntau bellach yn ei dridegau, y cyfan roedd o eisiau oedd cwmnïaeth blatonig o'r un anian ag o – rhywun i rannu agosatrwydd ac ymddiriedaeth; i brofi hwyl a hapusrwydd heb yr holl drimins corfforol. Dyna pam ei fod wedi syrthio dros ei ben a'i glustdlysau mewn cariad efo Gwenan. Roedd y ddau efo'r un dyheadau a diddordebau mewn bywyd, er iddo deimlo cywilydd mawr wrth drafod 'rhyw' am y tro cyntaf efo hi.

'Rydan ni'n ffrindie da ers blynyddoedd yn 'tydan *babes*?' cychwynnodd yn betrusgar ar ei druth.

'Wrth gwrs 'nny,' meddai hithau. 'Ac yn joio mas draw, gobitho.'

'Ym . . . fysa ti'n licio perthynas mwy seriws . . . hynny ydi . . . dydw i fawr o sbort i ti os wyt ti'n chwilio am bethe mwy! Dallt be sgin i?'

'Deall yn iawn, Lyn. Dim pwyse, dim problem . . .'

'. . . a dim *sex*?'

''Na pam rwy'n dy garu di, Lyn . . .'

Roedd bywyd syml, di-ryw wedi apelio at Gwenan hefyd. Tyfodd i fyny yn sŵn gweddïau, pregethau a mynych wasanaethau yn y capel. Bu â'i golygon ar fynd i weinidogaethu ei hun ers tro, a theimlai ei bod wedi gwneud y peth iawn wrth ddilyn cwrs diwinyddol, er nad oedd yn ei fwynhau fel y dylai. Ond, roedd wedi ailddarganfod ei hun ers cyfarfod Lyn, ac roedd yn falch fod gwaith undonog y llyfrgell ac afradlonedd bywyd y Borth y tu cefn iddi. Bellach, roedd am fwynhau elfennau eraill bywyd, ac er nad oedd Lyn yn grefyddwr mawr, roedd cael ei gwmni wedi coroni'r cyfan iddi.

Roedd Gwenan wedi edrych ymlaen at fynd i'r gogledd yn y flwyddyn newydd. Er ei bod yn gwerthfawrogi bod 'nôl yng nghefn gwlad Ceredigion lle roedd ei gwreiddiau, doedd pethau ddim wedi datblygu fel yr oedd wedi gobeithio. Byth ers i'w mamgu gyhoeddi mai Wncwl Morys oedd ei thad biolegol, roedd ei bywyd teuluol wedi troi'n hunllef. Yfai ei thad yn drwm ac aeth gwynegon ei hewyrth yn waeth gan boen meddwl. Doedd Gwenan ddim yn mwynhau'r darlithoedd na bywyd myfyriwr aeddfed fel y dylai chwaith. Oedd, roedd hi wedi profi pwynt drwy gael pobl ifanc yn ôl i addoli yn ei chynefin. Ond, roedd yn barod am sialens newydd erbyn hyn.

Felly, wrth fynd i fyny i'r gogledd i fwrw'r Sul, roedd hi nid yn unig am helpu Lyn yn y Bistro, ond roedd hefyd yn awyddus i fynd i'r brifysgol leol am sgwrs. Roedd am holi'r penaethiaid am y posibiliadau o ymuno hanner ffordd ag un o'u cyrsiau diwinyddol nhw.

Darllenodd Gwenan brosbectws y coleg yn drylwyr. Roedd amrediad eang o gyrsiau ar gael, ac edrychai un ohonynt at ei dant. Ond, wrth wynebu pennaeth y cwrs, gorfu iddi feddwl am esgus/rheswm digonol pam ei bod am newid o un coleg i'r llall ar ganol tymor.

'Rwyf wedi cael cynnig cynnal cyfarfodydd Beiblaidd mewn eglwys yn y gogledd,' meddai. 'Y cam cyntaf i weinidogaethu yno, efallai.'

'Fyddai ddim yn well i chi orffen yr ôl-radd i ddechrau, a chanolbwyntio ar waith wedyn?' holodd y pennaeth.

'So fi moyn colli'r cyfle,' eglurodd hithau. 'Rwy'n fodlon aros tan ddechrau'r tymor os yw hynny'n well 'da chi.'

'Pam eich bod eisiau dod i'r coleg hwn beth bynnag?' holodd hwnnw ymhellach.

'Mae'r cwrs i'w weld yn ddifyr ac mae canmol i'ch darlithwyr,' crafodd ei din. 'Chi'n dysgu am hanes yr eglwys yn ogystal â chanolbwyntio ar foeseg a rôl Cristnogaeth mewn gwleidyddiaeth. Mae hynny'n apelio'n fawr ata i.'

'Diolch am eich geiriau caredig,' meddai'r pennaeth wedi ei blesio. 'Ond, i ddilyn y cwrs yma, rhaid i chi aros tan ddechrau'r flwyddyn academaidd. Mae'n ddrwg gen i.'

A dyna ni! Dim trafodaeth na chwestiynau pellach. Doedd Gwenan ddim wedi disgwyl clywed hynny, a drylliwyd ei chynlluniau. Yn benisel, dychwelodd at Lyn, ac roedd yn fwy cymysglyd ei meddwl nag y bu ers tro.

'Beth wi'n mynd i'w wneud, Lyn?' holodd yn ddagreuol. 'So i'n galler godde Mami a Dadi llawer rhagor, a 'sdim calon 'da fi i gario mlaen 'da'r cwrs 'nôl gartre.'

'Paid â phoeni, Gwens,' cynigiodd Lyn air o gysur ac ysgwydd iddi grio arni. 'Os ti *really'n* anhapus, dwi'n chwilio am help llawn amser yn y Bistro, a gei di bres yn y fargen!'

Cododd hynny ychydig ar galon Gwenan, a threfnodd Lyn iddi fynd i'r Bistro i weld a hoffai weithio yno ai peidio. Roedd hi'n hollol fodlon â'r lle, a chredai y byddai'n lleoliad delfrydol ar gyfer cyfarfodydd Gwin a Gweddi neu Seiat a Sesiwn!

Wedi cwtsh dyner, penderfynodd y ddau fynd am dro hir i fynyddoedd Eryri i glirio'u meddyliau, a rhoddodd Gwenan ei rhieni, y coleg a chrefydd yng nghefn ei meddwl am y tro. Roedd yr Wyddfa a'i chriw a weithiai ar y cledrau'n segur oherwydd bod cymaint o eira ar y brig. Ond, newidiodd Lyn o'i sgert laes i drowsus cerdded, cynnes. Gwisgodd Gwenan hithau ei hesgidiau cryfion, ac roedd y ddau'n barod am yr antur. Er mai mentro at y pwynt hanner ffordd yr oedd y ddau am wneud, llanwodd Lyn ei fflasg efo coffi cryf, a gwnaeth frechdanau hyfryd allan o sbarion cyw iâr o'r Bistro. Doedd o'n gwastraffu dim. 'Yng ngenau'r sach . . .' oedd ei hoff ddihareb.

Gyrrodd Gwenan ei char a'i barcio ger Pen y Pas, ble roedd llu o gerddwyr brwd eraill yn mwynhau golygfeydd godidocaf Cymru. Edrychai'r wlad oddi tanynt yn llwm ac oer. Ond, doedd y tywydd na'r dieithriaid ddim yn mynd i atal y ddau rhag mwynhau cwmni ei gilydd.

'Pan mae golygfa fel hon o dy flaen di, 'sdim isio poeni am ddim byd, yn nagoes *babes*?' meddai Lyn, gan afael yn gynnil am ganol Gwenan, ac amsugno aer clir Eryri i'w ysgyfaint.

'Na,' atebodd hithau gan gyfnewid ei goflaid. 'Ac rwy'n nes i'r nefoedd yma – yn enwedig gyda thi.'

*   *   *

Doedd neb mwy balch o adael am Gaergybi nag Ann a Tina. Rhwng eu hamryfal broblemau, roedd mynd i Ddulyn yn chwa o awyr iach iddynt, ac roedd cael cwmni Catrin yn donig. Fedrai Ann a Tina ddim aros i gael penwythnos heb ddynion yn eu rheoli – wel, dim y rhai arferol beth bynnag. Bu Catrin mewn nifer o gemau rygbi rhyngwladol cyn iddi ddechrau canlyn a phriodi. Ond, a hithau bellach wedi cael gwared ar ddau ŵr, roedd yn rhydd i wneud fel y mynnai unwaith eto, ac roedd hi'n ysu i gael gafael ar gocls a mysls Gwyddel blewog.

Er i Tina fwynhau sesiynau gwyllt ar benwythnosau fel hyn yn y gorffennol, roedd yn awyddus i weld a dysgu ychydig mwy am Ddulyn y tro hwn. Cwestiynodd ei hun a oedd hi un ai wedi heneiddio, wedi parchuso neu wedi troi'n gysetlyd ers cael perthynas sefydlog efo Dic. Bu yn y brifddinas sawl tro o'r blaen, ond wnaeth hi erioed drafferthu bod yn 'ymwelydd' go iawn yno ar yr adegau hynny.

Felly, gan bod amser yn swyddfa'r *Journal* yn caniatáu, roedd wedi gwneud tipyn o waith ymchwil ar deithiau pleser y ddinas, a bwciodd ddwy daith iddynt dros y we. Roedd y gyntaf i ddechrau yn syth ar y prynhawn Gwener wedi iddynt gyrraedd Dulyn. Edrychai ymlaen at fynd i'r ffatri Guinness, a phrofi dipyn go lew ohono, a theithio cyn belled â'r sw yn Phoenix Park. Ymweliad â mynyddoedd Wicklow oedd ar yr agenda ar gyfer dydd Sadwrn, lle byddai'r criw yn galw am ginio yn nhafarn uchaf Iwerddon. Yna, ei hel hi'n ôl am y ddinas fawr ddrwg mewn digon o amser i weld y gêm.

Ond, ddigwyddodd pethau ddim mor drefnus â hynny, er bod derbyn peintiau a gwirodydd gan ddynion awyddus wedi bod yn syniad da ar y pryd . . .

Yn ystod tair awr a hanner y daith ar y llong roedd hwyl a sbri bob amser i'w gael wrth ganu a llymeitian, siarad efo hen wynebau a cheisio dod i adnabod rhai newydd. Manteisiodd y merched ar haelioni'r dieithriaid, ond prynodd y tair botel o fodca yr un hefyd. Byddai'n arbed rhag talu'n ddrud am ddiodydd yn nes ymlaen.

'Tina?' Yn y caban *Duty Free*, digwyddodd Tina daro ar ddyn y cafodd ei gwmni sawl gwaith yn ystod gemau Iwerddon y gorffennol.

'Gwyndaf?' rhywbeth. Er na chofiai ei gyfenw, gwyddai ei fod yn ddigon horni yn ei ieuenctid ffôl. Duwcs, doedd neb yn holi hynt a helynt ei gilydd mewn sefyllfa o'r fath; derbyniai pawb mai jwmp heb gyfrifoldebau oedd y cyfryw bethau!

Wedi dechrau tynnu sgwrs, deallodd Tina ei fod bellach yn ŵr, yn dad ac yn daid parchus. Eglurodd Gwyndaf mai gyrrwr bysiau oedd o erbyn hyn, 'Fi sy'n gyrru criw'r rygbi o Ddyffryn Clwyd i'r gêm. Dyna pam dwi dal yn sobor.'

Ond, doedd Tina ddim, 'Felly ti'n dal i fynd – a dod – fel roeddat ti?'

Plygodd y gyrrwr ati gan sibrwd yn ei chlust a hanner ei llyfu yr un pryd. 'Gei di weld os y doi di i ddec y cerbydau. Bws glas Gwyndaf Coaches. Deg munud.'

Doedd Tina ddim yn rhy hoff o lefydd cyfyng ers pan fu ar fordaith i Fôr y Canoldir flynyddoedd ynghynt. Gallai deimlo ei hun yn mygu gan y diffyg lle, a'r môr yn cau amdani. Ond y tro hwn, derbyniodd y cynnig heb feddwl ddwywaith, a gwyddai y byddai'n teimlo'n fwy caeth fyth yn y man! Wedi mân siarad efo'i ffrindiau, esgusododd ei hun gan ddweud ei bod yn mynd i drio'i lwc ar yr olwyn *roulette*. Chroesodd o mo'i meddwl hi bod gamblo efo dyn priod yn beryclach na'r pleser bach hwnnw.

Wrth gerdded heibio'r coridorau a'r cabanau diddiwedd yn nyfnderoedd y llong roedd ei meddwl yn un gybolfa o Richard Gere yn *An Officer and a Gentleman* ac o deithwyr anffodus y *Titanic*. Pa syndod bod ambell yrrwr lorri'n edrych yn amheus arni'n llechu yn y cysgodion. O'r diwedd, gwelodd yr arwyddion oren a'i harweiniai tuag at ddec y cerbydau.

Gwyddai nad oedd i fod yno, oherwydd eglurai rheolau iechyd a diogelwch ei bod yn rhy beryglus i fentro i ganol cerbydau a allai eich taro yn ystod stormydd. Ond, gwyddai Tina fod y môr fel llyn o lonydd y diwrnod hwnnw, a fedrai hi ddim aros i gynhyrfu'r dyfroedd wedi iddi gyrraedd ei tharged.

Doedd yr un swyddog diogelwch ar gyfyl y lle, a chafodd rwydd hynt i fentro i ganol y bysus. Daeth o hyd i'r un glas yn ddigon di-drafferth, a dechreuodd gwestiynu ei hun a oedd hi'n ddoeth iddi fentro i mewn. Beth petai ei 'hen ffrind' wedi troi'n llofrudd

148

neu'n dreiswr? Beth petai'n cael ei dal gan hen gapten llong barfog neu gefnogwyr brwd y bêl hirgron? Am eiliad, teimlodd mai peth ffôl iawn oedd disgwyl cael yr un wefr ag a gafodd ddeng mlynedd a mwy ynghynt. Ond, wedyn, roedd y cwrw wedi dechrau siarad – a doedd neb yno i'w ateb yn ôl.

Curodd Tina ar ddrws y bws, gan edrych dros ei hysgwydd yr un pryd, rhag ofn fod wynebau cyfarwydd yn ei gwylio. Doedd neb yno.

'Ti'n dal i wrando'n dda ar orchmynion, felly?' meddai'r llais cyfarwydd a'i hebryngodd i mewn gan gloi'r drws o'u hôl.

A dyna hi wedi cael ei hudo'n ddi-drafferth i gerbyd tywyll dyn nad oedd hi prin yn ei adnabod.

'Fodca bach? Dwi'n cofio dy fod yn arfer lecio diod efo dy "anturiaethau".' Cynigai botel iddi.

Synnodd Tina ei hun wrth brofi pŵl o gydwybod, 'Sori, Gwyndaf, mae'n well i ni beidio. Ti'n briod. Mae rhywun wedi callio 'sti . . .' Gwrthododd y fodca a gwaneth ystum i adael.

'Does dim rhaid i ti gymryd diod,' meddai yntau, gan glosio ati a gwenu'n ddel. Cyffyrddodd yn ysgafn yn ei dwylo. 'Ond, wyt ti'n gwrthod pob dim?'

Cyn i Tina feddwl am ateb, gafaelodd y gyrrwr am ei chanol a'i chusanu'n ysgafn i brofi'r dyfroedd, a wnaeth hi ddim ei atal. Yna, llithrodd ei wefusau i lawr ei gwddf, a mwythodd ei gwallt yn hudolus gelfydd. Erbyn hynny, teimlai Tina'r berw yn ei gwythiennau a rhuthrodd mwy o emosiwn drwy ei chorff wrth i don ar ôl ton o chwys oer ei meddiannu. Trodd yr ysfa rywiol yn ymbil iddo'i meddiannu.

Am eiliad, llaciodd y gyrrwr ei afael ynddi, ac arweiniodd hi i gefn y bws, ond bellach, doedd dim angen geiriau rhyngddynt gan fod eu hymddygiad yn adrodd cyfrolau. Camodd y ddau'n drwsgwl dros ddegau o gesys a sgarffiau cochion a chaniau lager ewynnog a oedd yn barod i ffrwydro ar ôl cael eu hagor.

Ond, ysu i agor pethau amgenach yr oedd Gwyndaf, ac wedi rhoi Tina i orwedd yn lletraws ar y seddi cefn, aeth ar ei liniau yn yr eil fel y medrai blygu o'i blaen. Tylinodd ei chroen yn dyner gan anwesu ei chefn a'i bogail efo un llaw, a chwilio'n daer am fachyn i ddadfachu ei bra efo'r llall. Er na fedrai Tina resymu'n rhesymegol (na dweud y fath frawddeg o dan effaith y ddiod), gwyddai'n iawn beth roedd hi'n ei wneud, ac roedd hi isio'i wneud o'n syth! Penderfynodd y byddai'n arwain y ffordd er mwyn cyflymu'r broses, ac eisteddodd i fyny gan gusanu'r gyrrwr ac ymbalfalu'n drwsgl am ei falog. Dechreuodd rwbio'i fan mwyaf tendar yn galed, gan obeithio y deuai hen gynnwrf yn ôl iddo yntau. Doedd dim rhaid iddi boeni, a thra chordeddai eu breichiau fel Sbageti Junction o gwmpas cyrff ei gilydd, llwyddodd Tina i agor ei felt hefyd. Wedi iddo gael ei ddinoethi, tynnodd yntau drowsus Tina gan synhwyro'i bod hi'r un mor wlyb y tu mewn i'r bws ag yr oedd hi y tu allan.

Yna, oherwydd prinder lle i wneud gormod o gampau, amneidiodd y gyrrwr ar Tina i eistedd ar ganol y seddi ôl, a rhoddodd ei choesau i fyny ar y ddwy sedd oedd o'i blaen y naill ochr i'r eil. Byddai hynny'n hwyluso pethau iddo fo wrth iddo blygu ger ei bronnau.

Am gryn hanner awr buont yn llyfu ac yn sugno, yn tylino ac yn tuchan cyn dod at y weithred fawr ei hun. Ond, fel roedd Gwyndaf yn barod i blymio'i ymchwydd i mewn i'w chrombil, llenwyd y lle â sŵn uchelseinydd.

'Croeso i Ddulyn. A wnaiff teithwyr bysus fynd i'w cerbydau yn awr . . .' Chwalwyd yr awyrgylch, a thorrwyd eu gobaith am jwmp preifat yn ei flas.

Cael a chael oedd hi i Tina wisgo a thwtio'i hun i edrych fel petai wedi cael gêm wael o *roulette*. Ffarweliodd â Gwyndaf ac aeth allan o'r bws eiliadau'n unig cyn i'r cefnogwyr brwd ddychwelyd i ymosod ar eu caniau lager. Ond, teimlai Tina mor rhwystredig wedi'r holl gynnwrf fel y mentrodd i un o'r tai bach cyfagos i orffen y gwaith y dechreuodd Gwyndaf arno. Yng nghanol cyffro a chlebran y paratoi i adael y llong chlywodd neb mohono hi'n cael y dirgryniad hirddisgwyliedig wrth i'r llong ddocio yn y brifddinas.

Roedd Tina'n hynod o falch nad oedd Ann a Catrin awydd mynd i'r dre y noson honno. Bu'r ddwy yn potio'i hochr hi ar y cwch. Daeth ar draws criw o Flaenau Ffestiniog oedd yn llawn straeon difyr am y chwarel ac yn giamstars ar ddweud jôcs. Felly, wedi bwcio i mewn i'r hostel, setlodd y tair yn eu hystafell gan wagu cynnwys y poteli fodca heb symud o'r lle. Aeth y trip i'r ffatri Guinness, fel ei effaith, i'r niwl.

'Deffrwch, neu mi fyddwn wedi colli trip heddiw hefyd!'

Tina oedd yn gweiddi gan geisio deffro Ann a Catrin o'u trwmgwsg. Roedd hi'n wyth o'r gloch y bore, ac roedd amser yn brin.

'Fedra i ddim codi mhen,' mwmiodd Ann heb agor ei llygaid. 'Genna i Benmaenmawr a Dwygyfylchi.'

'Dw i ishio chwydu,' meddai Catrin, gan sticio blaen ei thrwyn mewn bin cyfagos.

'Mae gennoch chi awr cyn bod y bws yn gadael,' gobeithiodd Tina. Roedd hithau'n teimlo'n arw'r bore hwnnw, ond roedd hi'n benderfynol o gael gwerth ei harian am y trip â hithau wedi talu drwy ei thrwyn amdano! Ond, rhoi eu pennau'n ôl o dan y *duvet* wnaeth Ann a Catrin er mwyn nyrsio'u pennau mawrion.

'Iawn 'te'r diawled – a i fy hun,' meddai Tina, gan geisio ymddangos yn ddewr.

Er bod ei thu mewn yn gwegian wedi'r cynnwrf ar y bws ac yn y toilet, llwyddodd Tina i wisgo, ac roedd yn barod ar gyfer y daith unig i fynyddoedd Wicklow.

Camodd i awyr oer y ddinas, gan ddarganfod caffi tlodaidd yr olwg arno i gael brechdan bacwn a choffi cryf i setlo'i stumog. Cyrhaeddodd yr orsaf fysiau mewn da bryd i fynd ar y wibdaith. Ond, buan y trodd ei brwdfrydedd yn gamgymeriad llwyr. Byddai'n well iddi hithau fod wedi aros yn ei gwely, oherwydd dechreuodd ei stumog wneud tin dros ben, efo'r pen hwnnw'n corcio. Feddyliodd hi ddim am fynd â chwdyn chwd efo hi, ond, teimlodd rhyw bwys rhyfedda'n ei llethu, a gorfu iddi iselhau ei hun i waredu ei pherfedd i'w bag llaw. Wrth lwc, chlywodd neb mohoni'n diberfeddu'r frechdan facwn, a rhoddodd y bag o dan ei phen i gysgu.

Cyrhaeddodd y bws ben ei daith ym mhentref Roundwood, ac aeth yr ymwelwyr allan i ryfeddu at fynyddoedd Wicklow. Esgusododd Tina'i hun rhag mynd, a chafodd lonydd gan y trefnwyr i gysgu yn y cefn nes y dychwelai pawb. Tra bo'r gweddill wedi mwynhau eu bwyd yn un o dafarndai uchaf y wlad, roedd stumog Tina wedi dechrau gwella, a daeth atgofion melys o'r antur ar fws Gwyndaf yn ôl iddi. Ond, roedd yn falch iawn o gael troi'n ôl am Ddulyn ar ddiwedd y daith.

'Wel, sut oedd y trip 'ta, gwael?' holodd Ann yn ôl

yn yr hostel. Roedd hithau'n amlwg wedi adfywio ar ôl gwag-swmera drwy'r dydd, ac yn barod i ymosod ar gán neu ddau o lager unwaith eto.

'Oedd 'na bishyns ar y bws?' holodd Catrin, rhag ofn ei bod wedi colli trip ei bywyd.

'Dwn 'im,' atebodd Tina'n swta. 'Gysgais i drwyddo fo a chwdu'n gyts allan i'n handbag.'

Wedi chwerthin afreolus y ddwy ffrind, cymerodd Tina gawod sydyn, ac ymbaratoi i fwynhau'r noson olaf yng nghanol rhuthr y ddinas. Setlodd y tair i weld y gêm mewn tafarn ar gyrion Stryd Connolly. Roeddynt wedi edrych ymlaen at fynd i le a roddai flaenoriaeth i gerddoriaeth Wyddelig, ond Pwyleg a Tsieinëeg oedd i'w glywed o gwmpas y lle fwyaf y dyddiau hyn. Digalon oedd canlyniad y gêm hefyd, gan mai colli o dri phwynt oedd tynged Cymru. Ond, buan y pylodd siomiant Catrin pan ddaeth wyneb yn wyneb â chwlffyn gwalltgoch a gynigiodd ddiod iddi heb hyd yn oed gyflwyno'i hun.

'Wyt ti wedi priodi?' holodd y Gwyddel efo acen gref Conemara.

'Ti'n iawn. *Wedi* sy'n gywir,' chwarddodd Catrin gan barcio'i hun ar ei lin am y nos.

Doedd hi ddim yn hir cyn i ddau ddyn arall ddechrau siarad efo Ann a Tina. Yn anffodus, allan o'r holl filoedd o gyrff oedd wedi ymgasglu yno'r penwythnos honno, roedd y ddwy'n eu hadnabod yn rhy dda.

'Tomi ddim awydd dŵad?'

Harri Cae Pella oedd yno'n holi Ann yn ei ffordd bwyllog ac awgrymog arferol. Doedd Ann ddim am fod yn ei gwmni'n rhy hir, ond diolchodd fod ffrind ei gŵr wedi ei gweld yn bihafio'i hun oddi cartre.

153

'Gormod o waith ac yn gaeth efo'i dad,' atebodd Ann, er mwyn iddo wybod cymaint o gyfrifoldebau oedd gan ei gŵr 'nôl ar fferm Pant Mawr.

'Fel gwraig dda, falla ddyliat ti adael iddo *fo* ddod i'r rygbi weithia,' atebodd Harri er mwyn pigo'i chydwybod.

'Wedi bwcio iddo ddod am wylia i Bortiwgal, gwael,' atebodd Ann i gau ei geg, gan esgusodi ei hun yn sydyn a symud at Tina. Roedd honno'n cael ei diflasu gan Bryn y Boncyn.

'Rhyddid cyn i'r babi gyrraedd, Bryn?' holodd Ann i dorri'r tensiwn.

'Ddim yn credu mewn torri traddodiad,' atebodd hwnnw cyn suddo hanner peint arall o Guinness ar ei dalcen. 'Ydi Catrin yn stŷc i'r boi mawr 'cw?'

Teimlodd Ann fod tinc o genfigen yng nghwestiwn Bryn, ond trodd Harri a fynte ar eu sawdl cyn eu bod yn clywed yr ateb. Doedd dim pwynt iddynt wastraffu amser yn chwilio am damaid sydyn tra bod merched y Borth o gwmpas y lle!

Dwy'n unig aeth yn ôl i'r hostel y noson honno, a dychwelodd Catrin yn y bore wedi mwynhau mwy nag un *craic*.

'Ti'n freuddwydiol, Catrin,' meddai Ann wedi i'r tair ddal trên i fynd am y cwch ac yn ôl am adre.

'Ches i ddim amsar i gysgu i freuddwydio llawar,' atebodd honno.

'Ydi hi'n wir mai'r Gwyddelod ydi'r trydydd gorau yn y byd am garu?' holodd Tina efo diddordeb mawr. 'Mewn arolwg barn diweddar, yr Eidalwyr sydd ar y top. Mi brofodd Antonio hynny sawl tro i mi!'

'O leia, mae'r Gwyddel yn gallu cymryd jôc,' ychwanegodd Ann. 'Dyna pam gymrodd o Catrin!'

Edwinodd yr hwyl a'r chwerthin wedi i Ann ddychwelyd adre, gan mai mynd yn ôl i lond gwlad o waith fferm oedd ei thynged unwaith eto. Roedd mam Tomi, fel arfer, wedi hel ei thraed a gadael peil o ddillad budron ar dop y staer, ac roedd y llwch difrifol ar ôl yr adeiladwyr yn effeithio'n arw ar frest Ned Davies. Ond, yng nghanol ei blinder, roedd gan Tomi newyddion da i Ann – roedd y byngalo bron â'i orffen, a byddai ei rieni'n symud iddo o fewn ychydig wythnosau!

Ddangosodd Dic ddim llawer o frwdfrydedd tuag at ddychweliad y teithwyr talog o'r Ynys Werdd chwaith. Roedd Tina wedi ei ffonio i ddweud ei bod wedi cyrraedd. (gan fod Dic bob amser yn ei hamau ar daith o'r fath). Ond ddywedodd o ddim byd y tro hwn, gan ei fod yn anesmwyth iawn am gyflwr iechyd ei Ddraig.

'Mae'r ddynas angan help,' eglurodd, wrth synhwyro fod Tina'n ddiamynedd efo'i gonsýrn am ei wraig.

'Help meddyliol falle,' meddai'n galongaled.

'Mae ei phwysedd gwaed yn uchel ac mae'n gysglyd o hyd,' eglurodd Dic. 'Doedd Bryn ddim adra iddi, felly'r peth lleia fedrwn i ei wneud oedd ei gwadd hi ata i a'r plant.' Trodd stumog Tina. Roedd Dic wedi aros yn Llys Meddyg efo'i wraig a'i blant! 'Dwi'n dal yn ŵr iddi ac yn dad i'w phlant hi,' ychwanegodd yntau'n ddiplomataidd wrth synhwyro'i dicter. 'A dwi wedi gwneud apwyntiad iddi weld arbenigwr.'

'Oes 'ne fwy o ddatblygiade yn eich perthynas ers i mi fynd o'ma?' holodd hithau'n bigog.

'Oes. Mae hi wedi cytuno i gael ysgariad.'

Toddodd calon Tina, ac wrth ymddiheuro ei bod yn flin, datganodd ei bod yn caru Dic, ac iddi ei golli tra oedd yn Iwerddon. Wedi rhoi'r ffôn yn ôl yn ei grud, roedd Tina wedi gwirioni'n lân! Yna, aeth i weld faint o lythyron a negeseuon electronig oedd ganddi ers iddi fynd i ffwrdd. Roedd yno lythyr traddodiadol gan Gwenan yn diolch am y parti ac yn dweud ei bod yn dod i Dabor i bregethu. Difyr ar y diawl, meddyliodd hithau, heb fawr o amynedd meddwl am grefydd â hithau wedi blino ar ôl penwythnos mor llawn, er y gallai hi ei hun fod wedi bod yn llawnach.

Consýrn cyffredinol am ei merch oedd gan ei mam ar y peiriant ateb, ond, roedd un neges annisgwyl iawn i Tina ar yr e-bost.

Hola, mi princesa! Roedd hi'n *muy bien* dy weld di noson y parti, er i ti faeddu fy nillad i. Mi wnaf faddau i ti – os nei di faddau i fi am fynd i Sbaen. Wyt ti'n rhydd i fynd am swper?

Adios mi querida.
XX Andy Pandy Tudur

Roedd gan Tina frith gof gweld Andrew yn y parti dros y flwyddyn newydd, a bu'n meddwl dipyn amdano'n dawel bach ers hynny. Chwarddodd yn uchel wrth sylwi ar waelod ei nodyn. 'Andy Pandy Tudur' roddodd hi'n llysenw arno flynyddoedd maith yn ôl. Ble roedd o'n byw rŵan, tybed? Digon agos i gynnig mynd â hi am fwyd, mae'n rhaid. Oedd o wedi dychwelyd o Sbaen i'r Borth am byth? Oedd ganddo wraig a phlant? Yna, teimlodd mai'r unig ffordd i gael ateb i'r holl gwestiynau oedd anfon yn ôl ato.

Annwyl Andy Pandy,
Roedd yn sioc dy weld, er mod i'n gweld dwbl! Sori am faeddu dy siwt. Byddai hel atgofion yn grêt. Beth am swper hanner tymor?
Cariad, Tin Tin

11. Tamaid sydyn

Gwyddai Tina ei bod wedi pechu Mr Godfreys. Roedd anfon memo at Fwrdd Rheoli a holl staff yr *House Journal* wedi bod gystal â'i gyhuddo o drosedd mewn llys barn.

O'i ran yntau, rhaid oedd i'r rhaglaw roi terfyn ar ei chastiau budron cyn iddo golli ei limpyn (ei statws a'i swydd) yn llwyr! Roedd o angen gwneud ychydig o waith cartref er mwyn dod i wybod pwy yn union oedd y Tina Thomas 'ma, ac o ble y daeth. Pam fod y darllenwyr yn canmol person mor ddibrofiad i'r cymylau, ac yn cwyno am ddiwyg a chynnwys y papur ers iddo *fo* gymryd yr awenau? Pa brofiad oedd ganddi *hi*, ac yntau wedi bod yn gweithio efo'r papurau tabloid yn Lloegr am flynyddoedd? Onid oedd o'n gwybod yn burion beth oedd gofynion y bobl gyffredin? Roedd nifer o'r llythyron a dderbyniwyd gan y darllenwyr yn ffiaidd a phersonol! Ai hi ei hun oedd wedi eu hanfon?

Er mwyn gwneud ychydig o waith ditectif pellach am ei chefndir, cysylltodd Mr Godfreys â'r cyn-olygydd, Jeff Parry, gan esgus ei fod angen geirda er mwyn rhoi dyrchafiad iddi. Gallai Jeff Parry fod wedi pardduo ei henw da'n llwyr. Byddai rhoi enw drwg iddi'n golygu y byddai'n fwy tebygol o orfod gadael yr *House Journal*, gan symud ato fo i weithio ar ei bapur Cymraeg. Do, fe wrthododd Tina gynigion personol Jeff sawl tro, er iddo'i dyrchafu pan oedd yn fòs arni. Ond, er ei fod yn dal yn ddyn budr ac yn despret isio'i diddanu fel y gwnâi Dic ac Antonio, fyddai Jeff byth yn bwrw ei ddiawledigrwydd ar Tina'n fwriadol.

'Hi ydi'r gohebydd gorau gefais i erioed,' meddai wrth Mr Godfreys.

'Mae ganddi enw drwg am ei bod yn cael affêr efo llawfeddyg priod o Ysbyty'r Borth, ond pwy wele fai arno? Cyhuddwyd hwnnw o wneud camgymeriad ar fwrdd y theatr un tro, ond profodd Tina Thomas ei hun fel gohebydd proffesiynol iawn bryd hynny.'

Awgrymodd Jeff fod Mr Godfreys yn cael gafael ar ôl-rifynnau o'r *Borth Journal* i weld drosto'i hun person mor broffesiynol oedd gwrthrych ei ymholiad!

'Byddai rhai'n dweud iddi droi achos diswyddo'r llawfeddyg i'w melin ei hun,' ychwanegodd Jeff Parry. 'Roedd eraill yn ei chyhuddo o fod yn ohebydd di-sylwedd oedd eisiau cadw ochor y dyn yr oedd hi'n ei ffwcio! Ond, hi enillodd yn y diwedd, gan ddangos yr heddlu a swyddogion yr ysbyty ar eu gwannaf.'

Doedd yr holl ganmol ddim wrth fodd penaethiaid newydd yr *House Journal*. Roeddynt wedi gobeithio gwneud bywyd yn anodd iddi, ac y byddai'n gadael y cwmni o'i gwirfodd heb iddynt orfod talu tâl diswyddo iddi.

'Diolch am eich gonestrwydd, Mr Parry,' meddai Godfreys. 'Mae'n handi cael barn rhywun sy'n ei hadnabod yn dda.'

Dim hanner digon da – eto, meddyliodd Jeff Parry.

Rhoddodd Mr Godfreys ei farn unochrog o'r neilltu a phenderfynodd nôl ambell ôl-rifyn i ddarllen gwahanol erthyglau ac adroddiadau a wnaed gan Tina. Synnodd at ei dawn ysgrifennu a'i bod yn gallu cael y gorau allan o bob stori. Roedd hi'n ohebydd treiddgar, ac yn mynd ar ôl sgwarnogod mewn ffordd ddifyr ac unigryw. Roedd hi'n amlwg yn holwraig a gwrandawraig dda, ac yn gallu trosglwyddo hynny ar bapur i wneud i bwnc diflas swnio'n hynod o ddifyr.

Ond, roedd Tina'n fygythiad iddo FO! Felly, pan ddarllenodd Mr Godfreys am achos diswyddo Dr Richard Jones, fe drodd yntau'r achos i'w felin ei hun. Honnodd wrth ei staff fod Tina Thomas wedi bod yn hynod o unochrog. Er ei bod yn amlwg mai 'llythyrwr dienw' (Bryn y Boncyn) oedd y drwg yn y caws yn y bôn, roedd hi'n fwy amlwg byth mai eisiau cadw ochr ei charwr cudd yr oedd y gohebydd ddi-nod o'r Borth!

Bore dydd Sadwrn oedd hi pan aeth Tina i agor y post. Roedd Dic yn cael cyntun hwyrol wedi wythnos galed o waith ac yn cael heddwch o sŵn y plant. Doedd Tina ddim yn coelio'i llygaid pan ddarllenodd yr unig lythyr a laniodd ar fat y drws ffrynt y bore hwnnw. Dychrynodd Dic pan glywodd floedd afreolus yn diasbedain drwy'r tŷ. Cododd, gan feddwl fod y lle wedi cael ei fwrglera neu fod byrst yn y gegin.

'Be sy, del?' holodd yn gysglyd yn ei drôns rhywiol Calvin Klein.

'Dic! Ty'd yma. Dwi'm yn coelio hyn! Ydw i wedi darllen hwn yn iawn, neu ydw i wedi darllen hwn yn iawn?'

Roedd Tina'n amlwg wedi drysu, meddyliodd Dic wrth gymryd y llythyr o'i llaw.

'Ffyc mi pinc!' oedd ei ymateb yntau. 'Ti wedi cael dy ddiswyddo'n ddi-sail fel yn fy achos i, Tina! Mae'r boi'n boncyrs!'

Fedrai Tina ddim siarad oherwydd y sioc, a thorrodd allan i wylo'n hidl.

'Does ganddo fo ddim hawl gwneud hyn heb i'r

Bwrdd Rheoli benderfynu!' ceisiodd Dic ei chysuro dros ei higian crio.

'Dydi o . . . ddim isio ngweld i . . . fore Llun, felly . . . sut fedra i drefnu hynny?'

'Dyna ti'r hen hogan. Ty'd i gael cwtsh gan Yncl Dic.'

Diolchodd Tina fod ei harwr a'i charwr efo hi pan gafodd y newyddion. Gafaelodd yn dynn, dynn amdano fel na fedrai ddianc i unman y bore hwnnw, ac roedd ei grys chwys yn dripian gan ei dagrau heilltion.

Wrth i Tina ddechrau dygymod â'r newyddion, gwisgodd amdani'n benysgafn a gorffen y coffi cryf a wnaeth ynghynt.

'Dwi'n awyddus i gael barn rhywun diduedd am y mater yma,' cyhoeddodd wrth Dic. 'Dwi'm isio i'r stori ledu o gwmpas y gwaith.'

'Call iawn,' meddai Dic. 'Mae dy enw da di'n bwysicach na dim i dy fywyd proffesiynol di. At bwy'r ei di?'

'Jeff Parry. Fydda i 'run pum munud.'

Doedd ei chyn-fòs ddim yn edrych mewn gormod o syndod pan welodd o Tina.

'Bore da, Tina fach.'

'Nachdi, Mr Parry.'

'O diar. Dowch i mewn. Oes 'na ôl crio ar eich gruddiau chi?'

'Darllenwch hwn. Fyswn i'n licio'ch barn chi.'

Wrth ddarllen y llythyr, wyddai Jeff Parry ddim yn iawn a ddylai ymuno i grio efo Tina ynteu i seinio buddugoliaeth!

'Newyddion trist, Tina fach,' meddai. 'Mae'n ddrwg genna i glywed.'

'Ond, dwi'n colli'n swydd, Mr Parry! Oes gan Godfreys hawl i neud hyn?'

'Dwi'n ofni fod pob hawl ganddo fo. Ei gwmni o sy'n eich cyflogi chi.'

'Ond doeddwn i ddim yn gyflogedig ganddo fo pan ddigwyddodd yr achos!'

'Mae'n rhaid bod y Bwrdd Rheoli wedi rhoi sêl eu bendith ar y diswyddo yn ôl sut mae'r llythyr wedi ei eirio.'

'Ches i run gair o rybudd geiriol ymlaen llaw!'

Camodd Jeff Parry'n nes ati, gan ddangos y consýrn mwyaf am ei diswyddiad. Rhoddodd ei law'n ysgafn ar ei hysgwyddau er mwyn dangos arwydd o gydymdeimlad, ond rhewodd Tina yn y fan a'r lle. Roedd ei gyffyrddiad yn ei hatgoffa o'r troeon y bu'n ceisio'i byseddu ychydig amser yn ôl.

'Mae'n ddrwg genna i,' meddai'r cyn-olygydd. 'Fyswn i'n licio rhoi coflaid dadol i chi er mwyn gneud i chi deimlo'n well. Dowch i'r lolfa i ni gael trafod y mater yn fanylach. Coffi?'

Doedd Tina ddim wedi bod yn bellach na chegin Jeff Parry cyn hyn, ac roedd o dan amheuaeth a ddylai dderbyn ai peidio. Ond roedd am gael barn rhywun fyddai'n deall ei sefyllfa, natur y swydd a'i hawliau mewn sefyllfa o'r fath.

Edrychai'r lle'n union fel hofel hen lanc – mygiau coffi a photeli cwrw ar bob arwynebedd, a'r lle heb weld sugnwr llwch ers blynyddoedd. Mewn un cornel roedd yn amlwg fod hen gylchgronau budron wedi eu cuddio mewn papur brown, ac roedd llwyth o DVDs amheus o wahanol rannau o'r byd yno. Mewn cornel arall, eisteddai teipiadur hen ffasiwn a hen bapurau newydd ar y llawr – hen gopïau o'r *Borth Journal* yn eu plith, â'r rheiny wedi pentyrru ar hyd y blynyddoedd. Ond, gwyddai Jeff yn union ble roedd yr ôl-rifynnau a adroddai hanes diswyddo'r llawfeddyg parchus.

'Gadewch i ni ddarllen yr holl adroddiadau efo'n gilydd,' awgrymodd dros baned. 'Fel hyn, mi fedrwn ni ddadansoddi ac atgoffa'n hunain o beth ysgrifennwyd gennoch chi. Dowch yn nes . . .'

Symudodd Tina'n anfoddog ato ar y soffa, a synhwyrodd ei fod yn rhwbio ynddi ychydig yn ormodol. Doedd hi ddim yn gyfforddus yn ei ymyl, ond roedd yn bwysig ei bod yn derbyn ei farn ar yr achos. Wedi darllen yr erthyglau, gafaelodd Jeff yn ei llaw chwyslyd gan ei gwasgu nes oedd y gewynnau'n troi'n wyn.

'A dweud y gwir,' meddai, 'gallai rhywun eich cyhuddo o ochri efo gwrthrych y stori. Roedd pawb o'r gweithle'n gwybod amdanoch chi. Ond, fe wnaethoch chi ddelio'n hollol broffesiynol efo'r achos. Mi weles i'r ochor bositif o'r digwyddiad. Roeddech chi'n ohebydd rhy dda i'w cholli, felly aeth y mater ddim yn bellach genna i.'

Diolchodd Tina am hynny wrth edrych i ffwrdd oddi wrtho. Gallai ogleuo wisgi cryf ar ei wynt, ac roedd chwys i'w weld yn diferu oddi ar ei dalcen moel.

Fel roedd Tina ar fin chwilio am esgus i ddianc drwy'r drws, diolchodd fod sŵn o'i gyfeiriad wedi torri'r tensiwn.

'Ydi Tina efo chi? Gweld hi braidd yn hir.' Dic oedd wedi dod i chwilio am ei feinwen.

Rydw inne'n hir hefyd, meddyliodd Jeff

'Hir yw pob ymaros . . .!' meddai'r cyn-olygydd, wrth godi o'i soffa. 'Yn gorffen . . . ein busnes oedden ni'n 'te, Tina fach. Mae'r diswyddo wedi bod yn sioc i ni i gyd. Os fedra i fod o help pellach, cofiwch ddod yn ôl am fwy o . . . gyngor.'

Gallai pethau fod wedi troi'n dipyn gwaeth na geiriau awgrymog Jeff Parry, a byddai deng munud arall yn ei gwmni wedi gallu troi'n embaras i bawb.

Y dydd Llun canlynol, wyddai Tina ddim beth i'w wneud efo hi ei hun. Roedd Dic wedi mynd yn ôl at ei blant i Lys Meddyg, a doedd ganddi ddim gwaith! Ffoniodd ambell un o'i chyd-weithwyr i gael eu barn ar y mater, ond roedden nhw i gyd yn gorfod bod yn ddiduedd gan ddiolch eu bod yn dal mewn swyddi eu hunain! Serch hynny, dywedodd un bod morâl y gweithle'n isel a bod pawb yn ofni'r dyfodol. Rhagwelwyd newidiadau pellach i'r *Journal* a wyddai neb i ba gyfeiriad yr oedd Mr Godfreys a'i gwmni'n mynd. Roedd cael incwm ychwanegol trwy'r we'n anochel i unrhyw gwmni, ond byddai'r gynulleidfa graidd yn parhau eisiau papur newydd i afael ynddo am flynyddoedd i ddod.

Er mwyn dial ar Godfreys, ffoniodd Tina adran newyddion Radio'r Borth, ac erbyn bwletin hanner dydd, roedd y stori allan. 'Cyn-olygydd y *Borth Journal* yn cael ei ddiswyddo.' Cafodd Tina gyfle i ddweud ei hochr hi o'r stori ar y tonfeddi, ond roedd yr hyn ddywedwyd gan Mr Godfreys yn tanseilio popeth roedd hi wedi ei ddweud. Yr unig un ddaeth allan o'r achos yn ddigyhuddiad oedd yr un a achosodd y cyhuddiadau yn y lle cyntaf, sef Bryn y Boncyn!

Derbyniodd Tina lu o alwadau ffôn, negeseuon testun, e-byst a Facebook yn ei chefnogi ac yn dweud wrthi am fynd â'r achos diswyddo ymhellach.

'Dylech gael tâl diswyddo ar gam,' meddai neges gan ddarllenwr cyson.

'Stopiais brynu'r papur wedi i chi gael eich israddio,' meddai un arall.

'Mae gwahaniaeth ar sail rhyw yn fan hyn,' oedd barn rhywun dienw.

'Dylem swpera i godi dy galon – a dysgu Sbaeneg. Bistro'r Borth am 8 heno.'

Er nad atebodd Tina'r gwahoddiad, fedrai hi ddim aros. Gwyddai'n union gan bwy roedd y neges.

Bu'n meddwl llawer am Andrew ers iddo ddychwelyd i'r Borth. Roedd o'n ddigon del cynt, ond wedi deng mlynedd o haul Sbaen, byddai'r lliw wedi ychwanegu llawer at ei wedd bryd golau, meddyliodd. Tybed oedd y gwallt melyn tonnog yn dal ganddo? Doedd hi'n cofio dim sut roedd o'n edrych pan laniodd yn ddiwahoddiad yn ei fflat noson parti'r flwyddyn newydd! Oedd cyhyrau ei freichiau'n dal yn anferth? Oedd o'n dal i gael pleser wrth nofio a chwarae tennis? A pham ei fod yn cysylltu efo hi eto?

Pan ganodd y ffôn am bump yr hwyr, credai Tina mai Andrew oedd yn cadarnhau trefniadau'r swper. Ond Dic oedd yno, ac roedd yntau'n cynnig tamed iddi hefyd.

'Haia Tins. Meddwl fysa ti 'di cael diwrnod anodd heddiw – dim gwaith i fynd iddo fo a gweld neb am sgwrs. Ti am ddod am swpar at y plant a finna?'

O, am annwyl, meddyliodd Tina! Mae ganddo fo galon gymaint â'i g . . .

'Ble mae Dyddgu?' holodd Tina gan dorri ar draws ei meddyliau ei hun.

'Wedi mynd i'r pictiwrs.'

Roedd Tina mewn dilema. Doedd cynigion Dic i dreulio amser efo'i blant ddim yn dod yn aml.

Chwarae teg iddo am feddwl amdani a hithau allan o waith ac ar ei phen ei hun. Ond, doedd hi ddim eisiau gwrthod cynnig Andrew i fynd am swper chwaith! Efallai na fyddai'r cyfle'n dod eto, ac roedd ganddi lwyth o gwestiynau i'w gofyn iddo.

'O, Dic! Diolch am fod mor feddylgar. Fyswn i wrth fy modd. Ond, fedra i ddim aros yn hwyr. Angen chwilio am swyddi.'

Neidiodd Tina i'r gawod, ac ymhen hanner awr, roedd wedi gwneud ymdrech i wisgo'n atyniadol ar gyfer Andrew (ei dillad uchaf ac isaf – rhag ofn) a rhoi chwistrelliad o'i phersawr gorau o dan ei chlustiau.

Roedd yn chwarae tic efo plant Dic erbyn chwech o'r gloch ar y dot.

'Ti 'di mynd i drafferth i mi heno, Tins,' oedd ymateb Dic pan welodd ei anwylyd yn cerdded drwy'r drws.

'Do? Ym . . . Dangos gwerthfawrogiad i ti am feddwl amdana i,' haerodd hithau. 'Dydw i ddim yn cael cyfle i rannu'r bwrdd teuluol yn aml.'

Wedi i'r plant dawelu a rhoi llonydd i Anti Tina, daeth Dic â'r bwyd i'r bwrdd.

'Dim ond *chilli* a reis a bara garlleg heno,' meddai gan estyn potel o win i lenwi gwydr Tina. 'Dwi 'di dysgu sut i'w wneud o fy hun erbyn hyn!'

'Dim gwin i fi heno, diolch.'

''Nes ti erioed wrthod o'r blaen.'

Roedd Dic yn amau ei gwrthodiad.

'Dwi'n gyrru, ac angen pen clir i ddarllen y papurau i chwilio am waith . . .'

'Ar ddydd Iau maen nhw'n hysbysebu swyddi gwag yn *Golwg* a'r *Daily Post* . . .' meddai Dic, gan fynd yn fwy amheus byth o'i hymddygiad.

'. . . ma nhw i'w gweld ar y we bob dydd,' oedd ei hateb parod. Ddois i allan o honne'n dda, diolchodd Tina.

Aeth y plant i'w gwlâu'n dawel am hanner awr wedi saith, a cheisiodd Dic wneud ei hun yn gyfforddus ar y soffa wrth ymyl Tina. Ond, roedd hi'n anesmwyth ac yn amlwg yn gwrthod ei wahoddiad am goflaid.

'Ti'n oeraidd ata i heno, Tina. Rwbath o'i le?'

'Ym . . . wedi ypsetio ar ôl pob dim . . .'

'O'n i'n meddwl fysa ti'n falch fod Dyddgu wedi mynd allan a bod y ddau fach yn eu gwlâu.'

'Mae rhywun yn methu ymlacio pan mae digwyddiad fel hyn ar ei feddwl. Ddylet ti o bawb wybod.'

'Ti'n iawn, Tins. Sori. Dwi'n trio gormod i dy blesio di weithia.'

'A ddim yn trio o gwbl dro arall,' chwarddodd hithau er mwyn torri'r tensiwn.

Am chwarter i wyth, roedd hi'n dechrau meddwl am esgus i ffarwelio.

'Dwi'm yn ffansïo gweld *Pobol y Cwm* heno, Dic. Mae'r un *story-line* yn mynd ymlaen ers misoedd. Os ti'm yn meindio, mi af i adre.'

'Dwi'n siomedig, ond yn dallt.'

'Diolch i ti am swper bendigedig, cariad, a sori mod i mor fyr f'amynedd. Mae'r rownd nesa arna i!'

'Hwyl ar y chwilota am waith. Mi ddaw 'na rwbath sti.'

O, roedd o'n gallu bod mor addfwyn weithie, meddyliodd Tina, a daeth deigryn i'w llygaid wrth ei gusanu i adael.

'Caru ti, Dic.'

'A finna titha'r gloman wirion!'

Wrth barcio tu allan i'r Bistro, edrychodd Tina o'i

chwmpas. Roedd ganddi ofn gweld rhywun roedd hi'n ei adnabod. Roedd hefyd ofn methu adnabod Andrew. Wrth lwc, nos Lun oedd hi, felly doedd fawr o neb allan heblaw am ychydig o gerddwyr brwd ac ymwelwyr yn gwledda. Roedd hynny'n gwneud pethau'n haws iddi sbotio dyn ar ei ben ei hun.

A dyna lle 'roedd o – yng nghornel mwyaf preifat y Bistro, ac wedi bod yn aros amdani ers ugain munud! Llyncodd Tina ei phoer, a theimlodd ei sodlau'n troi o dan ei phwysau wrth gerdded tuag ato. Cododd yntau i'w chyfarch gan estyn am ei llaw i'w chusanu, a rhoi dwy gusan ar ei bochau gwridog.

'Tina. Ti heb newid dim. Ti'n dal mor *bonita* ag erioed!'

Edrychai Andrew'r un fath hefyd, ond roedd o ychydig yn fwy aeddfed ac wedi magu mwy o bwysau ers iddi ei weld ddiwethaf. Ei weld go iawn, hynny yw. Roedd y gwallt melyn wedi gwynnu o gwmpas ei glustiau; y rhychau ar ei dalcen yn fwy amlwg, a mwy o flew o gwmpas ei frest. Ond fel arall, yr un Andrew oedd o. Sylwodd Tina ar fonion ei freichiau o dan ei grys-T hefyd – roedd o'n amlwg yn dal i wneud pob mathau o ymarfer corff . . .

'Andrew! Mae'n braf dy weld di eto.'

'Er mod i ddeg mlynedd yn drymach!'

'Mae hynny'n amser hir.'

'Ond ddim yn ddigon o amser i anghofio'n gilydd! *Vino tinto*?'

'Ym . . . mae'r car genna i . . . OK 'te – er mwyn bod yn gymdeithasol. Fedra i adael y car yma . . .'

'Ti'n byw'n bell? Sut gei di o'n ôl?'

'Dwi'n nabod *chef* y Bistro. Neith Lyn ei yrru fo'n ôl fory!'

Ar ôl i'r ddau ddewis eu prydau ac yfed llwncdestun i ddathlu'r ailgyfarfyddiad, rhoddodd Tina ei phen drwy ddrws y gegin i wneud yn siŵr fod Lyn yn hapus efo'r trefniant.

'Hogan ddrwg, Tins!' meddai yntau, wedi iddi egluro'i bod yn bwyta allan efo hen gariad iddi.

'Na, dim byd ti'n feddwl. Ond, fyswn i'n ddiolchgar tase ti'n dod â'r car adre i mi ryw dro fory.'

'O yeah! Dim byd dwi'n feddwl wir! Fory amdani, Tins.'

'Ti'n gariad, Lyn.'

'Roeddwn i isio sgwrs efo ti eniwê!'

Erbyn hanner nos, doedd Tina ddim yn poeni am gar na Lyn, am Dic nac am ffeindio job. Oherwydd cryfder y gwin coch, ansawdd hyfryd y bwyd, y gwirodydd a ddilynodd a chwmni difyr Andrew, roedd hi mewn byd arall.

Roedd o mor ddifyr wrth adrodd straeon am fywyd yn Sbaen fel y gallasai aros efo fo drwy'r nos. Dyna oedd ei fwriad yntau wrth gysylltu â hi wrth gwrs! Byddwn innau wedi cael y bywyd difyr yma petai Andrew wedi dewis mynd â fi efo fo i Sbaen, meddyliodd Tina.

Erbyn iddo ddysgu ychydig o eiriau Sbaeneg iddi (gan mai dyna oedd prif nod y cyfarfyddiad!), roeddynt wedi cael tacsi yn ôl i Dŷ Clyd, ac roedd Andrew'n barod iawn i rannu iaith y corff hefyd.

'Andrew,' rhybuddiodd Tina wedi iddo orffen y coffi du, cryf. 'Dwi mewn perthynas sefydlog rŵan. Mae pethe wedi newid.'

'Ydyn nhw? Qué pena! Pwy welith ni'r adeg yma o'r nos?'

'Mae 'ne lygaid ymhob man mewn tref fel y Borth. Nid Sbaen ydi fama!'

'Dwi wedi aros i weld ti ers *muchos años*. Ty'd ag un sws o leia – er mwyn yr hen ddyddie.'

'Est ti i ffwrdd heb yr un sws yn yr "hen ddyddie", Andrew!' atebodd Tina er mwyn ei atgoffa o'r ffarwelio swta a ddigwyddodd ddeng mlynedd ynghynt.

Doedd hi ddim am iddo anghofio mai fo figlodd hi am Sbaen a'i gadael hi i ddod i delerau efo'r ffaith na fedrai gael plant.

'Fues i'n greulon efo ti, Tin Tin. O'n i'n siomedig bod ti ddim yn gallu cael *niños* bach efo fi. *Lo siento, mi querida.*'

'Dwi'm yn dallt digon o Sbaeneg eto i wybod am be ti'n malu cachu, Andrew!'

Chwarddodd y ddau gan ddisgyn i freichiau ei gilydd yn hynod o drwsgl ar y soffa. Petai'n olygfa mewn ffilm, byddai'n edrych fel petai wedi ei chynllunio'n hollol fwriadol! Wrth afael am ei gilydd yn nerfus a brysiog, dychwelodd hen gynnwrf y gorffennol i feddiannu pob gwythïen o gorff Andrew. Er iddo brofi temtasiynau o bob math yn nhrefi mawrion Sbaen, roedd o wedi colli ei berthynas ddidwyll a solet efo Tina.

'Rwyt ti'n ferch berffaith, Tina.'

'Ond, fyswn i ddim wedi bod yn *wraig* berffaith yn na fyswn? Doedd fy "mam" i ddim yn gallu cario plant i ti!' Edrychodd Andrew'n hurt arni. 'Nid fy Mam i siŵr dduw, ond fy nghroth i. Roedd o'n fwy o sioc i fi nag i ti fod fy mheips i wedi clogio. Fedri di gael plant efo unrhyw ddynes ti isio . . .'

'. . . ti dwi'n dal isio, Tina.'

'Ond, Andrew. Dwi newydd ddeud. Mae Dic isio fi hefyd. Ryden ni'n hapus . . . a falle y daw o i mewn unrhyw funud. Mae ganddo fo oriad i fynd a dod fel mae o isio.'

Caeodd Andrew geg Tina drwy ei chusanu'n drwm. Aeth yr emosiwn a'r rhamant yn drachwant llwyr wrth i'r ddau sugno a llyfu eu tafodau a byseddu cyrff ei gilydd fel petai 'na ddim yfory i'w gael.

'Andrew . . . fedra i ddim gneud hyn i Dic . . .'

'Gwna hyn i dic fi 'te,' atebodd yntau, gan afael yn ei llaw a'i harwain at ei falog. 'Roeddet ti'n wych am roi help llaw i fi ers talwm.'

Ond, doedd Tina ddim yn hoffi ei iaith aflednais ac awgrymog, a fedrai hi yn ei byw â thwyllo Dic. Doedd y peth ddim yn iawn, ac fe gododd ar ei thraed gan ofyn i Andrew adael.

'*Comprendo* – mi af i adre am heno,' meddai yntau'n siomedig. 'Gawn ni wers Sbaeneg arall *pronto, sî?*'

12. Gwe-nwyn

Ben bore wedyn, roedd cloch drws Tŷ Clyd yn tincian. Diolch byth fod Lyn wedi dod â'r car yn ôl yn gynnar, meddyliodd Tina. Cododd gan wisgo'i gwn nos, a theimlai'n hynod o falch ohoni'i hun. Petai wedi yfed mwy neithiwr, byddai Andrew'n debygol o fod wedi aros dros nos, byddai ei phen wedi bod fel buddai gorddi, a gallai Dic fod wedi dod adre a dal y ddau yn y gwely!

'O'n i'n meddwl bod neb adre,' cyfarchodd Dic Tina'n ddryslyd ar step y drws.

Doedd hi ddim wedi disgwyl ei weld o'r bore hwnnw!

'Pam 'nes ti ganu'r gloch 'te?' holodd hithau er mwyn cuddio'i heuogrwydd. 'Ti'm yn gweithio?'

'Hanner diwrnod. Ble mae'r car?'

Roedd Tina wedi ei dal, ac aeth eiliadau heibio erbyn iddi fedru meddwl am esgus.

'Sgen ti amser am goffi? Siŵr bod hi'n neis cael bore i ffwrdd . . . a'r plant yn yr ysgol . . . Siŵr bod hi'n neis gallu mynd i dy waith yn y pnawn . . . a finne heb waith i fynd iddo fo o gwbl!'

'Tina! Cau dy geg, ac ateba'r cwestiwn.'

'Pa g . . . O, duws, y car! Ie, wel . . . Mi ddoth Lyn heibio neithiwr isio'i fenthyg o. Un fo'n cael *service* neu rwbeth . . .'

Diolch byth na roddodd Andrew *service* i fi, meddyliodd Tina, neu byddai pethau dipyn gwaeth arna i.

'O,' meddai yntau, er y teimlai fod y stori'n swnio'n rhy dda i fod yn wir!

'Be nei di heddiw efo amser ar dy ddwylo, Dic?'

'Dy gael di ar fy nwylo oedd y bwriad, ond mae'r ysfa wedi pasio rŵan . . .'

'. . . o diolch yn fawr!'

'Jôc Tina fach, jôc. Ond, mae genna i gynnig gwell i neud i ti.'

'O?' holodd hithau gan godi ei chlustiau.

'Gan dy fod allan o waith rŵan, mi fedri di ddod i Awstralia'n lle Dyddgu'n medri?'

'O! Dic! Ti'n gariad! Ynghanol pob dim, wnes i ddim meddwl ffasiwn beth.'

'Da iawn, achos dwi wedi ffonio'r cwmni awyrennau i newid enwau. Ond, mae hynny wedi achosi problem newydd. Ddaru Dyddgu bwdu a'i heglu hi o'cw. Pan ddoth hi at ei choed, ddudes i na fydden ni ei hangen hi dim ond mewn achosion brys o hyn ymlaen.'

'Roddest ti'r sac iddi?'

'"Sac" ydi "cas" am yn ôl,' meddai Dic gan afael am ganol Tina. 'Fydd dim ei hangen hi tra byddwn ni yn Awstralia, felly geith hi fynd yn ôl adra i fyw.'

'Ac mi gaf inne sbario chwilio am waith am sbel,' meddai Tina'n falch.

'Fyddi di'n rhydd i nôl Gari a Marged o'r ysgol rŵan, yn byddi?' holodd Dic, gan wasgu Tina'n dynnach, a meddwl am ei fuddiannau ei hun yr un pryd.

'Os ydych chi'n meddwl fod y cymwysterau iawn genna i, Syr!' meddai Tina, gan roi clamp o sws ar ei wefusau disgwylgar.

'Reit 'te, blodyn, dwi'n mynd i siarad efo'r prifathro,' meddai yntau'n gyffro i gyd. 'Wedyn, be am i ni'n dau fynd i chwilio am sieciau teithio ac inswirans? Mae 'na waith trefnu i'w wneud!'

Er bod Dic wedi cyrraedd Tŷ Clyd yn amheus am

ddiflaniad y car, gadawodd fel petai wedi cael ei weindio. Ar ôl cawod a newid i'w dillad, roedd car Tina'n cyrraedd y dreif fel pe bai ar 'ciw' wrth ffilmio rhaglen deledu. Cariai'r gyrrwr lwyth o fagiau efo fo.

'Haia *babes*! Wedi dod â'r car yn ôl yn saff. Oes 'na ogla' coffi?'

Y peth lleiaf fedrai hi ei wneud, meddyliodd Tina, â Lyn wedi caniatáu iddi gael cwmni Andrew am ychydig oriau neithiwr.

'Diolch mai rŵan ti'n cyrraedd Lyn!' meddai Tina, yn falch o gael siarad am ei phrofiadau carwriaethol efo rhywun. 'Ddoth Dic yma'n ddirybudd hanner awr yn ôl, a dallt fod y car ddim yne! Ddudes i dy fod wedi ei fenthyg i un ti gael *service*.'

'Wel, wel, roedd o'n sylwgar iawn,' meddai Lyn wrth ei fodd yn clywed sgandal. 'Wnaeth y Sbaniard ddim aros dros nos felly?'

'Naddo . . . Nid na wnaeth o drio'i ore cofia! Mae'n rhaid mod i wedi parchuso ers i ni fod yn canlyn.'

'Neu dy fod di *in love* go iawn rŵan, yndê *babes*?'

'Ew. Ti'n rêl *agony aunt*, Lyn. Reit 'te. Dyne ddigon amdana i – be sy'n digwydd yn dy fywyd di'r dyddie yma? A be sydd genna ti yn y bagiau 'ne?'

Treuliodd Tina'r bore'n gwrando ar Lyn yn sôn am y gwahanol afiechydon roedd o wedi eu cael yn ddiweddar. Yna, newidiodd y pwnc i drafod y datblygiadau i'w gyfeillgarwch hirdymor efo Gwenan. Roedd o'n awyddus hefyd i ddangos ei ychwanegiadau diweddaraf i'r wardrob, gan fod barn dynes (go iawn) am ei ffrogiau a'i ffasiwn yn golygu cymaint iddo.

'Trowsus crop ges i'n Gaer 'di hwn. Ydi'r jinglarings yma'n mynd efo fo, dwed? Mae'n rhaid meddwl am y gwanwyn, yn does *babes*?'

'Chydig gormod o *bling*, falle?' awgrymodd Tina'n gynnil.

'Be am y sgarff sidan yma 'te? A hwn . . .?'

'. . . sôn am y gwanwyn, Lyn, wyt ti wedi meddwl yn bellach na hynny am dy berthynas di a Gwenan?'

'Ryden ni'n ffrindie mawr, cyw, ond mae pawb isio annibyniaeth, yn does. 'Run fath â Craig a Doug . . . ma nhw'n gariadon ers blynyddoedd, ond maen nhw'n dal isio'u *space*.'

Wyddai Tina ddim pam fod Lyn wedi crybwyll enw'r ddau ddeheuwr ynghanol sgwrs am Gwenan, a phenderfynodd ei holi.

'Wyt ti'n fwy na "ffrindie" efo'r ddau yno, Lyn? Sori am ofyn, ond mae rhywun yn amau pob dim yr oes yma!'

Cyfaddefodd Lyn nad oedd o'n ddyn gwrywaidd iawn, ond sicrhaodd Tina nad oedd o'n hoff o ddynion mewn ffordd rywiol. Cyffesodd nad oedd o'n berson am ryw o gwbl, a chredai fod Gwenan yn teimlo'r un fath ag o. Ond, roedd o am gyfaddef rhywbeth arall hefyd.

'Nath Craig drio ymosod arna i un tro wrth i mi nôl y rhent,' meddai, gan wybod y byddai Tina'n deall y senario. 'Wna i byth fynd yno rŵan os nag ydi Antonio neu Doug i mewn.'

Roedd hynny'n egluro pam fod Lyn yn fflat Craig dro'n ôl, meddyliodd Tina.

'Lyn bach . . . 'nes ti ddim gadael o i dy ff . . . ffidlan efo ti?'

Aeth Lyn yn ddistaw a chwpanodd ei ben yn ei ddwylo merchetaidd wrth i'r hunllef ddychwelyd.

'Sori, Lyn. Does dim rhaid i ti ddeud dim byd. Ond, os wyt ti isio clust i wrando . . .'

Cododd Lyn blwc i ddweud wrthi. Wedi'r cyfan, roedd rhannu problem yn ei haneru.

'Mi nath o drio rhwbio'i hen beth yna fi, ond ddudis i mod i'n strêt fel pìn. Jest mod i'n wahanol ac yn anrhywiol run pryd. Chwerthin yn fy wyneb i nath o cyn iddo fo fynnu wancio'i hun a dod yn fy wyneb i wedyn! Sglyfath!' Torrodd Lyn i grio wrth feddwl am ei brofiad erchyll, a rhoddodd Tina'i breichiau amdano i'w gysuro.

'Wyt ti wedi dweud am hyn wrth rywun arall, Lyn?'

'Dwi wedi dweud pob dim wrth Gwenan, â'r santes ag ydi hi, mae hi 'di maddau i mi. "Profwch bopeth ond glynwch at yr hyn sydd dda" sydd yn ei Beibl hi, medde hi.'

'Ti'n ddewr Lyn, ac mae Gwenan yn angel,' meddai Tina'n addfwyn gan rwbio'i wallt fel petai'n lliniaru gofidiau plentyn. 'Diolch dy fod di wedi darganfod Gwenan i chi gael rhannu'ch straeon a rhannu'ch gilydd 'run pryd.'

Wrth gysuro Lyn, agorodd drws y gegin, ac ymddangosodd Dic yn ddryslyd unwaith eto wrth weld Tina'n cofleidio dyn arall eto fyth!

'Ym . . . dwi 'nôl . . . Helôôô! Be sy'n mynd ymlaen fan hyn?'

Cododd Lyn o gôl Tina, gan ymsythu'n barod i adael, a gwenodd Tina ar Dic, gystal â deud 'Gad y creadur yn llonydd, mae 'i feddwl o'n simsan'.

'Diolch i ti am fenthyg Tina am bum munud, Dic,' meddai Lyn wrtho, gyda'i gymeriad hwyliog ac arwynebol yn dychwelyd i'w sgwrs.

'Menthyg car neithiwr. Menthyg bronnau bora 'ma. Be nesa?' Roedd Dic yn cellwair, a fedrai o ddim llai na chwerthin yn uchel a diolch nad oedd dim arall wedi digwydd rhyngddynt.

Rhoddodd Tina winc i Lyn wrth ffarwelio ger y drws, gan sibrwd yn ei glust.

'Diolch i ti am rannu dy brofiade, Lyn. A diolch i ti am beidio rhannu fy rhai i efo Dic!'

*   *   *

Rhwng bod y poenau affwysol a'r pwysedd gwaed yn ei gwneud yn chwil, a bod Bryn yn brygowthan fel dyn gwyllt, roedd Marie ar ben ei thennyn. Aeth Mrs Griffiths y Boncyn yn rhy gloff i helpu llawer arni'r dyddiau hyn, a pheidiodd y fydwraig â galw gan fod Marie dros wyth mis yn feichiog.

Ond, doedd gan Marie ddim teimladau tuag at y babi o gwbl. Diolchodd fod ei bol wedi stopio tyfu ers rhyw fis neu byddai'n anoddach fyth iddi gysgu a symud o gwmpas. Os rhywbeth, teimlai fod ei lwmp wedi mynd yn llai!

Dwywaith yn unig ddaeth ei rhieni i'w gweld yn ystod ei beichiogrwydd, ond doedd hi ddim eisiau iddyn nhw boeni amdani â hwythau efo'u problemau eu hunain. Ar ben pob dim, aeth ei hymweliadau â Llys Meddyg yn brin hefyd. Doedd hi ddim yn gallu gyrru yno yn y fath gyflwr, ac roedd methu gweld ei phlant yn ei gwneud yn hunanddinistriol. Chynigiodd Bryn mo'i danfon yno un waith, ac roedd Dic yn rhy brysur yn paratoi i fynd i Awstralia i gynnig mynd â'r plant ati hi. Wedi'r cyfan, Marie oedd wedi camymddwyn, felly hi oedd yn gorfod talu'r pris.

'Helo. Relate?'

Roedd Marie'n igian crio wrth holi'r llais cysurlon ar ben arall y ffôn.

Treuliodd hanner awr yn dweud ei stori wrth y person anhysbys. Ond, doedd gan honno fawr o gynghorion, heblaw dweud fod ei theimladau i'w disgwyl o dan yr amgylchiadau a bod llawer yn yr un cyflwr â hi.

'Helô. James Solicitors?'

Fedrai hwnnw ddim cynnig cyngor yn syth iddi chwaith. Roedd yn rhaid iddi wneud apwyntiad er mwyn cael sgwrs wyneb yn wyneb, a chynghorodd hi i hel ei ffeithiau a'i chyhuddiadau i gyd ar gyfer hynny. Am bris, mae'n siŵr! Ond, yr eiliad honno, fedrai Marie ddim meddwl yn ddigon clir i wneud yr holl bethau hyn, a wyddai hi ddim at bwy i droi nesa.

'Helô. Y Samariaid?'

Doedd sgwrs y person hwn fawr gwell chwaith. Yr unig gysur fedrai o ei gynnig oedd ei hannog i fynd at ei meddyg er mwyn cael ei chyfeirio at seicolegydd. Ond, doedd hi ddim angen gweld hwnnw, does bosib! Gweld ei phlant a chael Dic yn ôl oedd ei hanghenion hi!

Er na chysylltodd Marie efo'r syrjeri i wneud y fath drefniadau, teimlai'n fwy ysbrydol o fod wedi bwrw'i bol, fel petai. Ymhen ychydig, a hithau wedi rhoi ei thraed i fyny i orffwyso ymhellach, canodd y ffôn ym mharlwr y Boncyn, ac atebwyd yr alwad gan Mrs Griffiths.

'Dr Jones!' Roedd Mrs Griffiths wedi nabod llais Dic. 'Mam Bryn sy'n siarad. Heb eich gweld ers tro.'

Doedd gan Dic fawr o awydd siarad gwag efo mam yr un a'i twyllodd. Ond, roedd yn rhaid iddo ymddwyn yn sifil er mwyn ei blant.

'Y ben-glin yn bihafio gobeithio, Mrs Griffiths?'

'Y llall sy'n boenus rŵan, fel 'da chi'n gwybod.'

'Biti na wnaeth eich mab fihafio ar ôl i chi ei chael hi! Wna i ddim anghofio'n hawdd . . .'

'. . . ia, wel . . . Digwyddiad anffodus oedd hwnna,' ceisiodd Mrs Griffiths sgubo'r baw o dan y carped. 'Mae Bryn yn difaru gwneud be nath o. Trio gneud y peth gora er mwyn ei fam oedd o'n y bôn.'

'Gobeithio neith o edrych ar ôl Marie gystal. Ydi hi yna?'

'Mae'r ben-glin arall yn dueddol o fynd yn giami ar ôl gneud yr un gynta, yndi Doctor?'

Doedd Dic ddim yn cael ei dalu i gwnsela ar ei ddiwrnod i ffwrdd meddyliodd, felly ceisiodd newid trywydd y sgwrs.

'Mae hynny'n arferol. Ydi Marie adra? Mae genna i angan trafod y plant.'

'Eich adra chi ydi ei hadra hi i fod, Dr Jones,' meddai Mrs Griffiths yn swta. 'Ond, dwi wedi trio ngora i roi croeso a chartra iddi yma – er mwyn Bryn ni. Dwedwch i mi – oes 'na obaith neidio'r ciw i gael triniaeth frys? Mae gennon ni ddigon o gelc i dalu i chi'n breifat . . .'

Tebyg at ei debyg, meddyliodd Dic.

'. . . dydi petha ddim yn gweithio felly, Mrs Griffiths. Mi fydd Bryn angen y pres i edrych ar ôl y babi rŵan! Ga i siarad efo ngwraig?'

'Mi geith Bryn dalu am iechyd ei *fam* cyn y talith o am iechyd gwraig dyn arall!'

Doedd Mrs Griffiths ddim wedi bwriadu troi tu min a bod mor blaen ei thafod efo'r llawfeddyg. Wedi'r cyfan, roedd o wedi creu gwyrthiau'n ei rhoi hi allan o boenau.

'Dwi'n ddyn prysur, Mrs Griffiths!'

'Sori, Doctor. Poeni ydw i. Dydi Marie ddim hanner da. Ei hysbryd hi'n isel a'i phwysedd gwaed yn uchel. Finna? Wel, rydw i rywle yn y canol!'

'Un felly fuodd hi erioed. Mae'n gallu bod fel siswrn o ddynas.'

Roedd amynedd Dic wedi dechrau lleihau cyn iddo ddechrau siarad efo'i wraig hyd yn oed. Pan lusgodd

Marie ei hun at y ffôn, doedd hi ddim cweit yn sylweddoli'r hyn roedd ei gŵr strae yn ei ddweud.

'Dwi wedi gyrru am basport a *visa* iddyn nhw,' eglurodd am y cam cyntaf o ymweld ag Awstralia efo'i blant. 'A dwi wedi gofyn i'r ysgol ga i dynnu nhw o'no am ychydig.'

'Ti'n mynnu mynd â nhw i dy ganlyn felly, Dic,' meddai Marie'n dawel o dan emosiwn. 'Mynd oddi wrth eu mam a finna yn y cyflwr yma!'

'Mae ymfudo'n wahanol i fynd ar wylia, meddai'r prifathro, felly roedd o'n reit fodlon bod nhw'n colli chydig o ddechrau'r tymor.'

'Ond faint o dymhorau wnân nhw golli yn eu hysgol ar ôl ymfudo, Dic? Mae'r peth yn afresymol! Symud y plant druain i ysgol ar gyfandir mor bell!'

'O'n i jest isio deud wrthat ti o ran cwrteisi. Fydd genna ti sbrog arall i fynd â dy feddwl di cyn bo hir!'

'Paid â meddwl mod i'n caru ein plant ni ronyn yn llai jest achos mod i'n cael plentyn Bryn! Ac mi fydd o'n bartner dipyn mwy triw i mi na fues ti'n ŵr erioed!'

Doedd Marie ddim wedi meddwl dweud pethau mor gas wrth ei gŵr. Wedi'r cyfan, roedd hi'n dal yn ei garu a byddai'n ei dderbyn yn ôl gyda breichiau agored.

'Paid â phoeni am y plant,' sicrhaodd Dic hi gan anwybyddu ei sylw personol yr un pryd. 'Mi fyddan nhw mewn dwylo saff.'

'Dwylo dynes sydd erioed wedi bod yn fam?' mentrodd Marie bron â thorri ei chalon.

'Mae greddf famol gan Tina,' achubodd Dic ei cham. 'Nid ei bai hi ydi o ei bod hi'n methu cael plant.'

'Mae'n gallu eu gneud nhw'n ddigon amal dwi'n siŵr!'

Anwybyddodd Dic ei gwenwyn. Doedd o ddim am fod yn gyfrifol petai dŵr Marie'n torri'r eiliad honno!

'Mi gei di siarad efo'r plant ar Skype bob dydd,' cynigiodd gysur iddi.

'O, diolch yn fawr! Edrych ar fy mhlant fy hun fel taswn i'n edrych ar gymeriadau *Neighbours*!'

'O leiaf, dwi wedi ystyried hynny er dy fwyn di. Rŵan, dwi'n mynd, mae genna i lot i'w neud.'

'Gobeithio ga i ddeud ta-ta wrthyn nhw cyn i chi fynd,' ymbiliodd Marie ynghanol môr o ddagrau.

'Mi bicia i â nhw cyn mynd i'r maes awyr.'

Roedd Dic yn gallu bod yn hynod o galongaled heb iddo drio.

'Plîs, Dic. Dwi angen eu gweld nhw. Dwi'm yn gofyn lot!'

Wedi iddo feddalu ychydig, tarodd Dic fargen a dweud y byddai Tina'n dod â nhw draw (doedd fiw iddo fo fynd i'r Boncyn rhag ofn y byddai'n lladd Bryn). Teimlai'r ddau ychydig yn well o adael ar delerau gweddol resymol.

Pan gyrhaeddodd Tina'r Boncyn yn cario'r ddau fach yn ei char, torrodd calon Marie ymhellach, a beichiodd wylo wrth eu gweld yn edrych mor hapus yng nghwmni dynes arall.

'Dydi'r peth ddim yn iawn! Fi ydi eu mam nhw!' meddai wrth iddynt gael eu hebrwng i'r parlwr gan Mrs Griffiths.

Doedd Bryn ddim wedi dod yn ôl o'i waith i glywed y ddrama.

'Wel,' atebodd Tina. 'Fi fydd yn gofalu amdanyn nhw yn Awstralia!'

'Tase TI ddim o gwmpas yn hwrio, fyse fy ngŵr i ddim wedi cael ei demtio'n y lle cynta!' gwaeddodd Marie.

'A tase TI wedi bod yn ddigon o wraig iddo fo, fyse fo ddim wedi bod angen crwydro! Rŵan, deud dy ddeud wrth y plant 'ma, a chadwa dy ochneidio i ti dy hun.'

Wrth i Tina adael llonydd i'r plant efo'u mam, aeth i'r gegin i sgwrsio am y tywydd efo Mrs Griffiths.

Fedrai Marie ddim symud llawer i gofleidio'i phlant, ond llwyddodd i dynnu'r ddau i'w mynwes a'u dal felly am amser maith.

'Mam! Dwi'n mygu!' gwaeddodd Gari, ond roedd Marie'n gyndyn iawn o'i ollwng.

'Ti'n fawl ac yn dew efo'l bol hyll 'na Mam,' meddai Marged, ond roedd Marie'n ddigon call i anwybyddu sylw plentynnaidd ei merch.

'Dowch â sws fawr, fawr i Mam cyn i chi fynd a'i gadael hi . . .'

'Pam ti'n clio Mami?' holodd Marged yn ddiniwed. 'Ydi'l babi wedi malw?'

'Nachdi siŵr, pwt,' atebodd gan ddotio at ei chonsýrn amdani. 'Ddim isio i chi fynd mor bell oddi wrth eich Mam ydw i.'

'Mi fyddwn ni'n iawn efo'n gilydd,' atebodd Gari'n ddiniwed o ddifeddwl. 'Ac mi fyddi di'n iawn efo'rr babi newydd.'

'Cofiwch ddweud eich bod yn colli'r ysgol a'ch bod isio dod adre at Mam.' Roedd Marie'n ceisio'i gorau i ddylanwadu ar ei phlant i gasáu eu tad. 'Dydi Awstralia ddim yn le diogel o gwbl – llawer o deigrod cas a nadroedd gwenwynig yn bwyta plant bach!'

'Ond mae Anti Tina a Dad yn edlych al ôl ni,' sicrhaodd Marged hi.

'Cofiwch ddeud wrth Dad eich bod isio dod yn ôl i weld y babi newydd,' ychwanegodd eu mam. 'Mi fyddwch yn colli anrhegion pen-blwydd nain a taid os na ddowch chi'n ôl yn fuan hefyd . . . a fydd parti pen-blwydd eich ffrindiau ddim yr un fath heboch chi . . . a . . . a . . . a DYDW I DDIM ISIO I CHI FYND!'

Rhedodd Tina a Mrs Griffiths i'r parlwr wedi iddynt glywed yr udo afreolus. Edrychai Marie'n druenus fel petai'n mynd yn orffwyll yn ei phen, a thynnodd Tina'r plant o'i gafael. Am eiliad, roedd ganddi biti drosti.

'Dyna ni, Marie fach,' cysurodd Mrs Griffiths hi. 'Mi fydd y plant adra ymhen tair wythnos.'

'Dim ond i fynd o fy mywyd i am byth wedyn.'

'Fyddwch chi'n gweld petha'n gliriach ar ôl geni'r babi, a gewch chi'ch dau (a Bryn) fynd i Awstralia i edrych amdanyn nhw.'

'Mi gewch siarad a gweld eich gilydd bob dydd ar gamera'r we,' ychwanegodd Tina. 'Dwi'n siŵr fod gennoch chi Fand Llydan yma.'

Roedd y we a'r rhwyd eisoes yn araf gau am fywyd Marie. Doedd ei theimladau na'i chonsýrn, ei bygythiadau na'i hunandosturi ddim yn mynd i ddad-wneud penderfyniad Dic i ymfudo. Ond, credai Marie yn ddwfn yn ei hisymwybod y byddai pethau'n troi er gwell iddi'n hwyr neu'n hwyrach. Dim ond iddi hi ddal ati i'w darbwyllo mai yng Nghymru fach roedd eu dyfodol, roedd hi'n grediniol y byddai Gari a Marged yn penderfynu drostyn nhw eu hunain yn fuan iawn. Wedi'r cyfan, roedd styfnigrwydd eu tad yn amlwg iawn yng ngenynnau'r ddau.

Wedi i'w hepilion ddiflannu i lawr y dreif, dychwelodd Marie i barlwr y Boncyn yn meddwl yn ddwys am gysylltu â'i meddyg.

13. Y Bregeth ar Amynedd

Doedd capel Tabor ddim wedi gweld y fath gymysgedd o gynulleidfa erioed. Roedd o wedi arfer efo'r selogion llwydaidd, penisel a thrist eu golwg ar hyd y canrifoedd. Aeth nifer y rheiny yn llai hyd yn oed, ond ni chauwyd y bwlch ar eu holau gan neb ifanc, chwyldroadol. Edrychodd yr aelodau'n hurt ar y deuddeg cymeriad lliwgar a ddaeth i gefnogi'r bregethwraig wadd:

Lyn Adams yn gwisgo deuddarn nefi-blŵ (dewisodd drowsus yn lle sgert er mwyn dangos parch yn lle'i goesau);

Bryn y Boncyn yn y siwt ddu a brynodd yn Blackpool (diolchodd nad i angladd y gorfu iddo'i gwisgo yn ôl rhagdybiaeth ei fam);

Harri Cae Pella mewn crys blodeuog a thei streipiog hollol ddi-chwaeth;

Tina Thomas mewn sgert bensil, blows wen a bŵts sodlau uchel;

Dr Richard Jones a'i blant a fentrodd i addoldy am y tro cyntaf erioed;

Ann Davies a wisgai'r jîns arferol efo cadwen henaidd dros siwmper *polo neck* a smoc;

Tomi Davies mewn hen siwt i'w dad ag ogle *moth balls* difrifol arni;

Gruffudd Antonio mewn dillad Armani â'i fedaliwn yn dal i hongian am ei wddw;

Craig a Doug a oedd â chymaint o drachwant am ei gilydd fel nad oeddynt yn poeni dim am gariad Iesu Grist.

'. . . a'r Iesu a lefarodd y geiriau er mwyn ein hachub rhag y belen dân! Rydym yma heddiw i faddau ein pechodau, ac i eiriol rhag inni gael ein dinistrio gan y fflamau. Nid oes difodiant yn y byd tragwyddol os awn i mewn i'w fyd ysbrydol Ef tra'n rhodio'r byd materol hwn yn gyntaf . . .'

Roedd Tomi'n bôrd yn gwrando ar Gwenan yn 'malu cachu' yn y sêt fawr, a bu bron iddo chwerthin yn uchel fwy nag unwaith.

'Mae'n rhaid i ti ddod i'w chefnogi hi,' oedd gorchymyn Ann pan glywodd ei bod wedi cael ei gwadd i bregethu ar un o Suliau gweigion Tabor. 'Falla neith hi gynnig gair o weddi a bendithio'r byngalo a'r tŷ fferm i ti!'

'Wyt ti'n meddwl fod 'na ryw "dduw" anweledig yn mynd i *dalu* amdanyn nhw hefyd?' oedd rhagrith arferol Tomi.

'. . . fe garodd Duw ei braidd i gyd, er bod 'na "ddafad ddu" ymhob diadell . . .'

'Ydi hi'n cael deud ffasiwn beth efo'r byd 'ma mor PC?' sibrydodd Tina yng nghlust Dic. Ofnai edrych ar Lyn, rhag ofn iddo ddeall ei bod yn cymryd pregeth Gwenan yn ysgafn.

'Falla'i bod hi'n cyfeirio ati hi ei hun neu ei mam,' mentrodd Dic, cyn cau ei geg yn glep. Roedd hen wraig yn y gornel wedi gwneud wyneb Dydd Sul arno.

'. . . mae hi mor hawdd i ddefaid grwydro oddi ar y llwybr cul y dyddiau afradus hyn. Ond yn ôl i'r ffald . . . yn ôl i'r gorlan y dônt bob amser, gyda gofal tyner eu Bugail . . .'

Wrth wrando ar Gwenan yn paldaruo, credai Tomi ei fod ef cystal bugail â'r Llall bob blewyn. Roedd yntau'n cofio digon o'i Feibl i wybod bod Noa wedi cael achub dau o bob anifail adeg y dilyw! Chafodd *o* achub 'run pan ddaeth hi'n fater o ddifa'r holl wartheg adeg Clwy'r Traed a'r Genau!

'. . . ystyriwch y gwahaniaeth credo oedd ymysg y disgyblion – roedd Pedr â'i ffydd yn gadarn fel y graig. Ond, roedd amheuon Tomos yn ei lyffetheirio. Byddai'n byd ninnau'n ddiflas iawn heb amrywiaeth yn ein pobol . . .'

'Sôn amdani hi ei hun a Lyn mae hi weden i,' crechwenodd Craig wrth Doug, heb weld y trawst yn ei lygaid ei hun.

'. . . mae rhai'n byw'n ofer gan dorri'r Deg Gorchymyn heb feddwl ddwywaith am yr effaith ar eraill . . .'

'Un i mi ydi honne, mae'n siŵr,' meddai Tina, gan nesu ryw hanner modfedd at Dic.

'Neu i Jeff Parry!' atebodd hwnnw, gan feddwl am y cymydog a chwenychai wraig rhywun arall.

'Isht!' gwaeddodd hen wag o'r gornel. 'Dwi'n cael digon o drafferth dallt y South Walian 'ma heb sôn am beidio'i chlywad hi hefyd!'

'. . . ac fe ganwn ni eiriau Ann Griffiths i ddibennu'r oedfa, sy'n sôn am "ffrind pechadur" . . .'

Ac fe ganodd Bryn y Boncyn yr emyn hwnnw gydag arddeliad.

Roedd ffrindiau Gwenan i gyd yn falch o glywed yr Amen. Ar ddiwedd y bregeth, daeth un o'r swyddogion i hel casgliad. Yn anffodus, doedd yr un o'r deuddeg dieithryn wedi sylweddoli fod yn rhaid talu am glywed pregeth, a doedd gan neb newid mân yn eu pocedi.

'Dwi'n cael fy ngorfodi i dalu am glywed Jonsi'n malu cacan siocled bob pnawn,' harthiodd Bryn.

'Dwi'm isio cael fy ngorfodi i dalu am glywed crefydd hefyd.'

Bu Gwenan yn ddigon doeth yn dweud y byddai hi'n cyfrannu ar eu rhan nhw i gyd maes o law.

'Pregeth wedi ei chynllunio'n dda iawn, Miss Lewis,' meddai un o'r blaenoriaid.

Gwastraffu bore o waith, hefrodd Tomi o dan ei wynt.

'Brysiwch yma eto – mae pregethwyr da fel chi'n brin,' ychwanegodd un arall.

Fase'n well genna i fod wedi aros yn fy ngwely, meddyliodd Craig wrth edrych yn ddwys i lygaid Doug.

'Diolch i chi am eich cenadwri,' ategodd un arall o'r aelodau.

'Allwch chi anfon y siec i mi, Miss Lewis?' holodd y doethaf yn eu mysg.

Doedd o ddim am adael i Gwenan anghofio am ei haddewid am y casgliad. Wedi'r cyfan, Cardi ydi Cardi – hyd yn oed os ydi hi'n pregethu ar y Sul!

'Joben dda Gwens,' meddai Tina i'w hwyneb wedi iddi fentro at y pechaduriaid ger giât y capel. 'Ti'n dda efo geirie.'

Ond yr hyn roedd hi'n ei feddwl oedd 'Roedd y bregeth yn f'atgoffa i o pam dwi byth yn tw'llu'r blydi lle!'

'Diolch i chi i gyd am ddod,' meddai Gwenan yn ddidwyll wrth y criw. 'Rwy'n gwerthfawrogi eich cefnogaeth.'

'Doedd 'ne ddim cymaint â hyn allan yn y Red neithiwr,' meddai Boncyn i godi ychydig ar ysbryd sombr y cynulliad.

'Efallai fod y rhod yn troi,' parhaodd Gwenan i bregethu. 'Mae pobl fwy o angen arweiniad ynghanol eu digonedd. Diolch i tithau am ddod â Gari a Marged i'r capel, Dic. Roedd yn hyfryd gweld plant yno.'

'Angen iddyn nhw gael profiad o gapel Cymraeg cyn symud i Awstralia,' meddai Dic, gan gadw'n ddigon pell oddi wrth Bryn.

'Mae'r Arglwydd yn symud gyda chi i ble bynnag yr eloch,' sicrhaodd Gwenan Dic.

Roedd Bryn yn disgwyl i Gwenan ddymuno'n dda iddo fo a Marie pan fyddai'r babi wedi cyrraedd hefyd, ond wnaeth hi ddim. Os mai dyna ydi Cristion, meddyliodd.

'*Nice one, babes*!' meddai Lyn wrth ruthro o rywle at Gwenan a rhoi clamp o gusan ar ei boch chwith. Trodd hithau ei boch dde i dderbyn un arall.

Mwynhaodd Gwenan y profiad o gyflwyno'i gwasanaeth cyntaf yn Nhabor. Ond, gwyddai fod llawer o waith achub eneidiau ar y deuddeg disgybl a ddaeth i wrando arni hi'n pregethu'r diwrnod hwnnw.

*   *   *

Doedd gan Ann ddim pwt o awydd peintio chwaneg. Bu Tomi'n ei helpu orau y medrai rhwng ei wahanol orchwylion ar y fferm. Ond, byddai'n rhaid iddi hi roi côt arall i'r holl ystafelloedd, mesur ar gyfer llenni i'r lolfa a'r llofftydd, mynd i siopa i'w prynu nhw yn ogystal â dewis soffa a bwrdd i'r gegin. Hy! Doedd y fam yn cyfarth ddim wedi codi ei bys bach i helpu, harthiodd Ann yn ei hisymwybod. Yr unig beth oedd honno'n wneud oedd taflu sylw sarcastig bob tro roedd hi'n pasio.

'Mae'n rhaid i ni adael yr hen le i fynd rŵan,' ceisiodd Ned Davies wthio synnwyr i ben ei wraig.

'Falla mod i'n swnio'n galongalad, Ned, ond mae'n

anodd gadael y lle ar ôl hannar canrif,' meddai Nansi Davies gan slefrian i mewn i'w hances boced.

Y gwir amdani oedd nad oedd hi eisiau symud o Bant Mawr o gwbl.

'Mi fyddi di'n gweld altrad yn syth ar ôl symud,' meddai Ned i geisio'i chysuro ymhellach. 'Meddylia am y gegin lân gei di, y stof letrig a'r meicrowêf . . .'

'Dda genna i mohoni . . . Aga i mi bob tro.'

'Fydd dim rhaid i minna straffaglu efo'r gadair 'na i fyny ag i lawr y grisiau wedyn.'

'Ac mi geith Ann fod yn bartnar i Tomi a dechra talu'r holl ddyledion,' ychwanegodd Nansi Davies er mwyn achub ar fwy o gyfle i ddilorni ei merch yng nghyfraith. 'Wedyn geith hi weld beth fydd poeni go iawn am fod yn wraig fferm!'

Roedd Ann yn ddi-hwyl iawn ers ychydig wythnosau. Gwelodd newid mawr ar ôl iddi orfod gadael ei gwaith yn Ysbyty'r Borth. Er ei bod yn cysylltu efo ambell un o'r staff oedd yn dal ar ôl, doedd pethau ddim yr un fath. Does 'na neb yn anhepgor mewn unrhyw weithle meddai'r hen ddywediad, ac roedd hynny'n wir, meddyliodd. Unwaith mae rhywun yn gadael, mae rhywun arall yn siŵr o lenwi'r bwlch ac mae pethau'n cario 'mlaen yn berffaith.

Dechreuodd cefn Ann frifo hefyd. A hithau'n ferch reit lysti, doedd plygu i fyny ac i lawr i drio peintio fframiau drysau ddim yn gwneud llawer o les iddi. Penderfynodd y byddai'n rhaid iddi golli pwysau er mwyn bod yn fwy symudol, ond doedd hi ddim yn barod i roi'r gorau i bethau da ar y funud chwaith! Ar ben pob dim, roedd oglau paent yn effeithio ar ei brest hi. Erbyn y diwedd, a hithau wedi diffygio'n lân, doedd hi ddim yn gallu canolbwyntio ar y peintio, ac roedd mwy o 'matt' ar y mat nag oedd ar y wal ganddi.

Un diwrnod, aeth pethau'n drech na hi, ac, yn ddiarwybod i'w gŵr, penderfynodd ofyn i gwmni proffesiynol beintio'r cyfan yn ei lle. Gan mai Ned Davies a'i wraig fyddai'n byw yno, doedd hi ddim am ladd ei hun yn slafio ar eu rhan. Doedd hi ddim yn gweld y dylai'r holl gostau ddod o'i phwrs hi a Tomi chwaith. Felly, pan oedd Mrs Davies wedi mynd am dro efo Blodwen Bryn Caled, holodd Ann ei thad yng nghyfraith a fyddai'n fodlon ysgwyddo'r baich ariannol.

'Am ychydig o dan fil o bunnau, byddai'r lle'n edrych fel palas,' meddai Ann. Doedd hi ddim wedi cael dyfynbris wrth gwrs, ond swniai ei thruth fel petai wedi ei chynllunio'n ofalus. Dyna oedd cryfder pob 'rep' gwerth ei halen, meddyliodd. 'A dim ond pedwar diwrnod mae'r peintwyr angen i orffen y cwbwl.'

'Ia wir, merch i. Mi dala i. Be arall wna i efo'r pres ar ôl mynd o'r hen fyd 'ma'n de . . . Er mi fydda'n haws mynd â'r pres na'r byngalo hefyd! Ond, peidiwch â deud wrthi HI!'

'Diolch yn fawr, Mr Davies. Mi fydd hynny'n galluogi fi i gario 'mlaen i wnïo a siopa am lenni a manion eraill. Mi gewch chitha le clyd i fyw ynddo fo ymhen yr wythnos!'

Roedd Ann yn falch fod Tomi wedi mynd i ffensio'n blygeiniol. Doedd hi ddim yn edrych ymlaen at yr eiliad y byddai'n darganfod y peintwyr o gwmpas y lle. Ond, pan ddaeth hwnnw'n ôl am ei ginio, holodd yn sylwgar beth oedd y fan wen oedd ar ganol y buarth.

'Ym . . . pobol wedi mynd i gerdded y llwybr,' rhaffodd Ann gelwyddau.

'Od na welais i neb! Godest ti am barcio arnyn nhw gobeithio?'

Pan ddychwelodd Tomi o'i waith, roedd hi wedi dechrau nosi. Fel roedd hi'n digwydd, noswyliodd y peintwyr yn gynnar hefyd gan nad oedd digon o olau dydd naturiol iddynt wneud y gwaith yn iawn.

'Sut ddoth hi'n y byngalo heddiw?' holodd Tomi, gan gredu fod Ann wedi bod wrthi trwy'r dydd efo'i brwsh a'i phaent.

'Altro. Wedi rhoi *egg-shell* ar walia'r bathrwm i nadu damprwydd. Mae'r mat yn edrych yn neis yn y *lounge*, ac mi fydd yn hawdd golchi'r *silk* sy'n y gegin.'

'O'n i'n meddwl mai peintio fel Van Gogh oedd dy ddiléit di. Sut ti'n gwbod cymaint am addurno tai, d'wad?'

'*4 Wal*. Rhaglan dda.'

Doedd Tomi ddim yn gwybod y gwahaniaeth rhwng colur wyneb â thun o Dulux, ond teimlodd Ann nad oedd wedi dweud gormod o gelwyddau'r tro hwn gan fod llawer o'r gwaith yma wedi cael ei gyflawni gan y tri addurnwr.

'Mam awydd mynd efo ti i siopa am gyrtans diwadd yr wythnos medda hi,' ychwanegodd Tomi at gynffon y sgwrs.

Gwyddai bod amynedd Ann yn brin ac y byddai'n cynhyrfu'r dyfroedd, a doedd y newyddion ddim wedi mynd i lawr yn dda o gwbl.

'Fysa'm yn well iddi aros adra i feddwl am enw i'r byngalo, d'wad? Mi fydd angan ei gofrestru'n fuan.' Gwyddai Ann na fyddai hynny'n newyddion da i Tomi chwaith.

'Meddylia! Pres y ffarm 'ma'n gorfod talu am ddau o bob dim – o forgej i dreth y pen i *land registry* . . .'

'. . . mae dy rieni di'n haeddu chydig o steil ar ddiwedd eu hoes, fel rydan ninna ar ei ddechra fo,' meddai Ann i gau ei geg.

Erbyn diwedd yr wythnos, roedd y bataliwn o beintwyr wedi gweithio fel lladd nadroedd i orffen pob man, gan gynnwys estyniad newydd Pant Mawr. Teimlai pawb yn llawer gwell o weld pennod newydd ar fin cychwyn, ac edrychai Ann a Tomi ymlaen i symud ymlaen ar ôl i'r ddau hynafgwr gael symud i mewn.

Er nad oedd Ann wedi bargeinio gorfod mynd i siopa efo mam Tomi, mynd fu raid iddi. Mynd at y meddyg ddylwn i wneud, meddyliodd Ann yn dawel wrthi hi ei hun. Gwyddai ei bod yn edrych yn welw ers tro, ac roedd wedi colli archwaeth at fwyd er cymaint yr oedd yn ei hoffi. Credai'n siŵr y dylai gael prawf gwaed rhag ofn ei bod yn animic. Ond, doedd dim amser i feddwl am fod yn sâl wrth fod yn wraig fferm. Roedd pethau a phobol eraill yn bwysicach na chi'ch hun bob tro!

Ar y dydd Sadwrn, cododd Nansi Davies ac Ann yn blygeiniol gan anelu trwyn y car am Wrecsam. Er bod canolfan siopa newydd sbon yno, roedd yn well gan Nansi fynd i'r hen farchnad a'r siopau traddodiadol. Hi gafodd roi ei stamp ar beth i'w brynu i addurno'r byngalo wrth gwrs.

'Lle mae'r siop sy'n gwerthu cyrtans *crushed velvet*?' holodd rywun yng nghanol y stryd fawr, a gyfeiriodd hi at y lle iawn.

'Be am rwbath ron bach mwy modern?' awgrymodd Ann yn gynnil wrth weld y defnydd hen ffasiwn a'i hatgoffodd o ddyddiau cynnil y saithdegau. 'Falla fysa cyrtans felly ddim yn gweddu efo'r *shag pile*.'

'Fi fydd yn byw yno tan ddaw'ch tro chi i stepio lawr, Ann. Gewch chi newid o'r adag hynny.'

Atebodd yr ast yn ddigon hy fel y gorfu i Ann ddal ei thafod a'i llaw rhag rhoi clusten go egr ar draws ei boch. Ond, synhwyrodd nad oedd yn syniad doeth i ymosod ar ei mam yng nghyfraith mewn lle mor gyhoeddus.

'Chi ŵyr eich petha,' meddai, gan ychwanegu o dan ei gwynt 'a chi ŵyr y blydi lot hefyd!'

Ar ôl cael digon o gyrtens i addurno pob ffenest yn y byngalo (ond am y ddau dŷ bach a'r *utility*), roedd Mrs Davies yn chwilio am siop a werthai ddefnydd tebyg i steil Laura Ashley.

'Cwshins blodeuog fyswn i'n licio i chi neud i mi, Ann,' gorchmynodd wedyn. 'Fydd o ddim yn ormod o drafferth i chi a chitha'n segur y dyddia yma.'

Ar ddiwedd diwrnod hynod o flinedig a rhwystredig, dychwelodd y ddwy i Bant Mawr yn llwgu. Dim ond brechdan a phaned ddiflas o fflasg ar ôl cyrraedd Wrecsam roedd y ddwy wedi ei gael. Ond, doedd gan Ned na Tomi fawr o luniaeth i'w gynnig iddynt chwaith.

'Gymra i rwbath rydach chi'n gynnig i mi Ann bach,' meddai'r talcen tŷ ddigywilydd, gan fynd i'r lolfa i roi ei thraed i fyny ac aros i Ann dendio arni.

'Wel os felly, dwi'n cynnig eich bod yn mynd i'ch gwely, achos i fanno dwi'n mynd,' atebodd honno'n annisgwyl. 'Dwi wedi blino ar ôl dreifio a siopa drwy'r dydd . . . a pheintio drwy'r wythnos.'

Snybio'i sylw olaf wnaeth Nansi Davies ac roedd Ned yntau'n ddigon craff i beidio dweud dim yng ngwydd ei fab. Yr unig beth a boenai Tomi'r eiliad honno oedd y bagiau llawnion a ddadlwythwyd ar lawr y gegin. Mwy o bres wedi mynd, meddyliodd. Mae cadw dwy ddynas a dau dŷ'n lladdfa!

'Be fuoch chi'ch dau'n neud tra fuon ni i ffwrdd 'ta?' holodd Ann i droi'r stori a cheisio esgusodi ei hun i fynd am napyn.

'Meddwl am enw i'r byngalo,' meddai Tomi. 'Roeddwn i isio'i alw fo'n "Toman" – hannar Tomi a hannar Ann, ond mae 'na ddigon o falu cachu'n digwydd yma fel mae hi!' Am eiliad, roedd Mrs Davies yn meddwl fod ei mab o ddifrif. '"Pant Bach" oeddwn i isio'i alw fo go iawn, gan ei fod o'n ymyl Pant Mawr,' ychwanegodd. 'Ond roedd Dad yn gweld y bysa pobol yn camgymryd o efo "plant bach" neu "dronsys bach" i bobol y *south*.'

'Tyrd wir dduw,' meddai Ann bron â rhoi'r rhech olaf. 'Mae dy jôcs di'n hirach na rhai Dilwyn Morgan! Be basiwyd?'

'Gan mai Dad fydd yn byw yma, ei gynnig o sydd wedi cael ei dderbyn. "Cartref" oedd o isio, a chartra cyfforddus fydd o hefyd . . .'

Aeth gwep Mrs Davies i lawr fel yr aeth cyfrif banc Tomi.

'Cartra?' holodd mewn anghrediniaeth. 'Dydw i ddim yn mynd i run Cartra cyn bod yn rhaid i mi! A gan y bydda INNA'n byw yma, mi wna I feddwl am rywbeth addas iddo fo!'

'Mi all fod yn noson hir,' ebychodd Ann, gan wneud llygaid dagr ar Tomi. 'Dwi'n mynd i'r ciando. Fydd swpar yn dda am saith.'

Ar ôl ei chyntun, derbyniodd Ann blatied o frechdanau *corned beef* sych gan Mrs Davies, ond roedd hi'n falch o gael unrhyw beth ar blât. Yna, cyhoeddwyd bod enw'r byngalo wedi ei benderfynu.

'"Bryn Gwyn" fydd o,' meddai Mrs Davies yn bendant a balch.

'Pam "Bryn Gwyn"?' holodd ei mab mewn dryswch. 'Falla' 'i fod o'n wyn rŵan ei fod o newydd ei beintio, ond fydd o byth ar fryn!'

'Dyna oedd enw dau o'r peintiwrs fuodd yma'n ei beintio fo,' meddai hithau, gan adael y gath allan o'r cwd.

Roedd hi wedi bod yn bwydo'r peintwyr drwy'r wythnos, ac yn amlwg wedi dod i'w hadnabod yn dda.

'Ond . . . Ann ddaru beintio'r tu mewn i gyd . . . ia ddim?' dechreuodd Tomi groesholi, ond doedd o ddim cweit wedi deall.

'Rwyt ti wedi cael dy dwyllo, machgan i,' ychwanegodd ei fam gan godi i nôl yr anfoneb. 'Roedd dy wraig di'n fan hyn yn rhy ddiog i'w beintio fo'i hun, yli! Ac os mai Pant Mawr ydi'r fferm, falla mai BIL MAWR ddylia'r byngalo fod. Mae o dros ddwy fil o bunnoedd am ei beintio fo'n unig!'

Doedd pethau ddim yn dda am ychydig wedi i Ann egluro wrth Tomi am y trefniant bach hwnnw, a throdd ar ei sawdl gan esgus mynd i gadw'r neges. Teimlai, am y tro cyntaf ers talwm, braidd yn euog. Ond, fel arfer, gwyddai Ann y byddai Tomi'n dod i arfer efo unrhyw benderfyniad yr oedd hi'n ei wneud ymhen hir a hwyr.

'Os mai "Cartra" oedd Dad isio'i enwi fo'n wreiddiol, falla ddylia fo'i newid o i "Ryfal Cartra" rŵan,' meddai Tomi, gan fynd i wylio'r teledu i adael i'w waed oeri.

14. Ding Dong! Bilabong

Doedd hi ddim yn hawdd ffarwelio ar y bore oer hwnnw o'r mis bach. Aeth iechyd Marie mor fregus fel na fedrodd fynd i Lys Meddyg i ddweud ta-ta wrth ei phlant. Roeddynt ar fin hedfan i bellafion byd i weld eu cartref newydd, a gwyddai Marie y byddai ei byd hithau'n deilchion wedi iddynt fynd! Bu Dic yn ddigon doeth i fynd â nhw i'r Boncyn i dawelu meddwl eu mam, ond doedd o ddim wedi bargeinio gweld Bryn yno'r un pryd chwaith. Aeth Tina ddim efo Dic er mwyn dangos ychydig o barch tuag at deimladau Marie. Gwyddai y byddai'n anodd iddi weld y ddau'n mynd i Awstralia efo'u tad heb sôn am gael dynes arall yn gofalu amdanynt.

'Be ti'n drio'i neud i Marie?' holodd Bryn, yn wyllt fel tarw. 'Mae ei nerfau hi'n racs ac mae'n methu symud. Mi fydd ei phlant yn colli geni'r babi hefyd tra dy fod di'n chware tŷ bach yn dwll din byd!'

'Biti i ti gael damwain ar yr adag rong felly'n dydi?' atebodd Dic, gan atgoffa Bryn mai fo roddodd y Ddraig mewn trwbl.

'Helô, Dr Jones.' Roedd Mrs Griffiths wedi ymddangos o rywle'n sionc fel pupur. 'Gymerwch chi banad?'

'Na, dim diolch,' atebodd Dic yn swta ond yn ddigon cwrtais.

'Ydach chi wedi meddwl ymhellach am roi llawdriniaeth i fy mhen-glin arall i, Doctor?'

'Mam!' hefrodd Bryn. 'Mae'r dyn wedi deud bod o ddim am ei gneud hi. Caewch eich ceg, wir dduw!'

'Reit 'ta,' meddai Dic wrth Marie. 'Gei di ddwy awr i ddeud dy ddeud wrth y plant. Mi fydda i 'nôl yr adag hynny.'

Ataliodd Marie rhag colli rheolaeth o flaen ei hepilion. Yn hytrach, ceisiodd ymddwyn yn bositif gan ddefnyddio'r amser i geisio bondio mwy efo nhw. Roedd am iddynt sylweddoli cymaint roedd hi'n eu caru a chymaint y byddai'n eu colli.

'Mi fydd gan Mami fabi bach newydd erbyn y dowch chi adre, gobeithio,' meddai. 'Ond, fydd Mami byth yn caru'r babi gymaint â chi'ch dau.'

'Wel am beth hyll i'w ddeud o flaen tad y blydi thing,' meddai Bryn, cyn cofio am bresenoldeb y ddau fach.

'Paid â rrhegi o flaen plant,' meddai Gari'n ddiniwed i gyd, a chwarddodd pawb ond y fo.

'Cofiwch, os fydd gennoch chi hiraeth . . .' aeth Marie yn ei blaen gan anwybyddu'r sylw. '. . . Os fyddwch chi isio gweld Mami, i godi'r ffôn, anfon neges testun, e-bost, a rhoi nodyn ar Facebook. Ac mi fyddwch chi'n gallu gweld fi ar Skype bob dydd!'

'Cofia bod lot o wahaniaeth yn yrr amserr,' cynghorodd Gari ei fam fel dyn doeth.

'Ac os fydd Tina'n gas efo chi, cofiwch ddeud,' ychwanegodd Bryn, gan geisio codi ofn pellach arnynt.

'Fuodd Anti Tina liod yn gas efo ni,' meddai Marged i roi swigen yn ei falŵn. 'Dyfgu sy'n gas efo ni.'

'Cadwch yn ddigon pell o gangarŵs a *wallabies*,' parhaodd Marie i draethu.

'Dydyn nhw ddim yn belyg,' meddai Marged yn bendant.

'Mae 'na nadroedd gwenwynig yno hefyd!' ychwanegodd ei mam yn hollol anwybodus. 'Mae'r lle'n hollol wahanol i Gymru, cofiwch.'

'Mae pobol yn siarad yn rhyfedd yno hefyd,' meddai Bryn er mwyn rhoi ei big i mewn ymhellach. 'Mae 'na bobol dduon, talcenni rhychiog efo gwalltiau blêr yn byw yn y gwyllt yno.'

'Nhw ydi pobol go iawn y wlad,' meddai Gari er mwyn dangos ei fod yn gwybod yn well na Bryn am y brodorion. 'Dwi'n edrrych ymlaen at weld yrr Aborriginis.'

'Ew, clyfar 'di'r hogyn,' meddai Marie, yn falch o wybodaeth ei mab chwech oed.

'Ac maen nhw'n gallu tynnu lluniau da hefyd,' meddai Marged, i ddangos ei bod hithau'n gwybod cymaint â'i brawd. 'Oes gen ti bapul a chleions? 'Na i lun fel maen nhw'n neud i ti gofio amdanon ni.'

Aeth hynny at galon Marie gan i Marged swnio fel eu bod yn mynd o'i bywyd am byth. Gerfydd ei war, aeth Bryn i chwilio am bapur sgrap a phensiliau, a thynnodd y ddau'r lluniau mwyaf lliwgar i Marie eu gweld erioed. Roedd y lliwiau melyn ac oren a'r dotiau cochion a sgriblodd Marged yn hollol nodweddiadol o arddull yr Aborigini, a thynnodd Gari lun o bobl yn hela a changarŵs yn prancio yn yr anialwch.

'Tân yn y coed ydi hwn,' eglurodd Marged wrth ddangos ei dadansoddiad diniwed o'r tanau gwylltiroedd sy'n digwydd mor aml ar dirwedd sych y wlad.

'Llyn ydi hwn,' ychwanegodd Gari. 'Billabong ma nhw'n galw fo. Ma nhw'n hela pysgod yno.'

Roedd rhywun yn amlwg wedi bod yn addysgu'r plant am y wlad bellennig. Dyna pryd y penderfynodd

197

Marie y byddai'r daith i Awstralia'n gwneud mwy o les addysgiadol i'w phlant na dim y gallai hi ei gynnig iddynt yn y Borth.

Aeth y ddwy awr yn llawer rhy fuan. Ond, pan ddychwelodd Dic, teimlai Marie ychydig yn hapusach fod y plant yn mynd i gael profiadau bythgofiadwy yng nghwmni eu tad.

Tra oedd Dic a'i blant yn ffarwelio efo'u mam, bu Tina'n brysur yn gwneud ei threfniadau munud olaf ei hun. Dim ond diwrnod oedd ar ôl cyn y byddent yn teithio i Fanceinion i ddal yr awyren. Daeth ei mam ac Edward i ffarwelio â hi, a rhoddodd oriad iddynt gael mynediad i'r tŷ rhag ofn y byddai problem yn ei habsenoldeb. Wedi i'r ddau fynd adre, ysgrifennodd Tina nodyn ar Facebook i ddweud am ei hantur. Doedd hi ddim yn siŵr a oedd hynny'n ddoeth ai peidio gan y byddai pawb wedyn yn gwybod y byddai ei thŷ'n wag!

Ond, roedd yn rhaid iddi ffarwelio'n bersonol efo'i ffrindiau agosaf. Er y byddai'n dychwelyd ymhen tair wythnos, teimlai fod hwn yn gychwyn ar antur newydd yn ei bywyd. Wedi iddi ymfudo go iawn ymhen chwe mis, efallai mai anfynych iawn y byddai'n gweld ei ffrindiau eto!

I ddechrau, cafodd sgwrs hir efo Ann am y diweddariad i'r byngalo a Phant Mawr, ac roedd honno'n falch o gael dweud ei phwt:

- teimlai'n unig iawn y dyddiau hyn;
- roedd yn blino'n hawdd ac roedd pob dim fel petai'n ormod iddi;
- methai ddygymod â bod yn wraig ffarm a chymerai pawb hi'n ganiataol;

198

- roedd ceisio cadw Tomi'n hapus yr un mor amhosib â cheisio ymdopi efo'i rieni a'r holl newidiadau ddaeth i'w rhan efo'r tŷ a'r byngalo;
- ar ben pob dim, roedd ei thu mewn yn teimlo'n hynod o od.

Pitïodd Tina drosti. Credai pawb mai Ann oedd y ferch fwyaf lwcus erioed yn priodi i mewn i arian a sefydlogrwydd. Ond, wedi'r sgwrs, teimlai Tina'n falch ei bod yn ddibriod heb unrhyw fath o iau am ei hysgwyddau.

Er mwyn codi calon Ann, sicrhaodd Tina hi y byddai'n mynd i edrych amdani wedi iddi ddychwelyd o Awstralia. Awgrymodd hefyd ei bod yn ymuno â mudiad fel Merched y Wawr neu'r W.I. i fynd allan o'r tŷ unwaith mewn pythefnos o leiaf. Ond chredai Ann ddim y byddai Tomi'n cydsynio â hynny rywsut.

Wedi ceisio bod yn rhyw fath o ymgynghorydd i un, ffoniodd Tina un arall oedd efo problemau gwahanol. Roedd Gwenan yn debycach o gadw'i gofidiau iddi hi ei hun, ond y tro hwn, roedd hithau am eu rhannu. Roedd:

- yn anhapus yn ei chartref;
- yn anhapus efo cyflwr iechyd ei thad;
- yn dechrau dod i arfer efo'r ffaith mai Wncwl Morys oedd ei thad iawn;
- yn dal i obeithio parhau efo'i chwrs diwinydd-iaeth yn y gogledd;
- yn fwy o ffrindiau nag erioed efo Lyn.

Ar ddiwedd y sgwrs unochrog, bendithiodd Gwenan daith Tina a Dic a'r plant a rhoddodd weddi fer drostynt. Diolchodd Tina mai ar y ffôn ac nid wyneb yn wyneb yr oedd hi, neu beryg y byddai wedi chwerthin o'i blaen.

'Diolch, ond dwi'n gobeithio dod yn f'ôl yn fyw,' mentrodd Tina wedi gweddi hynod o ddwys. 'Ti'n swnio fel taswn i'n mynd i ddiflannu oddi ar wyneb y ddaear am byth!'

Yr olaf i Tina'i ffonio oedd Lyn. Roedd o wedi bod yn dda efo hi ar hyd y blynyddoedd, meddyliodd, a mater bach iawn oedd dangos gwerthfawrogiad.

'Haia, *babe*s. Gwna *recce* bach yn Sydney tra bod ti yno.' Roedd o yn ei hwyliau hapus arferol. 'Fase'n le da i Gwens a finne ddod atoch chi am wyliau!'

Er ei bod yn dal yn aeafol yng Nghymru, paciodd Tina ddigon o ddillad hafaidd i siwtio hinsawdd Awstralia. Roedd hi angen digon o wisgoedd parchus ar gyfer unrhyw gyfweliad fyddai'n dod i'w rhan. Sicrhaodd hefyd ei bod yn rhoi'r camera a'r camcorder yn y cês fel ei bod yn cael ffilmio a thynnu lluniau ar gyfer ei blogiadur. Byddai'n gofnod i'r plant hefyd, a gallent wneud prosiect ar y wlad a'u traddodiadau i'r ysgol petaent angen. Gwnaeth Tina'n siŵr ei bod yn cofio'r tâp a gynhwysai'r cyfweliad efo hi a Dic, oherwydd efallai mai hwnnw fyddai'n newid ei gyrfa am byth . . .

Erbyn iddi setlo i lawr efo paned o de, roedd Tina wedi ymlâdd ac yn barod am noson gynnar er mwyn 'herio a wynebu'r wawr'. Byddai Dic a'r plant yn canu corn y tu allan i'r tŷ am naw o'r gloch y bore ar y dot. Ond, doedd dim heddwch i'w gael, a rhoddodd ei chalon dro pan glywodd gloch y drws yn canu am chwarter i ddeg. Pwy oedd yno'r adeg honno o'r nos, meddyliodd? Credai ei bod wedi ffonio neu alw i weld pawb o bwys i ffarwelio â nhw. Doedd hi'n sicr ddim yn teimlo fel gweld Jeff Parry, a fyddai gan Antonio nac Andrew ddim diddordeb yn ei hantur hi efo dyn arall!

'Ti'm isio agor y drws i fi, Tins?' Adnabu Tina'r llais yn syth, ac wrth weld ei berchennog, aeth yr un wefr drwy ei gwythiennau ag a aeth yn ystod y pedair blynedd diwethaf. 'Wyt ti isio agor rhywbeth arall i fi 'ta, babi dol?'

Roedd Dic mewn mŵd drwg.

'Dwi ddim yn gweld potel o win i'w hagor chwaith,' chwarddodd Tina wrth ei arwain at y soffa. Gwyddai'n burion beth oedd ei feddwl a'i fwriad. 'Doeddwn i ddim yn disgwyl dy weld di cyn y daith fawr fory.'

Lledodd gwên chwareus dros ei wyneb, cyn iddi ddiflannu'r un mor sydyn. Gafaelodd yn nwylo Tina. Ymddangosai fel petai o ar fin cyhoeddi'r newyddion gwaethaf posib neu ei fod newydd gyflawni trosedd ddifrifol. Dechreuodd calon Tina gnocio.

'Mae genna i ofn mod i wedi cymryd mantais ar Dyddgu,' meddai'n hollol seriws.

'Be?' holodd hithau mewn anghrediniaeth, gan ei rhyddhau ei hun a chychwyn am y gegin. 'Ti wedi treisio Dyddgu?' Tawelwch. 'O'n i'n ame bod rhywbeth rhyngoch chi'ch dau! Y bastard! Deud hyn heno, jest cyn i ni'n dau fynd i ffwrdd fory!'

Dilynodd Dic hi i'r gegin a thorrodd allan i chwerthin wrth weld wyneb ac ymateb Tina. Gafaelodd yn dynn amdani cyn bod ei jôc yn suro.

'Cymryd mantais ar Dyddgu i warchod 'nes i siŵr iawn! Er mwyn i ni'n dau gael un noson ramantus efo'n gilydd cyn mynd. Fydd 'na ddim llonydd am dair wythnos wedyn efo dau fach o gwmpas y lle!'

Chafwyd dim llonydd y noson honno chwaith. Wedi cusanu brwd a phoerol, mentrodd Tina ryddhau ei hun o'i afael. Roedd am sicrhau bod ei phasbort a'i *visa*, ei harian a'i holl anghenion yn barod yn y cês cyn i chwantau'r nos gymryd yr awenau'n llwyr. Yna, a Dic yn ei dilyn fel ci'n synhwyro gast, diffoddodd Tina'r golau a'r gwres canolog gan anelu am y grisiau. Doedd hi ddim yn hir cyn bod ei chymar perffaith yn styc y tu mewn iddi.

'Falla bod 'na ddiwrnod a thaith fawr o'n blaenau ni i gyd fory, babi dol,' sibrydodd Dic, efo'r llyffant bach hwnnw pan mae rhywun dan gyfaredd yn trio sboncio i'r wyneb, 'ond, mae 'na bolyn mawr o mlaen inna heno.'

Ynghanol ei thrachwant, gwnaeth Tina'n siŵr ei bod yn cau cyrtens y llofft, a gadawodd olau'r landin ymlaen. Doedd hi ddim am i Jeff Parry gael *peep show* na thrawiad arall ar y galon ar ei chownt hi.

Mynnodd Dic fod Tina'n gwisgo sgert fer, *tights* a bŵts uchel ynghyd â blows cotwm a ddangosai ei brestiau'n ddwy felon berffaith iddo'u llyfu.

Rhoddai *tights* neilon lawer o bleser iddo. Câi gic fawr o'u rhwygo oddi amdani, a theimlai ryw ymchwydd o bŵer yn ei feddiannu fel petai'n ymosod yn ffantasïol rywiol arni. Ei ddiléit mwyaf oedd gwneud twll digon o faint iddo roi ei goc drwyddo, a llenwi Tina heb iddi dynnu'r un dilledyn oddi amdani.

Roedd Tina eisoes yn socian ym mhresenoldeb dirybudd Dic. Unwaith y soniodd am fynd ar ei phedwar, gwyddai'n union beth oedd o'i blaen – ac o'i hôl. Gan ei bod yn wynebu'r ffordd arall, fedrai hi ddim gweld ei wyneb, ond teimlodd ei ewinedd yn torri ei sanau'n rhacs. Roedd sŵn y rhwygo'n hyfrydwch pur iddo. Wrth i rwygiad a thyllau'r sanau fynd yn fwy, anelodd yntau ei ddynoliaeth am ei thwll hithau.

'Rwyt ti mor fawr â thwll y sana 'ma!' meddai Dic gan rwbio'i ffordd i'w hogof laith. 'Ti'm wedi bod efo stalwyn arall o mlaen i wyt ti?'

'Balch o . . . dy weld di ydw i,' meddai Tina o dan ei bwysau ac o dan emosiwn.

'Ti'n fy nheimlo fi Tina? Cau dy fysls amdana i!'

Byddai dweud wrth Dic mai ei bidlen o oedd yn rhy fach yn beth creulon i'w wneud. Byddai hefyd yn gamgymeriad. Er i Tina geisio tynhau ei hun cymaint ag y gallai ei chyhyrau ei ddioddef, caeodd ei cheg – am ei goc. Tylinodd a llyfodd ei flaengroen yn gelfydd, ond doedd hynny'n amlwg ddim yn ddigon i Dic.

'Ga i fynd rownd y gornel?' holodd wedi cynhyrfu.

Doedd Tina erioed wedi caniatáu i neb ond cariadon tymor hir gyflawni'r weithred rywiol honno, gan y teimlai ei bod mor bersonol. Ar ben hynny, roedd o'n brifo'n uffernol! Ond, ddywedodd hi ddim byd, gan ei bod yn ei nefoedd wrth wrando arno'n gwthio a phwnio, 'yn procio a phryfocio' yn ôl ac ymlaen yn ddidrugaredd.

Yna, stopiodd Dic yn sydyn gan dynnu'r chwip o'i gwain. Safodd ar ei draed gan annog Tina i'w wynebu. Roedd o'n dal yn ei ddillad.

'Sut fysa ti'n licio gneud hynna i fi, Teeney Weeney?' holodd, ac edrychodd hithau'n syn arno. 'Mae gan y doctor yr union beth.' Yna, rhyddhaodd Dic ei hun er mwyn gwireddu ei gynllwyn.

Tra oedd Tina'n cael munud i ddod ati hi ei hun, gorweddodd yn ôl ar ei gwely. Roedd hithau'n dal i wisgo'i bŵts a'i dillad. Edrychai Dic fel consuriwr yn creu gwyrthiau o flaen ei llygaid, a thynnodd fag allan o boced ei siaced.

'Be sydd gen Dici bach y fi yn ei gwdyn plastig?' holodd Tina'n gellweirus.

'Cwdyn plastig arall,' oedd ei ateb syml.

A gwir fo'r gair. Roedd hwn yn well na'r *Tingle Tip* oedd gan Tina. Roedd y benbiws ffug yn tyfu yn nwylo Dic fel roedd o'n ei thylino, ac roedd hithau'n chwilfrydig iawn wrth weld yr hud a'r lledrith yn datblygu o'i blaen. Tra oedd Dic yn delio efo'r dyfeisiadau oedd ynghlwm â'r teclyn hudol, cododd hithau gan dynnu ei dillad yn araf cyn canolbwyntio ar dynnu rhai Dic. Pan oedd pob cerpyn wedi dod oddi amdanynt, dechreuodd Tina rwbio'i bidlen a'i beli llawnion. Erbyn hynny, roedd o wedi gosod strap ar y ddyfais blastig.

'Rŵan 'ta,' meddai wrthi, gan lyfu'r teclyn fel y llyfodd Tina ei siafft yntau. 'Wyt ti isio i fi gael yr un profiad ag a gest ti gynna fach? Neu wyt ti isio i mi dy lenwi di ddwywaith yr un pryd?'

Doedd Tina ddim eisiau bod yn farus, felly, optiodd am wisgo'r strap er mwyn rhoi'r un pleser i Dic efo'r twlsyn hudol. Wnaeth hi erioed hyn o'r blaen, a chredai y dylai roi ychydig o KY Jelly oedd ganddi wrth law ar ei flaen, rhag ofn iddo rwygo'i groen.

'Ding dong!' meddai Dic yn llawen wrth i Tina ei wthio'n araf i fyny.

Tra oedd Dic ar ei liniau a Tina'n ei feddiannu o'r tu ôl, roedd yntau'n ei halio'i hun o'r tu blaen, a fuodd hi ddim yn hir cyn iddo daflu ei hufen dwbl ar hyd y *duvet* a'r carped. Ond, er ei fod yn wan ar ôl ei uchafbwynt, gwnaeth yn siŵr ei fod yn bodloni Tina ymhellach. Daeth yr hudlath hir yn handi i diclo ei ffansi hithau, ac mae'n bosib fod ei sgrechiadau pleser wedi eu clywed mor bell i ffwrdd â thŷ Jeff Parry!

Rywbryd wedi hanner nos, cysgodd dau gorff chwyslyd ym mreichiau ei gilydd, ac roeddynt wedi cael digon o garu mewn un noson i bara tair wythnos tra byddent yn Awstralia.

Cyrhaeddodd pedwar person lluddedig iawn Bangkok wedi taith hir ond pleserus. Roedd y plant wedi cysgu am y rhan fwyaf o'r nos, gan fwynhau'r prydau bwyd a'r dewis helaeth o ffilmiau a cherddoriaeth oedd ar yr awyren. Ond, er i Dic gael mwy na'i siâr o wisgi am ddim, fedrai o ddim peidio â phoeni am nifer o bethau a bigai ei gydwybod. Teimlai'n euog iddo adael Marie mewn ffasiwn gyflwr, a chwestiynai ei hun a fyddai Tina'n ddigon atebol i edrych ar ôl ei blant ar gyfandir dieithr.

Noson yn unig oedd ganddynt yn y gwesty moethus yn Bangkok. Byddai Dic a Tina wedi mwynhau mynd allan i weld bywyd a phobl liwgar y ddinas. Ond, gan fod y ddau fach ganddynt, byddai'n rhaid iddynt aros tan y tro nesa i weld ardal y golau coch a'i *lady boys*.

Wedi codi'n blygeiniol, roedd ganddynt ddigon o amser i gael gwibdaith sydyn o gwmpas y lle. Roedd Dic am i'w blant gael hynny o brofiadau ag y gallent. Byddai pobl yn llai tebygol o'i alw fo'n hunanol wedyn, a byddent yn sylweddoli fod tynnu'r ddau o'r ysgol am ychydig ddyddiau wedi bod o fudd addysgiadol iddynt!

Synnai pawb at y gwahanol gerfluniau euraidd a'r temlau Bwdhaidd oedd i'w gweld ymhob cwr o'r ddinas, ac roedd y prif balas, Wat Arun, yn olygfa ryfeddol. Siopa mewn cwch ar gamlas oedd un o uchafbwyntiau Tina. Doedd hi erioed wedi siopa mewn marchnad ar ddŵr o'r blaen, a phrynodd ambell ddilledyn sidan a bag llaw lledr er mwyn cofio'r achlysur. Yna, ar ôl blasu bwyd Thai mewn tŷ bwyta ar yr afon, daeth eu hymweliad byrhoedlog â'r ddinas i ben.

Wedi ffarwelio â'r sŵn a'r prysurdeb, roedd pawb yn falch o gael tawelwch i gysgu ar yr awyren a pharhau â'r daith. Hedfanodd yr amser, a daeth llais y capten i ddweud eu bod yn nesu am Sydney. Fedrai'r plant ddim aros i gael mynd allan i'r byd mawr oedd o'u blaenau, ac er mawr ryddhad i Dic, roedd ei gyfaill, Dr Thompson, yn aros amdanynt yn y maes awyr.

Cafodd y teulu groeso tywysogaidd ganddo, ac roedd wedi trefnu eu bod yn cael aros yn nhŷ ffrind tra'i fod allan o'r wlad ar fusnes. Ar ôl egluro hyn a'r llall am yr ardal, gadawodd Dr Thompson ei gar iddynt, fel y gallent fynd a dod fel y mynnent. Trefnodd y byddai'n cyfarfod Dic i fynd i'r ysbyty ymhen tridiau. Byddent wedi cael amser i ddod i adnabod ychydig o'r ddinas erbyn hynny. Wedi'r cyfan, prif amcan yr ymweliad oedd ffeindio gwaith i Dic – ac yna i Tina.

Er ei bod yn weddol hawdd diddanu'r plant, roedd yna adegau pan oedd Tina'n difaru dod rhwng gŵr a gwraig. Os oeddynt wedi blino, gallent fod yn biwis a diamynedd, ac ar yr adegau hynny, byddent yn gweiddi am eu mam. Dyna'n union ddigwyddodd ar drydydd diwrnod eu hymweliad. Roedd Dic wedi codi'n blygeiniol i fynd i gyfarfod Dr Thompson. Roedd am ddangos yr ysbyty iddo cyn y byddai'n cyfarfod y penaethiaid am gyfweliad yn hwyrach yn yr wythnos.

Penderfynodd Tina ddiddanu'r plant trwy fynd â nhw ar fws i'r sw. Er ei bod hi'n gwerthfawrogi'r daith drwy'r ddinas, roedd y plant yn anniddig ac yn gwrthod eistedd yn llonydd. Doeddynt fawr gwell yn y sw chwaith, ac roeddynt wedi cael digon ar yr anifeiliaid cyn iddynt fedru dweud 'dijeridŵ'. Er bod yr eirth coala a'r *wallabies* yn wahanol i anifeiliaid sw Caer, doedden nhw ddim wedi gadael argraff rhy dda ar y plant.

'Maen nhw'n dlewi,' meddai Marged, gan geisio dianc o olwg Tina bob munud.

'Maen nhw'n drrist yn styc yn fan hyn bob dydd,' ychwanegodd Gari.

'Mae'n lhy boeth yma,' ochneidiodd Marged ymhellach.

Fel dynes heb blant, wyddai Tina ddim yn iawn sut i drin y ddau. Doedd hi ddim eisiau bod yn hallt efo nhw neu byddent yn rebelio. Ond, roedd yn rhaid iddi ddangos pwy oedd y bòs a rhoi ychydig o reolaeth arnyn nhw. Wedi'r cyfan, eu diogelwch nhw oedd yn bwysig.

'Tyrd yn dy ôl, Marged,' gwaeddodd Tina wrth i honno redeg am un o'r caetsys. 'Mi fydd y cangarŵ 'cw'n siŵr o dy fyta di!'

'Dydi o ddim yn byta pobol,' meddai Gari gan ochri ei chwaer fach.

'Ond falle'i fod o'n byta PLANT!' Teimlai Tina fod Gari'n goc i gyd fel ei dad. 'Iawn, awn ni o'ma,' ebychodd ymhellach. 'Ryden ni wedi gweld pob dim o bwys. Gawn ni fws i'r traeth.'

Doedd gan y plant ddim dewis a doedd ganddyn nhw ddim picnic chwaith. Wedi cyrraedd traeth Bondi, gorfu i Tina brynu toesen a hufen iâ a diodydd meddal yr un i ginio iddynt. Ond teimlai nad ei lle hi oedd gwario ar blant rhywun arall, a phenderfynodd y byddai'n rhaid i Dic roi citi iddynt erbyn y tro nesaf!

Doedd y plant ddim yn mwynhau bod wrth y môr chwaith gan nad oedd ganddynt fwced a rhaw pwrpasol i wneud cestyll tywod. Ond, doedd Tina ddim am ildio i brynu'r rheiny er mor 'bôôôrd' y mynnai'r ddau ddweud yr oeddynt. Byddai Tina wedi hoffi ymlacio a thorheulo gan ddangos lliw haul ei llinell bicini i Dic. Ond fedrai hi ddim tynnu ei sylw oddi ar Gari a Marged gan fod pobl amheus yr olwg yn prowlan o gwmpas y lle.

Felly, ar ôl ysbaid o edrych ar ddynion melynwallt yn brigdonni'n ystwyth o don i don, roedd pawb, gan gynnwys Tina, wedi cael digon. Penderfynodd mai'r lle gorau i fynd oedd yn ôl i'r tŷ, ac erbyn iddynt ffeindio bws, roedd tri phâr o draed lluddedig iawn yn barod i ildio i ddisgyrchiant. Ond, er ei bod yn hwyr yn y dydd, doedd Dic ddim yno i gadw cwmni i'w blant fel yr oedd wedi addo.

'Isio Mam,' meddai Marged gan rwbio'i llygaid. Roedd heli'r môr yn gymysg â'i dagrau erbyn hyn.

'Mi ddaw Dad adre yn y munud,' ceisiodd Tina'i chysuro, gan edrych yn ymbilgar ar y cloc.

'Na! Dwi'm isio Dad. Dwi isio Mam ac mae Mam isio fi!'

'Mi geith Dad roi'r web-cam i redeg i chi siarad efo'ch mam pan ddaw o adre.'

'Falla bod Mam yn hospitol,' meddai Gari, gan gofio'n sydyn am y babi oedd ar fin cael ei eni.

'Felly, llonydd mae Mam isio,' ceisiodd Tina gadw'i thymer o dan reolaeth. 'Dowch, bytwch y brechdanau 'ma. Mae hi bron yn amser gwely.'

'Isio cwtsh!'

Roedd Marged yn rhedeg yn wyllt o un ystafell i'r llall erbyn hyn.

'Ty'd yma 'te, cariad bach,' meddai Tina gan geisio swnio'n gysurlon. 'Wedi blino wyt ti.'

'Dim cwtsh gan TI! Gan Mam!'

Naw o'r gloch y nos oedd hi pan ddychwelodd Dic, ac roedd y plant yn dal ar eu traed. Bu bron i Tina ddisgyn i'w freichiau a beichio crio gan gymaint ei blinder. Ond doedd hi ddim am ddangos iddo nad oedd yn ddigon cyfrifol i edrych ar ôl ei blant am ddiwrnod.

'Byth yn eich gwlâu?' holodd Dic ei anwyliaid wrth iddynt lynu wrtho a mynnu ei sylw. 'Be fuoch chi'n neud heddiw?'

'Bôôling,' meddai Marged yn bendant. 'Gweld anifeiliaid hyll yn sw!'

'A doedd ganddo ni ddim byd i chwarra arr y trraeth,' ychwanegodd Gari.

'Wel, chwarae teg i Anti Tina am fynd â chi yno tra bod Dad yn brysur. Be ydach chi'n deud wrth Anti Tina?'

'Dim Mam wyt ti!'

Marged oedd honna eto, ond anwybyddodd Tina hi gan fynd i'r gegin i estyn potel fawr o win coch. Gallai Dic forol am ei blant ei hun rŵan, meddyliodd.

Bu'n hanner awr dda cyn i Dic ddod i lawr y staer ar ôl iddynt glwydo, a doedden nhw ddim am iddo'u gadael. Roeddynt wedi gorflino ac yn mynnu ei fod yn adrodd stori ar ôl stori wrthynt. Hanesyn am fabi bach oedd y ddau eisiau ei chlywed heno, a sylweddolodd Dic fod babi Marie'n golygu mwy iddynt nag oedd o wedi ei sylweddoli. Wedi'r cyfan, byddai brawd neu chwaer fach gan y ddau yn fuan iawn.

'Diolch am dy ofal amdanyn nhw heddiw, Tins,' crafodd Dic din Tina wrth setlo i lawr am y noson. Wedi'r cwbl, byddai angen ei chydweithrediad am weddill ei amser yn Awstralia. 'Os gest ti amser anodd, ges i ddiwrnod cynhyrchiol iawn. Gweld yr ysbyty a'r ddarlithfa. Adran Orthopedig fawr! Lle neis 'fyd. Pobol glên. Dwi'n mynd yn ôl wythnos nesa i gael cyfweliad efo'r pennaeth. Swnio'n addawol. Wedyn, gawn ni ganolbwyntio ar swydd i ti efo'r papur. Iawn, Tins?'

Collodd Tina holl hunanganmoliaeth a seboni Dic, oherwydd roedd wedi syrthio i gysgu ar ei ysgwyddau. Gadawodd yntau hi felly tra'i fod yn yfed gweddillion y gwin.

Byddai'n rhaid iddo gael mwy o *Brownie points* yn fuan neu byddai'r drol yn sicr o droi. Roedd o hefyd angen mynd â'r plant i'r ysgol a awgrymwyd gan Dr Thompson i sicrhau y byddent yn setlo yno wedi'r ymfudo mawr. Ond, roedd o hefyd eisiau trefnu fod gwraig Dr Thompson yn mynd â Tina allan am ddiwrnod o siopa. Roedd hi angen dod i adnabod ychydig o wragedd yr ardal, meddyliodd Dic, a byddai ychydig o *retail therapy* yn ei galluogi i setlo i lawr yn well yn y ddinas.

A dweud y gwir, roedd y pedwar fforiwr angen chwythu dipyn o stêm, neu beryg y byddai un ohonynt yn chwythu ei blwc.

15. Dwbwl y Trwbwl

Fedrai Lyn ddim aros i gael mynd i aros at Gwenan unwaith eto. Ond, y tro hwn, roedd pwrpas pendant i'r daith i Geredigion. Ychydig ddyddiau ynghynt, roedd wedi cyffroi'n llwyr ar ôl derbyn gwahoddiad i fod yn forwyn ym mhriodas Lliwen. O'r diwedd, roedd pobl yn ei gymryd o ddifrif, meddyliodd, ac roedden nhw'n ei dderbyn am yr hyn oedd o. Roedd Lliwen yn ferch gyfryngol efo meddwl agored ac eangfrydig. Doedd ganddi ddim rhagfarnau am bobl 'wahanol' a dyna pam ei bod yn mynd i briodi dyn tywyll ei groen. Ond, chredodd Lyn erioed y byddai Lliwen a Gwyn yn ei ddewis *o* i fod yn forwyn efo Gwenan ar ddiwrnod pwysicaf eu bywydau!

'Wel, on'd ych chi'n fachan lwcus yn cael rhagor o esgus i siopa,' meddai Gwyneth Lewis wedi i Lyn gyrraedd ei chartref yn hwyr un nos Wener.

'Falch mod i'n plesio rhywun, cyw!' meddai Lyn, gan edrych yn annwyl ar Gwenan.

'Chi'n plesio ni i gyd, bach,' atebodd y gwesteiwr, cyn ffysian fel iâr o gwmpas ei chywion i wneud paned iddo.

Doedd Elfed Lewis ddim adre, a fentrodd Lyn ddim holi amdano. Roedd ganddo syniad go lew mai yn y dafarn yr oedd o. Ond, doedd y gadair wrth y tân ddim yn wag chwaith. Yno, yn cymryd ei le'n berffaith, roedd Wncwl Morys â Mot y ci wrth ei draed, â'r ddau'n amlwg yn mwynhau cwmnïaeth.

Roedd gwynegon Morys wedi gwaethygu'n arw'n ddiweddar, ac aeth cyflawni tasgau syml yn dipyn o fwrn arno. Oherwydd hyn, penderfynodd Mrs Lewis y byddai'n well iddo symud o Ros Helyg ati hi ac Elfed dros y gaeaf. Roedd ei dŷ'n damp, a gallai hithau wedyn fod wrth law i dendio arno tan y gwanwyn. Aeth hynny ddim i lawr yn dda iawn gan ei gŵr ac roedd cyflwr iechyd hwnnw'n dirywio'n sydyn hefyd.

Ar ôl sgwrsio am hyn a'r llall a swpera ar gawl cartref, noswyliodd Lyn a Gwenan gan fod ganddynt ddiwrnod prysur o'u blaenau. Roeddynt yn mynd i gyfarfod Lliwen i Abertawe, a hithau'n teithio o Gaerdydd ar hyd yr M4 yn ei MG lliw arian.

'Pa liw ti'n feddwl fydd ein gwisg ni 'te, *babes*?' holodd Lyn wrth gadw hyd braich i Gwenan yn y gwely.

'Sa' i'n gwybod,' atebodd hithau, yr un mor gyffrous ag yntau am eu dillad priodas. 'Rhywbeth llachar o nabod cymeriad lliwgar Lliwen, g'lei! Ond wedith hi ddim pa liw yw ei ffrog hi sbo.'

Wedi i'r tri gyfarfod am frecwast hwyr yn un o strydoedd cefn Abertawe, roedd llawer o waith o'u blaenau. Doedd yr un ohonynt yn hoff o chwilio am rywbeth penodol. Ond, roedd siopa am ddillad morynion priodas yn orchwyl dipyn gwahanol. Buont mewn dwy neu dair o siopau'r stryd fawr i ddechrau i weld beth oedd ar gael, ac i gymharu ffasiwn a phrisiau. Ond, doedd dim byd yn plesio Lliwen yno gan fod y dillad yn rhy ffrili neu'n edrych yn rhy gyffredin ac unffurf. Doedd ymateb rhai o'r siopwyr i'w chais am ddillad i ddwy forwyn ddim wedi mynd i lawr yn dda chwaith. Edrych i fyny ac i lawr yn sbeitlyd ar Lyn wnaeth y rhan fwyaf ohonynt, a doedd Lliwen ddim yn hoffi eu hagwedd. Penderfynodd y byddai'n well ganddi wneud y dillad ei hun na dioddef eu malais ystrydebol. Ond, fel roeddynt ar fin diffygio ac anobeithio i ffeindio rhywbeth addas, cofiodd Lliwen am siop ffasiynol, ond drud, oedd yn un o'r strydoedd cefn.

'Mae *boutique* bach neis lan man 'co,' meddai, gan annog Gwenan a Lyn i'w dilyn. 'Ma nhw 'm bach mwy retro yno rwy'n credu.'

Roedd gan y siopwr didwyll hwn fwy o amser iddynt na merched cyffredin y siopau mawrion. Cyflwynodd ei hun fel Justin Harris, ac arweiniodd y tri at soffa gyfforddus gan gynnig coffi iddynt. Anogodd ei gwsmeriaid i egluro beth oedd yr achlysur a'u gofynion, fel y gallai wedyn gynnig y cyngor gorau posib. Doedd Lliwen ddim eisiau sbwylio'r syrpreis trwy ddweud wrth Gwenan a Lyn beth oedd lliw ei ffrog hi. Ond, roedd wedi mynd â darn bach o'r defnydd fel enghraifft i'r siopwr. Roedd hwnnw'n amlwg wrth ei fodd efo'i dewis, a dangosodd ddau neu dri o lyfrau ffasiwn yn llawn o enghreifftiau iddi. Ond, roedd hi'n dipyn o sioc i'w chwaer fawr ddeall mai dillad duon oedd dewis Lliwen ar eu cyfer nhw!

'Du?' holodd Gwenan yn gegrwth. 'Mewn priodas?'

'Cŵl,' oedd ymateb ffafriol Lyn.

'Wel, mae e'r un lliw croen â Gwyn o'nd yw e?' cellweiriodd Lliwen.

'Ond, arwydd o farwolaeth yw du,' meddai Gwenan yn methu credu'r peth. 'Ac fe fydd e'n "clasho" 'da lliw croen Gwyn!'

'Does yr un rheol yn gweud na fedr rhywun wisgo du mewn priodas, o's e?' Er cymaint yr oedd Gwenan wedi cynghori ei chwaer fach ar hyd y blynyddoedd, doedd hi ddim yn gallu ateb ei chwestiwn syml y tro hwn. 'Dyna beth mae Gwyn a finne eisiau. Bydd e a'i was mewn gwyn, chi'ch dwy . . . dou mewn du, a finne mewn . . . wel, gewch chi weld ar y diwrnod!'

'Beth wedith Mami?' holodd Gwenan yn betrusgar.

'Beth wedith pobol eraill ti'n feddwl?' atebodd Lliwen, o wybod fod yr un tueddiad gan Gwenan ag oedd gan ei mam i boeni am glep pobl yr ardal. 'Mae'n bwysicach beth wedith Dadi – fe sy'n talu!'

Teimlai Gwenan mai gwell oedd ymatal rhag ymateb i'w sylw. Nid dyna'r lle na'r amser iddi hi a'i chwaer gael ffrae.

Roedd Justin yn cydweld efo Lliwen mai du oedd y lliw delfrydol iddynt, felly, doedd dim pwynt i Gwenan geisio'i darbwyllo fel arall. Ei phriodas hi oedd hi, a ddylai neb geisio amharu ar ei phenderfyniadau.

Erbyn iddynt orffen yr ail gwpaned o goffi, roedd Lliwen wedi edrych ar ddwsinau o ffrogiau a siwtiau yn y catalog. Cafodd lawer o awgrymiadau am steil ac ychwanegiadau trendi, ac awgrymodd Justin yn gynnil nad oedd pwynt cael dillad gwddw isel i ddangos *cleavage* Gwenan na Lyn!

'Ydi nhin i'n edrych yn fawr yn hon?' holodd Lyn pan geisiodd wthio i mewn i ffrog rhy dynn, a chwarddodd pawb lond eu boliau.

'Edrych yn fwy fflat na'r arfer mae fy nhop i, g'lei,' meddai Gwenan, gan deimlo ei bod yn ei darostwng ei hun wrth siarad mor agored am un o rannau mwyaf preifat ei chorff.

Erbyn diwedd y prynhawn, roedd Lyn wedi trio dros ddwsin o ffrogiau, ac roedd Gwenan wedi bod i mewn ac allan o nifer o wahanol siwtiau duon. Roeddynt wedi blino'n llwyr. Ond, y peth pwysicaf oedd bod Lliwen wedi dewis y dillad delfrydol i'w phlesio hi, ac aeth yn ei hôl i Gaerdydd yn hapus ei byd.

Dychwelyd i dŷ llawn gwenwyn wnaeth y ddwy forwyn, a chywilyddiodd Gwenan fod ei thad yn y fath gyflwr meddwol. Roedd o wedi cymryd lle'i frawd yn ei gadair o flaen y tân tra oedd hwnnw wedi mynd â'i gi am dro. Ond, roedd digon o densiwn yno iddynt fedru ei dorri â chyllell.

'Morus y gwynt a Gwyneth 'n y glaw . . .' dechreuodd Elfed Lewis barodïo'r hwiangerdd, er na wyddai ddim mwy o'r pennill gwreiddiol. 'Lyn! Shwd y'ch chi ers ache, ferch? Licech chi ddreifo Morris Minor fel Gwyneth 'ma. E? Mae'n cael reid yn hwnnw'n aml, g'lei!'

'Elfed! Chi'n garlibwns!'

Doedd dim pwynt i Gwyneth weiddi ar ei gŵr ac yntau'n y fath stad.

'Nawr 'te Lyn, bach,' aeth Elfed yn ei flaen. 'Yn lle'r y'ch *chi'n* siopa? Mynd i Morrisons mae Gwyneth chi'n gweld . . . Cael tamed bach yn fan 'ny'n aml . . .'

'Dad!' gwaeddodd Gwenan. 'Pidwch gneud ffŵl ohonoch chi'ch hun a'ch teulu!'

'Jiw, jiw. Gwenan fach,' meddai ei thad â'i fochau'n sgleinio gan wres y tân a'r cwrw. 'Mae wyneb y diawl arnot ti'n fy ngalw i'n deulu i TI! "Gadewch i blant bychain" . . . fynd yn ôl at eu tad biolegol! 'So ti'n gwybod dy Feibl a thithau'n pregethu'r efengyl?'

'Sa' i'n goddef rhagor o hyn,' dechreuodd Gwenan grio. 'Rwy'n mynd yn ôl i'r North gyda Lyn – am byth!'

'Cefnu ar dy gyfrifoldebau, Gwenan?' holodd ei thad gan ddechrau sobri.

'Mae tro siarp wedi mynd i'ch cwt chi'n

ddiweddar!' meddai Gwenan wrtho. 'Chi'n embaras llwyr.'

'Pwylla Gwenan fach,' ymbiliodd ei mam. 'Bydd dy dad . . . bydd e wedi sobri erbyn y bore.'

'Wel, fydda i ddim yma yn y bore i weld y wyrth 'nny,' atebodd hithau. 'Dere Lyn. Fedra i ddim aros noson yn hirach yn y Sodom a Gomora yma!'

'Gonorea?' holodd ei thad. 'Falle bod dy fam wedi dala hwnnw gan Morys hefyd!'

'Ewch i'ch gwely i sobri lan,' poerodd Gwyneth at ei gŵr. 'Rwy'n lwcus fod Morys 'da fi. O leia mae *e*'n sobor.'

'Dim ond gras sy'n mynd i ddala'r teulu 'ma 'da'i gilydd,' meddai Gwenan yn benisel wrth fynd i fyny i'r llofft i bacio.

'Digwyddiad os digwyddith hynny 'fyd!' sibrydodd Elfed o dan ei wynt cyn codi'n simpil a mynd am ei wely.

'Well i ni aros tan fory, *babes*,' ceisiodd Lyn resymu efo Gwenan yn y llofft. 'Bydd dy fam ac Wncwl Morys dy angen di heno os na fydd dy dad.'

Meddyliodd Gwenan am ei eiriau, ac roedd o'n iawn. Roedd hi wedi maddau i Lyn am ei brofiadau efo Craig yn y gorffennol, ac i'r hyn ddigwyddodd rhwng ei mam ac Wncwl Morys. Dylai hefyd geisio sylweddoli nad bai ei thad oedd yr affêr o gwbl. Amgylchiadau ar y pryd oedd y cyfan. Roedd ei mam yn unig tra bod ei 'thad' yn yr ysbyty, a throdd gofal cymdogol Morys, ei brawd yng nghyfraith, yn chwantau'r cnawd. Ond, gresynai Gwenan fod y cyfan bellach wedi troi'n ormod i'w thad ei ddioddef. Efallai y dylai Mam-gu fod wedi caead ei hen chops ar ei gwely angau, meddyliodd! Byddai pawb yn llawer hapusach pe na byddent wedi cael gwybod y gwirionedd. Cymorth arbenigol mae 'dad' moyn nawr, meddyliodd Gwenan ymhellach.

Yn y cyfamser, aeth ar ei gliniau o flaen y gwely gan ofyn am gymorth goruwchnaturiol. Caeodd ei llygaid a rhoddodd ei dwylo wrth ei gilydd i ddweud ei phader.

'Diolch i Dduw am Mami a Dadi,' dechreuodd. 'Diolch hefyd i Wncwl Morys a Mami am fy nghreu, neu byddwn i ddim wedi dod i'r byd i ddilyn Dy fab, Iesu Grist. Maddau iddynt eu pechodau, a gwared hwy rhag unrhyw ddrwg a gyfyd yn eu bywydau yn y dyfodol. Diolch hefyd am berson gonest fel Lyn sy'n glust i wrando ac yn graig ymhob tymestl. Yn oes oesoedd. Amen.'

Amennodd Lyn y cyfan wrth sefyll fel llo uwch ei phen. Doedd o ddim cweit yn gwerthfawrogi arwyddocâd ysbrydol ei geiriau chwaith!

'Tra bod ti wedi bod yn siarad efo ti dy hun . . . sori, *babes*, efo Duw, dwi wedi bod yn meddwl. Be am fynd â dy fam ac Wncwl Morys am swper heno? I anghofio am yr helyntion am noson o leiaf?'

'Mynd â Mami i dafarn? Mae'n ddigon bod Dadi yno rownd abowt!'

Ond, gyda doethineb syml Lyn yn ei meddwl, penderfynodd Gwenan aros y noson, a thra bod Elfed Lewis wedi cau ei hun allan o'r byd a'i bethau, credai ei ferch y dylai ei mam gael ychydig o sbarc yn ôl yn ei bywyd. A'r person mwyaf addas i ailgynnau fflam y gorffennol ynddi oedd ei thad ei hun, Wncwl Morys.

Doedd Gwenan erioed wedi bod yng nghwmni ei mam a'i thad biolegol ar eu pennau eu hunain o'r blaen. Ond, mwynhaodd y pedwar ohonynt eu prydau bwyd (a ymdebygent i fynyddoedd Epynt yn ôl eu helaethder), a theimlodd Gwenan fod cwlwm tynnach nag a feddyliodd erioed wedi amlygu ei hun rhwng ei mam a'i Hwncwl Morys.

*   *   *

Chwalu tail oedd gorchwyl y dydd i Tomi. Roedd y tywydd yn dal yn rhewllyd a'r gwanwyn yn hir yn cyrraedd. Ond, llonnai ei ysbryd gan fod y dydd yn ymestyn mor sydyn â cham ceiliog.

Er mai diwrnodau'n unig oedd ers i'w rieni symud i'r byngalo, roeddynt i'w gweld yn setlo i lawr yn iawn. Cofrestrwyd o'n 'Bryn Gwyn' ac roedd Mrs Davies yn falch ei bod wedi cael ei ffordd ei hun unwaith eto. Talodd Tomi'r bil am y peintio'n dawel er mwyn cael bywyd tawel, a doedd o ddim am achosi mwy o gynnen nag oedd raid efo'i wraig. Wedi'r cwbl, roeddynt wedi cael y tŷ ffarm iddyn nhw'u hunain o'r diwedd.

Roedd Ann wrth ei bodd efo'r gegin newydd ym Mhant Mawr. Fedrai hi ddim aros tan yr hows-warming. Roedd hi hefyd yn edrych ymlaen at gael defnyddio'r lolfa haul yng ngwres yr haf, er bod system wresogi o dan y teils yno drwy'r flwyddyn. Ond, er bod Ann yn fwy siriol na'r arfer, teimlai Tomi ei bod wedi mynd yn fwy difater am lawer o faterion yn ddiweddar.

'Ydi Dad yn iawn?' holodd Tomi hi pan ddaeth hi'n amser ei de ddeg ddefodol.

'Heb edrach,' atebodd Ann yn swta. 'Fysa ni wedi clywad tasa fo ddim. Tywydd yn oer?'

'Cyn oered â chditha,' atebodd.

Doedd Ann ddim yn mynd i ddechrau morol am ei thad yng nghyfraith wedi iddynt symud o'r ffarm. Roedd

218

hi'n hen bryd i Mrs Davies gymryd cyfrifoldeb am ei gŵr ei hun. Ddylai Tomi ddim rhedeg fel ci bach i'w rieni rownd y rîl chwaith, meddyliodd Ann. Wedi'r cyfan, roedd ganddo wraig ei hun i edrych ar ei hôl rŵan!

'Postman wedi cyrraedd,' nododd Ann. 'Gobeithio fod 'na rwbath i godi'n calonnau ni ganddo fo.'

'Tocyn o filia mae'n siŵr,' oedd ateb pesimistaidd Tomi. 'Dwi'n disgwyl anfonebau am y glo a'r olew, y ffîd a'r gwellt, heb sôn am fil yr adeiladwyr.'

'Fyswn i'n gallu talu ei hannar o taswn i'n dal i weithio'n yr ysbyty.'

Gwyddai Ann nad oedd pwynt iddi edliw ei bod wedi gorfod rhoi'r gorau i'w gwaith. Bu Tomi'n benderfynol ers iddynt ddechrau canlyn y byddai ei wraig o'n wraig ffarm llawn amser. Doedd bod yn dderbynnydd mewn ysbyty o ddim help iddo fo, er iddo dderbyn ei thâl diswyddo'n ddi-gŵyn.

'Hwrê!' gwaeddodd Ann wrth weld enw cwmni SUNNY HOLIDAYS ar un o'r amlenni.

Roedd llythyr yn cadarnhau derbyn blaendal y gwyliau wedi cyrraedd. Fedrai Ann ddim aros iddi hi a Tomi gael mynd i Bortiwgal i anghofio am y byd a'i bethau.

'Mi fyddwn ni'n dau'n haeddu brêc erbyn hynny, gwael,' meddai Ann wrth weld ymateb llugoer Tomi. 'Ti sydd ddim wedi arfar â mynd i ffwrdd. Fyddi di'n werth dy weld mewn Speedos bach *skimpy* ar un o ddraethau euraidd Môr Iwerydd!'

'Be arall sy'n y post?' holodd yntau'n ddifater er mwyn newid ei gweniaith.

'Y rybish arferol,' atebodd hithau, gan daflu'r cynigion am insiwrans a'r ceisiadau am bres at elusen i'r bin sbwriel.

Gorffennodd Tomi ei baned haeddiannol a chymrodd ysbaid i wrando ar y newyddion. Roedd yn ceisio'i orau i fod yn rhan o'r byd mawr y tu allan i'w fyd bach ei hun, ac roedd egwyl yng nghynhesrwydd ei gartref yn fendithiol.

Ond, fedrai Ann ddim aros iddo fynd yn ôl at ei orchwylion diddiwedd. Roedd hi wedi cuddio un amlen bwysig rhagddo, ac roedd hi eisiau ei hagor ar ei phen ei hun.

Bu efo'r meddyg teulu fwy nag unwaith yn ddiweddar, a hynny heb yn wybod i Tomi. Doedd hi ddim am wneud môr a mynydd o'r ffaith nad oedd yn teimlo'n iawn. Byddai ei gŵr yn dweud wrthi am dynnu ei hun at ei gilydd ac y byddai diwrnod caled o waith yn gwneud lles iddi. Ond, teimlai Ann yn flinedig, yn chwdlyd ac yn llawn.

Pan aeth at y meddyg, gofynnodd iddo a fyddai'n cael MOT trylwyr. Dwi'n talu digon o insiwrans i chi'r tacla, meddyliodd. Holodd y meddyg hi os oedd yna afiechydon amlwg yn rhedeg yn y teulu. Eglurodd Ann fod ei nain wedi cael codi ei bron, ond wnaeth yr aflwydd ddim amlygu ei hun yn neb arall. Dioddefodd ei thad efo'r clefyd melys tua diwedd ei ddyddiau, ond, roedd o dros ei bwysau a wnaeth o erioed orfod chwistrellu ei hun. Fedrai Ann ddim meddwl am afiechydon eraill oedd wedi effeithio'n uniongyrchol ar ei theulu, a pharhaodd y meddyg efo'i archwiliad. Wedi profi ei phwysedd gwaed, pigodd ei bys i gael gwaed i wneud prawf clefyd melys. Yna, tynnodd diwb ar ôl tiwb o hylif o'i braich, cyn gofyn iddi fynd i'r tŷ bach i roi sampl wrin.

Sut oedd dynas i fod i biso i diwb tenau heb wlychu ei llaw? holodd Ann ei hun wrth i'w hylif ddripian ar ei llawes. Ar ôl bustachu i'w sychu efo papur lle chwech, dychwelodd at y meddyg. Câi hwnnw ffeindio lle sych i roi ei henw arno!

Ei gyngor nesaf iddi oedd y dylai golli ychydig o bwysau a mynd am brofion pellach. Yn eu plith roedd ECG ar y galon, sgan uwchsain i'w habdomen a phelydr-x i'w brest.

Teimlai Ann yn rhyfedd iawn wrth gerdded i lawr coridorau Ysbyty'r Borth – lle a fu ychydig fisoedd yn ôl yn weithle iddi. Doedd hi ddim am fynd i weld ei chyn-gydweithwyr neu byddent yn amau pob dim. Yr unig un a welodd roedd hi'n ei adnabod oedd Bryn y Boncyn. Roedd hwnnw'n rhuthro o gwmpas y lle fel gafr ar daranau yn edrych yn hynod o welw ei hun. Diolchodd Ann nad oedd ganddo fo amser i siarad â hi a rhoddodd ddau a dau at ei gilydd gan wneud 'babi'. Rhaid fod Bryn wedi cael ei alw i weld ei fabi newydd!

Prysurodd Ann i agor yr amlen a ddaeth gan Dr Roberts. Roedd o am ei gweld ac yn awyddus iddi wneud apwyntiad yn ddiymdroi. Doedd hithau ddim am ddioddef mwy o ansicrwydd, felly cafodd le gwag i'w weld y prynhawn hwnnw.

Gwrandawodd Ann yn astud ar ei meddyg fel yr oedd yn mynd drwy ganlyniadau'r holl brofion.

Pwysedd gwaed = normal
Anaemia = normal
Diabetig = normal
ECG = normal
Pelydr-x y frest = normal
Gor-bwysau = ydych
Sgan Uwchsain Abdomen = arwyddion o
                               feichiogrwydd

Coc y gath, ebychodd Ann. FI yn feichiog? RŴAN? Wel, mewn naw mis . . . Be? Dim cansar oedd o? DYNA pam dwi'n teimlo fel rhech?

Doedd hi ddim wedi bargeinio bod yn fam am flynyddoedd, ac roedd ganddi hi a'i gŵr wyliau i'w fwynhau yn Portiwgal gynta! Beth fyddai Tomi'n ei ddweud bod rhyw fod dynol bach arall yn mynd i amharu ar ei ddiwrnod gwaith o? A hynny heb ymgynghori efo FO yn gyntaf! Argol, roedd Ann ei hun mewn sioc, heb sôn am Tomi! Ond, mwya roedd hi'n meddwl amdano, mwya roedd hi'n dod i arfer efo'r syniad.

'Bycinél!' oedd ymateb disgwyliedig Tomi. 'Ti'n siŵr?'

'Mor siŵr ag y gall sgan mewn ysbyty fod. Dwi wedi bod yn teimlo'n od uffernol yn ddiweddar.'

'Ti 'di bod yn actio'n od erioed,' meddai yntau heb fawr o gysur. 'Ac mi fuest ti efo'r doctor y tu ôl i nghefn i eto!'

'Tomi Davies!' Roedd Ann wedi cael digon ar ddiawlineb ei gŵr. 'Does 'na'm llawar ers pan oeddat ti'n mynnu mod i'n deud mai ein priodas NI a'n bywyd NI oedd pob dim. Wel, cofia di mai ein babi NI fydd hwn hefyd!'

'Alla nad y fi ydi'r tad!'

'Paid â siarad yn dwp!'

'Be am y troeon hynny pan fuest ti'n y rygbi?'

'Asu, mae 'na flwyddyn ers pan fues i'n yr Alban, felly mi fysa hwnnw braidd yn *over-due* yn bysa? A jest chydig o wythnosau sydd 'na ers gêm Iwerddon.'

'Yn hollol.'

'Nes i'm twtsiad neb yn fanno . . . Dydi gwragedd priod, parchus . . . hapus ddim yn gneud.'

'Dwi isio prawf DNA.'

'Paid â bod yn stiwpid. Mae genna ti fwy o ffydd yn dy wartheg nag yn dy wraig mae'n rhaid!'

'Dwi isio bod yn siŵr.'

'Wel, cer am brawf 'ta,' gwaeddodd Ann. 'Dw i wedi cael digonadd ohonyn nhw'n ddiweddar. Roedd 'na gymaint o ôl nodwyddau yn fy mraich i, fysa ti'n meddwl mai pincws o'n i!'

Gwyddai Ann na fyddai Tomi'n debygol o fynd i weld Dr Roberts na 'run meddyg arall am brawf DNA. Unwaith fyddai'r chwilen yn gadael ei ben, byddai'n gwirioni efo'r newyddion am y babi.

Doedd ei mam yng nghyfraith ddim mor hapus ag y dylai mam yng nghyfraith fod pan glywodd hi'r newyddion, a ffieiddiai Ann ei bod wedi priodi i mewn i deulu mor anghynnes.

'Babi? Ha! Dydi hi ddim yn gallu edrych ar ôl oen heb sôn am fabi,' clywodd Ann hi'n dweud wrth Tomi.

'Mi fydd yn etifedd i Bant Mawr,' oedd geiriau doeth a thawel Ned Davies. 'Ac mi fydd yr hogyn yn dad gwerth chweil.'

'Y llall sy'n fy mhoeni i,' ychwanegodd Gwyneth Davies. 'Roedd hi'n gwybod beth roedd hi'n ei neud wrth ein hel ni i'r twll byngalo 'ma!'

'Ti sy'n poeni y bydd Ann yn rhy brysur i edrych ar dy ôl di pan ei ditha'n fethedig,' atebodd Ned Davies, gan gau ceg ei wraig yn y fan a'r lle. Roedd o wedi hen arfer gwneud pethau drosto'i hun efo'i anabledd. Doedd hi ddim.

Y diwrnod wedyn, cafodd Ann ffôn arall gan y feddygfa. Roedd y meddyg am ei gweld ar unwaith. Dechreuodd hithau boeni, gan ofni ei fod wedi gwneud camgymeriad neu gael canlyniadau rhywun arall.

Aeth i mewn yn betrusgar i ystafell Dr Roberts. Roedd hwnnw'n gwenu, diolch byth. Eisteddodd Ann i lawr o'i flaen heb wybod yn iawn beth i'w ofyn iddo. Yna, derbyniodd newyddion syfrdanol arall a'i gwnaeth yn fwy cynhyrfus fyth am ei beichiogrwydd. Ond, bu bron i'w gŵr gael harten.

'Mwy o blydi efeilliaid?' Wrth i'r gwirionedd wawrio ar Tomi, wyddai o ddim a ddylai o chwerthin neu grio. Dwi wedi geni cannoedd o barau o ŵyn yn fy nydd, meddyliodd, ond ches i erioed ddim byd ond trwbl efo'r tacla. 'Falla mai fi ydi tad un ohonyn nhw,' cellweiriodd wrth Ann. 'Ond pwy ydi tad y llall?'

16. Newyddion Da neu Ddrwg?

Dim ond ychydig ddyddiau o ragbaratoi ei ddyfodol oedd gan Dic yn Sydney, a doedd pethau ddim yn mynd mor rhwydd ag y dymunai.

Roedd Tina ag yntau wedi gwirioni efo'r ddinas a'i thrigolion, ond aflonydd iawn oedd y plant. Roedd ganddynt gymaint o hiraeth am eu mam fel y buont yn sgwrsio â hi bob nos am yr wythnos gyntaf. Doedd Dic ddim yn siŵr a oedd siarad ar Skype yn syniad da ai peidio. Ond, erbyn yr ail wythnos, roedd Marie wedi mynd i deimlo'n rhy luddedig i ddal pen rheswm â nhw, ac erbyn y drydedd, doeddynt hwythau ddim yn siarad cymaint amdani hi.

Awgrymodd Dr Thompson ysgol breifat aml-ddiwylliannol i Gari a Marged. Roedd y Pennaeth, Mrs Anita Roxon, yn groesawgar iawn, ac roedd yn gyfarwydd ag anghenion pobl o wahanol gefndiroedd ethnig, Prydeinig a brodorol. Sicrhaodd Dic y byddai digon o gyfleoedd yno i ddatblygu sgiliau ei blant mewn gwahanol feysydd. Eglurodd y byddent yn cael cyfle gyda phob agwedd o gerddoriaeth, diwylliant a chwaraeon. Roedd nifer o all-bynciau'n cynnwys teithiau i'r Tŷ Opera, anturiaethau i'r gwylltiroedd ac addysg am y brodorion hefyd.

Ond, er i Gari a Marged wneud ffrindiau efo ambell blentyn yn ystod y cyfnod byr y buont yno, doedden nhw ddim i'w gweld yn setlo i lawr. Roedd y tymheredd yn 79 gradd Farenheit, ac roedd canolbwyntio yn y dosbarth yn anodd. Ar ben hynny, roedd eu diffyg ymwybyddiaeth o Saesneg yn anfantais fawr iddyn nhw fedru dilyn y gwersi – problem yr oedd Marie a Tina wedi ei rhag-weld.

Problem arall oedd Tina.

'Dwi wedi sylwi fod y plant yn glynu at eu tad,' meddai Mrs Roxon, y pennaeth craff. 'Unrhyw reswm am hynny?'

'Blinder,' oedd unig awgrym Tina.

'Fyddwch chi'ch dau'n gweithio pan fyddwch chi'n byw yma?' holodd ymhellach.

'Rydw i wedi cael swydd Darlithydd Orthopedig,' eglurodd Dic, cyn i Tina gael cyfle i roi ei throed ynddi. 'Mae Tina'n ohebydd llawn amser.'

Swnio'n dda, meddyliodd Tina.

'Efo pwy?' holodd y pennaeth amheus, gan edrych ar Tina am arweiniad.

'*Y Borth Journal . . . The House Journal . . . Papur Bro'r Borth . . . Y Cymro . . .*'

'. . . Diolch, Mrs Jones.'

'Miss Thomas . . .'

Roedd yr edrychiad yn llygaid Dic yn adrodd cyfrolau.

'Y *bitch* wirion!' harthiodd y tu allan i fariau'r ysgol. 'I be oeddat ti'n ei chywiro hi am dy gyfenw?'

'Well genna i fod yn onest na'i thwyllo hi,' meddai Tina'n ddiniwed, heb ddeall goblygiadau'r cyfaddefiad.

'Mi fydd yn siŵr o fynd yn ein herbyn ni, gei di weld.'

Treuliodd Dic ddiwrnod cyfan arall yn dod i adnabod staff ac awyrgylch yr ysgol feddygol. Roedd wrth ei fodd yno, ac roedd Pennaeth Unedig yr Adran Orthopedig yn hapus iawn efo'i CV a'i gyfweliad.

Ond, gwahanol iawn oedd Tina'n teimlo pan aeth

hi i gyfarfod swyddogion y *Sydney Tribune*. Teimlai fel pysgodyn aur mewn pwll o samons. Roedd degau o bobl yn gweithio yno. Buan y sylweddolodd nad oedd ganddi mo'r syniad lleiaf am y swydd yr ymgeisiodd amdani yn y lle cyntaf, sef Gohebydd Amaeth. Gan na wyddai ddim am wleidyddiaeth, selebs na rhaglenni teledu'r wlad, doedd ganddi fawr i'w gynnig i'r un adran arall chwaith.

'Mae'r swydd Gohebydd Amaeth wedi ei llenwi ers mis,' eglurodd golygydd yr adran honno. 'Oedd yr awyren yn hwyr yn glanio?'

Gadawodd Tina ystafell y golygydd a'i adael yntau heb ateb. Gadawodd y golygydd hithau'n tin droi heb wybod at bwy i droi nesaf.

Pan benderfynodd fynd yn syth i'r top, doedd gan brif olygydd y *Sydney Tribune* fawr o amser iddi chwaith. '*Deadline*,' oedd ei esgus amlwg, a gwyddai Tina'n iawn beth oedd hynny. Yna, tynnodd Tina'r DVD o'r cyfweliad wnaeth efo Dic, a'i roi ar ddesg Anthony Abbott.

'Gobeithio cewch chi gyfle i edrych arno,' meddai Tina. 'Mae'n rhoi fy nghefndir a'm profiadau i gyd. Mae hefyd yn cynnwys cyfweliad wnes i yn ystod un achos cymhleth a wnaeth gryn argraff ar ddarllenwyr y *Borth Journal*.'

'Diolch, Miss Thomas,' atebodd yntau wrth dderbyn y DVD. 'Os gawn ni gyfle i'w wylio, efallai y cysylltwn â chi.'

Teimlai Tina'n hapusach o fod wedi siarad â'r golygydd cyffredinol. Ond, oni bai am y derbynnydd a'i hebryngodd o gwmpas y gwahanol adrannau, wnaeth yr un aelod arall o'r staff ymdrech i'w chroesawu.

Y diwrnod canlynol, rhoddodd calon Tina dro pan ganodd ei gwdihŵ. Roedd gan Anthony Abbott ychydig o gwestiynau pellach iddi. Addawol, meddyliodd hithau.

'Dwi wedi edrych ar y tâp, Miss Thomas,' meddai gan biffian chwerthin. 'Difyr iawn. Mae gennych ddawn i blesio.'

Aeth meddwl Tina'n rhemp. Falle neith o gynnig job i mi'n syth, meddyliodd!

'Fel dwi'n egluro, dwi wedi gweithio fy ffordd i fyny ac wedi bod mewn sawl safle ar hyd y ffordd,' eglurodd hithau'n bwyllog er mwyn creu argraff dda arno. 'Mae genna i syniad o sut mae pethe'n gweithio ar y top ac ar y gwaelod.'

'Oedd yn well gennych chi reoli ar y top neu fod yn wasaidd ar y gwaelod, Miss Thomas?'

'Rhoddodd y ddau'r un pleser i mi yn eu tro,' atebodd.

'Fysech chi'n fodlon gweithio o fewn unrhyw adran o'r papur?' holodd ymhellach.

'Mae'n dibynnu ar y cynnig, Mr Abbott,' atebodd Tina.

'Na i feddwl am y peth,' meddai yntau, gan geisio cadw'i hun dan reolaeth y pen arall i'r ffôn. 'Peidiwch â chodi gobeithion na chestyll, Miss Thomas, ond parhewch i godi pob dim arall. *G'day*, Sheila.'

Dridiau cyn bod y tair wythnos ar ben, roedd Dic a Tina a'r plant wedi cael eu gwadd i BBQ yng nghartref Dr Thompson. Byddai gwledda efo'i deulu, cymdogion a chydweithwyr yn help iddynt setlo i lawr, ac roedd pawb wedi dechrau dod i adnabod ei gilydd yn barod. Er nad oedd Gari a Marged yn fodlon cymysgu efo'r plant eraill, roeddynt wrth eu boddau efo'r bwyd.

Llowciodd y ddau'r lluniaeth yn awchus heb gweit sylweddoli beth oedd ar y fwydlen. Bu bron iddynt chwydu pan ddywedwyd mai cig cangarŵ a chrocodeil oedd yn y brechdanau!

Fel roedd Dic yn mwynhau ei bumed can o XXXX crynodd ei ffôn poced. Doedd o ddim yn adnabod y rhif, ond fe'i hatebodd rhag ofn mai rhywun o'r ysbyty oedd yno. Er nad oedd y llinell yn glir iawn, deallodd ar unwaith pwy oedd y galwr, ac roedd o'n beichio wylo.

'. . . Marie yn yr hospitol . . . wedi marw ers tro medden nhw . . .'

'Bryn!' gwaeddodd Dic i lawr y lein. 'Dwi'm yn dallt ti'n iawn. Lein ddrwg. Ydi Marie wedi . . . marw?'

Closiodd Tina at Dic pan glywodd enw'r Ddraig, a llamodd ei chalon i'w gwddw wrth hanner glywed y newyddion. Marie wedi marw? Beth fyddai canlyniad hynny? Plant amddifad? Gŵr gweddw? Hi a Dic yn cael cystodaeth o'r plant yn ddidrafferth? Wfftiodd ati hi ei hun yn meddwl ffasiwn beth.

'. . . pwysedd gwaed ers tro . . .,' parhaodd Bryn i geisio egluro ar yr ochr arall. 'Ddaru nhw drio pob dim medde nhw . . . ond yn rhy hwyr . . .'

'Ydi ei rhieni wedi cael gwybod?' holodd Dic yn hynod o bryderus erbyn hyn.

'. . . efo hi rŵan, ac mae'n holi amdanat ti a'r plant.'

'Bryn! Pwy sy'n holi amdana i a'r plant? Mam Marie?'

'Nage . . . Mae Marie'n crio . . . isio gweld ei theulu . . .'

'Bryn . . . ai'r babi sydd wedi marw?'

'Ie . . . oedd hi wedi colli lot o ddŵr . . . wedi marw yn y groth . . .'

Ar hynny, aeth y llinell yn farw hefyd.

Diolch byth, meddyliodd Dic. Er nad oedd wedi dod ymlaen efo'r Ddraig ers blynyddoedd bellach, doedd o ddim isio iddi farw ag yntau mor bell o adre chwaith! Roedd ganddo gonsýrn amdani fel mam i'w blant o hyd, a bu'n wraig onest a didwyll o'r dechrau.

Erbyn y bore, roedd Tina ag yntau wedi cael cyfle i ddygymod â'r newyddion trist. Ond amheus iawn oedd Tina o gymhelliad Marie.

'Betia i di mai cenfigen ydi hyn i gyd,' meddai Tina. 'Trio gneud i ti fynd yn ôl ati hi er mwyn difetha'n bywyd ni.'

'Paid â rwdlian,' atebodd Dic, gan wybod mai Tina ei hun oedd yn genfigennus y tro hwn. 'Roedd Bryn yn swnio mewn dipyn o stad. Roedd hi bron yn bechod genna i drosto fo!'

Beth bynnag oedd barn Dic am yr hyn wnaeth Bryn adeg llawdriniaeth ei fam, wnaeth o erioed ddeisyfu y byddai plentyn y Boncyn yn marw – hyd yn oed babi ei wraig ei hun. Doedd Tina ddim yn meddwl y dylai Dic ruthro'n ôl i Gymru at ei Ddraig chwaith. Wedi'r cyfan, babi rhywun arall oedd hi wedi ei golli!

'Mae'n dal yn wraig i mi, Tina,' ceisiodd Dic resymu â hi, gan deimlo y dylai fod yn gefn iddi ar yr adeg anodd hwn. 'Mae hi angan y plant os nad ydi hi f'angan i. Y peth lleiaf fedrwn ni i gyd ei wneud ydi mynd yn ôl deuddydd yn gynt.'

Er bod Tina'n anhapus efo'r trefniant, daeth i'r casgliad nad oedd dim arall ar ôl i'w gyflawni yn Sydney beth bynnag. Roeddynt wedi cyfarfod pawb o bwys yng ngweithle Dic a swyddfa'r *Sydney Tribune*. Roedd Dr Thompson wedi bod yn allweddol i'w hymweliad, ac roedd yr ysgol a'r ardal yn plesio'r plant a hwythau fel ei gilydd. Ond, petai Tina'n cyfaddef, roedd Gari a Marged wedi dechrau mynd yn drech na hi, a theimlodd ei bod yn hen bryd iddynt fynd yn ôl at eu mam!

Pan ddywedwyd fod awyren yn mynd yn ôl ddiwedd y prynhawn hwnnw, roedd pawb yn ddigon balch o gael esgus i bacio'n gynt. Ond, doedd gan Dic na Tina ddim calon i ddweud wrth Gari a Marged fod eu brawd neu eu chwaer fach wedi marw. Doedd o a wnelo dim â nhw.

Tra oedd Tina a'r plant yn cael noson dda o gwsg ar yr awyren, roedd Dic mewn cyfyng-gyngor. Beth oedd gwir fwriad Marie? Beth oedd ei ddyfodol o fel llawfeddyg neu ddarlithydd yn Awstralia? Oedd o wir eisiau ysgariad? Ble fyddai'r plant ymhen deng mlynedd? Beth fyddai diwedd perthynas Bryn a Marie? A beth fyddai tynged un Tina a fo?

Wedi iddo yntau gipio awr neu ddwy o gwsg, teimlai Dic yn llawer mwy ffyddiog wrth lanio ym Manceinion. Atgoffodd ei hun y byddai'r pedwar ohonynt yn dychwelyd i Sydney'n fuan. Byddai gwaith iddo fo yn yr ysbyty ac roedd y plant yn ymddangos yn ddigon bodlon. Mater bach iawn fyddai i Tina aros am waith addas iddi hithau. Felly roedd y daith wedi bod yn un berffaith, meddyliodd.

Roedd Marie wedi mynd 'adre' o'r ysbyty pan gyrhaeddodd y teulu bach y Borth. Ond, nid efo Bryn i'r Boncyn yr aeth hi. Yn hytrach, cafodd oriadau gan Dyddgu i ddychwelyd i'w chartref ei hun yn Llys Meddyg.

Diolchodd Dic iddo fynd â Tina adre i Dŷ Clyd y noson honno, oherwydd roedd yn sioc amhleserus iddo yntau pan aeth drwy ddrws ei gartref. Ond, roedd y plant wedi gwirioni gweld eu mam yn y cnawd unwaith eto.

'Mam! Mam! Ni adrre Mam!'

'Ni wedi colli ti Mami!'

Doedd dim taw ar gynnwrf Gari a Marged. Er eu blinder, roeddynt fel dwy slywen o gwmpas y lle. Ond, gorwedd yn llegach ar y soffa wnâi Marie, ac roedd ei phoenau mor ddirdynnol fel na fedrai godi i'w cofleidio.

'Pam ti mol dlist, Mam?' Marged oedd wedi sylwi ar anhwylder ei mam.

'Ti ddim yn falch ni 'nôl?' Gari oedd yn ategu ei gonsyrn yntau.

'Wyt ti'n sâl, Mam?'

'Ydi'rr babi'n dal yn dy fol di?

'Fydda i'n well fory,' meddai Marie, er mwyn rhoi ychydig o gysur i'r ddau fach afradlon. Roedd hi'n rhy fuan eto i ateb eu cwestiynau. 'Ga i glywed hanes Sydney i gyd yr adeg hynny.'

'Rŵan, be am i ni'n tri gael swpar, bath a gwely cynnar?' meddai Dic er mwyn tynnu eu sylw oddi ar eu mam. 'Mae'r daith wedi bod yn hir.'

Er i'r plant fynd i'w gwlâu'n syth, arhosodd Dic ar ei draed i wrando ar gri ei wraig. Roedd ei stori mor ddolefus fel y gafaelodd yn dynn amdani gan fwytho ei gwallt i'w chysuro. Wrth wneud, daeth rhyw deimlad o sicrwydd a hen gariad ers talwm yn ôl iddo. Ond, dim ond am eiliad. Pan ddechreuodd Marie glosio a mynd yn fwy personol, gorfu iddo esgusodi ei hun gan ei fod yn ofni ei deimladau ei hun.

'Doedd Bryn yn golygu dim i fi, Dic,' dechreuodd y Ddraig ar ei thruth emosiynol.

'Dio ddim ots am hynny rŵan,' meddai yntau. 'Gorffwys wyt ti angan.'

'Ti dwi angan. Ti dwi'n dal yn ei garu. Falle bod colli'r babi wedi bod yn fendith.'

'Paid â siarad felna, Marie,' meddai Dic ychydig yn rhy fygythiol. 'Ti mewn gwendid, ac rydw inna wedi blino.'

'Ga i gysgu efo ti – jest am heno?'

'Ti'n gwybod na fysa hynny'n beth call. Mae genna ti ddiwrnod anodd o dy flaen fory . . .'

Roedd Bryn wedi gwneud trefniadau claddu'r babi bach i gyd ei hun. Fyddai cynnal gwasanaeth mewn capel fel Tabor ddim wedi bod yn weddus â hwythau'n claddu plentyn y tu allan i briodas. Felly, gofynnodd i Gwenan gynnal gwasanaeth syml a phreifat yn y Boncyn. Ond, roedd wedi gwahodd nifer o'i ffrindiau yno, a gwnaeth Mrs Griffiths luniaeth i bawb.

'Nathon ni rag-weld angladd wrth brynu'r gôt ddu 'na yn Blackpool,' meddai ei fam, gan atgoffa Bryn mai ar gyfer bedyddio'r babi y bwriadwyd honno'n wreiddiol.

Ymhlith y galarwyr, daeth Ann a Tomi, Harri Cae Pella, Tina a Catrin i dalu gwrogaeth iddo. Gorfu i Ann a Tomi gadw'n dawel am eu newyddion nhw. Nid dyma'r lle na'r amser i gyhoeddi eu bod yn mynd i gael efeilliaid.

Yn sefyll y tu ôl i Marie, gan afael yn dynn yn nwylo'i phlant, roedd Dic. Gwnaeth hynny i Tina deimlo'n hynod o genfigennus a rhwystredig. Ond llwyddodd i atal ei hun rhag dangos unrhyw emosiwn ac atgasedd, a gwyddai ym mêr ei hesgyrn ei bod yn ddyletswydd ar Dic i fod yno. Roedd yntau am gyflwyno marwolaeth i'w blant yn gynnar. Wedi'r cwbl, roedd Gari a Marged yn chwaer a brawd mawr i 'Richard Bryn'.

Safodd pawb yn gylch o gwmpas yr arch fach wen, a cheisient atal y dagrau rhag llifo wrth dystio i olygfa mor drist.

'. . . "Gadewch i blant bychain ddyfod ataf i," meddai'r Iesu, ac ategir hynny yn yr emyn swynol "Hoff yw'r Iesu o blant bychain, llawn o gariad ydyw Ef." Felly, trosglwyddwn gorff bychan Richard Bryn i ofal tyner ein Harglwydd. Bydded iddo warchod ei enaid yn dragwyddol . . . hyd y cyferfydd ei rieni ag ef ryw ddydd ar ben y daith. Amen.'

Roedd hi'n ddiwedd ar daith Bryn a Marie'n barod, meddyliodd yntau. Gyda diflaniad bywyd ei blentyn bach, diflannodd ei gariad tuag at Marie hefyd. Roedd hynny'n gwneud dau ohonynt, oherwydd ni charodd Marie Bryn erioed fel y carodd ei gŵr ei hun. Roedd wedi enwi ei phlentyn ar ei ôl hyd yn oed.

Wrth i bawb gydymdeimlo â nhw, ychydig a wyddent fod mwy na chorff plentyn bach wedi ei gladdu'r diwrnod hwnnw. Efallai fod marwolaeth y babi wedi bod yn fywyd newydd i'w fam a'i dad, a rhoddodd Catrin goflaid gydymdeimladol a mynwesol iawn i Bryn wrth adael.

*　　　*　　　*

Roedd Ann wedi anfon gwahoddiadau i'r hows-warming cyn gwybod ei bod yn feichiog. Doedd hi ddim am ei ganslo, oherwydd fyddai ganddi ddim amser iddi hi ei hun nac i'w ffrindiau wedi i'r efeilliaid gyrraedd.

Pan aeth Ann i Fryn Gwyn i hysbysu Ned a Nansi Davies am y parti (o ran dyletswydd ac ychydig o barch), anwybyddodd ymateb ei mam yng nghyfraith. Roedd honno'n wfftio fod yr achlysur yn digwydd o gwbl, heb sôn eu bod am gynnal cyfeddach o'r fath yn ei hen gartref hi, ac ar stepen drws ei chartref newydd!

'Parti ym Mhant Mawr wir,' harthiodd y surbwch. 'Fuodd yna erioed feddwi yno!'

'Dim digon o ffrindiau i gynnal parti mae'n siŵr,' brathodd Ann.

'Be fydd i'w fyta yn y parti – cawl?' holodd Mrs Davies. 'Be arall 'dach chi'n ddisgwyl gan ffrindiau o dŷ potas. Dydi o ddim yn ddechrau da i 'run plentyn.'

'Plant . . .,' cywirodd Ann hi.

'. . . 'Dach chi'n gwbod be dwi'n feddwl.'

'A meddwl bo'ch chi'n gwbod ydach chitha! Gyda llaw, sut ydach chi'n setlo?'

'Mae o'n fyngalo efo lot o ofod, ond doeddwn i ddim wedi bargeinio gweld y gofod drwy'r to chwaith!'

Ar hynny, trodd Ann ar ei sawdl a mynd o'r byngalo i barhau efo'r paratoadau.

Erbyn canol y pnawn, roedd bwrdd cegin Pant Mawr yn werth ei weld. Roedd yno bysgod a phasteiod, saladau a sawsiau, llu o bwdinau a digonedd o gwrw.

I ddangos ei ddiolchgarwch iddi, gorffennodd Tomi fwydo a charthu'n gynt na'r arfer y diwrnod hwnnw er mwyn ei helpu. Gwerthfawrogai ymdrech Ann yn fawr, oherwydd, hebddi, fyddai ganddo ddim bywyd y tu allan i fuarth y ffarm o gwbl. Doedd ganddo fawr o ffrindiau ei hun oni bai am Boncyn a Harri, a doedd yr un o'r rheiny'n mentro draw am sgwrs i'r ffarm. Ofni ei fod yn rhy brysur, mae'n debyg. Felly, o dan yr wyneb caled, dideimlad, roedd Tomi'n falch fod Ann yn rhoi pwrpas i fyw iddo, a gresynai nad oedd yn gallu mynd efo hi ar y gwyliau hirddisgwyliedig i Bortiwgal.

'Ti'n haeddu bath cynnas i ymlacio cyn i pawb gyrraedd,' meddai Tomi wrth Ann.

Roedd o'n horni.

'Ti'n cynnig ymuno efo fi, Tomi Davies?'

Roedd hithau hefyd.

Am bedwar o'r gloch, rhoddodd Ann ei thraed i fyny – yn y bath. Roedd hi'n llond ei chroen ar y gorau, ond, efo arwyddion o feichiogrwydd o gylch ei gwasg a'i bronnau, roedd angen llai o ddŵr i lenwi'r bath y tro hwn! Eisteddodd Tomi â'i gefn at y tapiau yn fodlon ar yr olygfa.

'Lwmp bach yn dechrau dangos,' cyfeiriodd at ei bol.

'Lwmp mawr genna tithau 'fyd, gwael,' meddai hithau, gan weld rhywbeth hir, sgleiniog yn ymwthio i'r wyneb heibio i'r swigod.

'Ydi'n saff â thithau yn y fath gyflwr?' holodd Tomi, rhag ofn na fyddai'n cael jwmp arall am dros chwe mis.

'Hollol saff o'r tu ôl,' meddai hithau, heb wybod yn iawn a oedd ei ffeithiau'n gywir ai peidio.

Roedd Boncyn o bawb wedi dweud wrth Tomi fod ffwcio merch feichiog o'r tu ôl, nid yn unig yn ddiogel, ond yn fwy pleserus i ferch hefyd.

Trodd Ann ar ei gliniau â'i chefn yn wynebu ei gŵr. Roedd hynny'n arwydd pendant ei bod yn rhoi rhwydd hynt iddo gymryd mantais arni, meddyliodd yntau.

Ynghanol ei nwyd, gafaelodd Tomi mewn potel shampŵ gyfagos, a rhwbiodd ychydig o sebon ar ei blaen. Fedrai Ann ddim gweld beth oedd yn digwydd, ac wedi i Tomi fyseddu heibio llond llaw o gnwd, daeth o hyd i'w thrysor. Gwthiodd y botel yn araf i'w chont gan ei symud yn ôl a blaen rhag ofn iddo'i brifo'n ormodol. Gan na sylwodd hithau ar ei weithred, mentrodd ei gwthio ychydig yn uwch.

'Asu, Tomi Davies . . . ti'n galad!'

'Dwyt ti ddim yn mynd yn sôr yn y dŵr nagwt?' holodd Tomi rhag ofn iddo rwygo'i chroen ac i chwarae droi'n chwerw cyn iddo gael ei damed.

'Poeni dim am hynny pan mae polyn fel honna yna i,' meddai hithau.

Cododd ei siarad budur yr awydd rhyfeddaf ar Tomi, a thynnodd y botel allan gan blannu ei goc ynddi yn ei lle. Er mor gyfyng oedd y bath, llwyddodd i falansio'i hun ar ei gwrcwd yn weddol ddidrafferth.

'Asu, be sydd genna ti rŵan?' holodd Ann yn siomedig. 'Sbynj?'

'Ha, bycin ha,' meddai Tomi gan gyflymu ei symudiad nes oedd y dŵr yn tasgu dros ochor y bath.

'*Rock on*, Tomi,' gwaeddodd hithau wrth iddi riddfan mewn pleser.

Sylwodd Tomi ddim fod Ann wedi dŵad ynghanol dŵr y bath, ac wedi iddo yntau bwnio'n egnïol gan udo a nadu bob yn ail, ei dro yntau oedd cyrraedd uchafbwynt. Gallai fod wedi dŵad y tu mewn iddi heb boeni am y canlyniadau'r tro hwn. Ond, yn hytrach, penderfynodd sefyll ar ei draed simsan a dŵad ar hyd ei chefn a'i gwallt.

'Ti'n arfar iwsio *conditioner* d'wad?' holodd cyn rhoi sws sydyn yn ddiolch iddi am gael dadlwytho'i bwn.

Yna, neidiodd y ddau i'w dillad gorau yn barod i gyfarch eu gwesteion. Catrin oedd y gyntaf i landio a chynnig help llaw. Roedd hynny hanner awr union wedi'r *splish-splash*.

'Golwg wedi hario arnat ti, Ann,' meddai'r ffrind craff. 'Sgin ti wres, d'wad?'

'Mae 'na reswm da am hynny,' meddai Ann gan wincio arni. 'Dduda i nes ymlaen.'

Dechreuodd pawb arall gyrraedd tua chwech, ac roeddynt mor falch o weld ei gilydd unwaith eto. Doedd Ann ddim wedi cael llawer o amser i ddychwelyd i'r Borth ers gadael yr ysbyty, felly, braf oedd dal i fyny efo hynt a helynt ei ffrindiau. Wrth i bawb gael cyfle i fynd ar ei focs sebon i ddweud pwt amdano'i hun, sylweddolodd pawb eu bod i gyd y tu hwnt o brysur yn eu gwaith a'u bywyd personol, a bod pawb yn dynesu at y canol oed heb iddynt sylwi!

- Cyhoeddodd Gwenan a Lyn eu bod wedi eu dewis yn forynion ym mhriodas Lliwen;
- Ategodd Lyn hynny gan ddweud fod Gwenan am symud i fyw ato fo;
- Eglurodd Tina iddi fwynhau ei hun yn Awstralia, ac roedd yn dychwelyd yno efo Dic a'i blant yn fuan (roedd o'n gwarchod y plant heno er mwyn i Dyddgu gael mynd allan);
- Llygadodd Bryn y Boncyn Catrin a lygadodd Bryn y Boncyn, a chynigiodd Ann y tocynnau gwyliau iddyn nhw'u dau;
- Roedd Harri Cae Pella'n dal yn yr un rhigol;
- Darllenodd Andrew am y parti ar Facebook a glaniodd yno efo'i Sat Nav a Dyddgu (roedd wedi mynd i Lys Meddyg i chwilio am Tina'n wreiddiol);
- Cyhoeddodd Ann a Tomi eu bod yn mynd i gael efeilliaid.

17. Y Lle ar y We

Adre'n pori'r papurau a'r we yr oedd Tina tra bod Dic wrthi'n sortio'i ddyfodol yn yr ysbyty. Roedd o eisoes wedi rhoi ei enw i lawr fel un oedd yn barod i ymddiswyddo, a chafodd ar ddeall mai dau fis arall o waith gyda thâl oedd ganddo. Roedd llwyth o wyliau ganddo i'w cymryd, a byddai swm bach del fel tâl diswyddo'n dod yn syth wedyn. Gwych, meddai Dic wrtho'i hun a'i gyfrif banc. Mi ddaw'n handi jest cyn yr ymfudo!

Ers colli ei swydd efo'r *House Journal*, teimlai Tina hithau'n fethiant ac yn ddi-les, a dderbyniodd hi 'run geiniog am gael ei diarddel ar gam. Doedd hi erioed wedi bod yn ddi-waith o'r blaen chwaith, a doedd dibynnu ar fudd-daliadau ddim wedi bod yn rhan o'i natur na'i ffordd o fyw. Roedd yn anodd iddi ddarganfod swydd o'r un statws ag oedd ganddi cynt mewn ardal mor wledig â'r Borth, a chyda'r wasgfa ariannol gyffredinol yn effeithio ar gymaint o bobl, byddai'n amhosib dod o hyd i unrhyw fath o waith yn unrhyw le.

Dim ond gweithio fel gohebydd papur newydd a chyflwynydd ar radio cymunedol wnaeth Tina erioed. Doedd ganddi ddim profiad i'w gynnig mewn meysydd eraill fel manwerthu, iechyd neu addysg. Ond, gan fod ganddi ychydig o dan chwe mis cyn mynd o'r wlad, byddai'n rhaid iddi dderbyn unrhyw swydd a ddeuai i'w rhan.

Wrth ddarllen Colofn Gwaith yn y papur a fu gynt yn ei chyflogi hi, tarodd ar swydd ran-amser a fyddai'n ei siwtio i'r dim. Doedd y cyflog ddim yn uchel, na'r oriau'n hirion. Ond, gyda'r holl drefniadau a'r paratoadau fyddai angen eu gwneud ar gyfer yr ymfudo, byddai'r swydd yn berffaith at ei dibenion hi.

Cododd Tina'r ffôn gan ymholi ymhellach am y swydd Darllenydd Newyddion ar Radio FM y Borth. Un o'r derbynyddion atebodd, ac roedd hi'n braf cael sgwrs gall ac aeddfed, meddyliodd Tina. Oedd, roedd ganddi brofiad ym myd newyddion, eglurodd wrthi – roedd papur y *Borth Journal* wedi bod yn fagwrfa dda i hynny. Ac oedd, roedd ganddi brofiad o radio, meddai ymhellach – bu'n gyflwynydd ar Radio Ysbyty'r Borth am amser hir, ac roedd ganddi lais darlledu perffaith yn ôl ei chyn-gyflogwyr.

Roedd y gor-ganmol wedi gweithio! Trefnwyd ei bod yn mynd am gyfweliad at y penaethiaid mor fuan â phosib, gan nad oedd neb profiadol ganddynt i ddarllen y newyddion ar y funud.

Wedi holi a stilio a dweud ychydig o gelwydd golau, gorchmynnodd Miss Jenkins i Tina fynd i'r stiwdio. Eisteddodd yn ddigon cartrefol o flaen y meicroffon, a rhoddwyd prawf iddi i ddarllen bwletin dychmygol yn y fan a'r lle. Dim ond cip ar y darn papur gafodd Tina i'w fras ddarllen – felly roedd hi mewn realiti, eglurodd Miss Jenkins. Diolchodd Tina nad oedd y golau coch ymlaen go iawn, gan iddi faglu ei ffordd drwy enwau swyddogion mwyaf blaenllaw'r byd. Credai ei bod wedi gwneud ffŵl llwyr o'r cyfweliad.

'A dyma'r bwletin Ewropeaidd . . . Ymwelodd Prif Weinidog yr Eidal – Silvio Berlusconi – â Chaerdydd heddiw . . . Eglurodd Gweinidog Amaeth Awstria – Nikolaus Berlakovich – ei fod yn poeni am y tafod glas . . . Cyhoeddodd Gweinidog Addysg Lithwania –

Gintaras Steponavicius – ei gynlluniau ar gyfer y tymor nesaf . . . Dywedodd Gweinidog Amddiffyn Groeg – Evangelos-Vassilios Meimarakis – ei fod yn bryderus . . .'

Roedd Tina'n fwy pryderus na'r blydi lot! Ond, doedd dim angen iddi boeni. Doedd swyddogion y cwmni radio masnachol ddim yn gallu ynganu Llanfechell eu hunain! Wel, dydi Jonsi ddim chwaith, cysurodd Tina'i hun, ac mi gafodd O job yn gyflwynydd radio! O fewn deuddydd, clywodd Tina iddi hithau brofi ei hun yn ddigon da. Derbyniodd gytundeb tymor byr i fod yn ohebydd a phrif ddarllenydd newyddion Radio FM y Borth.

Pan ddaeth Dic i aros ati'r penwythnos wedyn, roedd yntau'n gorfoleddu am ei llwyddiant.

'Mi fydd yn brofiad ychwanegol ar dy CV di pan awn ni nôl i Sydney,' meddai wrthi.

Pan aeth Tina ar ei Facebook i gyhoeddi'r newyddion i'w ffrindiau, cofiodd yn sydyn ei bod angen i Dic lawrlwytho'r camcorder. Gallai olygu'r tapiau ohonynt yn Sydney wedyn, a byddai pawb yn gallu darllen am eu hynt a'u helynt ar ei Blogiadur.

Bu Dic yn ddiwyd efo'r gwifrau a'r teclynnau, a diolchodd Tina fod ganddi ddyn atebol oedd yn deall technoleg gystal (os nad gwell) ag oedd o'n deall ei ferched!

Gadawodd lonydd iddo barhau â'i waith mewn heddwch, ac aeth i wneud gwaith tŷ fel golchi dillad a hwylio'r cinio. Ymhen ychydig, sylwodd Tina fod Dic wedi mynd yn dawel, a rhoddodd ei phen drwy ddrws y lolfa. Dyna lle roedd o'n canolbwyntio'n arw ar sgrin y cyfrifiadur.

'Wedi gorffen?' holodd Tina'n gynnil.

'Pwy ydi'r "Andrew" 'ma sydd isio bod yn "ffrind" i ti?' Cochodd Tina, a dychwelodd i'r gegin efo'i chalon yn cyflymu. 'Neu tybed ydi o'n "ffrind" yn barod?'

Gorfu i Tina egluro'r cyfan wrth Dic. Doedd o ddim wedi sylweddoli mai ei hen gariad hi ddaeth i'r parti i Dŷ Clyd yn hwyr un noson. Ac yn sicr, doedd o ddim wedi deall mai ato fo roedd hi'n mynd ar ôl y swper wnaeth Dic iddi hi a'r plant! Poeni ei bod yn unig, o ddiawl, meddyliodd Dic.

'Does ryfadd bod ti ddim yn rhy cin ar symud i fyw o'r Borth 'ma,' meddai Dic gan bwdu.

Ond, roedd o'n hogyn mawr rŵan, a doedd hogia mawr ddim i fod yn genfigennus nag i ddangos eu teimladau. Fedrai o ddim peidio oherwydd roedd o wedi cael ei siomi! Cronnodd ei lygaid efo'r dagrau mwyaf hallt iddo'u blasu ers blynyddoedd.

'Dwi wedi aberthu priodas, plant a fy nyfodol i er mwyn ymfudo efo ti, Tina! A jest cyn i hynny ddigwydd, ti'n cyhoeddi bod 'na ddyn arall wedi bod yn dy fywyd di'n ddiweddar!'

'Dwi'n gwybod bo ti wedi rhoi fi o flaen dy deulu, Dic,' atebodd hithau'r un mor ddagreuol gan geisio'i wenieithio gorau y medrai. 'Mae Andrew yn hen fflam sydd wedi hen losgi! Dwi wedi dweud wrtho fo am ein cynlluniau ni'n dau, ac mae o wedi derbyn hynny.'

'Mae 'na fwg lle mae 'na dân, Tina,' dyfynnodd yntau un o'r diarhebion. 'A lle mae 'na dân, mae 'na fflam fel arfar!' Teimlai fel plentyn bach wedi cael cam gan nad oedd wedi arfer cael ei wrthod. 'Ti *am* fod yn "ffrind" iddo fo?'

'Mae o'n "ffrind" i Ann ers tro,' eglurodd Tina. 'Mae o'n cael y newyddion amdana i drwyddi hi. 'Nes i ddim meddwl am y peth tan rŵan.'

'Be arall mae o wedi ei ddysgu amdanat ti?'

Roedd Dic bellach wedi mynd ar y soffa i blannu ei ben yn ei blu, ac roedd ei goes chwith yn crynu o dan emosiwn.

'Fi oedd isio dysgu Sbaeneg,' meddai Tina, gan ymuno ag o er mwyn cael ei gyffwrdd a'i gysuro wrth egluro'n iawn iddo. ''Nes i apelio am rywun i fy nysgu fi ar Facebook, ac mi atebodd ynte.'

'Faint o "wersi" ti wedi ei gael ganddo fo?'

'Dim un. 'Nes i ei wrthod o – er dy fwyn di, Dic.'

Doedd o ddim wedi ei lwyr argyhoeddi, ac wedi i'r ddau fwyta'u cinio mewn tawelwch lletchwith, dychwelodd Dic at y cyfrifiadur ac aeth hithau'n ôl at ei gwaith tŷ.

Gan nad oedd y ddau wedi trefnu dim byd pendant ar gyfer y penwythnos, roedd gan Dic drwy'r bore i Gwglo'r hyn a'r llall i weld beth fyddai'n ei ddarganfod. Roedd chwilfrydedd yn llenwi ei ymennydd, a phenderfynodd chwilio o dan enw 'Tina Thomas'.

Dyna pryd y cafodd y sioc fwyaf iddo ei chael erioed. Yn ymddangos ar y sgrin o'i flaen roedd clip pornograffig. Wedi craffu'n hirach arno, doedd o ddim yn coelio'i lygaid na'i glustiau. Wrth glywed y rhochian a'r tuchan a ddeuai o du'r cyfrifiadur, sylweddolodd mai Tina a fo'i hun oedd yn gwneud campau rhywiol ar yr union soffa yr eisteddodd arni bum munud yn ôl!

Gellid adnabod y ddau'n iawn – o'u penolau i'w pen blaenau, a gwyddai Dic yn union mai fo wnaeth ffilmio'r cyfan. Sut ar wyneb y ddaear ddaeth o i fod ar YouTube holodd ei hun? Pwy ddaeth o hyd i'r tâp gwreiddiol a'i uwchlwytho heb ganiatâd? Oedd Tina'n gwybod am hyn? Beth petai'r plant neu Marie'n gweld y ddau ohonynt 'wrthi' o flaen gweddill y byd? A beth am Dr Thompson neu rywun o Ysbyty'r Borth? Gallai golli ei barch, ei statws a'i swydd yn Awstralia!

'Tina!'

Roedd honno wedi mynd allan i'r ardd er mwyn esgusodi ei hun, tra bod Dic yn dod dros y sioc o wybod am Andrew. Ychydig a wyddai beth oedd i ddilyn.

'Tina! Ty'd yma'r munud 'ma!'

'Be sydd rŵan?' holodd hithau, yn bridd o'i thraed i'w dwylo. 'Dwi'n trio chwynnu hen ddeiliach i'r *daffodils* a'r *crocus* gael tyfu . . .'

'Cau dy blydi ceg!' Roedd Dic yn benwan. 'Mae fy amheuaeth innau'n tyfu bob eiliad hefyd.'

'Am be ti'n sôn, Dic?'

'Pwy sydd wedi rhoi ni'n dau yn cael *sex* i fyny ar y we?'

Bu bron i Tina lewygu, ac aeth mor wyn â chalch.

'Blydi hel!' ymatebodd yn yr un modd â Dic. 'Pwy gafodd afael ar y tâp?'

Aeth meddwl Tina'n rhemp. Dim ond Dic a hithau oedd yn gwybod am y ffilmio, a dim ond ei mam ac Edward gafodd oriadau i'r tŷ tra oedden nhw yn Sydney. Oedd Andrew wedi sleifio i mewn ryw dro? Wedi'r cwbl, roedd o'n gwybod yn iawn lle roedd hi'n byw. Neu beth am Dyddgu? Efallai ei bod wedi cael gafael ar oriad Tŷ Clyd wedi i Dic ei adael o gwmpas y lle yn Llys Meddyg. Neu beth am Antonio? Roedd o'r teip i ffilmio gweithredoedd rhywiol fel y tystiodd Tina yn ei hafan Eidalaidd dro'n ôl. Ond, fyddai fiw iddi awgrymu hynny wrth Dic wrth gwrs!

Ar hynny, canodd cloch y drws, a bu Tina'n hir cyn mynd i'w ateb. Roedd ei meddwl ar chwâl a doedd hi ddim yn gallu canolbwyntio. Esgusododd Dic ei hun yn gyfleus gan ddweud ei fod yn mynd am gawod arall, ac agorodd Tina'r drws. Disgynnodd ei gwep ymhellach wrth weld ei chymydog boliog yn sefyll yno'n crechwenu. Aeth llwyth o amheuon drwy feddwl Tina. Ai fo oedd yr ateb i'r dirgelwch?

'Ym . . . Mr Parry,' meddai'n betrusgar. 'Sut ydech chi?'

'Gwell ar ôl eich gweld chi, Tina fach. Gobeithio eich bod yn cadw'n brysur. Dydi bywyd ddim ar ben wedi dyddiau'r *House Journal*, felly?'

'Nachdyn wir,' atebodd hithau'n gadarnhaol. 'I'r gwrthwyneb. Dwi'n hynod o brysur. Felly, os newch chi'n esgusodi fi . . .'

'. . . dim ond galwad gymdogol, dyna 'i gyd.' Rhoddodd Jeff Parry ddwy step dros riniog y tŷ.

'Oes eiliad i drafod mater pwysig?'

Cofiodd Tina nad oedd Jeff Parry wedi bod fawr o help iddi hi pan aeth ato fo dro'n ôl. Chafodd hi ddim cefnogaeth ganddo pan ddiswyddwyd hi'n anghyfreithlon gan benaethiaid y papur, a doedd hi ddim yn mynd i'w seboni yntau rŵan chwaith! Pam y dylai fod yn glên efo'r llipryn dauwynebog? Ond, gan y gwyddai fod Dic o gwmpas y tŷ, teimlai ei bod yn weddol ddiogel i'w adael i mewn.

'Ydych chi wedi meddwl ymhellach am weithio ar bapur Cymraeg lleol, Tina?' Roedd ei dalcen moel yn sgleinio gan chwys.

'Rhy brysur dwi'n ofni, Mr Parry.'

'Rhy brysur yn . . . eich bywyd preifat, falle. Beth am eich bywyd proffesiynol?'

'Be sydd gennoch chi mewn golwg?'

'Clywed bod yr *House Journal* wedi mynd ar i lawr

ers i chi adael, Tina. Mi fyddai un newydd yn siŵr o fynd ar i fyny . . .'

'Gwrandwch, Mr Parry . . .'

'. . . na. Gwrandwch chi ar fy nghynnig i, Tina fach. Mae'n oes lle mae papurau mawrion yn diflannu. Ond mae papurau bychain yn ffynnu. Mae gennych chi ben busnes. Rydych chi'n ohebydd, ffotograffydd, gwerthwr hysbysebion, cyfrifydd, ac yn berson sy'n deall pobol. Dyna pam y byddwn am i chi ddod yn bartner i mi ar *Yr Wythnosolyn* . . . Hynny ydi, partner busnes wrth gwrs . . .'

'. . . dwi'n ofni na fydda i yn y wlad . . .'

'. . . byddech yn gallu gwneud y gwaith cysodi ar eich cyfrifiadur eich hun – o gael y meddalwedd pwrpasol wrth gwrs . . .'

'. . . dydw i ddim yn ddynes fusnes . . .'

'. . . ond rydech chi'n ddynes sydd ym musnes pawb! Dyna sy'n eich gwneud yn newyddiadurwraig wrth reddf . . .'

'. . . mae genna i waith i'w wneud . . . a dwi wedi cael gwaith arall beth bynnag . . .'

'. . . gallen ni gydweithio i wneud cynllun busnes manwl, Tina. Agor cyfrif banc a sefydlu'r cwmni . . . yn y swyddfa yma. Diwydiant cartref yng ngwir ystyr y . . .'

'. . . Mr Parry. Dwi'n gofyn i chi adael rŵan. Plîs . . .'

Fel roedd llais a churiad calon Tina'n cynyddu, daeth sŵn traed i lawr y grisiau. Dychrynodd Jeff Parry wrth weld Dic. Safai yno'n hanner noeth yn gwisgo dim ond tywel prin am ei rannau preifat a gwên sarrug ar ei wyneb.

'Mae rhai pethau'n glynu atoch chi fel pryfaid at gachu,' meddai Dic wrth weld y lwmp tew yn ceisio dylanwadu ar ei gariad unwaith eto.

'Ie, wel, ar fin mynd ro'n i,' atebodd yntau. 'Mi fydd y swydd yn agored i chi, Tina. Gobeithio y byddwch chithau'n agored i . . .'

'. . . o'ma, rŵan!'

Taflodd Dic y llysnafedd allan nes ei fod bron a llyfu'r *crocus* newydd-blanedig.

'Betia i di mai FO roddodd y ffilm ar y we,' meddai Dic wedi iddo afael yn Tina i'w chysuro. 'Mae o'n gwybod pob dim sy'n mynd ymlaen yn y tŷ 'ma.'

Oedd Dic yn iawn, holodd Tina'i hun? Sut fedrai Jeff Parry fod wedi darganfod DVD di-nod ar dop ei chyfrifiadur? A phetai o wedi ei ffeindio, sut y gwyddai fod golygfeydd o natur rywiol arno?

'Dwi'n mynd i dalu'n ôl i'r bastard,' harthiodd Dic.

Ar hynny, cofiodd Tina'n sydyn am ei hymweliad â golygydd y papur newydd yn Sydney.

'Shit!' Dychrynodd Dic ei gachu wrth ei chlywed yn neidio a strancio. 'Dwi wedi datrys y dirgelwch.'

'Am be ti'n mwydro?'

Anelodd Dic am y cyfrifiadur.

'Paid â gneud dim byd byrbwyll,' erfyniodd Tina arno. 'Fy mai i ydi hyn i gyd. Wel . . . a tithe hefyd . . .'

'Paid â nghael i i mewn i hyn,' meddai yntau'n wyllt.

'Dic! Mae tâp y cyfweliad yn dal yn y drôr. FI aeth â'r DVD anghywir i swyddfa'r *Sydney Tribune*. Ond dwi'n siŵr mai TI roddodd o yn y cês!'

Doedd Dic ddim am gymryd y bai na chael ei gymryd yn ysgafn. Roedd o'n un o'r llawfeddygon mwyaf parchus yn y sir, a doedd beth oedd yn digwydd rhwng pedair wal na'i ddwy goes o ddim busnes i neb arall!

'Mae'n rhaid i ti ffonio'r papur RŴAN,' meddai Dic mewn panig.

'Be? Adeg yma o'r dydd? Mi gostith . . .'

'Ac mi gostith fy enw da innau hefyd! Dydd Sul ydi hi, ddylia fo ddim costio llawar.'

'Fydd neb yn y swyddfa heddiw felly!'

'Heddiw ydi fory yno efo'r gwahaniaeth oriau!' Roedd wyneb Dic yn dechrau mynd yn las. 'Os na fyddan nhw'n dileu'r clip 'na oddi ar YouTube, mi fydda i'n rhoi stori hyll am eu tipyn papur nhw ar deledu'r wlad!'

Â'i waed yn berwi gan gynddaredd, penderfynodd Dic y byddai'n well ganddo dreulio gweddill y penwythnos efo'i deulu. Roedd bod yng nghwmni Tina'r eiliad honno'n cau amdano. Roedd o angen newid aer, newid meddwl, newid yr un hen dôn gron – a newid dynas?

'Mae Marie f'angan i,' ffeindiodd esgus i'w roi i Tina. 'Mae hi'n dal yn wan ac mewn trawma.'

'Bryn ddylai'i chysuro hi.'

'Mae'r plant f'angan i,' ychwanegodd Dic gan gychwyn drwy'r drws. 'Sortia'r broblam cyn iddi droi'n saga!'

Roedd o'n sinigaidd iawn, meddyliodd Tina, gan ei gadael i ddelio efo'r holl fater ar ei phen ei hun. Ei syniad O oedd eu ffilmio nhw'n cael rhyw, meddyliodd, ond y HI oedd yn gorfod delio efo'r canlyniadau – fel arfer! Ai tric gan Dic oedd rhoi'r tâp anghywir i Mr Abbott? Does ryfedd i hwnnw ddweud pethau tebyg i '. . . ydi'n well gennoch chi fod ar y top neu ar y gwaelod?' a 'Peidiwch â chodi gobeithion, ond daliwch i godi pob dim arall'!

Gadawodd Tina lwyth o negeseuon ar beiriannau ateb y *Sydney Tribune*, gan obeithio'r gorau y byddai'r neges yn cyrraedd y lle iawn y pen arall i'r byd.

Ar nos Sul fyddai Dic yn mynd yn ôl i Lys Meddyg ers i Marie a Bryn ddechrau eu perthynas. Byddai Marie'n gorfod ffarwelio efo'r plant a dychwelyd i'r Boncyn at Bryn a'i fam ar yr adegau hynny. Ond, doedd dim cysur iddi yn y fan honno'r dyddiau hyn. Roedd colli'r babi'n golygu fod pawb wedi colli diddordeb yn ei gilydd. Doedd Mrs Griffiths ddim yn awyddus i Marie fod yn ei chartref bellach chwaith, ac roedd Bryn wedi colli parch tuag at yr un y buodd mor barod i'w chnychu. Fuodd Marie erioed yn hoff o'r ceiliog na'r nyth, ond ei bod wedi gorfod dioddef canlyniadau trowynt eu rhamant.

Felly, pan gyrhaeddodd Dic Lys Meddyg yn gynnar un penwythnos, roedd yn sioc bleserus i Marie a'r plant.

'Dadi, Dadi!' gwaeddodd Gari'n gynnwrf i gyd, gan lynu yn ei dad fel gelen.

'Ti isio bwyd, Dadi?' Marged oedd yn holi.

'Mi fydda i'n aros i swpar os fydd 'na beth yn sbâr,' nododd Dic gan godi ei ferch i'w gôl. 'Ac yn aros yma heno hefyd.'

Gwenodd tu mewn Marie, ond doedd hi ddim am ei wneud yn amlwg. Roedd hi'n GWYBOD yn y bôn fod Dic eisiau mynd yn ôl ati hi a'r plant. Diolchodd yn dawel bach ei bod wedi colli babi Bryn, er cymaint y bu mewn poenau corfforol o'i achos. Ond, roedd yn fodlon cymryd pethau'n bwyllog er mwyn cael ei gŵr yn ei ôl. Gobeithiai fod 'argyfwng canol oed' Dic wedi diflannu, oherwydd yn ôl at eu gwragedd mae dynion yn mynd yn y pen draw, meddyliodd.

'Rŵan 'te,' meddai Dic wrth ei blant. 'Pwy sydd isio mynd i lan y môr fory?'

Cododd y ddau fach eu dwylo'n uchel tua'r nenfwd mewn cytgord perffaith. Er mor aeafol oedd y tywydd, byddai'n braf dim ond i gael dihangfa o helyntion y byd a'i bethau, meddyliodd Dic.

"Na i nôl bwced a rhaw,' meddai Gari'n gyffro i gyd y prynhawn canlynol. 'Roedd hi'n bôôrring hebddyn nhw ar y traeth yn Sydney efo Anti Tina!'

Roedd clywed hynny'n melysu clustiau Marie, ac yn profi nad oedd Tina'n fawr o fam na gwarchodwraig i blant bach!

Dewisodd Marie aros adre. Er y byddai gwynt y môr yn gwneud lles iddi, roedd yn well ganddi roi cyfle i'w phlant fwynhau owting prin efo'u tad. Byddai Dic yn debycach o weld pwysigrwydd ei rôl o fewn y teulu wedyn, meddyliodd.

Tra oedd Marie'n cael llonydd i wneud swper rhamantus iddi hi a Dic, daeth i benderfyniad pwysig arall hefyd. Gan ei bod wedi cryfhau cryn dipyn ers colli'r babi, roedd hefyd yn gallu meddwl a gweld pethau'n gliriach. Gwyddai mai ffawd oedd marwolaeth y babi. Doedd o ddim i fod i ddigwydd. Fuodd yna erioed ddyfodol na llawer o orffennol rhwng Bryn a hithau, a gwyddai ei fod mewn cariad efo rhywun arall erbyn hyn beth bynnag. Na! Roedd Marie am symud yn ôl yn barhaol i Lys Meddyg, achos yno efo'i gŵr a'i phlant roedd hi i fod!

'Pacio dy bethe di?' Roedd Bryn wedi gwrando'n astud ar benderfyniad Marie'r ochr arall i'r ffôn, a doedd y newyddion ddim yn annisgwyl. 'Mi fydd o'n fwy na phleser.'

O fewn hanner awr, roedd cloch drws Llys Meddyg yn canu. Pan aeth Marie i'w ateb, roedd ei chês a'i hychydig fanion yn gwenu arni ar step y drws.

'Pob dim yna dwi'n meddwl,' meddai Bryn yn swta. 'Pob lwc *and all the rest* . . .'

'Does dim pwynt gorffen ar nodyn sur,' meddai Marie wrtho. 'Gawson ni amser anodd ond gawson ni amser neis hefyd.'

'Mam ydi'r mwyaf siomedig am y babi,' mentrodd Bryn agor ei galon. 'Roedd hi wedi edrych ymlaen at ddod yn nain.'

'Gei di gadw'r dillad a'r teganau,' meddai Marie.

'Fi dalodd amdanyn nhw beth bynnag,' atgoffodd Bryn hi.

'Dwi ddim yn gwybod os fydd Dic isio babi arall, ond mi brynwn rai newydd os fydd angen . . .'

'. . . dwi'n gobeithio y bydd Catrin isio un yn fuan,' ychwanegodd Bryn yn gynnil.

Wyddai Marie ddim beth ddiawl roedd Catrin yn ei weld ynddo fo, ond roedd hi'n falch drosto. Roedd pennod ddigon hyll yn eu hanes nhw wedi dod i ben, ond roedd hi'n gobeithio y byddai un newydd yn dechrau i'r ddau yn fuan. Fuodd o erioed y carwr na'r cariad gorau, meddyliodd Marie. Roedd o'n rhy hunanol a hen ffasiwn i newid ei ffordd i neb. Ond gwyddai y byddai Catrin yn ei siwtio'n llawer gwell nag y gwnaeth hi. Gwraig i lawfeddyg uchel ei pharch fuodd hi erioed, nid morwyn i ryw labrwr pen mynydd oedd yn yfed a rhechian bob yn ail!

Felly, diflannodd Bryn y Boncyn o fywyd Marie yn ei fan wen fudur, a theimlai'r ddau'r rhyddhad mwyaf a gawsant erioed – diolch i'r diweddar Richard Bryn bach.

'Be? Ti'n ddigartre?'

Doedd Dic ddim yn siŵr sut i ymateb i newyddion Marie pan ddychwelodd efo'i blant o lan y môr. Pa gynllwyn oedd ganddi rŵan, meddyliodd.

'Mae Bryn wedi fy nhaflu fi allan,' meddai hithau, er mwyn ennyn cydymdeimlad ei gŵr. 'Diolch am gymryd fi'n ôl.'

Ei chymryd hi'n ôl? Er ei bod yn ymddangos nad oedd ganddo lawer o ddewis yr eiliad honno, gwyddai Dic fod Marie wedi rhoi'r drol o flaen y ceffyl. Oherwydd wnaeth o erioed feddwl am ei chymryd hi'n ôl yn wraig llawn amser! Tan heno?

Aeth y plant i'w gwlâu ar ôl swper cynnar a chwarae gêm neu ddwy ar y peiriant Wii. Roedd gwynt y môr yn sicr wedi gwneud lles mawr iddyn nhw. Yna, dros swper bendigedig a'r canhwyllau rhamantus yn goleuo llygaid Marie, poenai Dic beth oedd ei theimladau a'i disgwyliadau. A hithau newydd fynd drwy uffern o orfod geni plentyn marw, doedd ei meddwl ddim yn glir, meddyliodd Dic. Ond, doedd o ddim am fynd yn ôl i Dŷ Clyd heno a Marie wedi mynd i'r fath drafferth. Beth fyddai Tina'n ei ddweud pe gwyddai ei fod yn gloddesta a chyd-yfed efo'i wraig ei hun yn eu cartref eu hunain tybed? Roedd ganddo drwy'r nos i feddwl.

18. A'r mwyaf o'r rhai hyn yw . . .

Edrychai mynedfa Capel Hebron fel porth y nefoedd. Addurnwyd y giât fwa a'r llwybr gan rai o'r aelodau ieuengaf. Roedd yn gymysgedd o flodau cynta'r gwanwyn, deiliach gwyrddion o'r llwyni a rhubanau sidanaidd, lliwgar. Trefnwyd blodau'r capel ei hun gan yr aelodau hynaf. Doedd dim cymaint o ddychymyg na llewyrch ar y rheiny, ac roeddynt yn edrych mor benisel ag aelodau'r addoldy eu hunain!

Gwnaeth Gwyneth Lewis yn siŵr ei bod yn rhybuddio pawb mai dyn du oedd Gwyn. Doedd hi ddim am i bawb edrych i lawr eu trwynau ar deulu mor gapelyddol â nhw ar ddiwrnod priodas ei merch. Ond, derbyniodd parchedigion y capel Gwyn yn llawer gwell na'i ddarpar fam yng nghyfraith. Roeddent wedi hen arfer ehangu eu gorwelion a chymysgu efo pobl o wahanol drasau a chefndiroedd ethnig. Byw'n blwyfol heb drafaelio'n bellach na Phwll Trap wnaeth Gwyneth ac Elfed Lewis erioed! Er ei bod hi'n actio'n arwynebol glên efo Gwyn, cyndyn iawn fu Mrs Lewis o roi sêl ei bendith arno'n dod yn ŵr i Lliwen. Fedrai hi ddim dychmygu ei hun yn dod yn fam-gu i blant bach lliw, wir!

Gwyddai Lliwen o'r dechrau y byddai'r berthynas a'r briodas yn achosi cynnwrf o fewn y teulu. Tra'i bod hi wedi troi'n berson cosmopolitan ynghanol rhuthr y brifddinas a'r cyfryngau, gwyddai mai parhau'n draddodiadol a hen ffasiwn oedd ei rhieni nôl yn ei phentref genedigol. Erbyn hyn, trodd Lliwen yn Fethod-atheist. Roedd yn rebelio yn erbyn crefydd er bod ei chwaer fawr wedi cael ei 'hachub'. Er gwaethaf ei daliadau diwinyddol presennol, dewis priodi yn Hebron wnaeth hi wedi'r cwbl – er parch i'w magwraeth. Gallai'n hawdd fod wedi cael priodas sifil mewn gwesty yng Nghaerdydd, ond roedd yn dal i feddu ar ychydig o foesoldeb a gwrogaeth. Ond, y rheswm pennaf am fynd yn ôl at ei gwreiddiau oedd plesio'i rhieni. Wedi'r cyfan, nhw oedd yn talu am bopeth y diwrnod hwnnw!

'Efallai y bydd mwy nag un syrpréis yn digwydd heddi,' meddai Gwenan wrth ei chwaer. Roedd hi'n naw o'r gloch y bore ac roedd y ddwy'n cael gwneud eu gwalltiau yn llofft y cartref.

'Beth ti'n feddwl?' holodd Lliwen, gan ddechrau cael cathod bach am yr holl ddigwyddiad.

'Pwy a ŵyr a wnaiff Gwyn droi lan,' tynnodd Gwenan ei choes.

'Paid temtio ffawd,' chwarddodd hithau'n nerfus.

Doedd Lliwen ddim yn ei weld yn ddoniol iawn. Ond, roedd y pethau hyn YN digwydd, meddyliodd, ac roedd wedi croesi ei meddwl sawl tro y gallai ddigwydd iddi hithau hefyd.

'Neu efallai y bydd Dadi'n rhy gocls i weud y speech,' ychwanegodd Gwenan, gan feddwl yn seriws am eiliad y gallai hynny hefyd fod yn bosibilrwydd cryf.

Bu Elfed Lewis yn ymddwyn yn anghyfrifol a meddw ers misoedd. Roedd cenfigen yn dal i fwyta'i du mewn oherwydd roedd Morys, ei frawd yn cael mwy o sylw gan ei wraig a'i ferch faeth na fo'r dyddiau hyn. Doedd o ddim yn coelio am eiliad fod iechyd Morys yn ddrwg. Roedd ei dafod yn iawn, meddyliodd! Roedd o hefyd yn filain fod Gwyneth yn gadael i'w frawd aros yn eu cartref nhw bob tro roedd y tywydd yn oer a thamp. Mynd yn oeraidd tuag at ei gŵr fyddai Gwyneth ar yr adegau hynny hefyd, a Duw a ŵyr beth fyddai'n damp, meddyliodd Elfed. Gwneud ei hun yn anweledig neu fynd i'r dafarn fyddai o bryd hynny, yn lle gorfod wynebu ei deulu – a'r gwirionedd.

'Biti na fyddet *ti* wedi gallu cynnal y seremoni Gwens,' meddai Lliwen wrth ei chwaer o bregethwraig gynorthwyol. 'Byddai'n hyfryd bod wedi cael aelod o'r teulu i fy mhriodi.'

'Roedd gyda finne bethau eraill ar fy meddwl . . . hynny yw . . . does dim trwydded 'da fi 'to i fendithio neb.'

'Nagoes, 'sbo,' atebodd Lliwen heb feddwl am eiliad am hanner cyffesiad ei chwaer. 'Gwell i ti enjoio bod yn forwyn 'ta beth.'

Ar hynny, daeth Lyn i mewn i'r llofft yn edrych yn bictiwr o ddyn heglog mewn ffrog laes, ddu. Roedd o braidd yn simsan yn ei sgidiau *sling-back*, ond diolchodd Lliwen yn dawel bach fod ei goesau a'i frest wedi cael eu gorchuddio.

'Ti'n dishgwl yn *gorgeous*,' meddai Lliwen yn hanner didwyll. 'Bydd pobl yn meddwl taw TI sy'n priodi ac nid fi!'

Crechwenodd Lyn yn swil ar Gwenan. Edrych yn ddigon plaen yn ei siwt ddynol ddu wnâi hithau. Ond teimlai'r ddau'r un mor gynhyrfus â Lliwen a Gwyn am y diwrnod oedd o'u blaenau . . .

Siwt ddeuddarn borffor ddigon plaen ddewisodd Gwyneth Lewis. Ond, gan y gwyddai y byddai llygaid y gymdogaeth i gyd arni HI fel mam y briodasferch, prynodd ychwanegiadau a wnâi iddi edrych . . . dros ben llestri. Oedd, roedd yr esgidiau a'r menig, yr handbag, hances boced a'r sgarff fioled yn matsio'r siwt i'r dim. Ond, yr hyn a ddifethai'r edrychiad oedd het flodeuog biwslyd a blodau blewog yn sticio allan gan gosi trwyn unrhyw un oedd yn digwydd bod yn ei llwybr. Testun gwawd yn hytrach nag edmygedd oedd hynny, beryg.

Mrs Lewis oedd yn gyrru car y teulu hefyd. Gwyddai y byddai ei gŵr yn rhy feddw i yrru beic ymhen ychydig o oriau. Eisteddai Elfed yn ei hochr yn gwisgo hen siwt dywyll oedd o leiaf bymtheg oed. Ond, gyda thei a hances boced borffor i fatsio siwt ei wraig, roedd yn edrych yn ddigon derbyniol.

Yn eistedd yn dawel yn ei gwman yn y sedd gefn roedd Wncwl Morys. Bob hyn a hyn, cyfnewidiai edrychiad efo Gwyneth yn nrych y car. Roedd y cyswllt llygaid yn cadarnhau y câi'r gofal gorau posib ganddi am weddill y diwrnod – a gweddill ei fywyd hefyd. Dim ond un peth oedd yn poeni Morys y diwrnod hwnnw. Byddai yntau wrth ei fodd yn cael tystio i briodas ei ferch ei hun ryw ddiwrnod hefyd . . .

Roedd y ceffyl a'r cart yn aros am Lliwen y tu allan i'w chartref. Wedi sicrhau fod y blodau a'r taflenni a phob dim arall yn ei le, ymunodd Gwenan a Lyn â hi. Edrychai fel brenhines! Doedd Gwenan ddim wedi gweld ei ffrog tan yr eiliad honno, a fedrai hi ddim tynnu ei llygaid oddi ar ei chwaer. Roedd y defnydd *chiffon* o liw aur trawiadol yn cyrraedd hyd at ei thraed, ac edrychai fel Sinderela. Gwisgai got fechan o ffwr blewog du dros ei hysgwyddau i fatsio dillad y morynion, ac i gadw oerni diwedd y gwanwyn draw. Am ei thraed roedd esgidiau sodlau uchel, duon, a chariai dusw o flodau sidan du ac aur i orffen y ddelwedd.

'Ti'n edrych yn lyfli Lliw,' meddai Gwenan yn ddagreuol. 'Fi mor browd o fy whâr fach.'

'O, del, cyw,' ychwanegodd Lyn yn genfigennus. 'Mi fydd Gwyn yn glafoerio drosot ti!'

Safai Gwyn o flaen yr allor yn anesmwyth. Wrth ei ochr, roedd Dion, ei frawd a'i was. Gwisgai'r ddau siwtiau melfed gwyrddion gyda chrysau euraidd, â'r coleri ffrils lliw aur yn matsio ffrog Lliwen yn berffaith.

Roedd y capel yn fôr o liwiau ar un ochr ac yn llwydaidd a thrymaidd yr ochr arall. Ar y dde, eisteddai'r gwesteion ar ochr Lliwen. Doedd ganddi fawr o deulu agos, a diolchodd am gyd-weithwyr o Gaerdydd i roi ychydig o wmff i'r lle. Gyferbyn â nhw, roedd teulu Gwyn yn edrych yn amheus ar bawb. Doedden nhw ddim wedi arfer efo pobl ddiemosiwn a diflas fel y Cardis hyn, ac roedd pawb mor ffug-barchus yn eu golwg nhw! Tra oedd teulu Gwyn wedi arfer efo canu a dathlu, clapio a llawenhau mewn seremonïau o'r fath, edrych fel seintiau rhwym wnâi pawb o deulu Lliwen.

Cyrhaeddodd y briodasferch yr allor gan afael yn dynn ym mraich ei thad – rhag ofn iddo faglu. Gallai arogli wisgi ar ei wynt, a theimlodd yr *hip-flask* yn ddiogel ym mhoced ei siaced! Dotiodd pawb at harddwch Lliwen yn edrych fel 'rhosyn gwridog iechyd'. Aeth y priodfab yntau'n 'wyn a gwridog, teg o bryd' wrth ei gweld, a gellid teimlo'r rhyddhad yn cael ei chwydu o'i frest wrth iddi gyrraedd. Gwgu wnaeth y bobl fwyaf cul wrth weld y ddwy/ddau forwyn yn eu dilyn. Llwyddodd Lyn i gerdded yn ddigon teidi heb faglu, ac wedi i bawb gyrraedd y sêt fawr, edrychent yn ddigon o ryfeddod.

Aeth y llwon rhagddynt yn ddidrafferth hefyd, a chofiodd Elfed Lewis ddweud 'Y fi' yn y lle iawn. Canu digon di-fflach gafwyd i'r emyn Gymraeg gan ei bod yn anghyfarwydd i'r 'bobol o bell'. Ond, pan ddaethpwyd at yr emyn 'Love Divine', roedd y capel dan ei sang a'r lleisiau gorfoleddus yn atseinio drwy Hebron. Gellid gwneud gydag un neu ddau o'r baswyr hyn yn y côr lleol, meddyliodd Gwyneth.

Rhybuddiwyd pobl rhag taflu reis na chonffeti ar lawr na phorth y capel, ac roedd hynny'n rheol hollol wrthun i rai o'r gwesteion 'o bant'. Dathliad oedd hwn i fod, nid amser i grefydd botsian efo rheolau iechyd a diogelwch, meddent!

Wrth dynnu lluniau tu allan i'r capel, taflodd Lliwen y tusw blodau i'r awyr, ac roedd hi'n dipyn o syndod i bawb mai Gwenan a'i daliodd.

'Cyd-ddigwyddiad?' sibrydodd Lyn, gan wincio'n ddel arni, a meddyliodd hithau am ddiweddglo gorfoleddus emyn Ann Griffiths, 'O! am aros yn ei gariad ddyddiau f'oes', cyn symud yn frysiog i siarad efo'i hwncwl.

'Ti'n edrych yn sbesial,' meddai Morys wrthi. 'Fi'n browd ohonot ti, ferch.'

'Diolch, Da . . . Wncwl Morys,' meddai hithau'n gynnil, cyn ei dywys i fan tawel i sibrwd rhywbeth cyfrinachol yn ei glust. 'Mae gyda fi a Lyn ffafr fach i ofyn i chi . . .' a fedrai Morys ddim aros i wireddu ei freuddwyd o na'u dymuniad hwythau.

Cymerodd pawb eu seddi yng ngwesty'r Ddolen, gan fwynhau cinio tri chwrs bendigedig. Wrth helpu Lliwen i benderfynu ar leoliad eistedd y gwesteion, roedd Gwenan wedi gwneud yn siŵr ei bod hi'n eistedd wrth Wncwl Morys, a bod y gweinidog yn eistedd wrth ochr Lyn. Doedd gweinidogion ddim yn mynd i neithior priodas fel arfer, ond gwyddai Lliwen bod Gwenan yn awyddus i hwn ei chynghori ar sut i gael trwydded i gynnal gwasanaeth priodasol ei hun.

Felly, ar y *top-table* roedd:

Dion – rhieni Gwyn – Gwyn – Lliwen – Elfed – Gwyneth – Wncwl Morys – Gwenan – Lyn – y gweinidog

Roedd Gwyneth Lewis wrth law i roi help llaw i Morys dorri ei bîff. Aeth ei wynegon i effeithio cymaint â hynny arno'r dyddiau hyn. Yna, daeth yr eiliad lle bu Lliwen, Gwenan a'u mam yn ei hofni fwyaf, sef araith Elfed Lewis.

'Thank you all for coming . . . here . . . Nice to have nicer people joining the family. People around here are not two-faced you know. They talk about you in your face AND in your back . . . Nawr 'te, diolch bod y seremoni 'na 'di 'bennu oherwydd rown i'n ofon tripan wrth fynd lawr yr eil 'na! Rwy'n falch fod y bwyd 'di bod mor ffein 'fyd, oherwydd gostiodd e becyn i mi . . . 'Na fe 'te, joiwch weddill y parti. Os taw Lliwen a Gwyn gaiff y ddawns gyntaf, rwy'n siŵr taw Gwyneth a Morys gaiff yr olaf. Nhw sydd fel arfer yn cael y *gair* olaf, ta beth. Iechyd da!'

Wrth i Elfed slwmbran yn ôl i'w sedd, cododd Morys ar ei draed yn llesg ond gydag arddeliad. Cliriodd ei wddw, oherwydd roedd ganddo reswm anarferol iawn dros wneud hynny.

'Rwyt ti'n iawn, Ned,' meddai Morys, gan annerch ei frawd a'r gynulleidfa ddryslyd yr un pryd. 'Fy mraint i fydd cael y gair olaf y tro hwn, oherwydd, gyda bod un cwpwl lwcus yn priodi, mae seremoni arall bwyti dechrau . . .'

Y gweinidog gododd wedyn, ac edrychodd pawb mewn penbleth arno yntau. Roedd Lliwen wedi hanner amau beth oedd ar fin digwydd, ac roedd o dan fwy o deimlad rŵan nag oedd hi yn ystod ei seremoni ei hun. Roedd popeth yn gwneud synnwyr bellach . . . Gwenan yn cyfeirio at 'mwy nag un syrpréis' a 'pethau eraill ar ei meddwl' a 'busnes y gweinidog yn aros am ginio' ac ati!

'Wrth longyfarch y pâr priod ar eu huniad, mae gorchwyl pleserus arall 'da fi nawr,' meddai'r gweinidog yn bwyllog. 'Roeddem wedi aros tan ddiwedd y pnawn yn lle tynnu oddi ar ddiwrnod hapus Lliwen a Gwyn. Gwn y bydd y ddau yn hapus i mi neilltuo deng munud o'u hamser i weithredu'r uniad nesaf . . . Felly, mae'n fraint gen i nawr ymgymryd â thasg yr un mor hapus ag a ddigwyddodd yng nghapel Hebron . . .'

Gwnaeth arwydd ar i Gwenan a Lyn godi, ac wrth i'r gynulleidfa sibrwd a siffrwd eu hanghrediniaeth i'w napcynau papur, aeth ymlaen efo'r seremoni.

'Yr wyf yn galw ar y bobl sydd yma'n bresennol . . .'

'. . . i dystiolaethu fy mod i, Gwenan Lewis . . .'

'. . . yn dy gymryd di, Lyn Adams, i fod yn ŵr priod cyfreithlon i mi . . .'

Chwarddodd rhai i mewn i'w llewys ac eraill i'w gwydrau *champagne*. Doedd neb yn siŵr a oedd y *seremoni'n* gyfreithlon heb sôn am fod y wraig yn gyfreithlon i'w gŵr! Ond, tyngodd Gwenan y byddai'n 'dyner yn fy ngofal ac yn onest a chywir ymhob peth holl ddyddiau fy mywyd.' Doedd Lyn ddim wedi dallt hanner yr hyn a ddywedodd, ond gwyddai fod Gwenan yn dweud y gwir . . .

'Yr wyf i, Lyn Adams, yn dy gymryd di, Gwenan Lewis, i fod yn wraig briod i mi.'

'Pwy sydd yn cyflwyno'r ferch hon i'w phriodi i'r ferch . . . mab hwn?'

'Y FI, Morys Lewis – ei thad hi,' gwaeddodd yntau'n falch.

Ar ôl i Gwenan a Lyn gyfnewid modrwyau fe'u cyhoeddwyd yn ŵr a gwraig hapus iawn, a rhoddodd Lyn gusan sydyn ar ei gwefusau. Daeth 'oooo' dirmygus o ganol y gynulleidfa ar yr ochr dde, ond clywyd 'oooow' gorfoleddus yr ochr arall. Arhosodd Lyn ar ei draed i ddweud araith fer.

'Diolch i *babes* yn fan hyn am gymryd fi'n ŵr a chymryd fi am be ydw i, ynte,' meddai o dan deimlad. 'Diolch hefyd i Lliwen a Gwyn am gael *gate-crasho*'u diwrnod arbennig nhw. Roedd cael cynulleidfa ar blât yn grêt!'

'A chael bwyd ar blât wedi ei dalu amdano fe,' meddai Elfed Lewis, gan wgu i mewn i'w dymbler wisgi.

'Ffantastig,' meddai Lliwen. Roedd hi'n wirioneddol hapus am uniad ei chwaer a'i gŵr/gwraig. 'Fuoch chi'n gyfrwys a doeth iawn – llawer llai o waith poeni a threfnu a chostau nag a gawson ni!'

'Paid â phoeni, Lliw,' ebe'r chwaer fawr. 'Fe dalith Wncwl Morys fy siâr i . . .'

Gwyddai'r gweinidog am ddymuniad Gwenan a Lyn rai wythnosau ynghynt, a rhoddodd sêl ei fendith ar eu dymuniad. Ond, roedd o'n hynod falch eu bod am ailadrodd yr addunedau yn y fffordd draddodiadol, Gristnogol wedi hynny.

'Cyn i chi i gyd wasgaru,' meddai'r gweinidog wrth y gwesteion, 'bydd gwasanaeth i fendithio uniad Mr a

Mrs Adams o flaen allor Duw ddydd Sul nesa. Croeso i bawb i Hebron.'

'Wel, fydda i ddim 'na . . .' meddai Elfed Lewis wrth bwy bynnag fynnai wrando. Roedd o'n ceisio codi i fynd i nôl diod arall at y bar, '. . . rhag ofon taw Gwyneth a Morys fydd y nesa i gyhoeddi eu priodas!'

*   *   *

Roedd gan Tina ddiwrnod prysur o'i blaen yn yr orsaf radio. Wedi ychydig oriau o hyfforddiant elfennol ar sut i ddarllen bwletinau newyddion, roedd hi'n gwneud y gwaith yn rheolaidd erbyn hyn. Er ei fod yn newid byd o ohebu'n llawn amser, yr un math o bobl roedd hi'n eu gwasanaethu, sef gwerin gyffredin ardal y Borth. Doedd ganddi ddim cytundeb tymor hir na gwaith llawn amser efo'r orsaf, ond byddai'n cadw'r blaidd o'r drws tan fyddai Dic, y plant a hithau'n ymfudo.

Wrthi'n paratoi i fynd i'w gwaith ar fore Llun arall oedd hi pan ganodd y ffôn. Bu bron iddi ei anwybyddu gan ei bod eisoes yn hwyr.

'Godfreys yma,' meddai'r llais cyfarwydd. 'Oes genna ti amser?'

Doedd Tina ddim am wneud pethau'n hawdd i olygydd powld yr *House Journal*.

'Nagoes, pobol i'w gweld ac angen galw yma ac acw,' atebodd.

'Rŵan, rŵan, dim eisiau bod felly,' ymatebodd yntau. 'Mae genna i gynnig na fedri di mo'i wrthod.'

'Cael fy ngwrthod ges i genna chi o'r blaen,' atgoffodd Tina ei chyn-fòs.

Gwnaeth bethau'n anodd iddi pan ofynnodd am

amser o'r gwaith i fynd i Awstralia, felly pam ddylai hi ei wenieithio rŵan?

'Dwi'n ymddiheuro am hynny,' sebonodd Godfreys. 'Rydw i eisiau i ti fod yn is-olygydd y papur unwaith eto. Mae ei safon a'i werthiant wedi dirywio ers i ti fynd, ac mae llawer o lythyron wedi dod i dy gefnogi.'

Doedd hynny'n synnu dim ar Tina, ond doedd ei gynnig ddim yn tycio yn ei dychymyg chwaith. Fe gâi fynd i'r diawl cyn belled â'i bod hi'n bod.

'Sut wnaethoch chi sylweddoli'ch camgymeriad mwyaf sydyn?' holodd o ran chwilfrydedd.

'Siarad efo'ch cyn-gyn-olygydd.' Wyddai Tina ddim i ddechrau am beth roedd o'n mwydro, ond casglodd mai sôn am Jeff Parry yr oedd o. 'Mae o wedi dweud llawer o bethau amdanat ti a dy yrfa newyddiadurol, Tina. Rydw inne'n difaru bod mor ddall.'

'Gwrandwch Mr Godfreys, mae'n rhy hwyr i grafu tin. Mae'n rhaid i mi fynd. Mae genna i fwletin ar Radio FM y Borth mewn deng munud.'

Wrth yrru i'w gwaith, gwibiodd cant a mil o bethau drwy feddwl Tina Thomas. Roedd hi eisoes wedi bod at ei chyfreithiwr am gael ei diswyddo ar gam gan Mr Godfreys, a disgwyliai'r taliad yn fuan. Byddai'n handi i dalu am gostau'r ymfudo. Yna, meddyliodd am gynnig Jeff Parry. Ai rŵan oedd yr amser iawn i ymuno efo'i bapur Cymraeg o er mwyn bod yn gystadleuaeth i Godfreys a'i giwed?

Pan gyrhaeddodd Tina'i gwaith, ymunodd â'r tîm o ohebwyr i gasglu newyddion y dydd o'r gwahanol ffynonellau. Yna, derbyniodd y diweddaraf am y tywydd a'r ffyrdd. Er bod ei meddwl ar chwâl, paratôdd y bwletin dau funud ac fe'i darllenodd yn hunanfeddiannol. Wedi dychwelyd i'r swyddfa i gael brêc o goffi a bisgedi, canodd y ffôn. Credai Tina mai Godfreys oedd yno eto, ond llamodd ei chalon i'w gwddw pan glywodd y llais.

'Tina, oeddat ti'n *multo bene*. Dy lais wedi codi . . . hiraeth arna i i gweld ti eto.'

'Ti wedi bod yn ddiarth, Antonio.'

'Prysur, ia.'

Ie, ie. Yn gwneud be'n union holodd Tina'i hun? Er ei bod wedi gwirioni clywed ei lais, doedd hi ddim am iddo feddwl ei bod ar gael iddo unrhyw adeg o'r dydd chwaith.

'Ti'n meddwl mod i'n rhedeg gwasanaeth hwrio lle galli di gael be wyt ti isio wrth glicio dy fysedd?' holodd braidd yn amddiffynnol.

'Dwi wedi bod 'nôl adre'n gweld nain fi yn Pisa. Mae wedi bod yn sâl ers misoedd.'

Sop, sop – rhaffu celwyddau. Doedd Tina'n coelio dim ar ei stori.

'Dwi ddim wedi dy weld di ers y parti blwyddyn newydd, Antonio!'

'Roeddet ti efo Dic. Ond dwi'n dal i cofio'r noson lyfli ges i a ti'n fflat fi.'

'Reit 'te,' meddai Tina'n benderfynol. 'Dwi'n brysur. Oeddet ti isio rhywbeth arall?'

'Mynd â ti am sbin yn fy MG newydd. Ti'n licio ceir, yn dwyt?'

Cafodd Tina deimladau rhyfedd yn ei stumog. Dychmygodd hi ac Antonio'n gyrru tua'r gorwel – parcio'r car ar draeth pellennig a chael y rhyw mwyaf gwyllt yn y lle mwyaf cyfyng posib.

'Na, Antonio. Dwi wedi newid, a dwi'n driw i Dic. Ryden ni ar fin ymfudo i Awstralia.'

'Nes i gweld ti ar YouTube. Drwg, ia Tina? Dic yn hogyn lwcus.'

'Ac rydw inne'n hogan lwcus.'

'Ac yn hogan horni! Fyswn i'n gallu rhoi ffilm ni i fyny hefyd taswn i isio.'

'Fyse ti ddim yn meiddio, Gruffudd Antonio. Hwyl!'

'*Ciao, bela* . . .'

A dyna lais yr hyfrydbeth Eidalaidd wedi diflannu i'r un gorwel ag a oedd yn nychymyg Tina eiliadau ynghynt.

Ar ddiwedd diwrnod o waith hamddenol, dychwelodd Tina i Dŷ Clyd. Rhoddodd ei gwep-lyfr ymlaen, a dyna lle roedd edmygydd arall iddi ar-lein ac ar dân isio'i gweld.

> 'Clywais i ti heddiw'n darllen y newyddion. Beth am ddarllen mwy o Sbaeneg heno? Y Bistro neu dy dŷ di?'

Gan fod Dic yn rhedeg at ei wraig a'i blant pan oedd o o dan bwysau, pam na ddylwn innau gael cwmni arall yn achlysurol, meddyliodd Tina? Roedd gan bawb hawl i ddysgu iaith arall! Roedd hi hefyd yn dal yn genfigennus fod Andrew wedi mynd i barti Ann a Tomi yng nghwmni Dyddgu.

> 'Dy le di, Andrew. Os na fyddi di'n rhy brysur yn rhoi gwers i Dyddgu?'
>
> 'Gafodd hi wers neithiwr.'

Doedd Andrew ddim am fynd â Tina yn ôl i'w fflat. Hofel oedd hi. Byddai'n chwilio am le gwell unwaith y byddai'n dod o hyd i waith. Cyflwynodd ddeg ffurflen gais ers dychwelyd yn ôl o Sbaen, ond chafodd o ddim cyfweliad hyd yn oed. Roedd wedi rhoi blwyddyn iddo fo'i hun i setlo lawr yn ôl yng Nghymru cyn ystyried dychwelyd yno. Ond, er mor braf oedd ansawdd bywyd yn y fan honno, adre yn ardal y Borth oedd ei galon. Byddai'n chwilio am gar wedi cael gwaith hefyd, meddyliodd. Ond, roedd yn dibynnu ar feic i fynd o un lle i'r llall y dyddiau hyn.

'*Guapa*! Del!'

Roedd Tina wedi ei gwisgo mewn blows tyn, siwmper wlân fechan, jîns *hipsters* a sodlau pigfain.

'Beic?' holodd Tina'n gegagored. 'Lle mae dy gar di?'

'Wedi gwerthu fo. Neidia ar gefn y beic. Dyma helmed sbâr i ti.'

'Ti'n meddwl mod i'n dod ar hwnne'n gwisgo fel hyn?'

Roedd Tina'n gwaredu ato'n ystyried y fath beth. Doedd hi ddim wedi bod ar feic ers pan oedd hi'n wyth oed, felly wnaeth hi ddim boddro ceisio codi ei choesau dros yr *handle-bar!* Roedd hi'n hollol ymwybodol fod Andrew'n ei llygadu o'i chorun i'w sawdl.

'Iawn, OK 'ta. Nawn ni gerdded. '*Tienes hambre?* Wyt ti'n llwglyd?'

Doedd ganddo ddim bwyd i'w gynnig iddi adre, a doedd o'n fawr o gwc beth bynnag.

Gorfu iddo ofalu amdano'i hun erioed, a gallai, fe allai wneud pasta, *paella* neu ginio dydd Sul diolch yn fawr! Ond, os oedd o'n gallu plesio dynes yn y llofft, doedd ganddo ddim digon o hyder i geisio plesio un yn y gegin.

'KFC?'

'FK off,' meddai hithau'n swta. 'Dwi'm yn byta rwtsh.'

'McDonald's?'

'Bwyd plastig!'

'*Kebab*?'

'Dwi bron yn llysieuwr!'

'Chinx?'

'Rhy hallt.'

'Indian?'

'Rhy boeth. Gwranda, Andrew. Mae'n amlwg bo ti ddim am fynd yn ôl i dy le di. Felly, mae'n debyg bod yn rhaid i mi roi tamed i ti o'nd oes?'

Roedd Andrew'n hynod o falch o'r gwahoddiad deublyg, a synhwyrai y byddai cyfle go dda i reidio mwy na'i feic yn hwyrach ymlaen yn y noson.

19. Y Claf o'r Parlwr

Roedd y gwanwyn yn gryf, er bod y gwynt yn fain ar dir agored Pant Mawr. Rhoddodd Tomi dail a gwrtaith ar y caeau ers rhai wythnosau, a bellach, roedd y wlad wedi dechrau glasu. Mis neu ddau, a byddai'r lle fel clytwaith gwyrdd, ac edrychai Tomi ymlaen at dymor arall o gynaeafu. Ei unig bryder oedd bod yr elfen gymdeithasol wedi mynd o'r digwyddiad, fel pob dim arall yr oes hon! Doedd y cymdogion ddim yn galw fel yn yr hen ddyddiau. Y dull o amaethu gâi'r bai'n rhy aml. Doedd neb yn gwneud bêls bach bellach a fawr o ddefnydd i'r helm wair; doedd neb yn gweld pwynt mewn hel olion gwair efo cribyn â hwythau uwch ben eu digon; doedd dim diwrnod cneifio cymdeithasol chwaith – contractwyr oedd yn gwneud y gwaith gan gael eu talu'n hael iawn hefyd! Oedd, roedd pethau wedi newid, meddyliodd Tomi. Ond, doedd neb erbyn hyn yn boddro mynd o gwmpas yn ddigymell i gadw llygad neu i weld a oedd pobl eraill yn iawn. Pawb drosto'i hun a Duw dros bawb oedd hi'n yr hen fyd yma bellach.

Diolchodd Tomi am yr unig gwmni a gâi ynghanol y brain a gwylanod y môr – a rwdlian a cherddoriaeth ailadroddus tonfeddi'r radio oedd hynny! Beth oedd ffarmwrs ers talwm yn ei wneud heb y dechnoleg fodern mewn cabs tractors, holodd ei hun? Er gwaetha'i wendidau, roedd y gwasanaeth radio'n torri ar unigedd ei ddiwrnod ac yn ei gadw mewn cysylltiad â'r byd mawr y tu allan. Diolch am Jonsi meddai wrth hen frân dyddyn, gan fflamio a hel atgofion bob yn ail.

Ond, gwyddai Tomi ym mêr ei esgyrn y byddai'r cymdogion yn mynd i Bant Mawr yn syth pe byddai angen rhywbeth arnynt. Ddim isio bod yn niwsans mae pobol heddiw, ceisiodd resymegu efo fo'i hun. Maen nhw'n credu fod pawb, fel fynte'n rhy brysur i fod eisiau gweld neb am sgwrs. Ond, onid oedd Tomi yr un mor euog, holodd ei gydwybod? Pryd oedd y tro diwethaf iddo fo fynd i Fryn Caled? Roedd yn gweld Blodwen o hyd gan ei bod yn trampio digon efo'i fam. Ond, fyddai o byth yn galw i weld y penteulu o un pen blwyddyn i'r llall. Gweld Berwyn mewn arwerthiannau amaethyddol fyddai o gan amlaf, neu'n rhuthro heibio yn ei 4 x 4 ar hyd ffyrdd y wlad. Doedd dim amser i siarad bryd hynny gan fod rhywbeth yn galw o hyd.

Rhuthrodd meddwl Tomi ymlaen i ystyried buddiannau ei wraig – peth newydd yn ei hanes. Pwy o'r ardal oedd Ann yn cymysgu â nhw? Doedd hi'n adnabod fawr o neb o wragedd fferm yr un oed â hi, meddyliodd, a wnaeth hi ddim ymuno ag unrhyw gymdeithas ar ôl symud i fyw i'r ardal. Yn hynny o beth, dylai Tomi fod yn falch. Gallai Ann fod allan bob nos yn pwyllgora neu'n swpera fel ei fam, neu'n yfed mewn tafarndai coman rownd y rîl. Tybed oedd hi'n difaru ei briodi, meddyliodd? Wrth gael amser i hel meddyliau fel hyn, roedd Tomi'n falch fod efeilliaid bach ar y ffordd. Fyddai gan ei wraig ddim amser i fod yn unig wedyn!

Hel defaid, tocio a thagio defaid yn barod i'r mart oedd ar agenda'r dydd i Tomi. Roedd o eisoes wedi troi'r sbinod banw i dir uwch ac roedd wrthi'n didoli'r ŵyn gwryw ar gyfer eu gwerthu. Gweddïodd y byddai pris teg yn y farchnad. Ond, ble roedd Ann pan oedd o fwyaf ei hangen? Pa help ydi dynas i ffarmwr os nad ydi hi'n gallu rhedag iddo ar adag mor brysur, harthiodd wrtho'i hun? Credai mai esgus gwael iawn oedd bod dynes yn cadw draw oddi wrth ddefaid yn ystod beichiogrwydd!

Torrwyd ar ei hunandosturi gan sŵn cerbyd yn sgrialu'n wyllt tuag ato. Be ddiawl mae Ann yn ei neud yn hercio ar hyd y caeau 'ma, holodd i'r gwynt? Stopiodd hithau ei char yn stond ar lwybr y tractor, a churai ei chalon fel gordd. Wyddai hi ddim sut i dorri'r newyddion i'w gŵr.

'Be sy'n bod arnat ti'n difetha'r sysbension 'na?'

'Dy fam . . .!'

'. . . TI sy'n dreifio, nid Mam!'

'Mae hi wedi cael ei tharo'n wael, Tomi!'

Daeth Tomi i lawr o gefn ei dractor i glywed yr hyn oedd gan Ann i'w ddweud yn gliriach. Roedd hi'n ddigon anodd iddi geisio rhesymu efo'i gŵr fel roedd hi heb orfod cyhoeddi bod ei fam yn wael. Yr unig beth oedd ar ei feddwl, fel arfer, oedd gwaith a fo'i hun!

'Pwy sydd wedi ei tharo hi i lawr? Aros di i mi gael gafael arno fo!'

'Mae hi wedi cael strôc!'

'Strôc a hannar,' cellweiriodd yntau, gan glywed y geiriau ond heb wrando arnynt. 'Go dda rŵan. Be wyt ti isio a finna mor brysur?'

'Tomi, gwranda! Mae dy fam yn yr hospitol. Ty'd i'r tŷ at dy dad, gwael, rhag ofn i ni gael ffôn.'

'Tŷ? Bycin hel! Dwi ar y ffordd i'r mart!'

'Dwi wedi ffonio Berwyn Bryn Calad,' cysurodd Ann ei gŵr. 'Mi eith o â'r ŵyn i'r mart i ti.'

Wedi i Tomi sylweddoli difrifoldeb y sefyllfa, gorfu

iddo ildio i gyngor ei wraig – roedd ei fam, am unwaith, yn fud. Wrth dynnu ei eiriau'n ôl am gwyno am gymdogion codog, diolchodd Tomi am gymdogaeth dda, oherwydd pan gyrhaeddodd y byngalo, roedd ei dad yn cael cwmni pobl na welodd ar aelwyd Pant Mawr erioed o'r blaen! Roedd y teulu wedi cyrraedd yno fel rhaff nionod, a rhun ohonynt wedi t'wllu'r lle ers blynyddoedd! Oeddan nhw ar ôl yr *antiques* yn barod cwestiynodd Tomi ei hun?

Tra bod cwmni gan Ned Davies, gyrrodd Ann i'r ysbyty â Tomi'n meddwl yn ddwys wrth ei hochr. Roedd cymysgedd o emosiynau'n llenwi ei ben. Ar un llaw, doedd o ddim eisiau gwastraffu diwrnod cyfan mewn ysbyty ac yntau efo'r holl waith. Ar y llaw arall, poenai'n arw am ddyfodol a beth fyddai ansawdd bywyd ei fam. A, sut fyddai Ann yn teimlo petai'n gorfod gwarchod a gofalu am ei mam yng nghyfraith yn ogystal â magu dau o blant?

Doedd Tomi ddim yn cytuno efo rhagluniaeth yr eiliad honno, ond doedd Nansi Davies ddim mewn stad i resymu efo'i mab. Deng munud yn unig gafodd Ann ac yntau yn yr uned gofal dwys, ond doedd fawr o bwynt iddynt fod yno. Gorweddai yno'n swrth a distaw, a cheisiodd Tomi ddweud ychydig o eiriau i godi ei chalon, rhag ofn fod ei hisymwybod yn gallu eu clywed. Efallai ei bod yn gwrando ar bob gair ac yn chwerthin yn dawel bach efo hi ei hun, meddyliodd Ann yn sarhaus amdani.

'Mae dy fam yn gre iawn,' meddai i geisio tawelu meddyliau ei gŵr. 'Mae ganddi feddwl miniog (fel rasal weithia roedd hi isio'i ddeud), ac mae hi'n fywiog ac yn llawn bywyd. Mi ddaw hi drwyddi, sti.'

Aeth meddwl Tomi'n ôl i'r cyfnod ble y

cynghorwyd ei fam i gymryd *aspirin* i deneuo'i gwaed rhag iddi gael trawiadau o'r fath. Ond, o na! Doedd HI ddim yn mynd i lyncu'r fath bethau wir – fyddai HI ddim yn cael ei tharo'n wael â hithau'n gwybod yn well!

Yn y coridor y tu allan, dywedodd yr arbenigwr fod y strôc wedi effeithio ar ochr chwith yr ymennydd ac ar ochr dde'r corff. Teimlai Tomi fod y meddyg yn egluro hyn mewn gwaed oer i ddwsinau o deuluoedd mewn wythnos. Roedd ei araith yn hollol amhersonol, a swniai fel petai'n poeni dim am oblygiadau'r strôc ar deuluoedd.

'Strôc ysgafn mae eich mam wedi ei chael,' eglurodd Dr Bengala. 'Ond, mae cyfres o strôcs TIA (*Transient Ischaemic Attack*) yn gallu arwain at un fwy. Dwi ddim ond yn eich rhybuddio chi.'

Rhoddodd y meddyg y bai mwyaf am y strôc ar bwysedd gwaed a cholestrol uchel. Roedd Tomi'n gegrwth wrth wrando ar ei ddadansoddiad, a holodd os oedd poen meddwl a gofal diddiwedd am ei dad wedi cyfrannu at y straen?

'Arglwydd. Ti a fi sydd wedi edrych ar ôl dy dad fwya,' poerodd Ann i'w wyneb.

Aeth y meddyg ymlaen i egluro na fyddai Nansi Davies yn gallu cerdded, bwyta na siarad yn iawn am rai wythnosau. Byddai'n dibynnu'n helaeth ar gymorth niwrolegwyr, ffisiotherapyddion a therapyddion lleferydd (triwch chi ddeud hynny heb gael strôc) i adfer ei hiechyd i ryw fath o normalrwydd. Byddai hefyd angen gofal pedair awr ar hugain y dydd gan ei theulu.

'Hawyr bach,' ebychodd Ann eto. 'Mae hi wedi mynnu hwnnw ar hyd ei hoes yn barod!'

'Felly mae hi'n delio efo salwch Dad,' ceisiodd Tomi

dawelu diawlineb ei wraig. 'Roedd o'n fodlon bod Mam yn galifantio.'

'Isio iddi fynd o'i olwg o oedd y creadur debyca!'

'Dim dyma'r lle na'r amser am ddomestics,' cynigiodd Dr Bengala. 'Dowch yn eich hôlau yfory, a bydd eich mam yn teimlo'n well ar ôl gorffwyso.'

Eglurwyd y byddai iechyd Mrs Davies yn gwella'n raddol bob dydd. Ond, roedd yn rhaid i'r teulu fod yn barod i wynebu llawer o anawsterau. Gallai ei golwg a'i llwnc fod yn wael hefyd, heb sôn am wlychu'r gwely a methu symud.

Yn ei habsenoldeb, roedd Ned Davies i'w weld yn mynd o gwmpas ei bethau ym Mryn Gwyn yn rhyfeddol o dda. Roedd yn mwynhau y tawelwch a'r rhyddid byrhoedlog i fynd a dod fel y mynnai. Llwyddodd i gerdded i geg y ffordd heb help y gadair olwyn na'r ocsigen hyd yn oed, ac roedd yn braf cael anadlu awyr iach y gwanwyn a theimlo'r haul ar ei groen garw.

O dipyn i beth, ac efo llawer o amynedd a bwyd llwy, roedd Nansi Davies wedi gwella'n ddigon da i ddychwelyd i'r byngalo. Pan soniwyd y byddai'n cael mynd adre, gwnaeth Ann yn siŵr na fyddai hi'n gorfod edrych ar ei hôl. Câi'r gwasanaethau cymdeithasol ddod yno i'w chodi a'i gwisgo, ei bwydo a'i rhoi'n ôl yn ei gwely dair gwaith y dydd, meddai. Roedd ganddi hi ddau o blant yn ei chroth i ofalu amdanyn nhw, a doedd hi ddim am beryglu iechyd y rheiny ar draul eu nain hunanol!

* * *

Cafodd Tina ymwelydd annisgwyl yn Nhŷ Clyd. Doedd hi ddim wedi bargeinio gweld neb y diwrnod hwnnw. Er bod ganddi wyliau o'i gwaith efo Radio FM y Borth, roedd am dreulio'r diwrnod yn pori'r we i chwilio am waith addas yn Sydney.

Pan ganodd cloch y drws, gwyddai nad Dic oedd yno. Roedd hwnnw wedi mynd at ei ymgynghorydd ariannol a phrifathro'r ysgol i drafod ei ddyfodol o a'i blant. Doedd Tina ac yntau ddim yn siarad llawer y dyddiau hyn. Roedd Dic wedi ei phechu'n anfaddeuol wedi iddo redeg adre fel ci bach at ei Ddraig. Ond, dant am ddant oedd hi, ac roedd Tina wedi ei bechu yntau drwy gael un 'ffrind' yn ormod ar Facebook! Gwyddai'r ddau mai llonydd oddi wrth ei gilydd am dipyn roeddynt ei angen. Ar ôl ychydig o ddyddiau, byddent yn fwy na bodlon cymodi a dod yn ôl yn ffrindiau – trwy wneud iawn am y diffyg yn eu pranciau cnawdol mwy na thebyg!

Fyddai Antonio ddim yn debygol o alw ar awr mor gynnar â hyn chwaith, meddyliodd Tina, yn enwedig wedi iddi wrthod sbin yn ei MG newydd. A beth am Andrew? Do, fe gafodd swper hyfryd ganddi dro'n ôl, ond chafodd o ddim pwdin! Ai fo oedd wrth y drws wedi dod yn ôl i gael hwnnw? Neu beth am Jeff Parry? Oedd ganddo ddigon o ddyfalbarhad i fynd yn ôl i dŷ Tina i drafod *Yr Wythnosolyn* arfaethedig?

'Shwd wyt ti ers llawer dydd?'

'O ble landiest TI?'

Doedd Tina ddim wedi disgwyl gweld un o hen griw'r Borth ar stepen ei drws, ond roedd Gwenan yn edrych lond ei chroen.

'Falch dy fod yn ôl yn y Borth,' meddai wrthi, heb fod yn or-ddidwyll am ei chroeso. 'Mae'n rhyfedd yn y lle 'ma ar ôl i bawb adael.'

Cafodd y ddwy gyfle i hel atgofion ac adrodd y newyddion diweddaraf am hyn a'r llall. Dipyn o sioc i

Tina oedd sylwi fod modrwy briodas ar fys Gwenan. Ond, roedd yn hynod o falch drosti hi a Lyn, a byddai wedi agor potel o win pe byddai ei gwestai'n yfed y cyfryw beth. Ond, dathlodd y ddwy'r un fath yn union efo paned o de a Bynsen y Grog. Teimlai Gwenan yn gartrefol yn bwyta'i *hot cross bun* – ac iddi hi, roedd yn symbol bach anuniongyrchol fod Tina hefyd yn meddwl am ddioddefaint Crist ar y groes!

Bu Tina'n ddigon nawddoglyd am gefndir capelyddol a thueddiadau rhywiol Gwenan ers ei hadnabod gyntaf. Roedd daliadau moesol y ddwy mor bell o'i gilydd ag yr oedd y dwyrain o'r gorllewin. Ond, erbyn hyn, teimlai fod gan Gwenan a Lyn gymaint o rinweddau da fel bod ei bywyd afradlon hi ei hun yn ymddangos yn hollol ddigyfeiriad. Dyna lle 'roedd hi'n hwylio'n gyflym at ei chanol oed, yn dal i botsian efo gwahanol ddynion ac yn ceisio cadw gŵr a phlant dynes arall yn hapus ar yr un pryd! Na, Gwenan oedd y gallaf, meddyliodd, efo barn bendant am fywyd a pherthynas pobl â'i gilydd (ac â Duw). Byddai'n rhaid i Tina newid ei ffordd o fyw hefyd os oedd am gael ei pharchu!

Pan aeth y sgwrs i sôn am ei theulu, dywedodd Gwenan fod priodasau Lliwen a hithau wedi dod â'i mam ac Wncwl Morys yn nes at ei gilydd. Ond, roedd y diwrnod wedi pellhau ei thad oddi wrthynt.

'Mae Dadi'n derbyn cownseling nawr,' meddai'n benisel.

'O leiaf, mae'n cydnabod bod ganddo broblem,' cysurodd Tina hi.

'Odi, g'lei. Y ddiod felltith wedi ei feddiannu ers i Mam-gu gyhoeddi'r newyddion am Wncwl Morys. Ond mae un peth da wedi digw'dd ers i mi ddod 'nôl i'r

North. Mae Morys wedi shiffto i'n stafell wely i, ac mae'n byw'n barhaol gyda Mami a Dadi nawr. Bydd yn rhwyddach ei garco gyda bod ei wynegon mor dost.'

'A beth am y coleg yma'n y gogledd?' holodd Tina, fel petai am ymuno â hi i orffen ei chwrs diwinyddol!

'Bydd rhaid aros tan y tymor nesa,' eglurodd Gwenan. 'Yn y cyfamser rwy'n fwy na bodlon helpu Lyn yn y Bistro. Rwy'n cael cymaint o fudd wrth gymysgu gyda phobl mewn bwyty ag rwy'n gael mewn capel.'

'Rhaid i fi a Dic ddod draw am swper acw'n fuan felly,' cynigiodd Tina'n gynnil.

'Pam na ddewch chi i'n cyfarfod cyntaf ni o "Credo Crunch" nos Lun?'

Gwyddai Tina fod llawer o sôn wedi bod ar y cyfryngau am fynd â chrefydd i'r dafarn. Roedden nhw'n despret isio ennill ffydd a chynulleidfa, meddyliodd. Ond fyddai ceisio symud y mynydd at Mohammed ddim yn gweithio yn ei thyb hi!

Wrth ffarwelio efo Gwenan, wnaeth Tina ddim gaddo dim byd gan iddi gael ei hachub, yn llythrennol, gan alwad ffôn. Esgusododd Gwenan ei hun gan chwifio'i ffarwél i lawr y dreif.

'Ti'n iawn, babi dol?'

Oedd, roedd Dic yn ei ôl ac yn swnio fel petai dim wedi digwydd!

'Wyt *ti*?' holodd Tina'n wawdlyd, oherwydd doedd hi ddim am faddau mor hawdd â hynny iddo am gynffonna'i wraig!

'Dal i drefnu'n dyfodol ni, Tina fach,' meddai, gan grafu hyd yn oed yn fwy na'r arfer. 'Ar ben pob dim mi ddaeth y taliad diswyddo drwyddo. Swm bach digon del i ni fedru prynu lle yn Sydney . . .'

Torrodd Tina ar draws ei hunanganmoliaeth.

'. . . wnest ti gysgu efo hi?'

'Efo pwy? Tina! Ti'n dal i feddwl mod i wedi cysgu efo Dyddgu'n dwyt?'

'Paid â thrio taflu llwch i fy llygaid i, Dic!'

Wnaeth Dic ddim gwadu na chysgodd efo'i wraig. Wedi'r cwbl, roedd hi angen cysur y noson honno, a doedd run gwely sbâr yn Llys Meddyg. Ond, wnaeth o ddim cyfaddef fod rhywbeth mwy na chysgu wedi digwydd yn y gwely hwnnw chwaith!

'Anghofia am Marie,' meddai Dic i geisio tawelu meddyliau Tina. 'Mae hi dros y gwaetha. Ti a fi sy'n bwysig rŵan.'

'Mae'n anodd genna i goelio weithie.'

'Ynghanol pob dim, mi ddaeth 'na un newydd o'r ysbyty allasai fod yn ddrwg iawn.'

Wyddai Tina ddim a oedd o'n sôn am Ysbyty'r Borth neu'r ysbyty orthopedig yn Sydney. 'Ges i ngalw at yr Hitlerwraig unwaith eto. Deud nad ydi pen-glin ryw hen wreigan wedi gwella fel y dylai.'

'Ai dy fai di oedd hynny?' holodd Tina er mwyn dangos consýrn . . . am y wraig yn fwy nag am Dic.

'Ddudes i wrth Mrs Watkins a'r ffisiotherapydd fisoedd yn ôl am iddi wneud mwy o ymarferion,' eglurodd, gan geisio swnio fel mai bai rhywun arall oedd o.

'Felly, roeddet ti'n ymwybodol o'r broblem.'

Sylwgar iawn, Tina Thomas, meddyliodd Dic. Dwyt ti ddim yn ohebydd am ddim byd!

'Roedden nhw'n trio deud fod 'na rywbeth bach i'w weld ar y pelydr-x oedd ddim i fod yno!'

'Fel digwyddodd flynyddoedd yn ôl?'

Roedd Tina'n gwybod gormod, meddyliodd Dic.

Nid pawb oedd yn ymwybodol o'r swab bach gafodd ei adael o dan groen claf yn ystod y llawdriniaeth honno. Ond, roedd hynny ddau ddegawd yn ôl!

'Dwi'n meddwl mod i'n lwcus mod i wedi derbyn y taliad diswyddo,' meddai Dic. 'Gwell i ni ei miglo hi o'r wlad 'ma mor fuan ag y gallwn ni!'

'Dic! Falle gei di dy gyhuddo o amryfusedd go iawn y tro yma?'

'Fysa'n rhaid i lawfeddyg arall agor ei phen-glin hi i weld be 'di'r broblam,' ceisiodd yntau greu senario ddychmygol er mwyn sgubo'r baw o dan ei garped ei hun. 'Dwi'm yn meddwl y byddai'r Awdurdod Iechyd yn taflu pres ar hynny. Ag eto . . .'

'. . . Ond mi fydd yn rhaid iddyn nhw os ydyn nhw isio profi dy fod yn euog.'

'Duwcs! Fydd y ddynas ddim byw ymhen blwyddyn neu ddwy siŵr iawn!'

'Am ffordd i siarad am dy gleifion,' hefrodd Tina i lawr y ffôn. 'Gyda llaw, ges i ymwelydd heddiw. Gwenan. Mae hi a Lyn wedi priodi.'

'Wedi'n curo ni, felly.'

Oedd Dic o ddifri'n dweud hynna holodd Tina, gan amau os oedd Dic wedi meddwl ei phriodi hi o gwbl? Yna, cyfrodd Tina i ddeg, ac yn raddol bach, toddodd ei chalon a thawelodd ei nerfau.

'Mae hi'n gweithio efo Lyn yn y Bistro rŵan. Wedi'n gwadd ni yno am swper nos Lun. Ffansi?'

Ddywedodd Tina ddim wrth Dic ymlaen llaw mai sesiwn grefyddol fyddai'n dilyn y stecen a'r *pavlova*, ond roedd coginio Lyn mor fendigedig ag erioed. Ofnai Tina y byddai Gwenan wedi gwthio ei chrefydd i lawr gyddfau'r gwesteion cyn iddyn nhw orffen eu prydau hyd yn oed. Ond, chwarae teg iddi, wnaeth hi ddim gorchymyn i neb aros ar ôl ar gyfer yr oedfa, a bu'n ddigon doeth yn rhoi taflen i bawb wrth iddynt gyrraedd. Fel yna, roedd ganddynt ddewis i aros ar ôl neu beidio.

Tri chwpwl a set o deulu o bump oedd yno'r noson honno. Cynulliad digon del petai pawb yn aros, meddyliodd Tina. Ond, doedd Dic ddim yn barod i drafod cau capeli na stad foesol y wlad efo neb ar ôl bolied o fwyd a gwin coch chwaethus. Roedd o eisiau dychwelyd i Dŷ Clyd ar ei union. Doedd o ddim wedi cael jwmp (efo Tina) ers dyddiau!

Yn anffodus i Gwenan, dim ond un cwpwl wnaeth benderfynu aros, a theimlodd Tina reidrwydd i'w chefnogi am o leiaf hanner awr. Pâr di-Gymraeg oedd y lleill, a daeth yn amlwg yn fuan nad Cristnogion mohonynt. Gorfu i Gwenan newid ei phregeth yn ddigon buan, a rhoddodd gyfle i'r pedwarawd dethol drafod materion moesol a moesegol cyffredinol. Chyfrannodd Dic na Tina fawr i'r drafodaeth, ac ar ddiwedd y sesiwn, roedd pawb yn falch o gael troi am adref. Ond, edrychai'r pâr arall yn ddigon bodlon efo'r drafodaeth, a chawsant ddiod o wisgi gan Gwenan fel gwerthfawrogiad eu bod wedi aros ar ôl i seiadu.

Gallasai Tina fod wedi sgwennu erthygl ddigon difyr am y 'Credo Crunch' i'r *Journal* petai'r brych o olygydd ag unrhyw ddiddordeb mewn achlysur o'r fath. Byddai'n rhaid iddi gael Gwenan ar newyddion Radio FM y Borth i drafod ei chynllun arloesol. Câi hysbys am ddim i'r sesiynau, byddai'n hwb i Lyn a'i Fistro a byddai'n profi unwaith eto fod gan Tina drwyn am stori.

Fu Dic erioed mor falch o adael tŷ bwyta. Beth oedd pwynt mwydro am stad y byd a hithau'n unfed awr ar ddeg arno fo, holodd ei gydwybod? Serch hynny, dymunodd bob lwc i fenter ddiweddaraf Gwenan. Yn anffodus, roedd o angen mwy o lwc ei hun y dyddiau hyn!

Wedi i Tina ac yntau ymlwybro am adre roedd hi bron yn hanner nos. Eisteddodd Dic ar y soffa'n barod i fwynhau wisgi bach arall a chwtsh mawr gan Tina cyn noswylio. Ond, yn sydyn, canodd ei ffôn poced a drylliwyd ei gynlluniau am y noson. Pwy oedd y rhif dieithr a fflachiai o'i flaen mor hwyr yn y nos? Ai teulu Mrs Watkins oedd am ei hysbysu fod ei hiechyd wedi gwaethygu? Ai'r Hitlerwraig oedd yn mynnu ei fod yn cyflawni llawdriniaeth arall i unioni'r camgymeriad? Oedd Marie'n bod yn niwsans eto?

'Helô, Mr Jones? Anita Roxon yma.'

Rhoddodd calon Dic dro pan glywodd enw pennaeth yr ysgol breifat yn Sydney. Beth gebyst oedd honno isio ar noson fel heno? Yna, cofiodd Dic ei bod yn ganol bore yr ochr arall i'r glôb.

'Dwi'n ofni na fedrwn ni dderbyn eich plant yma, Mr Jones,' eglurodd honno'n bwyllog. 'Mae'n amlwg nad eu mam fiolegol oedd efo chi ar eich ymweliad â'r ysgol. Fydden ni ddim am i addysg y plant gael ei heffeithio gan sefyllfa deuluol gymhleth. Pob lwc ar chwilio am le arall.'

Gwyddai Dic yn iawn y byddai problem yn codi ar ôl i Tina agor ei hen geg fawr efo'r pennaeth. Cofiai'n iawn iddi ddweud mai 'Miss Thomas' oedd hi ac nid 'Mrs Jones'! Yr hulpan wirion, meddyliodd. Ond, doedd o ddim am godi crachen arall ac ypsetio mwy ar Tina heno. Dim ond newydd gael maddeuant oedd o am fynd i chwilio am gysur at ei wraig! Na, byddai'n well iddo yntau anghofio am y newyddion syfrdanol am noson er mwyn canolbwyntio ar fwrw'i flinder a chodi'r tensiwn oedd rhyngddo fo a Tina. Byddai'n dadlennu'r broblem ddiweddaraf wrthi ryw ddiwrnod arall! Yna, torrodd Tina ar draws ei feddyliau.

'Problem?'

'Na,' atebodd Dic gan sipian ei ddiod yn araf a pharhau efo'i chofleidio. Rhoddodd gusan frwd ar ei gwefusau, ac er fod blas y bwyd a gafodd yn gynharach yn dal ar ei gwynt, cafodd Dic yr awydd rhyfeddaf i'w ffwcio yn y fan a'r lle. Ond, am y tro cyntaf ers tro, doedd Tina ddim yn rhannu'r un dyheadau ag o. Roedd hi'n mynd yn fwy amheus o ymddygiad Dic bob dydd, ac yn grediniol ei fod ar fin cyhoeddi ei fod yn dychwelyd at ei deulu.

20. Unrhyw un am Dennis

Pan soniwyd bod Nansi Davies yn cael gadael yr ysbyty, roedd Ann wedi gwrthod ei chael i Bant Mawr neu byddai wedi mynnu pob mathau o bethau – o'i bwydo a'i dandwn i rywun i sychu ei thin. Fyddai rhoi sylw a thendans iddi hi ddim yn deg ar Ned Davies, meddyliodd Ann – roedd ei iechyd yntau yr un mor fregus ag un ei wraig, ond bod o byth yn cwyno! Oedd, roedd Ann wedi rhoi ei throed i lawr – HI oedd bòs y tŷ fferm erbyn hyn, ac roedd yn hen bryd i'w rhieni yng nghyfraith a'i gŵr sylweddoli hynny.

'Ti'n hogan galad,' meddai Tomi wrthi dros swper. 'Fysa Mam wedi edrych ar d'ôl di tasat ti'n wael.'

'Peth meddal 'di meddwl, Tomi Davies,' atebodd hithau gan ddiystyru'r gwir.

'Fyddi di'n gorfod ymdopi efo dau fabi mewn chydig o wythnosa. Fysa Mam wedi bod yna i *ti*!'

'Mae dy fam yn gallu bod yn ddigon o fabi ei hun,' meddai er mwyn rhoi'r gyllell yn ddyfnach yn ei chefn.

Doedd Ann ddim yn licio fod Tomi'n ochri ei fam. Ond, y gwir amdani oedd ei bod yn colli cefnogaeth ei theulu ei hun. Prin oedd Gwyn ac Alun, ei brodyr iau, na'i mam yn mynd i edrych amdani. Ar y dechrau, dywedent fod y Borth yn rhy bell. Ond, rŵan ei bod yn byw'n agosach atyn nhw, doedden nhw'n dal ddim yn ymdrechu'n galed. Rhy brysur efo'r busnes gwely a brecwast oedd eu rheswm (esgus) bob tro.

'Mi fyddi *di* genna i i ofalu amdanyn nhw,' meddai Ann, gan atgoffa Tomi y byddai ganddo yntau gyfrifoldeb fel tad wedi i'r efeilliaid gael eu geni. 'Ac mae dy fam wedi cael pob dim gan y gwasanaethau cymdeithasol i'w helpu i neud pethau drosti hi ei hun ym Mryn Gwyn. Dyna mae hen bobol isio – annibyniaeth.'

'Dydi hi ddim yn hen,' cywirodd Tomi hi. 'Prin dros oed yr addewid ydi hi.'

'Wel, mae'r petha 'ma'n taro'r cyfiawn a'r anghyfiawn – addewid neu beidio. Mi fydd yn rhaid iddi wneud y gora o'r gwaetha.'

Gwir fo'r gair. Roedd yr awdurdodau wedi:

- gosod larwm yn y byngalo fyddai'n canu ym Mhant Mawr petai Mrs Davies mewn argyfwng;
- rhoi rhaff o gwmpas ei gwddf (ond ei bod hi ddim digon tyn!) efo botwm fyddai'n canu yn swyddfa'r gwasanaethau cymdeithasol petai'n baglu;
- cyflenwi comôd yn lle'i bod yn gorfod halio'i hun i'r lle rhech;
- rhoi pulpud iddi yrru o gwmpas y lle i sadio'i hun wrth ailddechrau cerdded;
- cyflenwi cadair olwyn drydan iddi (fel y gallai rasio'i gŵr o gwmpas y byngalo!).

Beth arall oedd y ddynas eisiau, meddyliodd Ann yn ddirmygus am y sefyllfa?

Fel ei pherthynas agosaf, rhybuddiwyd Tomi y gallai ei fam gael strôc arall os na fyddai'n dilyn cyfarwyddiadau'r meddygon. Ond, roedd hi'n gyndyn iawn o lyncu'r *aspirin* a'r *statin* a fyddai'n cadw'i gwaed rhag ceulo ymhellach. Gan fod y gwasanaethau cymdeithasol yn dod i mewn dair gwaith y dydd i'w chodi a'i bwydo, byddai'n rhaid iddyn nhw falu'r tabledi'n fân a'u cuddio yn ei huwd neu ei chawl.

Roedd y nyrsys yn hynod o glên a thosturiol efo hi. Dyna'u swyddogaeth, ond roedd angen stumog go gref i lanhau cleifion fel Mrs Davies o un pen i'w chorff i'r llall, meddyliodd Ann. Hen job afiach – fysa fo ddim yn naturiol iddi hi lanhau ffani ei mam yng nghyfraith! Na, roedd yn iawn iddi gael rhywun proffesiynol i forol amdani, er bod y jadan yn dal i feddwl ei bod yn gwybod yn well na nhw!

'Mae'n RHAID i chi gymryd y tabledi, Mrs Davies – neu ewch chi'n waeth,' rhybuddiodd un o'r nyrsys hi.

'Dw'n . . . awn,' ceisiodd Nansi Davies fwmblan ei geiriau drwy geg gam, lafoerllyd.

'Mi nheth . . . Ann . . . edach a'n hôl i.'

Dim ffwc o beryg meddai honno o dan ei gwynt. Biti bod clyw yr ast yn dal yn iawn, meddyliodd.

'Mae Ann yn gorfod edrych ar ôl hi ei hun y dyddiau yma, Mrs Davies,' ceisiodd y nyrs bwnio synnwyr i'w phen a phwyntio at fol chwyddedig Ann yr un pryd.

'Ddim . . . isho fi . . . fod n nwshans . . . ma hi.'

Er bod ei lleferydd yn aneglur, gwyddai Ann fod ei mam yng nghyfraith yn golygu'r hyn a ddywedai. Roedd dagars yn ei llygaid hefyd, a gwyddai'r naill a'r llall eu bod yn casáu ei gilydd!

'Dyna chi, gorffwyswch rŵan.' Ceisiodd y nyrs roi taw ar ei hunandosturi. 'Ddown ni draw heno i'ch rhoi chi nôl yn y gwely.'

Er mor anabl oedd Ned Davies ei hun, roedd yn ymdrechu'n galed i godi i wneud paned o de neu estyn hyn a'r llall i'w wraig. Wedi'r cwbl, hi oedd angen ei help o'r dyddiau hyn. Rhoddodd Nansi flynyddoedd o ofal iddo fo er gwaethaf ei gwendidau a'i thripiau mynych! 'Hyd oni wahaner ni . . .' oedd ei foto.

Er bod llawer o ymwelwyr yn picio i weld Mrs

Davies, ceisiai Ann gadw hyd braich er mwyn i'r ddau weld eu bod yn gallu ymdopi ar eu pennau eu hunain. Ond, er mor galongaled y gallai Ann ymddangos, gallai ei masg ddatgelu ychydig o dosturi a chonsyrn am Nansi weithiau hefyd, oherwydd byddai'n galw heibio i'w gweld ryw ben bob dydd. Teimlai fod Tomi'n haeddu cymaint â hynny gan ei wraig!

Un diwrnod cafodd Ann ei hun ymwelydd, ac roedd yn falch iawn o'i gweld. Anaml iawn oedd ffrindiau'n galw i Bant Mawr y dyddiau hyn, a fyddai hithau ddim yn cael cyfle i ymweld â nhwthe. Duw a'm gwaredo wedi i'r babis gyrraedd, meddyliodd.

'Wedi dod i weld sut mae pethe,' meddai Tina'n chwa o awyr iach, a diolchodd Ann am ei chonsýrn.

'Mae mhetha i'n iawn,' chwarddodd. 'Sut mae rhai Dic?'

Cafodd y ddwy gyfle i sgwrsio am oriau'r prynhawn hwnnw, tra oedd Tomi'n gweithio yn yr awyr agored ac yn tendio ar ei rieni a'r ymwelwyr. Buont yn cymharu bywydau'r naill a'r llall, trafod dyfodol y ddwy, anawsterau carwriaethol a chant a mil o bethau eraill. Nododd Ann y byddai wrth ei bodd yn mynd i ymweld â Dic a Tina yn Awstralia, a byddai'n addysg i'w gefeilliaid fel y bu i Gari a Marged. Eglurodd Tina nad oedd pethau'n rhy dda rhwng Dic a hithau ers ychydig o wythnosau, ond, pe byddai'r ddau YN ymfudo, byddai croeso mawr iddynt ar eu haelwyd – pe baent yn medru fforddio tŷ! Ychwanegodd Tina fod ganddi gynllun i wneud rhywbeth am ei pheipiau mewnol ei hun tra oedd hi allan yno hefyd. Roedd clywed pawb yn sôn am fabis a magu wedi codi'r awydd mwyaf arni i gael plentyn ei hun erbyn hyn, a byddai'n rhy hen ymhen ychydig o flynyddoedd meddai!

'Mae 'na driniaethau ffrwythlondeb o'r radd flaenaf yn Awstralia,' eglurodd Tina. 'Mae'r gyfradd llwyddiant yn uchel, fel mae'r gofal a'r dechnoleg ddiweddara.'

Ond, tra oedd hi'n egluro'i gobeithion am IVF dros baned a thamed o darten riwbob, canodd y gloch argyfwng.

'Ffycin hel,' meddai Ann. 'Mae'r ddynas 'na isio'i saethu! Fyddai hynny'n arbad lot o drafarth i bawb. Sgiwsia fi, gwael, rhaid i mi fynd i weld be mae hi *ddim* isio.'

Yn syth wedi i Ann adael y tŷ, daeth Tomi i mewn i gegin Pant Mawr i chwilio am ei de dri. Dychrynodd wrth weld coesau hirion Tina'n wincio arno o'r soffa. Dim ond bloneg crwydrol Ann oedd yn ei groesawu fel arfer.

'Duwcs, Tina, sut wyt ti ers achau?'

'Dod i weld yr hen wraig tra bod cyfle,' meddai Tina.

'Pwy – Mam?'

'Wel . . . nage, Ann o'n i'n feddwl. Ond, dwi'n meddwl am dy fam hefyd wrth gwrs . . . Sut mae hi?'

'Gystal â'r disgwyl. A sôn am ddisgwyl, ble mae Ann?'

'Wedi rhuthro i'r byngalo. Mi ganodd y larwm.'

A dyna Tomi wedi ei heglu hi o'r tŷ hefyd, gan adael Tina'n rhythu i mewn i'r tân oer yn y grât. Wedi aros am ddeng munud, teimlodd ddyletswydd i fynd draw i Fryn Gwyn i gynnig help. Ond, penderfynodd y byddai'n well iddi adael materion dyrys y teulu iddyn nhw'u hunain.

Pan oedd yn gyrru i lawr y lôn gul am y brif ffordd, sgrialodd ambiwlans i fyny am Fryn Gwyn, ac ymhen hanner awr, roedd Nansi Davies yn ei hôl yn yr ysbyty.

Roedd ei llwnc mor wael fel iddi dagu ar damed o'r darten riwbob. Dyna lonydd am ychydig eto, meddyliodd Ann yn dawel wrthi hi ei hun.

*   *   *

Doedd Mrs Griffiths, y Boncyn, ddim yn gweld ei mab yn aml y dyddiau hyn gan ei fod yn sniffio Catrin ers ychydig o wythnosau. Er ei bod yn falch drosto, ac er mor siofenistaidd a di-feind roedd o'n gallu bod, roedd hi'n unig hebddo. Fuodd o erioed yn un am werth-fawrogi merched, a byddai'r anifeiliaid o'i gwmpas yn cael mwy o barch a sylw o lawer ganddo. Bodau eilradd dibwrpas fuodd merched erioed iddo (dim ond bod rhai'n fodlon agor eu coesau a'r lleill yn fodlon cau eu cegau). Ond, byddai ei agwedd yn newid am blwc wrth gael cariadon newydd, a cheisiau ei orau i greu argraff arnynt ar yr adegau hynny!

Er gwaetha'i wendidau, gwelodd ei fam ochor orau Bryn pan aeth ar wyliau efo fo a Marie i Blackpool. Roedd o'n ofalus iawn ohoni, ac yn tendio arni bob munud â hithau yn ei gwendid. Er bod ei amynedd wedi bod fel matsien erioed, teimlai ei fam ei fod bellach yn ddyn llawer mwy addfwyn, goddefgar a bodlon. Roedd o'n dal i licio'i gwrw, ac roedd o'n wrth-ffeministiaid o hyd. Ond mynd i dafarn am y cwmni a'r gyfeddach wnâi o'n fwy na dim y dyddiau hyn, ac yntau'n prysur droi'n hen lanc.

Fyddai Mrs Griffiths ddim yn licio mynd o'r byd yma heb wybod fod ei mab yn hapus, a'i breuddwyd erioed oedd ei fod yn ffeindio rhywun atebol i edrych ar ei ôl. Gwyddai o'r dechrau nad Marie oedd y partner iawn iddo, ac er iddi edrych ymlaen at ddod yn nain a chael gwarchod yr hen 'Richard Bryn' bach, doedd y peth ddim i fod, meddyliodd. Fuodd yna erioed ddrwg na fuodd o'n dda i rywun arall.

Dyna pam fod Mrs Griffiths yn ffysian yng nghegin y Boncyn yn paratoi cinio i Bryn a Catrin. Roedd hi wedi clywed cymaint o sôn am 'y cariad newydd', ac yn ymwybodol ei bod yn gweithio'n lleol mewn garej. Gwyddai hefyd ei bod yn ffrindiau efo Ann a Tomi ers blynyddoedd. Er iddi briodi ddwywaith o'r blaen, doedd hynny'n poeni dim ar Mrs Griffiths. Tri chynnig i Gymraes, meddyliodd, a gobeithiai'n wir mai ei mab hi fyddai'n ei bodloni yn y pen draw.

Gan nad oedd Bryn yn rhy hoff o fwyd ffansi, wnaeth ei fam erioed drafferthu coginio pethau mentrus iddo. Roedd o'n hapus efo'i ginio poeth, ei bysgod a'i gig oer neu ambell i sosej, bîns a tsips. We hei!

Ond, heddiw, er ei bod yn ddydd Sul, roedd Mrs Griffiths am fynd i drafferth i blesio'r cwpl hapus, a phenderfynodd arbrofi drwy wneud *beef stroganoff*.

Mwynhaodd ei hun yn siopa am y cynhwysion, a bu wrthi am hydoedd yn paratoi pob dim. Yna, daeth yn amser ffrio'r lympiau bîff, a rhoddodd y nionod a'r madarch, y blawd a'r garlleg, y siwgr brown a'r *tomato purée* mewn sosban. Ychwanegodd isgell at y gymysgedd a rhoi'r cyfan yn y popty i'w goginio am bron i dair awr. Roedd y cogydd Jean-Pierre wedi awgrymu y dylid bwyta'r cyfryw saig efo nwdls wyau, ond gwyddai Mrs Griffiths y byddai ei mab yn troi trwyn ar bethau felly. Sosbannaid o datws amdani, meddyliodd, a byddai'r tri'n cael pryd i'w gofio yng nghegin glyd y Boncyn.

'Stiw o ba baced ydi hwn, Mam?'

Doedd Bryn ddim yn gwerthfawrogi ymdrech ei fam.

'Ydach *chi*'n licio fo, Catrin fach?'

Roedd yn rhaid i honno ddweud ei bod hi wrth gwrs – ac roedd hi'n ei feddwl.

'Blasus iawn, Mrs Griffiths. Mae'n cymryd dipyn o sgìl i wneud *beef stroganoff* da.'

'Dyna pam na wnaeth Mam fynd i drafferth,' meddai Bryn yn ei donyddiaeth wawdlyd arferol.

'Na, Bryn,' meddai Catrin yn styrn, gan ochri ei fam. Gwyddai hefyd fod winc fach ddireidus yn llygaid ei chariad. 'Dwi'n gwybod sut mae ei neud o. Mae o'n cymryd oriau. Felly, gobeithio byddi di'n gweld gwerth yn fy nghoginio i'r tro nesa!'

'Diolch, Catrin fach,' sebonodd Mrs Griffiths. 'Dydi dynion ddim yn gwerthfawrogi be mae'r merched yn eu bywydau'n ei wneud drostyn nhw. Roedd tad hwn yn union yr un fath!'

Pwdin siwet oedd i ddilyn, ac er i Mrs Griffiths gymryd dwy awr i goginio hwnnw hefyd, gwyddai y byddai Bryn yn ei werthfawrogi'n well.

'Wel, Catrin fach,' meddai ar ddiwedd y loddest. 'Rydech chi wedi sylweddoli bellach mai'r ffordd i gyrraedd calon Bryn ydi trwy lenwi ei fol mawr o efo bwyd a chratsied o gwrrw!'

Gwenodd y ddau gariad ar ei gilydd a setlo o flaen y teledu efo paned o de. Doedd yr un o'r ddau angen dim byd cryfach ar ôl y coginio cartref blasus.

'Fyddwch chi'n cael gwyliau o'r garej yn fuan?' holodd Mrs Griffiths er mwyn creu sgwrs a dal pen rheswm efo Catrin.

'Mae Bryn a finne'n mynd i Bortiwgal mewn chydig wythnosau,' atebodd. 'Gawson ni docynnau Ann a Tomi.'

'O,' meddai hithau, gan glywed y newyddion hynny am y tro cyntaf. 'Falle ddowch chi'n ôl efo modrwy?'

'Neu ddwy,' atebodd Bryn yn awgrymog. 'Fysa'n lot haws a llai costus i bawb!'

Doedd ei fam ddim yn siŵr a oedd Bryn yn seriws ai peidio, ond gallai obeithio'r gorau. Oedd, roedd Catrin wedi ei phlesio. Roedd hi'n ferch cefn gwlad oedd ddim yn ofni gwaith caled. Gallai gymysgu efo pobol o bob oed a statws, a gwyddai y byddai'n fam dda i blant Bryn. Diolchodd Mrs Griffiths fod rhagluniaeth wedi cymryd Richard Bryn bach o'r byd hwn, neu *hi* fyddai wedi gorfod ei fagu mwy na thebyg!

*   *   *

Galwad ffôn i swyddfa Radio FM y Borth dderbyniodd Tina un bore Gwener. Dic oedd yno, ac yn cyhoeddi na fyddai o gwmpas Tŷ Clyd y penwythnos hwnnw – eto. Roedd yn cael ei anfon i gynhadledd arall efo Ysbyty'r Borth – i Fanceinion y tro hwn. Doedd Tina ddim yn coelio'i stori.

'Os wyt ti newydd gael tâl diswyddo, sut bod nhw'n dy yrru di ar gwrs arall?'

'Ma nhw'n gneud yn siŵr bod eu staff yn gallu ymdopi efo'r byd mawr y tu allan i fywyd yr NHS.'

'Chware teg iddyn nhw am daflu pres yr awdurdod iechyd i ddim byd,' meddai Tina'n wawdlyd.

Ond, roedd hi'n fwy blin efo Dic am fynd a'i gadael nag efo'r ysbyty am gynnig y fath gwrs!

'Er lles ti a fi fydd o,' ceisiodd Dic gyfiawnhau ei drip. 'Trafod chwilio am waith arall, cynilion, pensiwn, hunanasesu, ailhyfforddi . . .'

'. . . ga i ddod efo ti? Roeddet ti'n fwy na bodlon i mi ddod i Lundain.'

Oedd, roedd Dic wedi mwynhau'r cwrs yn

290

Llundain. Y rheswm pennaf am hynny oedd bod Tina'n aros amdano yn y gwesty â'i choesau'r un mor agored â'i chroeso. Ond, y tro hwn, gorfu iddo roi blaenoriaeth i'w deulu, a doedd o ddim yn gwybod sut i eirio'r datganiad oedd i ddilyn.

'Ym . . . Dwi am fynd â'r plant efo fi.'

Tawelwch.

'Mi fedra i warchod y plant,' cynigiodd Tina'n ystyrlon. 'Byddai amser yn eu cwmni'n hwyluso pethau erbyn yr ymfudo.'

Ennyd o banig.

'Na, neu mi fysan ni'n eu siomi nhw,' mentrodd Dic.

Amheuaeth.

'Ni?'

Roedd Dic yn creu twll mwy iddo fo'i hun.

'Ym . . . fi . . .'

Dechreuodd gwaed Tina boethi fel yr oedd wyneb Dic yn cochi.

'Sut fedri di fynychu cynhadledd efo dau o blant yn strancio o gwmpas y lle?'

'Mi fydd Marie yno i ofalu amdanyn nhw. Sori dy siomi di Tina, ond . . .'

'. . . y bastard slei!' Roedd Tina bron â'i dagu. 'Iawn, cerwch 'te. Mi ffeindia i gwmni i fy niddanu inne'n y Borth 'ma hefyd!'

'Paid â bod yn fyrbwyll,' erfyniodd Dic arni. Doedd o ddim am i Tina gysidro chwilio am ddyn arall fel eilydd yn ei absenoldeb! 'Dwi'n mynd â Marie efo fi achos ei bod hi angan brêc ar ôl ei thrawma, ac mae hi'n haeddu bod efo'r plant cyn eu bod yn diflannu o'i bywyd am byth.'

'Fi sydd ar fin diflannu o dy fywyd *di* am byth, Dr Richard Jones!'

Fyddai Tina byth yn galw Dic yn 'Richard', 'Mr Jones' nag yn 'Dr' fel arfer. Roedd ei alw o dan y tri enw'n golygu ei bod yn hollol gandryll efo fo. Ond byddai wedi hoffi ei alw'n bethau llawer gwaeth na hynny'r eiliad honno.

'Mi fydda i yn f'ôl nos Sul, Tins. Fedra i aros drwy'r wythnos efo ti wedyn os wyt ti isio.'

Roedd tymer Tina'n berwi, llanwodd dicter ei llygaid a dechreuodd ei llwnc droi'n gyfog. Doedd hi ddim am glywed mwy o'i seboni, a rhoddodd y ffôn i lawr yn glep. Diolchodd fod gormod o brysurdeb yn y swyddfa i neb sylwi ar ei chynddaredd. Roedd pawb yn rhuthro o gwmpas y lle'n hel y newyddion diweddaraf ar gyfer y bwletin.

Pam fod Dic yn gwneud hyn i mi o hyd ac o hyd, holodd ei hun ynghanol môr o ddagrau? Un funud, mae o'n fy ngharu i'n nwydwyllt – y funud nesa, mae o'n rhoi mwy o sylw i'w Ddraig sydd newydd golli babi dyn arall!

Os nad oedd Dic yn dechrau newid ei feddwl am ymfudo i Awstralia, roedd Tina'n ystyried hynny go iawn! Ond, doedd ganddi ddim amser i fod yn hunandosturiol rŵan, oherwydd roedd ar fin mynd i'r stiwdio. Cyn gwneud hyny, roedd angen picio allan i gael awyr iach i glirio'i hysgyfaint.

Gadawodd i'r awel ffres ddawnsio ar ei bochau am funud neu ddau. Gwrandawodd ar sŵn yr adar bach yn y goedwig gerllaw a chymerodd anadl hir a dofn er mwyn tawelu'r nerfau. Yna, dychwelodd y tu ôl i'r meicroffon gan ddarllen y newyddion mor ddilychwin ag erioed. Doedd Dic na'i deulu codog ddim yn mynd i amharu ar ei gwaith hi wir – roedd hi'n berson cryfach a mwy proffesiynol na hynny diolch yn fawr! Ond, roedd wedi mynd i amau ei chryfder ei hun yn ddiweddar.

Ar fin cychwyn yr injan yn y maes parcio ar ddiwedd y prynhawn oedd Tina pan glywodd gnoc ar ffenest ei char. Chwifiodd rhywun ei ddwylo arni a dychrynodd hithau gan feddwl fod rhywun yn mynd i ymosod arni. Wnaeth hi ddim ei adnabod yn syth oherwydd gwisgai helmed galed am ei ben.

'Argol, be wyt ti, *stalker?*' holodd Tina wedi i Andrew ddatgelu ei wallt melyn, del.

'Sori, Tin Tin. Meddwl fyset ti'n licio dod i nofio efo fi pnawn 'ma. Neu gêm o dennis fel ers talwm?'

'Fyswn i wrth fy modd Andy Pandy,' meddai hithau, yn fwy penderfynol nag erioed i fwynhau ei hun efo dyn arall. 'Rho hanner awr i mi fynd adre i gael rhywbeth i'w fyta ac mi wna i ymuno efo ti yn y ganolfan hamdden.'

Prin oedd Tina wedi chwarae tennis ers i Andrew hel ei draed am Sbaen. Byddai mwy o ymarfer corff yn gwneud byd o les iddi, meddyliodd. Ac os oedd Dic yn benderfynol o redeg i ffwrdd efo'i deulu annwyl, pam ddylai hi deimlo'n euog ei bod ar fin mynd allan i 'chwarae' efo hen gariad iddi?

'Ti'n edrych yn dda mewn shorts, Tina. Dy goesau mor siapus ag erioed. *Eres muy bonita.*'

Efallai fod dynion wedi meddwl fod Tina'n hogan horni erioed, ond doedd hi ddim yn llac ei moesau bob amser! Collodd y nac o dderbyn clod gan ddynion ers tro byd. Roedd hi'n mynd yn hynod o swil yn eu cwmni, gan gochi'n sydyn a throi'r stori. A dyna'n union wnaeth hi'r tro hwn, er nad oedd yn drwg-licio'r ganmoliaeth chwaith!

Wedi gêm hir o dennis, a'r ddau mor benderfynol

â'i gilydd i guro'r naill a'r llall, rhoddodd y ddau gyn-gariad y gorau iddi. Trefnwyd eu bod yn mynd am gawod ac yna'n cyfarfod i ymlacio dros baned o goffi yng nghaffi'r ganolfan. Doedd dim ots gan Tina pwy fyddai'n eu gweld – roedd hi mor flin â hynny efo Dic!

Ychydig a wyddent fod Jeff Parry wedi gweld pob symudiad o'r pwll nofio. Roedd o wedi cael safle bach perffaith i gadw llygad ar yr hyn oedd yn digwydd o'i gwmpas!

Wrth edrych i lygaid ei gilydd dros fwrdd y caffi, buan y trodd sgwrsio Andrew a Tina ychydig yn fwy personol. Teimlai Andrew fel plentyn ysgol ar ei ddêt cyntaf. Roedd yr un chwilfrydedd a'r awydd i arbrofi wedi dychwelyd iddo. Ar un ystyr, roedd yntau'n swil ac yn nerfus. Ond, roedd o hefyd eisiau gafael am Tina a'i chusanu'n hir, hir.

Chafodd o mo'r profiad dwfn hwnnw o gariad efo neb arall tra buodd o yn Sbaen. Merched hunanol yn poeni mwy am ffasiwn a'u hedrychiad oedd y *señoritas* fu'n ei ddiddanu yno. Oedden, roedden nhw'n ddel ac yn hynod o rywiol, meddyliodd. Ond, unwaith roedd rhywun yn dod i'w hadnabod yn dda, roeddynt yn meddwl am eu buddiannau eu hunain a'u teuluoedd yn fwy nag am gariad dieithr o wlad arall. Doedd coginio gringo penfelyn o Gymru ddim yn ddigon da i gadw cartre meibion y mamas a'r papas chwaith!

Wrth arogli chwistrellydd ceseiliau Andrew, teimlodd Tina hithau ryw ysfa ryfedd i ailbrofi hen chwantau'r gorffennol. Ond, oedd hi'n beth doeth mentro'i wadd yn ôl i'w thŷ? A fyddai Andrew'n cael y neges anghywir (neu gywir?) wrth fod o dan yr un to â hi?

'Fyset ti'n licio parhau efo'r sgwrs dros swper nos fory?'

Roedd Andrew ar ben ei ddigon, a gobeithiai, fel afer, y byddai ar ben Tina'n fuan.

'Roedd hwnne'n flasus iawn – *disfruté de la comida*,' talodd Andrew wrogaeth i goginio Tina'r noson ganlynol. Dim ond caserol cyw iâr wnaeth hi, ond roedd yn amlwg wedi plesio'i gwestai.

'Mae rhywun eisiau adfer calorïau ar ôl llosgi cymaint yn y *gym*,' meddai Tina, gan godi ac arwain Andrew i'r lolfa. 'Coffi ar y ffordd.'

Roedd lampau a chanhwyllau persawrus yn goleuo'r ystafell – awyrgylch berffaith i gael anwes a chwtsh. Ond, roedd hynny'n bell o fwriad Tina wrth gwrs, a doedd Andrew ddim yn siŵr a ddylai glosio ati hithau chwaith. Na, gwell oedd aros ychydig i weld sut fyddai'r gwynt yn chwythu. Doedd o ddim am ruthro i ailgynnau'r fflam, rhag i rywun gael ei losgi'n rhy sydyn.

'Dwyt ti ddim ofn i'r "cariad" ddod i mewn ar nos Sadwrn fel hyn?' holodd Andrew i brofi'r dyfroedd.

'Mae o'n ddigon pell,' atebodd Tina, gan geisio newid y stori – rhag ofn iddo feddwl ei bod yn ceisio'i arwain ar gyfeiliorn. ''Nes i fwynhau'r gêm ddoe. Roeddwn i wedi anghofio cymaint mae rhywun yn chwysu wrth chwarae tennis! Rhaid i ni ei wneud o eto ryw dro. Dwi'n siŵr fydd Dic ddim yn meindio, achos mae o'n ddifrifol am unrhyw fath o ymarfer corff.'

'*Unrhyw* ymarfer corff?' holodd Andrew'n amheus.

Edrychodd Tina'n swil arno wrth iddi suddo'n ôl yn swrth i'r soffa. Dilynodd Andrew hi heb wahoddiad – a wnaeth hithau ddim gwrthwynebu. Cyn iddi fedru troi ei phen i ffwrdd, roedd o'n cyffwrdd ei braich, a syllodd i'w llygaid yn ymbilgar.

'Oes rhaid aros tan "'eto" cyn i ni fedru chwysu efo'n gilydd?' holodd Andrew.

Wyddai Tina ddim a oedd o'n beth doeth rhoi rhaff i'w perthynas, oherwydd roedd Andrew'n deip oedd eisiau troedfedd ar ôl cael modfedd. Ond, ar y foment dyngedfennol honno, teimlai Tina y gallai hithau wneud y tro efo modfedd neu chwech hefyd.

Gadawodd i gusanau brwd Andrew ei meddiannu'n llwyr, ac roedd ei rag-chwarae rhywiol wedi aeddfedu cryn dipyn ers eu carwriaeth gynnar. Cymerai ei amser i fwytho a thylino'i chorff, a chafodd rwydd hynt i'w dadwisgo – ddilledyn wrth ddilledyn – gan eu gadael yn bentwr blêr ar garped y lolfa. Wrth blygu i rwbio ac anwesu rhwng ei choesau, gwaniodd y coesau hynny a disgynnodd y ddau efo'i gilydd i'r llawr. Roedd Andrew mewn safle hynod o gyfleus, a deifiodd i lyfu rhwng ei morddwydydd fel crëyr glas yn plymio am bysgodyn. Ac fel asgell y pysgodyn hwnnw, fflipiodd ei dafod yn ôl ac ymlaen gan ei chosi yn y mannau mwyaf tendar – yn union fel pysgotwr wrth gosi bol brithyll wrth ei hela. Yna, wrth iddo fyseddu ei thu mewn, chwydodd hithau ei holl lysnafedd gludiog allan, gan ei annog i blannu ei wialen yn ddwfn yn ei dyfroedd.

'Rwyt ti'n fwy rhywiol nag ers talwm hyd yn oed, Tin Tin,' sibrydodd Andrew.

'*Muy atractiva.*' Cusanodd hi'n frwd a'i chofleidio fel petai'n gwrthod gadael iddi symud cam oddi wrtho. 'Rhaid i ni gael gêm o dennis yn amlach.'

'M*atch point . . .,*' sibrydodd Tina'n ôl.

'*Love . . .*' ychwanegodd yntau.

21. Newid aelwyd bob yn eilddydd

Roedd yr haul wedi codi, fel yr oedd Andrew, ers oriau. Ond, doedd o ddim am amharu ar gwsg Tina â hithau'n edrych mor heddychlon wrth ei ochr. Gorweddodd yno'n gwrando arni'n anadlu'n ysgafn, â thrydar yr adar bach yn gytgord iddi'r tu allan. Cychwynnodd traffig y bore ymhen ychydig, a chyfarthodd ambell gi wrth gael ei draed yn rhydd yn y gwlith cynnar. Roedd Andrew wedi arfer codi'n blygeiniol yn Sbaen, a doedd loetran yn ei wely ar fore Sul ddim yn opsiwn iddo heddiw chwaith. Felly, er mai toc wedi saith oedd hi, penderfynodd fynd i lawr y grisiau i wneud paned o goffi iddo fo'i hun.

Rhoddodd y tegell ymlaen. Yna, mentrodd agor ychydig ar lenni'r lolfa er mwyn cael digon o olau dydd i ddarllen copïau o hen bapurau newydd. Wrth eu hagor, taerai iddo weld silwét rhywun yn sleifio rownd cornel yr ardd. Cath efallai, meddyliodd, neu gysgod y goeden geirios yn cael ei daflu yn haul y bore? Diystyrodd ei amheuon a setlodd ar y soffa i fwynhau ei baned a'i bapurau. Roedd am fanteisio ar dreulio hynny o amser ag y gallai yng nghartre'i *adorable amiga*.

Roedd hi'n tynnu am naw erbyn i Tina gerdded yn gysglyd i'r lolfa. Gwisgai ŵn sidan byr dros ei noethni, a thaflodd edrychiad swil ar Andrew wrth iddo godi a chynnig brecwast iddi.

'Fyse brecwast chwaden yn well,' mentrodd hithau'n wylaidd.

Teimlai Andrew fel jwmp arall hefyd. Mwya roedd o'n ei gael, mwya roedd o ei eisiau! Ar hynny, safodd

Tina o'i flaen gan wynebu oddi wrtho. Cododd yntau, a gafaelodd Tina yn ei ddwylo a'u hannog yn awgrymog i fwytho'i bronnau o'r tu ôl. Teimlodd ei ymchwydd yn pwnio'i chefn, a throdd i'w gusanu. Yna, plygodd Tina dros y bwrdd bwyd. Lledodd ei choesau gan demtio'i phrae ymhellach drwy godi ei gŵn i ddatgelu ei chorff siapus unwaith eto. Gyrrodd ei phresenoldeb Andrew'n wyllt a phlannodd ei bidlen fawr ynddi'n ddidrafferth. Doedd hi ddim wedi sychu ers neithiwr! O, roedd hi'n ffitio mor berffaith, meddyliodd, ac oedd, roedd hi i fod yno.

Doedd Andrew ddim isio bod yn arw efo Tina'r bore hwnnw. Onid oedd y ddau wedi cael eu siâr y noson cynt? Ond, tra oedd hi'n dal yn eiddgar, gafaelodd mewn cudyn o'i gwallt hir, du er mwyn cael nerth i'w phwnio'n iawn! Cynyddodd eu rhythm fel y cododd sŵn eu dyheadau cnawdol, ac fel roedd o'n dadlwytho'i bwn ar hyd ei chefn llyfn, chlywodd yr un o'r ddau sŵn allwedd yn troi yn nhwll y clo.

Safai Dic yn gegrwth yn eu gwylio, a churodd ei ddwylo mewn cymeradwyaeth ar ddiwedd eu huchafbwynt.

'Ffycin hel, Dic – dychryn ni fel'ne,' meddai Tina mewn embaras llwyr wrth geisio sythu a thwtio'i hun.

'*Ay, Dios mío, me voy*!' ebychodd Andrew. 'Dwi'n mynd!'

'O, nagwyt ddim,' meddai Dic gan gamu tuag ato. 'Dim cyn i ti gael hon!'

Profodd Andrew ddwrn yn ei wyneb fel nas profodd erioed o'r blaen. Wnaeth o ddim ceisio rhoi un yn ôl i Dic, a cheisiodd sadio'i hun yn barod i adael. Ar ôl dadebru, dihangodd yn sigledig i awel ffres y bore, ei feic a'i gynffon rhwng ei goesau.

'Yr hwren fach,' anelodd Dic ei gynddaredd tuag at Tina. 'Unwaith dwi'n troi fy nghefn, mae 'na rywun arall ar dy gefn dithau!'

Dechreuodd Tina feichio crio. Roedd ei thu mewn yn brifo digon wedi i Andrew fod yn ei thrin. Ond doedd hynny'n ddim o'i gymharu â'r gwewyr emosiynol a deimlai'r eiliad honno.

'Dic . . . dwi'n sori . . . Blin o'n i efo ti am fynd efo dy wraig . . .'

'Mae genna i hawl i fynd efo fy ngwraig – rydan ni'n dal yn briod!'

Trodd nadu plentynnaidd Tina'n wylltineb o glywed ei chariad hirdymor yn siarad fel hyn am ei Ddraig. Yn sydyn, newidiodd ei hagwedd a'i phersonoliaeth, a llanwodd ei phen efo'r casineb mwyaf tuag ato.

'Cer allan o fy nhŷ i 'te'r *bigamist* diawl,' hefrodd arno. 'Penderfyna efo pwy wyt ti isio bod. Dwi wedi cael llond bol.'

'Do, a llond cont hefyd,' gwaeddodd yntau wrth gael ei wthio allan drwy'r drws yn ddiseremoni. 'Rydw inna wedi cael llond bol arna titha'n ffwcio o gwmpas efo pob Tom, Dic a Harri hefyd – neu o roi eu henwau iawn iddyn nhw, Antonio, Jeff ac Andrew! Penderfyna di efo pwy wyt TI isio bod!'

Trodd Dic ar ei sawdl gan ddiflannu o'i thŷ, ac roedd Tina'n poeni ei fod wedi diflannu o'i bywyd hefyd.

Cawsai penwythnos Dic a'i deulu ei dorri yn ei flas wedi i Marie benderfynu dychwelyd i'r Borth ar y nos Sadwrn yn lle'r pnawn Sul. Roedd y plant yn hapusach o gwmpas eu pethau eu hunain, eglurodd wrtho. Wedi'r cwrs ar ddiwedd y prynhawn, gyrrodd yntau adre gan roi'r plant yn eu gwlâu, ac anghofiodd bob dim am agor y post. Anghofiodd ar y bore Sul hefyd – gan ei fod mor awyddus i roi syrpréis i Tina i ddweud ei fod adre'n gynt i'w gweld hi. Ond, och a gwae, a'r fath siomedigaeth! Cafodd ego, emosiynau a pherfedd Dic eu siglo wedi iddo gerdded i mewn ar branciau rhywiol Andrew a hithau. Pam ei bod yn mynnu mynd at ddynion eraill, holodd Dic ei hun? Onid oedd O yn ddigon da iddi? Credai fod eu bywyd rhywiol yn ogystal â'u cariad at ei gilydd mor gadarn â chraig. Yna, gwnaeth ymdrech i geisio rhesymu am eiliad, a holodd ai fo ei hun, yn hytrach na Tina, oedd yn afresymol? Ceisiodd roi ei hun yn ei hesgidiau sodlau uchel hi i weld pethau o safbwynt merch. Ond, roedd yn anodd, a chafodd o ddim ateb

Doedd Marie ddim yn disgwyl gweld Dic yn ôl yn Llys Meddyg y bore hwnnw. Pan ddychwelodd, ei esgus parod oedd ei fod eisiau agor y post a gyrhaeddodd tra roeddynt ym Manceinion. Daeth ail ergyd y diwrnod i Dic wedi iddo agor llythyr PERSONOL a anfonwyd ato gan Bennaeth Unedig yr Adran Orthopedig yn Sydney. Pylodd y geiriau o flaen ei lygaid fel y gwnaeth ei freuddwyd o symud i fyw i bellafion byd.

Annwyl Dr Jones,

Diolch am gyflwyno'ch hun i ni tra oeddech ar ymweliad â'r wlad. Roeddem yn hapus iawn gyda'ch CV, eich profiad helaeth a'ch enw da.

Ond, cododd amheuaeth ymysg aelodau'r Bwrdd wedi iddi ddod yn amlwg fod achos disgyblu wedi bod. Er mai honiadau gwag oedd y rheiny a wnaed gan 'Mrs Griffiths', a'ch bod wedi cael eich diarddel ar gam, deallwn fod achos mwy diweddar o esgeulustod wedi bod hefyd. Am y rhesymau hyn, ofnwn y bydd yn rhaid i ni dynnu ein haddewid yn ôl, ac na fydd y swydd yn cael ei chynnig i chi.

Yn siomedig,
Penaethiaid yr Ysgol Feddygol

Y tro diwethaf i Dic grio oedd ar frestiau Tina. Doedd hi ddim yno iddo'r tro hwn, a feiddiai o ddim torri i lawr yng ngŵydd Marie. Felly, esgusododd ei hun i fynd am gawod. Roedd y plant yn hapus yn gwylio DVD gan eu bod mor flinedig ar ôl cerdded strydoedd Manceinion y diwrnod cynt.

Yna, tra bod y dŵr stemllyd yn rhedeg i lawr corff blewog Dic, agorodd ei holl ffrydiau emosiynol yntau hefyd. Llifodd ei ddagrau'n gymysg â'r ewyn, a diolchodd am sŵn gwyntyll i foddi ei alarnadu hunandosturiol. Bu yno am dros chwarter awr yn meddwl am bob mathau o bethau – o Tina'n cael ei diddanu gan bob hwrgi oedd yn ei ffansïo, i'r Hitlerwraig yn Ysbyty'r Borth a'r penaethiaid sylwgar yn Ysbyty Sydney. Yna, gwibiodd ei feddwl at y posibilrwydd y byddai'n styc efo'i Ddraig am weddill ei oes, ac y byddai'n colli'r rhyddid a freuddwydiodd cymaint amdano efo Tina yn Awstralia.

'Rhywbeth yn bod, Dic?' Roedd Marie ar ben y landin ac wedi amau ers amser ei fod yn actio'n rhyfedd.

'Ym . . . Methu cael y tap i droi o'n i,' rhaffodd yntau gelwyddau wrth geisio ymddangos yn ddi-hid. 'Bron â gorffen.'

'Dad, Dad, isio mynd am dlo.'

Fel roedd Dic yn cychwyn sychu ei hun, roedd Gari a Marged wedi ymddangos o rywle, a gorfu iddo roi ei fywyd personol o'r neilltu am y tro. Roedd ei fywyd teuluol yn galw unwaith eto.

*   *   *

Er ei bod yn codi'n ddyddiol i'w gwaith, doedd Tina ddim mewn hwyliau da ers tro. Roedd yn methu cysgu, yn llawn tensiwn, ac yn deffro yn y boreau yr un mor flinedig ag yr oedd yn mynd i mewn i'w gwely. Swniai'n ddi-fflach a fflat wrth ddarllen y bwletinau newyddion, a chwestiynodd un o'r bosys a oedd hi'n teimlo'n iawn?

Ar ben pob dim, roedd clip arall ohoni'n cael rhyw wedi cael ei lwytho ar YouTube. Gwyddai hithau'n iawn mai Antonio oedd yn gyfrifol, ond feiddiai hi ddim sôn wrth Dic nac Andrew na neb arall amdano. Diolchodd mai ar ongl lydan y camera roedd y lens pan ffilmiwyd nhw 'wrthi', oherwydd doedd hi ddim yn hawdd adnabod yr un ohonynt heb graffu'n fanwl. Ond, roedd cael ei henw ynghlwm wrth y ffasiwn glip yn deimlad echrydus! Beth am ei henw da fel gohebydd a'i gwaith pwysig efo'r orsaf radio? Beth fyddai ei mam ac Edward yn ei ddweud? A beth am y *Sydney Tribune?* Fydden nhw ddim eisiau rhoi gwaith i slwt goman fel hi rŵan! Doedd dim pwynt i Tina geisio cwyno wrth Antonio na chael darparwr y safle i'w ddileu oddi ar y we. Byddai hynny'n tynnu mwy o sylw at y peth. Felly, gobeithiodd y gorau y byddai'r newyddbeth yn diflannu'r un mor sydyn ag yr ymddangosodd.

Un diwrnod, a hithau'n parhau'n isel ei hysbryd (a Dic a hithau heb godi'r ffôn ar ei gilydd), daeth rhimyn o olau heibio i'w chymylau. Ffoniodd ei chyfreithiwr hi, a dweud y byddai'n derbyn iawndal sylweddol am gael ei diswyddo ar gam gan yr *House Journal*. Byddai siec yn y post yn fuan eglurodd, ac roedd Tina ar ben ei digon. Ond, pres i'w ddefnyddio tuag at gostau'r ymfudo oedd hwnnw i fod, meddyliodd – roedd hi'n annhebygol iawn y byddai hynny'n digwydd rŵan!

Er i Andrew geisio ymddiheuro nifer o weithiau iddi am y noson boeth yn Nhŷ Clyd, digon oeraidd fuodd y ddau tuag at ei gilydd. Doedd hi, fwy nag oedd yntau, ddim am chwarae mwy efo tân. Do, fe fwynhaodd ailgynnau'r fflam a mwynhaodd ei garu, ond ofnai y gallai pethau orboethi pe byddai'n gadael i hynny ddatblygu ymhellach. Gwyddai fod Andrew'n deip o ddyn oedd angen cariad yn ei fywyd, a doedd dim dwywaith y byddai'n gwneud gŵr da i rywun. Ond . . .

'Dwi wedi ffeindio clinigau IVF da iawn yn y wlad yma i ti,' meddai Andrew pan darodd i mewn iddi yn y pwll nofio. 'Fues i ar y we.' Gwyddai am ei chynlluniau i geisio cael triniaeth wedi iddi symud i Awstralia, ond doedd dim rhaid iddi fynd mor bell â fanno tra roedd technoleg o'r fath i'w gael yn nes adre, meddyliodd! 'Alle ti gael *niño* bach ymhen ychydig o flynyddoedd tase ti'n cychwyn ar y broses yn syth. Neu mi allet fabwysiadu . . .'

Sylwodd Tina mai 'ti' ac nid 'ni' oedd gan Andrew yn ei gynlluniau, a diolchodd am hynny. Roedd hi'n hanner difaru ailgychwyn eu perthynas, ac er ei bod yn mynd drwy gyfnod anodd efo Dic, doedd hi ddim isio'i golli wedi'r holl flynyddoedd o frwydro amdano! Felly, penderfynodd yn y fan a'r lle y byddai'n rhaid iddi dyfu i fyny, aeddfedu, callio ac anghofio am ei theimladau tuag at Andrew. Wedi'r cwbwl, Dic oedd eilun ei bywyd; fo oedd wedi bod efo hi drwy ddŵr a thân; Dic oedd wedi rhoi ei briodas a'i blant yn y fantol er ei mwyn, a fo roedd hi isio'r eiliad honno!

'Dic?'

Swniai Tina'n bathetig ar y ffôn.

'Ydi'n llais i'n swnio fel un dyn?'

Pam ddylai Marie wneud pethau'n hawdd i'r ddynes a geisiodd ddwyn ei gŵr oddi arni, meddyliodd honno'r ochr arall i'r lein? Oedd Tina'n sylweddoli ei fod wedi symud yn ôl ati hi a'u plant am byth?

'Mae'n rhaid i mi siarad efo Dic,' erfyniodd Tina.

'Fy ngŵr *i* ydi o,' dechreuodd Marie ar ei thruth. 'Mae o wedi dod yn ôl ata *i* rŵan, felly mae'n hen bryd i ti dderbyn hynny. Dwi'n siŵr nad wyt ti'n brin o ddynion eraill i dy ddiddanu!'

'Yr hen ast!' meddai Tina, a phenderfynodd roi un yn ôl iddi yn y fan a'r lle. 'Mi gafodd hyd yn oed Bryn y Boncyn ddigon ar dy ddiddanu DI! A be am Dyddgu – ydi hi'n dal i ffansïo'i lwc efo dy ŵr di?'

'Be? Dyddgu . . . Ond mae hi'n gweld rhywun arall . . .'

'Rŵan, dim ond dau funud o'i amser o ydw i isio.'

'Dydi o ddim yma. Mae o wedi mynd i siopa. Isio 'rhywbeth pwysig' medde fo.'

Rhoddodd y Ddraig y ffôn i lawr ar Tina, gan gwestiynu ei hun a gafodd Dic berthynas efo'u gwarchodwraig ai peidio. Roedd Tina ar y llaw arall yn cwestiynu beth oedd y 'peth pwysig' yr oedd Dic angen ei brynu. Rhywbeth i'r plant mae'n siŵr, meddyliodd. Neu, efallai ei fod am wario'n wirion ar Marie i wneud iawn am y blynyddoedd o affêr a gafodd efo hi!

PLS FFNA V DC.

SORI, SORI, SORI. CRU T. X

Chafodd Tina 'run neges destun yn ôl. Wnaeth Dic ddim ffonio nac anfon e-bost chwaith. Codai hithau'n eiddgar bob bore rhag ofn fod rhywbeth wedi dod drwy'r post ganddo. Ond, na – dim, a dychwelai i'w gwely i grio nes roedd y pulw'n socian.

Yna, un bore, daeth y siec hirddisgwyliedig o swyddfa'r *House Journal*. Yn yr amlen hefyd roedd nodyn *Gyda Chyfarchion* a gair personol clên iawn gan Mr Godfreys. Wrth ddymuno'n dda i Tina, gresynai ei chyn-olygydd iddo fod â chymaint o wenwyn tuag ati, ac na wnaeth y cwmni a hithau weld llygad yn llygad. Hi oedd yn iawn, eglurodd, a chyfaddefodd fod y papur wedi colli cannoedd o ddarllenwyr ers iddi adael. Gwenodd Tina wrth fynd allan i'r dre i roi ei siec i mewn yn ei chyfrif banc.

Gwenodd fwy fyth wrth glywed llais cyfarwydd yn trafod ei bres efo un o'r ymgynghorwyr. Doedd siarad tu ôl i bared yn y banc ddim yn breifat iawn i'r cwsmer pan oedd pawb yn gallu clywed y drafodaeth, meddyliodd Tina. Ond roedd yn falch o fedru clywed unrhyw beth gan ei hanwylyd dieithr. Er ei bod yn deall ychydig o'r hyn a drafodai Dic efo'r ymgynghorydd, roedd hi eisiau clywed mwy! Felly, ar ôl setlo'i busnes ei hun, ystelciodd o gwmpas am ychydig i glustfeinio. Cododd ei chlustiau eto wrth ei glywed yn dweud rhywbeth am Awstralia.

'. . . gwerthu'r   tŷ . . . rhannu'r   arian . . . bywyd newydd . . . priodas . . . Awstralia . . .'

Oedd hi wedi clywed yn iawn? 'Priodas'? Ai dweud ei fod yn hapus yn ei briodas efo'r Ddraig oedd o, ac nad oedd am fynd i Awstralia wedi'r cwbl? Neu, oedd o wedi penderfynu mynd â Marie a'r plant allan yno yn lle Tina'i hun?

Wrth gwestiynu a ddylai aros amdano i'w holi y tu allan i'r banc, penderfynodd Tina mai doethach oedd iddi fynd yn ei blaen. Gallai Dic ddweud y cyfan wrthi yn ei amser ei hun pe byddai'n dymuno.

*　　　　　*　　　　　*

'Nôl yng Ngheredigion, byrlymai cartref Gwenan gan sŵn dathlu. Roedd hi'n ddiwrnod pen-blwydd arbennig Wncwl Morys. Gan ei bod yn ddydd Sadwrn rhwng diwedd y gwanwyn a dechrau'r haf, manteisiodd Lliwen a Gwyn ar y cyfle i ddianc o fwrllwch y brifddinas. Prin roeddynt yn cael unrhyw fwrw'r Sul yn rhydd erbyn hyn i dreulio amser yng nghynefin Lliwen. Roeddynt yn gweithio ar wahanol raglenni teledu Sul, gŵyl a gwaith. Ond, pan ddeuai cyfle, ac er eu bod mor gyfryngol eu meddylfryd, roeddynt wrth eu boddau'n cerdded ar hyd llwybrau atgofion nôl yng ngefn gwlad eu cynefin.

Gwahoddwyd un neu ddau o gymdogion Morys i'r te parti hefyd, a gwnaeth Gwenan yn siŵr ei bod yn bresennol ar y diwrnod arbennig. Roedd hi wedi pellhau'n arw oddi wrth ei rhieni, ond doedd hi ddim am siomi ei thad biolegol ar achlysur mor bwysig. Fel cogydd da, gwnaeth Lyn gacen ben-blwydd iddo, ac aeth i drafferth mawr i wneud llun ci defaid allan o eisin i addurno'i thop. Roedd hynny wedi plesio'n fawr iawn.

'Ro'n i'n gobeithio fyse chi ddim yn cymryd symbol y ci'n bersonol,' meddai Lyn yn ddiniwed wrth Morys, ac edrychodd hwnnw'n annwyl ar Gwyneth wrth hel atgofion am eu perthynas rywiol, fyrhoedlog.

'Shwd y'ch chi'n setlo yma, Wncwl Morys?' holodd Gwenan. 'Fy stafell wely'n plesio?'

'Odi, merch fach i, ac mae'n hyfryd cael cwmni nos a dydd,' atebodd Morys. 'Diolch am chwaer yng nghyfraith dda!'

Gwenodd y teulu, ac roedd pawb a wyddai am ei berthynas â Gwyneth Lewis yn amheus o'i osodiad!

'Ble mae Elfed, eich brawd mawr? Nag yw e'n dathlu 'da chi, Morys?'

Un o'r cymdogion busneslyd oedd yn holi. Oedd, roedd un dyn bach ar ôl o'r parti, gan na chredai Elfed y byddai croeso iddo yn ei gartref ei hun. Dwi ddim am edrych ar fy ngwraig yn ffysian fel cacynen obwyty fy mrawd bach, meddyliodd. Wedi'r cyfan, meddwl am Morys, ac nid amdano i wnaeth hi ar hyd ein bywyd priodasol! Na, gwell fyddai aros mas o'r ffordd heddi. Ond, i ble'r ele fe? Doedd e ddim am fentro mynd i'r dafarn rhag ofn iddo ildio i demtasiwn unwaith 'to. Y lle amlwg felly oedd Rhos Helyg, cartref Morys, oherwydd roedd y bwthyn hwnnw erbyn hyn yn wag.

Oherwydd ei broblem ddiweddar yn hitio'r botel (a hitio pob dim arall oedd yn ei lwybr), cynghorwyd Elfed Lewis i fynd i weld cwnsler. Roedd o bellach ar y wagen. Ond, roedd yn parhau i weld seicolegwr oherwydd ei nerfau a'i ddiffyg cwsg. Pryder a straen seicolegol oedd arno yn hytrach na gorffwylledd seiciatryddol yn ôl yr arbenigwyr.

Ymddangosodd y symptomau i Elfed wedi i'w fam ddatgelu mai ei frawd oedd tad ei ferch. Ar ben pob dim, gwaethygodd gwynegon Morys a châi drafferth i gyflawni tasgau pob dydd. Dyna pryd y penderfynodd Gwyneth y byddai'n well iddo symud ati hi ac Elfed. Yn ôl honno, doedd o ddim ffit i fod ar ei ben ei hun mewn tyddyn oer a thamp fel Rhos Helyg. Ond, fedrai Elfed yn ei fyw â dygymod â byw o dan yr un to â'i frawd – pam ddylai o? Wedi'r cwbl, Morys oedd wedi cael affêr efo'i wraig tra oedd o ar ei gefn mewn ysbyty. Canlyniad hynny oedd Gwenan, y ferch a fagodd Elfed fel ei ferch ei hun.

Roedd gwaed yn dewach na dŵr fel arfer, ond yn yr achos hwn, gallai Elfed fod wedi boddi ei frawd yn ei biso ei hun. Dychmygai'r teulu a'r cymdogion yn cael hwyl garw yn y parti pen-blwydd, a phawb yn morio canu wrth gyfarch ei frawd. Ond, beth tybed fyddai pobl yn ei alw wrth ganu, holodd Elfed ei hun yn goeglyd? 'Pen-blwydd hapus i chi, pen-blwydd hapus i chi, pen-blwydd hapus i . . . Morys . . . Dadi . . . cariad . . . pen-blwydd hapus i chi!'

Gan fod ambell i dun bîns a samwn John West yng nghegin Rhos Helyg, penderfynodd Elfed eithrio'i hun o'r gwmnïaeth, ac aros y noson yn y bwthyn. Gallai yfed te heb lefrith yn iawn, ac roedd digon o fisgedi soeglyd mewn tun a wnâi'r tro iddo fo. Llwyddodd i ffeindio priciau mân i gynnau tân ac roedd digon o lo yn y byncer i bara am wythnosau. Does ryfedd fod y tŷ'n damp, meddyliodd, dyw e ddim wedi gweld tân ers cantoedd! Ond, fentrodd o ddim i fyny'r staer i gysgu'r noson honno rhag ofn iddo gael chwain neu niwmonia. Felly, setlodd ar y gadair freichiau esmwyth o flaen tanllwyth o dân, ac roedd hi mor gysurus yno fel y cysgodd fel mochyn tan wyth o'r gloch y bore.

Er nad oedd teledu yn Rhos Helyg a bod batris y radio'n fflat, roedd Elfed Lewis yn hoffi ei le, ac roedd yn diddanu ei hun trwy ddarllen y llyfrau amrywiol oedd o gwmpas y lle. Wyddai o ddim fod gan ei frawd chwaeth lenyddol mor amrywiol. Doedd o ddim eisiau gweld ei wraig, ei deulu na'i gymdogion am beth amser, a chan nad oedd ganddo gar, fyddai o'n poeni dim petai'n methu sesiwn efo'r seicolegydd chwaith. Efallai na fyddai angen gweld hwnnw arno eto, meddyliodd, oherwydd roedd yn teimlo'n llawer gwell wedi iddo adfer ei gwsg a chael bod ar ei ben ei hun.

Yn y cyfamser, roedd yna banig mawr yn digwydd 'nôl yn ei gartref. Y bore wedi'r parti mawr, penderfynodd Gwyneth a'r merched fynd i edrych am Elfed Lewis ar hyd caeau a llwybrau'r fro. Holwyd yn y dafarn a'r garej leol, ond doedd neb wedi clywed siw na miw ohono. Teimlai Morys yn euog am yr holl helynt, ac aeth Gwyn a Lyn i lawr i'r dref agosaf gan ddangos llun o'r 'person coll' i hwn a'r llall ar y stryd. Ond, yn ofer.

Collodd Gwenan y bregeth yn yr hen gapel bach er iddi edrych ymlaen yn arw at fynd yno. Er ei bod yn flin am hynny, gweddïodd dros ei thad, a gofynnodd i Dduw am iddo gael ei ddarganfod yn fyw. Ar y nos Sul, gorfu i Gwyn a Lyn ddychwelyd i'w gwahanol gartrefi oherwydd bod gwaith yn galw'r diwrnod canlynol. Ond, arhosodd Gwenan a Lliwen yn gwmni i'w mam. Yna, penderfynwyd y byddai'n well ffonio'r heddlu i riportio person coll, a buont yn chwilio'r ardal efo crib fân am ddau ddiwrnod cyfan. Wnaeth y cŵn trywydd ddim arogli dillad Elfed yn unman, a bu hofrenydd yn hofran uwch ben yr ardal yn chwilio amdano drwy'r nos. Ond, ddaeth neb o hyd iddo.

Dridiau'n ddiweddarach, roedd Elfed Lewis yn cerdded i mewn i gegin ei gartref yn wên o glust i glust. Doedd ganddo mo'r syniad lleiaf o'r chwilio dramatig a fu amdano.

'Wedi rhedeg mas o dunie samwn 'achan,' meddai wrth ei gynulleidfa fud. 'Rwy wedi sorto'n problem ni, frawd.' Edrychodd Morys yr un mor syn â Gwyneth arno.

'Rwyt *ti* wedi symud i fyw i fan hyn at dy gariad annwyl. Rwyf inne'n ymfudo i Ros Helyg i gael llonydd o'r holl gawdel.'

Wrth ddamnio a dwrdio ei gŵr o dan ei gwynt, gorfu i Gwyneth Lewis yrru ei merched adre'r holl ffordd i Gaerdydd ac i'r Borth. Arhosodd y noson efo Lyn a Gwenan, a thra oedd Morys yn disgwyl iddi gyrraedd adref, roedd Elfed Lewis wedi dychwelyd i Ros Helyg. Cyn iddo fynd, llanwodd gwdyn plastig efo cyflenwad o fara, llaeth a thuniau bwyd. Byddai hynny'n ei gadw i fynd am ychydig o ddyddiau eto, meddyliodd! Doedd o ddim yn poeni am yr holl loes a'r gofid achosodd o i'w deulu a'r gymdogaeth yn ystod y dyddiau diwethaf. Doedd o chwaith ddim yn disgwyl gweld bil am filoedd o bunnau am wastraffu amser yr heddlu!

22. Mynd a Dod

Bu Dic yn tin-droi o gwmpas Llys Meddyg am bythefnos cyn penderfynu ar ei ddyfodol. Yn ystod y cyfnod hwnnw, roedd y tensiwn rhwng y Ddraig ac yntau wedi tyfu unwaith eto. Aeth ei hiechyd yn ôl fel yr oedd yn y dyddiau cynnar ac ar ôl pob beichiogrwydd. Gadawyd yntau i ddelio efo'r gwaith tŷ, yr ardd a'r plant. Trodd y rheiny'n fodau bach digywilydd ac anodd iawn eu trin gan eu bod yn synhwyro'r tensiwn yn cyniwair.

Gan nad oedd gwaith gan Dic i ddianc iddo, roedd yn hunllef i fod 'adre' ddydd a nos, ac er ei fod o gwmpas ei deulu'n barhaus, teimlai'n fwy unig nag a wnaeth erioed o'r blaen. Roedd eisoes wedi anfon nodyn i Dr Thompson yn Sydney i'w hysbysu fod y trefniadau i ymfudo ar stop, a bu'n ddigon gonest yn egluro fod y penaethiaid yn amheus ohono ar ôl clywed am y cyhuddiadau fu yn ei erbyn. Rhaid oedd meddwl am Gynllun B rŵan, meddyliodd Dic – tybed a fyddai Dr Thompson yn gallu chwilio am waith mewn ysbyty neu sefydliad addas arall iddo? Wyddai o ddim a gâi ateb ganddo ai peidio.

Wrth bwyso a mesur ei fywyd fel hyn ddydd ar ôl dydd, daeth Dic i'r casgliad:

- na fyddai ei deimladau tuag at y Ddraig byth yn dychwelyd;
- fod y tensiwn adre'n amharu ar ei fwynhad o fod yn dad;
- ei fod am wireddu ei freuddwyd i ymfudo, doed a ddelo;

- y byddai symud y plant i gyfandir arall yn greulon;
- fod bod heb Tina'n ei yrru'n wallgof.

Roedd o'n dal yn ffyddiog y byddai'r ddau'n ymfudo i Awstralia, a dyna oedd yn ei gadw i fynd. Bu o gwmpas siopau'r Borth droeon yn gweld beth fyddai ei angen arno: cês newydd, radio, chwaraewr MP3, llyfrau am y wlad, dillad addas . . . roedd y rhestr yn ddiddiwedd.

Aeth bron i fis heibio ers i Tina ac yntau weld ei gilydd yn iawn ddiwethaf, ac roedd yn ofni'r gwaethaf. Oedd o wedi gadael pethau'n rhy hir heb gysylltu â hi? Fuodd o'n rhy lym ei dafod? Wedi meddwl, doedd o ddim wedi clywed Tina'n darllen y newyddion ar y radio ers amser chwaith. Roedd yn rhaid iddo geisio adfer y berthynas ar fyrder!

Feiddiai Dic ddim mynd i Dŷ Clyd heb rybuddio Tina'n gyntaf. Oedd, roedd ganddo goriad i fynd a dod fel y mynnai, ond ei thŷ hi oedd o, ac roedd ganddi hawl i'w phreifatrwydd. Doedd o ddim am ddarganfod y perchennog yn cael ei ddiddanu ar fwrdd y gegin gan neb ar frys byth eto chwaith!

Pan geisiodd Dic gysylltu â hi, doedd dim ateb ar ffôn y tŷ na'i gwdihŵ fach. Daeth i'r casgliad ei bod eisiau llonydd a'i bod wedi mynd am dro bach tawel. Felly, penderfynodd yntau fanteisio ar yr amser i fynd i'r dre i chwilio am anrheg arbennig iddi. Doedd o ddim wedi ei sbwylio ers hydoedd, felly roedd yn hen bryd iddo wneud iawn am hynny!

Tra'i fod yn edrych ar gemau aur ac arian yn ffenestr siop H. S. Manuel, daeth ar draws un o'r nyrsys a weithiai efo fo yn Ysbyty'r Borth. Roedd y lle'n rhygnu ymlaen, eglurodd hithau, ond roedd y morâl yn dal yn isel. Collodd mwy o bobl eu swyddi yno – o'r porthorion i'r penaethiaid ac o'r paediatrics i'r personél. Ond, roedd y newyddion nesaf a glywodd ganddi'n llawer pwysicach na hynny i Dic. Bu farw Mrs Watkins, y claf a gwynodd am y llawdriniaeth pen-glin. Achosion naturiol oedd dyfarniad y crwner.

Er nad oedd Dic yn dymuno i neb farw, cododd y newyddion ei galon i'r entrychion. Fedrai neb brofi bellach mai fo wnaeth gamgymeriad ar fwrdd y theatr, a gyrrodd neges testun i'r Dr Thompson i glirio'i enw da. Yna, wedi holi am brisiau ambell freichled a modrwy ddel, penderfynodd y byddai'n mynd draw i Dŷ Clyd i aros am Tina. Roedd ganddo gymaint o newyddion i'w ddweud wrthi hithau!

Pan gyrhaeddodd ei thŷ, sylwodd Dic fod y llenni i gyd ar gau – o'r top i'r gwaelod.

Daeth teimlad o ias drosto gan mor oeraidd oedd yr awyrgylch o'i gwmpas. Ble roedd pawb? Oedd hi'n iawn? Cyflymodd ei galon wrth ddarganfod fod y drws ffrynt ar glo. Ceisiodd ffonio Tina eto, ond roedd y ffôn bach yn fud erbyn hyn. Yna, aeth rownd y cefn gan alw ei henw. Pan ddaeth at y drws, sylwodd ei fod yn gilagored, ac agorodd o'n araf gan gamu i mewn i'r dirgelwch.

Dyna ble roedd hi – yn eistedd yn y tywyllwch yn ysgwyd yn ôl ac ymlaen yn ei chwman ar y soffa, ei gwallt hir, du a blêr heb ei olchi ers dyddiau. Roedd olion hen fasgara a dagrau'n drwch ar ei bochau, a sylwodd Dic fod ganddi rwymyn gwaedlyd o amgylch ei harddwrn.

'Wedi trio niweidio'i hun,' meddai Jeff Parry'n ddwys, gan afael amdani i'w chysuro. 'Lwcus mod i wedi galw.'

Pan welodd Tina Dic, trodd i ffwrdd i wynebu'r wal, a methodd ryddhau'r tensiwn a gronnai y tu mewn iddi. Cwpanodd ei chorff fel draenog bach crwn, ac roedd Jeff wedi rhoi blanced wlân drosti rhag ofn i'r sioc fod yn ormod iddi.

Wnaeth Dic ddim pitïo cymaint dros neb erioed. Roedd yr olygfa fel un mewn gwallgofdy. Yna, wedi iddo sylweddoli mai ei fai o oedd hyn i gyd, cymerodd yr awenau i'w chysuro, ac awgrymodd fod Jeff Parry'n mynd i wneud paned o de i'r tri ohonynt. Rhoddodd ei freichiau'n dyner amdani, gan ei dal am funudau lawer heb ddweud yr un gair.

'Diolch yn fawr i chi, Jeff,' meddai Dic yn ddidwyll wedi iddo ddychwelyd. 'Mae Tina'n lwcus fod ganddi gymdogion sy'n edrych ar ei hôl.'

Gwyddai Dic fod y cymydog arbennig hwn wedi bod yn orawyddus i 'edrych ar ôl' Tina dros y blynyddoedd. Bu'n ystelcian o gwmpas ei thŷ'n rheolaidd ers iddi symud i'w ymyl, a ffansïodd ei lwc efo hi fwy nag unwaith. Ond, heddiw, roedd gan bawb le i ddiolch ei fod wedi mynd heibio'i feinwen dlos, neu Duw a ŵyr beth fyddai ei thynged wedi bod yfory.

'Gweld y lle'n gaeedig o'n i,' cychwynnodd Jeff ar ei eglurhad (neu gyfiawnhad) o beth a'i arweiniodd i alw yn Nhŷ Clyd. 'Gweld nad oeddech chi nag Andrew wedi galw ers tro . . .'

Rhoddodd hwnnw ei droed ynddi'n dwt, ond anwybyddodd Dic ei sylwadau er iddo gael ei frifo ganddynt.

'. . . Ia . . . wel,' baglodd dros ei eiriau. 'Mae rhywun angan amsar i feddwl cyn gwneud un o benderfyniadau mwyaf ei fywyd.'

'Ro'n i am hysbysu Tina fod yr *House Journal* wedi

314

mynd i'r wal,' eglurodd Jeff ymhellach. 'Mwy o esgus i mi gychwyn papur Cymraeg rŵan. Mae'r cynnig yn dal yna i Tina os ydi hi am ymuno yn y fenter . . .'

Siaradai Jeff fel pe na bai Tina yn yr un ystafell, ond roedd hi'n clywed pob dim yn iawn. Ddim eisiau gwrando roedd hi. Y cwbl roedd hi eisiau ar y funud oedd llonydd, tawelwch a llwyth o dabledi fel y medrai gysgu mewn heddwch!

Arhosodd Dic efo Tina drwy'r nos gan wneud yn siŵr ei bod yn ddiogel. Cymerodd amser iddi hithau ddygymod efo'i bresenoldeb clawstroffobig, ond fe gysgodd fel babi blwydd yn ei gwmni. Y bore wedyn, cododd Dic yn gynnar. Agorodd y llenni a'r ffenestri i gyd er mwyn cael awyr iach, a chliriodd yr ystafelloedd a'r llestri budron. Roeddynt wedi cael eu gadael i ddrewi yn y sinc ers dyddiau.

Yna, mentrodd Dic allan i brynu blodau ffres gan eu rhoi ar ganol bwrdd y lolfa, a llanwodd y tŷ efo persawr hyfryd y rhosod. Bu'n tendio ar Tina am ddyddiau, ac o dipyn i beth, dychwelodd cwsg ac archwaeth bwyd yn ôl iddi. Teimlai ei bod, o'r diwedd, yn cael ei gwerthfawrogi ganddo.

Ceisiodd Andrew gysylltu â hi fwy nag unwaith yn ystod ei hiselder hefyd. Roedd ei fywyd yntau'n datblygu o ddydd i ddydd, ac roedd am roi gwybod i Tina ei fod wedi troi dalen newydd. Ond, gan mai Dic oedd yn ateb pob galwad erbyn hyn, fedrai Andrew wneud dim byd ond rhoi'r ffôn i lawr. Doedd o ddim am drafod ei deimladau efo hwnnw! Yna, rhoddodd y gorau i'w ymdrechion.

Poenai Tina nad oedd Andrew wedi holi amdani na cheisio cysylltu. Doedd o ddim fel fo i beidio dangos consyrn, meddyliodd, ac er ei bod yn cael yr holl sylw diweddar gan Dic, roedd yr hen deimladau am Andrew fel petaent yn gwrthod gollwng eu gafael! Ydi hi'n bosib caru dau ddyn ar yr un pryd, holodd ei hun.

'Tyrd yma cariad bach,' meddai Dic un diwrnod, wedi i Tina weld golau dydd ychydig wedi un ar ddeg o'r gloch. 'Bora pawb pan godo!' Daeth gwên fach i'w hwyneb hithau wrth ei glywed yn cellwair. 'Dwi wedi gwneud apwyntiad i ti weld y doctor. Tasat ti wedi torri dy glun, fyswn i'n gallu delio efo fo. Ond dydw i ddim digon o ddyn i ddeall merchaid pan mae nhw wedi torri eu calonnau!'

Wnaeth Tina ddim gwrthwynebu oherwydd teimlai y byddai hynny'n gwneud lles i'w perthynas, a diolchodd am ei gonsýrn.

Eisteddodd Dic yn ystafell y meddyg tra oedd hwnnw'n archwilio Tina efo'i stethosgop. Doedd dim byd amlwg o'i le'n gorfforol arni, eglurodd y meddyg – iselder ysbryd, pryder, tyndra a phoen meddwl oedd o fwyaf. Hunandosturiol wrth fod yn hunanddinistriol oedd hi pan geisiodd dorri gwythiennau ei harddyrnau, eglurodd, ac roedd hi'n lwcus iawn fod ei chymydog wedi rhoi bandej arno i atal y gwaed! Yna, gan ddefnyddio ychydig o seicoleg i wneud i glaf ddadansoddi ei ofidiau, holodd y meddyg beth oedd Tina'n ei feddwl oedd wedi achosi iddi fynd i'r fath stad feddyliol. Cafodd hithau gyfle i fwrw'i bol, a doedd dim stop arni.

'Fues i'n gweld Dic yn gyfrinachol am flynyddoedd ac efo unrhyw affêr roedd y berthynas yn anwadal ac anrhagweladwy . . . ac roedd bod felly'n fy ngyrru i'n benwan ac roeddwn i'n byw mewn limbo – ddim yn siŵr a oedd Dic o ddifri am ein perthynas ac yn ysu iddo adael ei wraig . . . a nes i geisio fy ngore i fod yn ail fam dda i'r plant, ond roedd hynny'n anodd, a doedd Dic ddim am gymryd y cam mawr o adael ei deulu amdana i . . . ac mi arweiniodd hynny fi i chwilio am gysur yn rhywle arall, ac roedd yn anodd gwrthod yr holl sylw, a 'nes i ildio i ddynion fel Antonio ar y dechre ac Andrew . . . hen fflam mae genna i dal feddwl mawr ohono fo . . . yn fwy diweddar . . . ond doedd y dynion yn y gemau rygbi'n golygu dim i fi . . . ac yna, dyna Dic yn symud i mewn ata i ar benwythnose ac roeddwn i o'r diwedd yn teimlo'i fod o ddifri am ein perthynas, ac roedden ni am ymfudo i Awstralia, ond dyna ni'n dau'n colli'n gwaith, ac aeth Dic yn ôl i ofalu am ei wraig ar ôl i honno golli babi dyn arall . . . a chyn hynny roeddwn i wedi colli fy statws efo'r *Borth Journal* a ddim yn dod ymlaen efo'r bosys newydd, a ges i fy niarddel ar gam, heb sôn am ddarganfod bod fy mhranciau rhywiol wedi cael eu rhoi ar YouTube! Roedd pob dim yn mynd yn fy erbyn i.'

Diolchodd y meddyg am atalnod llawn. Roedd wedi gwrando arni'n chwydu ei hemosiynau am dros bum munud, a doedd Dic ddim wedi sylweddoli cymaint roedd eu perthynas wedi effeithio arni'n feddyliol.

'Wel,' meddai'r meddyg, gan ddod â Dic i mewn i'r drafodaeth. 'Dydw i ddim am roi tabledi faliwm na dim byd felly i chi. Llyncwch ychydig o donig i godi mwy ar yr archwaeth bwyd, a cheisiwch ail-afael mewn cwsg. Ewch yn ôl i'ch gwaith i newid eich meddwl ac i gymysgu efo pobol, a pheidiwch â chadw pethau i chi'ch hun. Ac wrth gwrs, byddai'n well i chi siarad mwy efo Mr Jones yn fan hyn nag efo fi. Pnawn da, a phob lwc i chi'ch dau!'

Y peth a synnodd Dic fwyaf oedd gweld y stad emosiynol yr oedd Tina ynddi. Roedd ei nerfau'n racs ac roedd y tebygrwydd rhwng ei hymddygiad diweddar ac un y Ddraig yn ei ddychryn! Wrth iddo gael pwl sydyn o gydwybod, doedd o ddim am fod yn gyfrifol am i hynny ddigwydd i ddynes arall yn ei fywyd!

Arhosodd Dic dros nos efo Tina'n amlach wedi hynny, gan nôl y plant o'r ysgol ac aros yn Llys Meddyg nes y byddent wedi mynd i'w gwlâu. Ymhen ychydig ddyddiau, dechreuodd Tina weld pethau'n gliriach. Dychwelodd i'r orsaf radio, ac roedd wedi ail-afael yn y gwaith tŷ. Credai y byddai ei nerth yn dychwelyd yn gyflymach wrth ailddechrau nofio hefyd, ac roedd Andrew, fel arfer, wedi sylwi arni y tu allan i'r ganolfan hamdden.

'Tina, *querida*, falch o dy weld di,' rhuthrodd Andrew ati gan ysgwyd bwndel o oriadau'n swnllyd o flaen ei llygaid. 'Lle ti wedi bod? Wedi methu cysylltu efo ti!'

Wnaeth Tina ddim sôn am ei hiselder wrtho, ond cododd ei chalon wrth ei weld.

'Mae genna i newyddion i ti,' parablodd fel pwll y môr. 'Dw i wedi prynu un coche. Car ail-law dwi'm yn deud, ond mae o'n mynd â fi o A i D!'

'Sut fedri di fforddio fo heb waith?' holodd Tina, heb ddangos gormod o emosiwn tuag ato rhag ofn iddo gael syniadau gwirion . . . eto. Yna, cychwynnodd am y ganolfan hamdden neu byddai'n hwyr. Dilynodd yntau hi fel ci bach.

'Haws i ddau fynd am dro yn hwn nag ar gefn beic!'

'Cyfyng, ond mae'n siŵr bod yr injan yn mynd cystal â tithe!'

Cafodd Tina ei diddanu sawl tro yng nghar Dic, ond gwrthod sbin yng nghar newydd Antonio wnaeth hi. Dylai gadw draw o hwn hefyd, meddyliodd.

'Ti ffansi sbin?'

'Gwell peidio,' atebodd yn gyflym, gan ailgychwyn yr un mor frysiog am y ganolfan. 'Dim amser . . . a mae'n rhaid i mi ailddechre nofio i adfer fy nerth . . . Mi fydd Dic yn aros amdana i . . .'

'. . . doeddwn i ddim yn teimlo mod i'n gallu cystadlu efo dynion wrth fod heb gar na gwaith,' mynnodd Andrew ei seboni a chwarae mwy ar ei hemosiynau. 'Felly, brynes i hwn, a dwi wedi trio am waith hefyd.'

'Andrew, mae Dic a finne ar fin ymfudo o'r wlad 'ma. Rhaid i ti feddwl am gychwyn perthynas efo rhywun arall rŵan.'

'Dwi'n meddwl mod i WEDI syrthio mewn cariad eto, Tin Tin,' ceisiodd yntau roi'r newyddion mor gynnil a diffuant ag y gallai iddi.

'Wela i di eto, Andrew,' ceisiodd Tina ddiystyru ei weniaith. 'Gawn ni sgwrs yn y dŵr os wyt ti'n dod am *swim.*'

Wyddai Andrew ddim ai cuddio'i theimladau tuag ato yr oedd Tina wrth redeg oddi wrtho, ond doedd o ddim eisiau ei brifo. Ar un cyfnod bu yntau'n ysu i ailddatblygu eu cyfeillgarwch. Doedd o ddim eisiau bod yn gariad achlysurol iddi a'i rhannu efo Dic, a byddai wedi gwneud unrhyw beth i gael perthynas sefydlog efo hi unwaith eto. Hi oedd yr unig ferch a garodd erioed bryd hynny!

'Tyrd am dro efo fi rhag ofn na chawn ni gyfle eto. *Por favor?* Fyddwn ni ddim yn hir.'

Na, doedd Tina ddim eisiau codi gobeithion trwy

fynd efo fo yn ei gar! Byddai hynny'n sicr o roi'r arwyddion anghywir iddo. A beth petai Dic yn dod i wybod, ac yntau wedi bod mor ofalus ohoni'n ddiweddar? Ond wedyn, damia fo, meddyliodd – roedd Andrew'n haeddu cael ei chwmni am ychydig cyn iddynt ffarwelio, does bosib? Roedd o wedi toddi ei chalon a'i thu mewn ganwaith yn y gorffennol, ac roedd hi'n dal i ysu a blysu amdano weithiau. Ond, roedd hynny y tu cefn iddi onid oedd, cwestiynodd ei hun? Dyfodol Dic a hithau oedd bwysicaf rŵan, ac roedd yn rhaid iddi ffrwyno'i theimladau tuag at ddynion eraill!

'Ddo i efo ti os ei di â fi am sbin i Eryri,' meddai Tina i'w blesio. Ond, y gwir amdani oedd mai eisiau gweld yr unigeddau lle bu Dic a hithau'n mynych garu yr oedd hi. 'Ac ar y ffordd yn ôl, gawn ni *chips* yn Pesda, ia?'

*   *   *

Trefnodd Ann ddiwrnod cyfan o siopa. Roedd ei bol yn tyfu ac roedd ei hamser yn lleihau cyn dyddiad geni'r efeilliaid. Gwrthododd ei mam fynd efo hi oherwydd bod 'pobol ddiarth' wedi bwcio i mewn y prynhawn hwnnw. Esgus Tomi oedd bod ganddo lawer o waith twtio waliau a gwrychoedd, a'i fod angen torri coed tân. Roedd angen paratoi ar gyfer silwair cynta'r cynhaeaf hefyd, a gwell oedd iddo fod wrth law rhag ofn y byddai ei rieni ei angen. Esgusodion crap, meddyliodd Ann! Ond, doedd hi ddim yn mynd i beryglu rhoi straen ar y babis drwy gario dau o bob dim ei hun! Felly gofynnodd i un o'r ychydig ffrindiau lleol oedd ganddi i fynd efo hi. Roedd Catrin yn fwy na bodlon helpu, a chymrodd ddiwrnod o wyliau o'r garej i fynd ar dramp.

Roedd chwilfrydedd Ann am ei beichiogrwydd wedi cynyddu yn ystod yr wythnosau diwethaf. Bellach, daeth yn realiti, a theimlai ei bod yn hen bryd i'r 'ffernols bach' gael eu geni! Doedd hi ddim eisiau gwybod beth oedd rhyw'r plant, ond rhagwelodd hen wreigan dweud ffortiwn ryw dro ei bod yn mynd i gael dwy set o dwins – bechgyn y tro cyntaf a merched yr ail dro! Person ffwrdd-â-hi a di-lol fuodd Ann erioed, a doedd hi ddim yn ofergoelus. Ond, doedd hi ddim chwaith am fentro prynu pethau efo glas neu binc yn unig ynddynt – rhag ofn.

Cyrhaeddodd y ddwy'r siopau fel roeddynt yn agor am naw o'r gloch. Gan nad oedd llawer o frys arnynt, penderfynwyd cael paned a brechdan facwn er mwyn rhoi cychwyn da i'r diwrnod.

'Duwcs, does dim isio mynd i drafferth,' meddai Ann pan ofynnodd Catrin beth oedd ei anghenion mwyaf ar gyfer y babanod. 'Fysa dillad ail-law yn iawn iddyn nhw, a dwi'm am fynd i drafferth mawr i baentio'u llofft nhw.'

'Be am got a phram a ballu?' holodd Catrin. 'Biti mai dim ond un o bob dim oedd gan Marie!'

'Pwy welith nhw fyny'r grisia?' holodd Ann. 'Dim ond Tomi a fi fydd yn mynd i fanno!'

'Dwyt ti ddim isio lliw pibo llo i'r petha bach yn nagoes,' chwarddodd Catrin.

'Wnân nhw ddim ateb yn ôl am o leiaf dair blynadd,' ychwanegodd Ann. 'Reit 'ta, gwael, gwell i ni ei throi hi neu buan iawn y bydd y siopa 'ma 'di cau!'

Fel roedd y ddwy'n cerdded i mewn i'r siop gyntaf,

canodd ffôn poced Ann, ac edifarodd ei bod wedi ei
rhoi yn ei bag. Ned Davies oedd yno!

'Ann fach . . . Nansi . . . mae hi'n las . . . methu cael
gafael ar Tomi . . . finna'n methu cael fy ngwynt i roi
mouth to mouth . . .'

'. . . Taid . . . Mr Davies . . . peidiwch â phanicio,'
meddai Ann gan ddechrau panicio ei hun. 'Ydach chi
wedi pwyso'r botwm argyfwng?'

'Ma nhw'n anfon ambiwlans . . . ofni bod hi'n rhy
hwyr . . .'

'. . . ylwch. Dwi ym Mangor. Mi a' i i'r ysbyty i
gyfarfod yr ambiwlans. Pan gewch chi afael ar Tomi,
gyrrwch o draw yn syth.'

'Diolch mechan i,' meddai Ned gan dawelu
rhywfaint ar ei nerfau a'i feddwl.

'Peidiwch ag ypsetio gormod, Taid. Dydan ni ddim
isio dau glaf, yn nagoes!'

Gorfu i Ann anghofio am y siopa am y tro, a
llusgodd Catrin efo hi i weld ei mam yng nghyfraith
wael. Gan ei bod yn gyfarwydd â threfn yr ysbyty,
gwyddai Ann yn union ble i fynd pan gâi cleifion
newydd eu hanfon yno. Ond, gan nad ei mam hi oedd
Nansi Davies, ac oherwydd cyflwr iechyd honno,
chafodd hi ddim mynediad i'w gweld. Doedd dim
pwynt i Ann geisio egluro'i bod yn gyn-weithiwr yn yr
ysbyty chwaith, gan na châi neb ffafriaeth mewn
sefyllfa o argyfwng. Yna, ymhen hir a hwyr,
cyrhaeddodd Tomi â golwg y fall arno. Roedd yr
oglau'n waeth! Arweiniwyd o'n ddiymdroi i'r uned
gofal dwys, ond gadawyd Ann y tu allan yn aros am
unrhyw newyddion.

'Dwi jest awydd bwcio gwely i mi fy hun yn yr
uned famolaeth tra mod i yma,' chwarddodd Ann yn

nerfus. Roedd ei phwysedd gwaed wedi codi efo'r holl sioc a'r bwrlwm, a diolchodd am gwmni Catrin i fynd â'i meddwl oddi ar ddigwyddiadau'r bore. 'Un ai mae fy nŵr i wedi torri neu dwi 'di glychu fy nicar!'

Ddeng munud yn ddiweddarach, hebryngwyd Tomi i'r ystafell aros gan nyrs oedd â gwên gydymdeimladol ar ei hwyneb. Roedd yr edrychiad yn llygaid y ddau'n dweud y cyfan.

'Mi aeth hi'n syth wedi i mi gyrraedd,' meddai Tomi'n benisel. 'Roedd hi fel petai wedi aros amdana i cyn . . .'

'. . . rhoi'r rhech olaf' oedd Ann eisiau ei ddweud, ond ataliodd ei hun rhag bod yn rhy sbeitlyd.

Gafaelodd Ann yn dyner yn ei gŵr tra oedd yntau'n ceisio atal ei hun rhag torri i lawr. Eithriodd Catrin ei hun o'r ystafell gan adael iddynt alaru mewn preifatrwydd, ac aeth allan i chwilio am baned i'r tri ohonynt. Pan ddychwelodd ymhen chwarter awr, dim ond Ann oedd ar ôl.

'Tomi wedi mynd yn ôl at ei waith,' meddai'n syn, gan ddechrau poeni beth oedd o'i blaen hi rŵan bod ei fam wedi gadael y fuchedd hon. 'Trwy weithio'n galed ddaw o i delerau efo'r newyddion.'

'Gwell i ninnau fynd yn ôl at Ned Davies 'ta,' cynigiodd Catrin. 'Bydd pobol yn siŵr o ddechrau galw i gydymdeimlo unwaith glywan nhw'r newyddion.'

'Na! Gad i ni gael dwy neu dair awr o siopa'n gynta, gwael,' meddai Ann yn benderfynol. 'Bydd amsar yn brinnach wedyn.'

'Iawn,' meddai Catrin gan dderbyn penderfyniad ei ffrind. 'Beth am chwilio am y pethau pwysicaf i ddechra ac awn ni adra'n syth wedyn, ia? Ann? Ti'n iawn?'

Llusgodd Ann ei hun o gwmpas y siopau-tu-allan-i'r dre, a diolchodd am le parcio cyfleus. Buan y llanwodd y car i'r ymylon wedi iddi brynu dau got *flat pack*, bygi ddwbl ac ychydig o glytiau a dillad Babygro. Ymhen teirawr roedd hi wedi ymlâdd ac yn hen barod i fynd adre.

Wrth gael ei hebrwng yn y car gan Catrin, cafodd amser i feddwl mwy am y sefyllfa. Roedd ei mam yng nghyfraith newydd farw, ei thad yng nghyfraith yn ddyn musgrell, ei gŵr yn rhy brysur i ddelio efo unrhyw sefyllfa, ei theulu ei hun wedi cefnu arni, a hithau'n disgwyl efeilliaid! Sefyllfa ddigon i sgwennu nofel amdani, meddyliodd! Wrth i'r rhagolygon ddechrau sincio i mewn i'w hymennydd, felly hefyd y dechreuodd effaith y sioc.

'Be dwi'n mynd i neud Cat?' holodd yn ddagreuol.

'Tria beidio cynhyrfu, Ann fach,' cynghorodd honno. 'Rho dy ben i lawr i gael hannar awr o gwsg cyn cyrhaeddwn ni adra.'

Cysgodd Ann yr holl ffordd yn ôl. Wedi cyrraedd, cafodd ei chyfarch gan hanner dwsin o geir ar fuarth y ffarm. Roedd y teulu a'r cymdogion wedi clywed y newyddion, ac wedi dychwelyd i ail-lygadu'r *antiques*!

Gadawodd Tomi'r hen ddyn ar ei ben ei hun efo'r ymwelwyr ym Mryn Gwyn ac aeth i baratoi'r tractor a'r peiriannau ar gyfer torri'r silwair. Gan fod y sefyllfa mor flêr, a bod cyflwr iechyd Ann ei hun i'w weld yn gwaethygu, cynigiodd Catrin aros i gyfarch y rhai a alwai i gydymdeimlo. Manteisiodd Ann ar fynd i Bant Mawr i ymlacio o sŵn a rhuthr y sefyllfa o'i chwmpas, ac ymhen ychydig cafodd Catrin gyfle i daro i mewn i weld sut roedd hi'n teimlo.

'Wedi cael fy nharo efo'r cnoi mwyaf ofnadwy,'

eglurodd Ann. 'Methu gwneud fy hun yn gyfforddus, ac mae'r poenau cefn yn gneud i mi deimlo'n chwydlyd.'

Tra oedd Catrin yn nôl cadach gwlyb i roi ar ei thalcen, cafodd Ann blwc o deimlo'n llewyglyd, ac aeth y teimladau rhyfedd yn bwl o banig.

'Dwi'n meddwl fod y poenau 'ma'n ymdebygu i rai cyn geni,' meddai wrth i wayw cyfangiadau cyhyrol ei tharo dro ar ôl tro. 'Galwa ambiwlans gwael, a gwell i ti alw ar Tomi hefyd!'

'Ond, rwyt ti dros fis a hannar yn gynnar,' meddai Catrin.

'Fedra i ddim rheoli natur na fy nŵr . . .!'

'Sioc o golli dy fam yng nghyfraith wedi dy daro di siŵr gin i,' meddai Catrin. Yna, wedi sylweddoli ei bod o ddifrif, rhuthrodd o'r tŷ i chwilio am Tomi. Daeth o hyd iddo'n ei sied yn trin ei dractor efo'i feddwl yn bell.

'Tyrd i'r tŷ'n syth, yr hen foi,' meddai Catrin wrtho'n ystyriol, gan geisio ymddangos yn cŵl yr un ffordd.

'Awran arall i mi gael sortio nheimlada,' erfyniodd Tomi'n dawel daer.

'Dwi'n meddwl fod Ann ar fin geni dy dwins di, Tomi!'

Ar y ffordd yn ôl i Bant Mawr, piciodd Catrin i egluro'r sefyllfa wrth Ned Davies ac i wneud yn siŵr nad oedd *hospital case* rhif tri ar y gorwel! Wedi hynny, rhedodd i Bant Mawr gan geisio rheoli anadlu Ann a thawelu nerfau Tomi'r un pryd. Yna, cythrodd am y ffôn.

'Ambiwlans!'

Taerai'r derbynnydd fod Catrin wedi gwneud

camgymeriad, a bod yr ambiwlans wedi bod ym Mryn Gwyn unwaith yn barod y bore hwnnw.

'Peidiwch â chega,' gwaeddodd Catrin i'r derbynnydd. 'Mae'r fam yng nghyfraith newydd farw, ac mae'r ferch yng nghyfraith ar fin cael babis. Felly, dowch yn syth!'

Wyddai Tomi ddim lle i droi. Gorfu iddo anghofio am ei alar o golli ei fam ac am baratoi'r silwair, oherwydd roedd bywyd tri pherson arall yn y fantol erbyn hyn. Doedd y babis ddim i fod i gyrraedd tan o leiaf ar ôl iddo orffen y gwair! Y tacla! Ac os oedd Ann yn mynd i'r hospitol, pwy fyddai'n trefnu angladd ei fam? Sut fyddai ei dad yn ymdopi hebddi? Yna, dechreuodd weld yr ambiwlans yn hir yn cyrraedd, ac os na fyddai'n dod o fewn pum munud, ofnai y gallai'r straen fod yn ormod i'w wraig, ei efeilliaid ac iddo fo'i hun!

23. Syrpréis, syrpréis

Wyddai Tomi ddim ble roedd ei feddwl na'i ddyletswyddau'r diwrnod hwnnw, achos am dri o'r gloch y bore, ganwyd dwy o ferched bach iddo. Gan eu bod wythnosau o flaen eu hamser, gorfu i Ann gael *Caesarian* brys, ac roedd y ddwy'n llai na phwysau paced o siwgr yr un. Oherwydd eu maint, roeddynt yn methu anadlu ar eu pennau eu hunain ac roedd eu dyfodol mewn peryg difrifol.

Gan na chafodd Ann enedigaeth naturiol, doedd hi ddim yn teimlo'n fam gyflawn, er na fu'n rhaid iddi ddioddef yr holl boenau llafur. Diolchodd Tomi na fu'n rhaid iddo yntau ddioddef gwrando ar sgrechian ei wraig a'i gweld yn agor ei choesau o flaen pawb arall! Ond, roedd y wefr a deimlodd wrth afael ynddynt yn syth wedyn yr un mor amhrisiadwy a phetaent wedi dod i'r byd trwy'r dulliau arferol. Oherwydd ei emosiynau, wyddai Tomi ddim beth i'w ddweud wrth ei wraig. Credai fod y merched yn edrych fel dau ET bach efo'u crwyn rhychlyd heb orffen aeddfedu'n iawn, a doedd dim posib gweld lliw eu llygaid gan eu bod ar gau.

'Diolch fod y brych wedi ei olchi i ffwrdd,' meddai Tomi'n drwsgl. 'Dwn i'm sut mae dafad yn gallu stumogi bwyta'r ffasiwn beth . . . a gobeithio na fydd neb yn eu gweld nhw'n debyg i'w tad!'

Gan fod iechyd y ddwy yn y fantol, chafodd Tomi nac Ann fawr o amser i wirioni na'u hanwesu. Cawsant eu rhuthro i ysbyty arbenigol yn Lerpwl a'u rhoi ar beiriant cynnal bywyd, tra bod Ann yn gorfod aros yn Ysbyty'r Borth i adfer ei hiechyd ei hun.

'Diolch mai yn y Borth ac nid yn Lerpwl gawson nhw'u geni,' meddai Tomi gan barhau i rwdlian i ysgafnhau'r tensiwn. Roedd Ann yn pendwmpian ac yn ysu i gael cyntun wedi'r llawdriniaeth egr. 'Fyswn i ddim isio bod yn dad i Saeson!'

'Cofia fynd atyn nhw'n syth ar ôl y claddu, was,' erfyniodd Ann, gan ei atgoffa ei fod yn gorfod ffarwelio efo'i fam yn gyntaf. Roedd gwirioni ar ddau fwndel bach fel hyn wedi bod yn help garw iddo leddfu ychydig ar ei alar.

'Siŵr o neud,' atebodd yntau, gan fentro rhoi cusan ar ei thalcen. 'Diolch i ti am ddod â nhw i'r byd, yr hen chwaer.'

'Rhai'n mynd a rhai'n dod ydi hi ynte, gwael,' meddai hithau gan feddwl yn ddwys am ei mam yng nghyfraith am eiliad. 'Biti na chafodd dy fam eu gweld nhw.'

'Ia,' atebodd Tomi, gan synnu bod Ann yn poeni am y ffasiwn beth. 'Ond mi fyddan nhw yno i atgoffa rhywun ohoni.'

Gobeithiai Ann hynny hefyd, ond roedd hi'n ddyddiau rhy gynnar eto. Nid pob plentyn oedd yn goroesi wedi iddo gael ei eni fis a hanner o flaen ei amser. Efallai fod y siawns i ddau blentyn fyw yn gofyn gormod.

Doedd Ann ddim yn un o'r prif alarwyr yn angladd ei mam yng nghyfraith. Petai hi yno, mae'n debyg mai hi fyddai'r lleiaf prudd! Yr hyn roedd hi eisiau ei roi ar ei thaflen gladdu oedd, 'Yr hyn a allod hon, hi a'i gwnaeth . . . yn ddiawl o anodd i bawb arall!'

Ond, cafodd Nansi Davies wasanaeth digon parchus, ac roedd tyrfa deilwng yn bresennol. Yn eu plith, ffrindiau Tomi ac Ann, a aeth i dalu'r deyrnged olaf i wraig nad oeddynt wedi ei hadnabod yn iawn erioed. Gofynnwyd i Gwenan gynorthwyo'r gweinidog efo'r fendith a dewiswyd Catrin i chwarae'r organ. Harri Cae Pella a Bryn y Boncyn oedd yn rhannu'r taflenni a Berwyn Bryn Caled a Dic oedd yn hel y casgliad. Rhoddwyd Tina a Lyn yng ngofal y bwyd, a gwnaeth Lyn Victoria sbynj werth ei gweld.

'Ddrwg gen i glywad am Mrs Davies. Dynas glên . . .'

'Llongyfarchiadau ar y genod bach. Byddai eich mam wedi bod wrth ei bodd.'

'Mae'n arw arnoch chi, Ned bach. Eich iechyd chitha mor wael.'

Roedd y galarwyr yn angladd Nansi Davies fel haid o wyddau wrth i Tomi halio'i dad o gwmpas y lle yn ei gadair olwyn.

'Ann yn dioddef rhwng pob dim.'

'Fydd yr efeilliaid byw?'

Bycin hel, meddyliodd Tomi, mae pobol yn fodau dynol difeddwl – does 'na 'run diawl yn poeni amdana i! Roedd o'n falch o gael y diwrnod drosodd i gael mynd yn ôl i Bant Mawr i barhau efo'i orchwylion amaethyddol. Er na chafodd lwc efo'i ddefaid yn y Roial Welsh y llynedd, roedd wedi bwriadu mynd yno eleni eto. Ond, efo'r holl droeon diweddar, aeth y syniad hwnnw, fel llawer peth arall, i'r gwellt. Amseru anffodus os buodd un erioed, hefrodd wrtho'i hun, wrth feddwl am farwolaeth gynamserol ei fam a geni rhy gynnar ei blant.

Erbyn diwedd y dydd, roedd Tomi wedi bod yn y gwasanaeth angladdol, mynd â'i dad i'r te claddu a'i yrru adre cyn bomio i lawr y draffordd i Lerpwl i weld ei blant a rhuthro'n ôl i weld ei wraig cyn i'r fisiting orffen. Cyrhaeddodd y ward efo'i wynt yn un dwrn, a photel o Barley Water yn y llall, a mentrodd aros am o leiaf ddeng munud cyn cael ei daflu allan gan y *Sister*!

Roedd y mamau newydd eraill ar y ward un ai'n barod am eu gwlâu neu angen bwydo'u babis swnllyd. Ond, edrychai Ann yn llawer gwell ar ôl diwrnod cyfan o orffwys.

'Fyddan nhw'n iawn?' holodd yn bryderus, gan ofni'r gwaethaf am ei hepilion bach draw yn Lerpwl bell.

'Maen nhw'n dal eu tir,' meddai yntau. 'Ar beiriant anadlu am dair wythnos. Gobeithio y gallan nhw anadlu eu hunain wedyn.'

'Gest ti afael ynddyn nhw?'

'Na, dim ond cyffwrdd eu bysedd bach nhw drwy'r gwydr. Maen nhw'n beips i gyd. Ond, mae genod yn gneud yn well na bechgyn mewn sefyllfa o'r fath meddan nhw.'

Diolchodd Ann am ŵr ystyrlon a'i fod wedi cymryd at ei blant mor dda. Roedd o'n cymryd ei rôl fel tad yn llawer gwell nag yr ofnodd. Ond, oherwydd ei sgeg wrth eni, fyddai Ann ddim yn cael ymuno efo'i merched am rai dyddiau eto. Sicrhaodd Tomi y byddai'n ei gyrru yno'n syth wedi iddi gael ei rhyddhau o'r ysbyty. Eglurodd hefyd fod Bryn y Boncyn wedi cynnig gwarchod ei dad a chadw golwg ar y ffarm, a bod Catrin wedi cytuno i fod yn gydymaith pe byddent angen dreifar unrhyw dro.

'Dyna i ti ddau arall fydd yn dechrau magu'n fuan gei di weld,' meddai Ann, yn falch fod perthynas ei ffrindiau'n para cyhyd.

Erbyn y diwrnod wedyn, roedd Ann wedi ymlâdd. Bu ei meddwl yn effro drwy'r nos a bu'n pori drwy lyfr o enwau plant a fenthyciodd gan un o'r mamau eraill.

Meddyliodd am lwyth o enwau posib i'w rhoi ar y merched, a gwyddai y byddai Tomi'n hapus efo'i dewis, dim ond i'r pethau bach gael byw a bod yn iach.

'Be wyt ti'n feddwl o Rhagnell ac Arianrhod?' holodd Ann yn ddiplomataidd (ond roedd hi, fel arfer, wedi gwneud y penderfyniad cyn ymgynghori efo'i gŵr).

'Gobeithio bydd y ddwy'n gallu deud "R"!'

'O'n i'n meddwl rhoi "Ann" ar ôl y ddwy hefyd – er mwyn cario f'enw i ymlaen,' ychwanegodd y fam hunanol. Mae'n rhaid bod ei hiechyd yn adfer yn gyflym, meddyliodd Tomi.

Wedi iddo yntau gael cyfle i feddwl ac ystyried yr enwau, daeth i'r casgliad nad oedd am i Ann gael ei ffordd ei hun yn gyfan gwbl y tro hwn. Wedi'r cyfan, roedd yr efeilliaid yn blant iddo yntau hefyd – gobeithio.

'Iawn gen i,' mentrodd yn bwyllog. 'Ond, dwi isio'n enw innau arnyn nhw hefyd. Felly, be am gyfaddawdu a'u galw'n Rhagnell Ann ac Arianrhod Ann erch Tomos?'

Derbyniodd Ann ei argymhellion yn ddirwgnach, oherwydd roedd rhywbeth pwysicach nag enwi'r plant ar ei meddwl yr eiliad honno. Roedd yn awyddus i'w bedyddio hefyd – rhag ofn. Er na fu crefydd ar frig ei hagenda erioed, roedd ganddi ddigon o ffydd i deimlo y byddai'r ddwy'n cael gwell cyfle mewn bywyd petaent yn cael eu bendithio. Felly, gofynnodd Ann i Tomi ffonio Gwenan a bod yn barod i fynd i Lerpwl i gynnal gwasanaeth bach preifat efo caplan yr ysbyty.

*　　　　*　　　　*

Er nad oedd gan Dic waith na chartref sefydlog i fynd iddo erbyn hyn, cadwodd ei hun yn ddigon prysur. Ond, roedd Tina ac yntau ar delerau gweddol erbyn hyn, a phob yn dipyn, dechreuodd symud ei eiddo a'i ddyfodol mewn bocsys o Lys Meddyg i Dŷ Clyd. Roedd yn gwneud hynny wedi nos yn lle bod y plant yn gweld beth oedd yn digwydd. Doedd dim pwynt dadbacio'r bocsys, oherwydd byddai angen eu llwytho eto ar fwrdd llong er mwyn iddynt gyrraedd Sydney yr un pryd â Tina ac yntau. Roedd hynny'n digwydd mewn llai na phedair wythnos.

Bu Dic yn ddiwyd iawn yn helpu Tina o gwmpas y lle (gan geisio crafu a chreu argraff arni'r un pryd). Roedd tipyn o waith cryfhau ar ei hiechyd a'i stad emosiynol eto, ond teimlai Dic bod mwy o waith adfer ar ei hymddiriedaeth ohono fo. Synhwyrodd ei bod yn dal i ymddwyn yn od a bod rhywbeth (neu rywun?) ar ei meddwl. Wyddai o ddim os mai ei hiechyd neu ei hymddygiad oedd yn peri'r amheuaeth fwyaf iddo. Ceisiodd ei phlesio orau y gallai trwy olchi llestri a thwtio'r tŷ. Byddai'n coginio bob yn ail â hithau, a bu'n ddiwyd yn gosod ffens bren o gwmpas yr ardd. Roedd hyd yn oed wedi plannu llwyth o flodau a llysiau amrywiol yn yr ardd – nid y byddai'r un o'r ddau yno i weld ffrwyth ei lafur yn blaguro chwaith. Byddent erbyn hynny'n edrych am dŷ i'w brynu'n ddigon pell i ffwrdd o'r Borth a'i helbulon.

Cadwodd Dic ei gyfreithiwr yn brysur hefyd. Roedd ffurflenni diddiwedd angen eu llenwi a'u harwyddo er mwyn cwblhau'r ysgariad, ac roedd yn rhaid sicrhau fod Marie'n talu allan ei siâr o am Lys Meddyg. Wrth holi honno, roedd yn cael barn y fam warchodol a'r wraig genfigennus, ac wrth holi Tina, câi farn fwy gwrthrychol, gonest a chyffredinol. Ond, roedd yn rhaid iddo benderfynu ar ei ddyfodol a thynged ei blant drosto fo'i hun. Felly, daeth i'r casgliad y byddai'n well er lles Gari a Marged eu bod yn aros adre yn eu cynefin efo'u ffrindiau, i gael sefydlogrwydd a pharhau efo'u haddysg yn y Borth. Roedd hi'n naturiol yn loes calon ganddo orfod ildio'i blant i'w mam, a bu'n pwyso a mesur holl oblygiadau'r ymfudo. Roedd Marie yn well mam iddynt na fyddai o'n dad byth, meddyliodd, a synhwyrodd y byddai eu gwahanu oddi wrthi eto'n niweidiol i'w hymddygiad a'u datblygiad hwythau. Wedi'r cwbl, dim ond diwrnod i ffwrdd mewn awyren fydden nhw, a gallent ymweld â'u tad yn Awstralia mor aml ag y dymunent. Byddai yntau'n ymweld â'r Borth yn rheolaidd i'w gweld yn tyfu. Wedi iddynt ddod yn oedolion, gallent ymuno â'u tad yn barhaol pe dymunent. Erbyn hyn, roedd yr esgid ar y droed arall. Dic, ac nid Marie fyddai'n gorfod siarad efo'i blant ar Skype. Fo fyddai'n gorfod dychwelyd i Gymru i'w gweld, a fo fyddai'n gorfod talu am eu magu a'u haddysgu am bron i chwarter canrif heb weld llawer ohonynt!

Ond, roedd yn fodlon aberthu ei fywyd teuluol er mwyn iddo gael gwireddu breuddwyd oes a chael hapusrwydd efo Tina. Fel ei gariad ers bron i bum mlynedd, roedd hithau'n haeddu mwy nag addewidion gwag ganddo bellach, ac roedd wedi dioddef digon o siomedigaethau ganddo ar hyd y blynyddoedd.

'Anghofies i ddeud mod i wedi cael llythyr gan yr ysbyty yn Sydney,' mentrodd Dic dorri'r newyddion wrth Tina un diwrnod.

'Edrych ymlaen at dy gael di ar eu llyfre oedden nhw?'

'Nage. Maen nhw wedi clywad am gyhuddiadau Bryn y Boncyn ac achos diweddar Mrs Watkins.'

'O? Ydi hynny'n broblem?' holodd hithau'n bryderus.

'Ydi! Fydd dim gwaith i ti nag i minnau yno rŵan!'

'Dic! Ydi o'n beth doeth mynd mor bell heb sicrwydd o incwm?' holodd hithau, gan ddechrau newid ei meddwl ac amau bwriad yr holl antur unwaith eto. 'Pam na fyddet ti'n deud yn gynt? Fydd ganddon ni ddim cartre, dim gwaith, teulu na ffrindie.'

'. . . ond mi fydd ganddon ni'n gilydd,' meddai yntau gan afael amdani a cheisio tawelu ei meddwl. 'Ti a fi, fi a ti. Gawn ni fis o ymlacio ac ymweld â'r wlad i ddechra. Dod i nabod yr ardal a'r bobol, gwneud ffrindia, ac yna dechra chwilio am waith o ddifri.'

'Ydi'r tŷ'n dal ar gael gan Dr Thompson?'

Wyddai Dic ddim yn iawn os oedd o, ond wnaeth o ddim dangos ei amheuaeth.

'Yndi tad . . .'

'Ac os nad ydi pethe'n gweithio allan i ni?'

'Mae 'na wastad le i ni ddychwelyd i Dŷ Clyd yn does?' cellweiriodd Dic.

Penderfynodd Tina na fyddai'n ddoeth gwerthu ei chartref yn y Borth rhag ofn y byddai ei angen yn y dyfodol. Gallai wneud arian del wrth ei rentu, ac roedd eisoes wedi derbyn ambell ymholiad ar ôl iddi roi hysbyseb yn y papur. Addawodd Jeff Parry y byddai'n fwy na bodlon bod yn *handyman* o gwmpas y lle, ac oherwydd hynny, teimlai Tina'n fwy cyffordus i'w osod.

'Mi fydd gennon ni ddigon o arian wrth gefn,' ychwanegodd Dic, er mwyn ceisio llesteirio'i hamheuon ymhellach. 'Pres rhent Tŷ Clyd a chyfran

Marie am Lys Meddyg, heb sôn am fy nhaliad diswyddo i a dy arian diswyddo ar gam dithau!'

Sylweddolai Dic y byddai celc go lew o'i gynilion yn mynd i gronfa addysg ei blant, ond doedd fiw iddo ddangos blaenoriaeth iddyn nhw o flaen Tina. Byddai'n rhaid iddo roi dipyn o'r neilltu ar gyfer teithio 'nôl a blaen o Sydney hefyd. Ond, roedd un cyfrif arall yr oedd wedi bod yn cynilo ar ei gyfer ers peth amser hefyd.

'Mae'r clinic anffrwythlondeb yn disgwyl dy weld di'n syth wedi i ni gyrraedd,' meddai Dic yn llawn gobaith. 'Dwi wedi bod yn safio arian ers tro ar gyfar hynny. Gobeithio mai jest rhyw bolyp neu ffibroid sy'n blocio dy beipiau di.'

Oedd, roedd Dic a Tina wedi trafod cael plant yn ddwys a difrifol ers dechrau eu perthynas, ac edrychai hithau ymlaen at gael sortio'i thu mewn allan. Rhoddodd ei bryd ar ddod yn fam i blentyn Dic ers ei gyfarfod gyntaf erioed, a bu'n aros am yr eiliad hon ers cymaint o amser. Ond, teimlai Tina nad oedd pethau cweit yn iawn efo'u perthynas erbyn hyn. Roedd pethau'n symud yn rhy gyflym iddi bellach, ac roedd o'n trio'n rhy galed i'w phlesio. Doedd hi ddim yn licio bod Dic wedi trefnu apwyntiad yn y clinig y tu cefn iddi, a wyddai hi ddim ei fod yn cynilo tuag at y driniaeth chwaith. A pham na ddywedodd o na fyddai ganddo waith ar ôl cyrraedd Sydney? Faint mwy o gyfrinachau oedd o'n eu cadw oddi wrthi? A beth aflwydd oedd y ddau'n mynd i'w wneud efo'i gilydd bob dydd ym mhellafoedd byd?

Wedi diwrnodau o fyw ar bigau'r drain, â'r amser i ymfudo'n prysur agosáu, teimlai Dic fod Tina'n dal yn ansicr a'i bod ar fin cael traed oer. Roedd yn rhaid iddo yntau feddwl ar ei draed i sicrhau ei bod yn hapusach ei byd. Yr ateb, meddyliodd, oedd selio'u perthynas unwaith ac am byth.

Tra oedd Tina wedi mynd i'w gwaith un diwrnod, sleifiodd yntau i'r siop gemau yn y dre. Roedd y fodrwy ddiemwnt a ffansïodd yn dal i wincio'n annwyl arno yn y ffenest. Pwyntiodd ati a holi am y pris.

'Modrwyau'n boblogaidd iawn hiddiw,' meddai'r siopwr boliog, gan roi'r gorau i bolisio breichled aur ddrudfawr er mwyn tendio ar ei gwsmer. 'Newydd werthu un debyg awr yn ôl.'

Aeth yn ôl i roi sglein pellach ar y freichled tra oedd Dic yn dod i benderfyniad. Roedd y fodrwy'n costio bron i dri chan punt, ond roedd Tina'n werth hynny, does bosib? Tybed fyddai hi'n ei ffitio? Neu efallai y dylai ofyn iddi fynd efo fo i'r siop i'w thrio cyn ei phrynu? Twt, fyddai o ddim yn syrpreis wedyn, meddyliodd. Wedi i'r siopwr sicrhau Dic y gallai addasu'r maint pe byddai'n rhy fach neu'n rhy fawr, tarodd yntau fargen ag o.

'Cant a hannar am *cash*,' meddai.

Roedd y siopwr yn falch o'i gwsmeriaeth ac roedd Dic yn fodlon ei fyd. Ei broblem nesaf oedd ffeindio'r amser iawn i ofyn i Tina ei briodi. Roedd wedi penderfynu gwneud gwraig onest ohoni ers talwm, a byddai wedi hoffi gwneud hynny cyn ymfudo petai'r ysgariad wedi dod drwodd. Yn y cyfamser, gobeithiai y byddai'r fodrwy ddyweddïo'n ei phlesio dros dro.

Ond, doedd Dic ddim yn ddyn hapus wrth iddo ddychwelyd i Dŷ Clyd. Gwyddai fod Tina'n dal yn ei gwaith, ond roedd car arall yn aros amdano yn y dreif. Y Ddraig! Marged yn unig oedd efo hi yn y car, a dechreuodd Dic amau ei bwriad.

'O'n i'n meddwl mai fan hyn fyswn i'n cael gafael arnat ti,' meddai Marie'n fwy dagreuol nag ymosodol. 'Mae Gari wedi cael ei ruthro i'r ysbyty. Rhaid i ti ddod adre'n syth!'

'Be sy'n bod arno fo?' holodd Dic yn amheus o'i chymhelliad, ond eto gyda pheth panig yn ei lais.

'Dydyn nhw ddim yn gwybod,' atebodd hithau. 'Mae o'n flinedig a difywyd ers dyddiau. Ei gymalau'n brifo hefyd. Ofni gall o fod yn angheuol . . .'

Doedd Dic ddim yn siŵr os mai dweud celwyddau er mwyn rhwystro Tina ac yntau rhag ymfudo oedd ei bwriad. Ond, byddai'n well iddo gymryd ei phle o ddifrif y tro hwn.

'Ddo' i efo chdi rŵan. 'Na i jest sgwennu nodyn i Tina . . .'

'Gwell i ti ddod â dy byjamas. Maen nhw angen rhywun i aros efo fo.'

Cyrhaeddodd Tina adre o'r orsaf radio wedi rhoi'r rhech olaf. Roedd yn edrych ymlaen at gael pryd rhamantus a noson gynnar efo'i hanwylyd. Tro Dic oedd gwneud bwyd heno, ac roedd wedi addo rhoi 'syrpréis' iddi yn lle'r *lasagne* canol wythnos arferol. Teimlai hithau'n euog am iddi fynd am sbin yng nghroc Andrew, ac addawodd wrthi hi ei hun ei bod am roi hwnnw (ac Antonio) yng nghefn ei meddwl – am byth. Ond yr unig beth a'i cyfarchodd ar fwrdd y gegin oedd nodyn o ymddiheuriad gan Dic:

GARI WEDI EI RUTHRO I'R YSBYTY. OFNI'R GWAETHAF. RHAID I MI AROS EFO FO HENO. SORI TINS. FFONIA I.

Ai hwn oedd y 'syrpréis' honedig holodd Tina'i hun yn goeglyd, wrth i hen deimlad o siomedigaeth ei brifo i'r byw unwaith eto? Y plant a'r Ddraig yn cael blaenoriaeth, a minnau'n cael fy nhaflu o'r neilltu fel rhyw gadach llawr, meddai, wrth geisio rhesymu efo'i theimladau ei hun. Doedd hi ddim eisiau i unrhyw beth drwg ddigwydd i blant Dic, wrth gwrs. Ond, roedd cael ei thrin fel person eilradd dro ar ôl tro ganddo, a hynny jest cyn iddynt ymfudo, yn hollol anfaddeuol! Yna, rhoddodd ei hunandosturi o'r neilltu, gan ailddarllen nodyn Dic. 'Gari wedi ei ruthro . . . ofni'r gwaethaf . . .' Dechreuodd boeni o ddifrif amdano, ac wrth edrych yn ôl, doedd y bachgen ddim wedi bod yn ei hwyliau y troeon prin hynny y bu hithau yn ei gwmni chwaith.

Anfonodd neges testun sydyn at Dic er mwyn dangos ei bod yn poeni o ddifrif.

GBTHO BDD ON OK. FFONIA EFO UNRW NWDDN

Wrth obeithio nad oedd dim byd mawr yn bod ar Gari, teimlai Tina'n unig heb gwmni Dic. Fyddai o ddim yn Nhŷ Clyd iddi gael ei gwmni, a fedrai hithau mo'i ffonio ac yntau mewn ysbyty efo'i fab. Felly, er mwyn cadw'i meddwl yn brysur, penderfynodd holi i weld sut oedd Ann yn dod ymlaen. Roedd wedi esgeuluso'i ffrindiau ers amser bellach, rhwng ei salwch ei hun a'i phroblemau carwriaethol. Ond, gallai fwrw'i bol ymhellach wrth ffonio Ann, meddyliodd. Roedd honno newydd wneud hynny, a theimlai Tina nad oedd wedi ei llongyfarch yn ddigonol wedi dyfodiad yr efeilliaid bach.

'Pant Mawr? Tina sydd yma.'

'Ia, wn i, mechan i,' atebodd Ned Davies. 'Mae Ann yn dal yn yr hospitol.'

Wrth siarad efo'r hen ddyn, teimlodd Tina'n euog nad aeth yno i gynnig help neu fod yn gwmni ar ôl y claddu a'r geni.

'Sori. Mae'n amser anodd i chi, Mr Davies. Ann yn iawn, yndi?'

'Dal golwg, dyna i gyd.'

'Sut ydach chi'n ymdopi?'

'Y byd yn dal i droi mechan i. Mi fydd Rhagnell ac Arianrhod yn gwmni pan ddôn nhw adra.'

'Enwau del. Fyddan nhw'n iawn, Mr Davies?' holodd o gywilydd.

'Wedi ennill pwys neu ddau'r un meddan nhw. Mi fyswn i wrth fy modd yn eu gweld. Ond, wna i ddim mentro ar fws i Lerpwl yn fy nghyflwr i, er ei fod am ddim!'

Roedd Tina'n teimlo cymaint o euogrwydd fel y rhoddodd ei phroblemau ei hun o'r neilltu am y tro a chynnig mynd â Ned Davies i Lerpwl i weld ei wyresau bach. Roedd o'n amlwg yn ysu i'w gweld rhag ofn i ragluniaeth fod yn greulon, ac roedd hithau eisiau gweld Ann a'r plant cyn symud i ben draw'r byd.

Mwynhaodd Tina'r daith i'r ysbyty er nad oedd yn siŵr o'r ffordd. Gwyddai Ned Davies am bob twll a chornel ar hyd y draffordd gan yr arferai weithio yn ochrau Runcorn Bridge yn ei ugeiniau cynnar. Roedd o'n llawer gwell na'r Sat Navs bondigrybwyll 'na, meddyliodd Tina, ac roedd yn llawn anogaeth iddi hithau godi pac a mentro i chwilio am fywyd newydd.

'Un cyfla mae dyn yn ei gael,' meddai wrthi'n dadol. 'Edrycha ar fy nghyflwr i, ac ar dynged Nansi druan. Ia wir, dos amdani mechan i. Mae gennat ti wastad ffrindia i ddod atyn nhw os nad wyt ti'n licio yna.'

Pan gyrhaeddodd Tina a Ned yr ysbyty, roedd hanner y ffrindiau hynny ar fin cael gwasanaeth i fendithio bywydau'r efeilliaid bach. Roedd Ann a Tomi, Lyn a Gwenan, y caplan a phrif nyrs y ward o gwmpas y crud a gynhaliai Rhagnell ac Arianrhod. Pan wthiodd Tina Ned Davies i mewn yn ei gadair olwyn, trodd pawb i edrych mewn syndod arnynt. Wrth eu cofleidio, daeth deigryn i lygaid Ann, a theimlai Tomi fod ei dad yn edrych yn iau ac yn iachach nag erioed. Roedd yn ymdopi'n rhyfeddol wedi colli Nansi, meddyliodd, ac roedd fel petai wedi cael bywyd newydd yn ei brofedigaeth.

Ar ôl iddynt oll ymdawelu, amgylchynwyd y crud a gafaelodd pawb yn nwylo'i gilydd yn dynn. Roedd yr emosiwn a'r tensiwn i'w glywed wrth i Gwenan gyflwyno gweddi fer a phwrpasol. Diolchodd i Dduw am roi cyfle i'r ddwy fach gael amser i gryfhau, a dyfynnodd eiriau Dewi Sant pan soniodd am y 'pethau bychain' oedd mor bwysig mewn bywyd. Yna, cafodd pawb gyfle i daflu cusan yr un iddynt, a theimlodd eu rhieni balch fod baich mawr wedi codi oddi ar eu hysgwyddau.

Er nad oedd Nansi Davies yno i weld y foment hon ym mywyd ei mab a'i hwyresau, teimlodd Ann fod ei theulu hi, o leiaf, yn gyflawn.

24. Gwynt Teg

Aeth deuddydd heibio cyn i Dic fedru dychwelyd i Dŷ Clyd. Er iddo geisio ffonio fwy nag unwaith, doedd Tina ddim adre ar yr amser iawn. Neu, oedd hi'n ceisio'i anwybyddu? Rhuthrwyd Gari o un clinig i'r llall i dynnu gwaed, wrin a mêr yr esgyrn, ac roedd aros am ganlyniadau'r profion yn artaith. Rhwng pob dim, roedd y gofid amdano (a phoeni fod dyddiad yr ymfudo'n agosáu) yn llethu synhwyrau Dic. Ceisiai Marie hithau ymddwyn mor normal â phosib o dan yr amgylchiadau, ac roedd ymdopi efo gofalu am Marged ar ei phen ei hun yn anodd. Roedd yn rhyddhad mawr iddi pan ffoniodd ei rhieni i ddweud y byddent yn mynd i ysgwyddo'r baich domestig ac emosiynol iddi. Ond, doedd Dic ddim yn rhy falch o ddeall y byddent yn aros yn Llys Meddyg. Er hynny, calla dawo, meddyliodd – Marie fydd yn berchen y lle ymhen ychydig!

Ar fin mynd am gawod oedd Tina pan laniodd Dic yn welw a blinedig un bore Sadwrn. Gwyddai hithau nad oedd pwynt iddi edliw nad oedd wedi galw'n gynt. Roedd y gofid am ei fab yn ei fwyta'n fyw.

'Neis dy weld,' meddai'n gynnil. 'Ar fin mynd am gawod – wyt ti am ymuno efo fi?'

'Fawr o awydd o dan yr amgylchiadau,' meddai yntau'n ddiamynedd efo'i gwahoddiad awgrymog. 'Tria ddallt, wnei di?'

'Dic, dim ond gofyn wnes i! Meddwl baset ti'n falch o gael munud i ti dy hun.'

'Sori. Ond, dydi pethau ddim yn edrych yn dda ar y creadur bach.'

341

Nid meddwl am ryw chwantus mewn cawod oedd Tina, dim ond meddwl y byddai'n gyfle i Dic ymlacio a rhoi ei bryderon o'r neilltu am ychydig! Anghofiodd hithau am y gawod ac aeth i wneud paned a brechdan i'r ddau ohonynt.

'Mae'n rhaid i ti ofalu amdanat dy hun er mwyn i ti gael nerth i ofalu am Gari,' meddai'n ystyrlon, fel petai'n gwnsler a oedd â'r consýrn mwyaf am ei chleient.

Ond, o dan y ffrynt addfwyn a thyner ymddangosiadol, roedd Tina eisiau sgrechian a gweiddi ar Dic. Pam na ffoniodd i ddweud beth oedd yn digwydd? Roedd hithau'n poeni am Gari hefyd! Oedd o'n mynd i fod yn iawn? Oedd yna wir beryg am ei fywyd? A beth am yr ymfudo, meddyliodd wedyn – oedd tocynnau'r awyren wedi cyrraedd? Oedd angen bwcio tacsi, sicrhau lle i aros y pen arall, newid arian, cadarnhau'r ysgariad a chant a mil o bethau ymarferol eraill? Ond, fedrai hi yn ei byw â chodi ei llais ar Dic yr eiliad honno, oherwydd torrodd i lawr i grio yn ei breichiau. Roedd y straen a'r boen meddwl yn ormod iddo.

'Dyna fo, dyna ni, nghariad bach i,' cysurodd o. 'Sut mae o erbyn hyn?'

'Maen nhw wedi darganfod fod lewcemia *acute* arno fo,' meddai Dic yn benisel, gan sychu ei ddagrau yn siwmper Tina. 'Wedi bod yn blino a chleisio'n hawdd ers talwm ar ôl meddwl . . . Fawr o awydd bwyd ers tro chwaith . . . Y meddygon yn awyddus i gychwyn *chemo* mor fuan â phosib.'

Wyddai Tina ddim sut i dawelu ei feddwl, a fedrai hi ddim honni ei bod yn gwybod sut roedd o'n teimlo.

'Maen nhw wedi ei ddal o'n ddigon buan yn do?

Fydd o'n iawn – gei di weld. Yr aros i'r rhieni a'r effaith wedi'r driniaeth ydi'r gwaetha.'

'Falle bydd yn rhaid i mi roi mêr fy esgyrn i iddo fo.'

'Diolch bod cyfle i ti wneud hynny,' ceisiodd Tina leddfu ei ofidiau, gan fwytho'i dalcen a'i ysgwyd fel petai'n siglo babi. Dim ond ychydig o amser oedd yna ers i Dic wneud yr un fath i Tina yn ystod ei hiselder. 'Cer i'r gwely i ti gael chydig o gwsg, Dic bach. Mi fyddi'n gweld pethau'n gliriach wedyn.'

Diolchodd Dic bod Tina'n deall ei sefyllfa. Roedd o'n hynod o falch o'i chonsýrn a theimlodd yn well o gael barn ac agwedd rhywun heblaw'r doctoriaid a Marie. Ond, chafodd o ddim cyfle i orffwyso'n hir, oherwydd canodd ei ffôn unwaith eto, a bu'n rhaid iddo ddychwelyd ar ruthr i Lys Meddyg.

'Diolch bo ti yma i mi, Tina,' meddai gan wneud ymdrech i lyncu'r frechdan. Byddai'n rhaid iddo'i chnoi yn y car. Rhoddodd gusan sydyn iddi gan afael yn dyner yn ei llaw. 'Mi ddaw pethau'n gliriach i ninnau hefyd, gobeithio. Caru ti.'

'A tithe.'

Roedd ei chalon yn gwaedu drosto ynghanol ei helbulon, a diolchodd yn dawel bach fod hyn wedi digwydd i Gari cyn yr ymfudo. Byddai pethau'n llawer gwaeth i Dic (a'r Ddraig ac iddi hithau) petai'r creadur bach wedi cael ei daro'n wael a'i dad yr ochr arall i'r byd.

Pan oedd y tŷ'n dawel unwaith eto, penderfynodd Tina fynd am y gawod hirddisgwyliedig, a gadawodd i bŵer y dŵr dylino ac ymlacio'i chorff yn llwyr. Roedd hithau wedi bod o dan straen yn ddiweddar, ac yn hynod o ddyledus a balch o fedru talu'n ôl i Dic am ei ofal ohoni. Pan ddaeth o'r gawod, sylwodd fod y postman wedi galw, ac ymhlith y biliau trydan a ffôn, roedd amlen ddieithr yr olwg. Sylwodd mai stamp Awstralia oedd arni! Doedd hi ddim wedi disgwyl y fath wahoddiad y bore hwnnw, ac roedd hi'n gegrwth wrth ddod at ddiwedd y llythyr.

Annwyl Miss Thomas,

Roedd yn hyfryd eich cyfarfod yn swyddfa'r *Sydney Tribune* rai misoedd yn ôl. Gresyn nad oedd swydd wag i chi yn yr Adran Amaeth. Ond, mae'n bleser gennyf eich hysbysu ein bod am gynnig swydd mewn maes ychydig yn wahanol i chi.

Roedd y DVD ohonoch chi a'ch partner yn cael rhyw yn agoriad llygaid i ni! Efallai mai camgymeriad oedd y tâp, ond mae'n amlwg fod gennych brofiad helaeth ac agwedd iach tuag at gyfathrach rywiol.

Wedi gweld clip arall ohonoch ar YouTube, gwyddem mai chi fyddai'r person delfrydol ar gyfer swydd sydd newydd ymddangos gydag un o is-gyhoeddiadau'r cwmni. Mae'r *Sydney Escort* yn chwilio am Olygydd ar fyrder i ofalu am bob agwedd o gynnwys y cylchgrawn. Dyma swydd i chi roi eich dannedd ynddi, Tina, ac edrychaf ymlaen am sgwrs bellach wedi i chi gael cyfle i gnoi cil ar y mater.

Yn obeithiol,
Anthony Abbott
Golygydd Cyffredinol *Sydney Tribune*

Roedd Tina'n fud. Oedd hi wedi darllen y cynnig yn iawn? Ai chwilio am rywun i olygu cylchgrawn pornograffig oedden nhw? Neu fodelu'n noeth a di-chwaeth o flaen camera? Ai cael ei dyrchafu neu ei diraddio fyddai hi wrth dderbyn swydd o'r fath? Roedd hi eisiau gweiddi, rhegi, chwerthin, dawnsio, gorfoleddu, crio, chwydu a chael homar o sesiwn wyllt. Shit! Doedd hi ddim yn gwybod BETH roedd hi eisiau! Wyddai hi ddim beth i'w ddweud na'i wneud, a doedd Dic ddim yno iddi gael rhannu ei theimladau. Bu bron iddi ei ffonio i Lys Meddyg, ond, gwyddai na fyddai mewn cyflwr meddyliol i wrando ar gynnig o'r fath pan oedd dyfodol ei fab yn y fantol.

Dim ond un person arall oedd ganddi i droi ato. Er iddi geisio ffrwyno'i hun rhag ei ffonio, roedd yr ysfa i glywed ei lais eto ac i rannu'r newyddion ag o'n ormod o demtasiwn iddi.

'Estupendo. Mae hynna'n wych, Tin, Tin,' meddai Andrew'n hanner balch a hanner siomedig am ei llwyddiant. 'Ond, wyt ti'n siŵr fod y bobol 'ma'n ddidwyll ac yn ddiogel i ti fentro i'w canol nhw?'

'Ydyn *nhw*'n siŵr mod *i*'r person iawn iddyn *nhw*?' holodd hithau i ddiystyru ei agwedd negyddol.

'Cofia fynd â Dic efo ti i'r swyddfa'r diwrnod cynta',' meddai, gan ei chynghori'n ddoeth a thadol. 'Iddyn nhw gael dallt nad wyt ti ddim yn ddiniwed a bod dyn arall yn dy warchod di.'

'Falle na fydd o'n dod efo fi rŵan . . .' mentrodd hithau.

'. . . o?' Cododd Andrew ei glustiau. Fel arfer, byddai wedi codi ei obeithion a phob dim arall hefyd. Ond nid y tro hwn.

'Newydd ddarganfod lewcemia ar ei fab o.'

'Da iawn . . . Hynny ydi, bechod, biti . . . creadur bach. Ond da iawn bo ti'n meddwl peidio mynd o'n i'n feddwl.'

'Nid dyna o'n i'n feddwl, Andrew. DWI'n dal i fynd. Geith Dic ymuno efo fi pan fydd pethau'n well.'

'O.'

'Gei dithau ddod am wyliau os wyt ti isio!'

'Pryd wyt ti'n gadael?

'Mewn llai na phythefnos.'

'Rhaid cael swper cyn hynny. Y Bistro nos Wener?'

Setlodd Tina ar ei gynnig. Doedd hi ddim yn meddwl y byddai bwyta efo cyn-gariad iddi'n gwneud unrhyw ddrwg cyn gadael y wlad, a waeth oedd iddi ddweud wrth Dic am eu trefniant ddim. O leiaf, byddai'n gwybod fod Andrew a hithau wedi gwahanu am byth wedyn.

Rhwng hynny a nos Wener, roedd Dic wedi ffonio Tina'n rheolaidd rhwng gofalu am ei fab a rhedeg i'w wraig a'i ferch. Roedd o un ai eisiau crafu Tina a gwneud ati i roi gwybod iddi beth oedd cyflwr Gari. Neu roedd o'n ceisio darganfod os oedd hi'n dal i gael ei diddanu gan Andrew ai peidio . . .

Un noson, wedi iddo fod yn morol am ei deulu drwy'r dydd, penderfynodd Dic y byddai'n rhaid iddo weld Tina wyneb yn wyneb a setlo un neu ddau o bethau. Aeth draw i Dŷ Clyd yn teimlo fel dieithryn, ac roedd yn nerfus ac yn chwysu chwartiau wrth ofni beth fyddai ei hymateb i'w sefyllfa deuluol. Eglurodd fod Gari'n gorfod aros yn yr ysbyty am o leiaf wythnos i ddod dros ei driniaeth gyntaf, a'i ddyletswydd o fel tad oedd aros efo fo. Nododd na fedrai Marie ymdopi efo Marged ar ei phen ei hun, a'i bod yn ei hôl yn wan ac yn flinedig drwy'r amser. Roeddynt hefyd wedi ailddechrau cyflogi Dyddgu er mwyn iddi warchod Marged a gofalu am y cartref. Roedd honno mewn gwell hwyliau'r dyddiau hyn hefyd eglurodd, ac roedd 'na ddyn yn ei ffonio'n rheolaidd. Âi allan i gymdeithasu'n llawer amlach nag o'r blaen, meddai, ac roedd y plant yn hapusach yn ei chwmni.

'Tridiau fydd gennon ni wedyn cyn ein bod yn gadael,' atgoffodd Tina Dic o ddyddiad yr ymfudo. 'Dwi'n gwybod ei bod hi'n anodd i ti ddeud rŵan, cariad. Ond wyt ti'n meddwl y byddi di YN dod efo fi?' Wnaeth o ddim ymateb yn syth.

'Dwn i ddim be dwi'n neud, Tina,' meddai'n dawel, ond wnaeth o ddim torri i lawr i grio'r tro hwn gan ei fod wedi dod i benderfyniad. 'Mae fy mhen a'm stumog i'n troi, a dwi mewn dilema llwyr. Ond, mae'n ddyletswydd arna i i fod yma iddo fo . . . Does wybod faint sydd ganddo fo ar ôl . . .'

Methodd Tina ddweud dim am eiliad, ond torrodd ar draws y tawelwch heb wybod yn iawn beth i'w ddweud. Doedd hi ddim eisiau swnio'n hen ast flin a dideimlad am y sefyllfa, ac er bod ei hamynedd yn prinhau, roedd yn rhaid iddi fod yn gefn i'w chariad, er gwaetha'r ffaith ei fod yn dewis aros efo'i deulu.

'Dwi'm yn gweld bai arnat ti am aros, Dic. Dwi'n sylweddoli bod Gari angen ei dad, a'i fod yn mynd i effeithio ar Marged hefyd. Mae'n anodd i mi siarad â minnau heb blant, ond o leiaf ges i gyfle i ddod i'w nabod nhw am ychydig allan yn Sydney.'

'Yr amseriad sydd wedi bod yn anffodus, Tina fach,' meddai Dic. 'Ond mi ddaw pethau'n well eto, gobeithio, ac mi gei di gyfla arall i ofalu amdanyn nhw pan ddown ni draw . . .'

Camodd Dic yn nes ati er mwyn ei sicrhau ei fod yn golygu'r hyn a ddywedai. Ond, ataliodd Tina rhag gadael iddo glosio gormod. Yn dawel bach, credai nad oedd calon Dic wedi bod yn yr ymfudo ers peth amser. Roedd o'n swnio'n amheus o'r holl fenter cyn bod sôn am salwch Gari. Tybed oedd afiechyd y mab wedi achub sefyllfa'r tad?

'Ti'n gwybod mod i'n dal isio dod efo ti, Tina. Wedi'r cwbl, FI sydd wedi bod isio ymfudo ers y dechrau! Ond, mewn sefyllfa fel hyn, mae'n rhaid i ddyn roi blaenoriaeth i'w blentyn.'

Ceisiodd Tina ddweud rhywbeth wrtho, ond, ynghanol ei hemosiwn, llanwodd ei llygaid â dagrau, daeth lwmp mawr i'w gwddw, ac aeth ei llais yn dawel gan dor-calon.

'Dwi'n siomedig . . . ond yn dallt . . . ond isio i ti ddod efo fi . . . ond yn gwybod na fedri di ddim . . .'

'. . . am y tro,' ychwanegodd yntau.

Doedd Tina ddim am roi mwy o loes i Dic, ond, er bod hwnnw ynghanol ei drafferthion ei hun, roedd yn rhaid iddi hithau benderfynu ar ei dyfodol hefyd. Dyna pryd y sylweddolodd ei bod yn rhaid iddi fod yn gryf a sefyll ar ei thraed ei hun unwaith ac am byth. Roedd hi eisiau mwy o reolaeth ar ei bywyd ei hun, ac roedd yn hen bryd iddi gael mwy o annibyniaeth a menter newydd hefyd! Byddai'n derbyn y swydd a gynigiwyd iddi gan y *Sydney Escort* efo breichiau agored!

'Mi fydda i'n iawn ar fy mhen fy hun, Dic . . .,' mentrodd hysbysu Dic o'i phenderfyniad. 'Dwi wedi dod i nabod digon yn Sydney ar ôl yr ymweliad . . . Roedd gwraig Dr Thompson yn glên iawn, a dwi'n gwybod fy ffordd o gwmpas y ddinas erbyn hyn . . .'

'. . . Paid â bod yn hurt,' torrodd yntau ar ei thraws, gan synnu ei bod yn meddwl mynd hebddo fo'n gwmni ac yn geidwad iddi! 'Os nad ydw *i*'n mynd, dwyt *tithau* ddim chwaith!'

'O ydw, dwi'n mynd,' atebodd Tina'n hyderus a'r un mor bendant. 'Dydw i ddim isio ypsetio mwy arnat ti, Dic. Ond, dwi newydd glywed mod i wedi cael cynnig gwaith yno!'

Edrychodd Dic yn hurt arni, a doedd o ddim yn coelio'i glustiau pan sylweddolodd ei bod o ddifrif.

'Be? Gwaith efo pwy? Pryd glywest ti?'

Wedi i Tina egluro pob dim wrtho, ategodd ei geiriau trwy ddangos y llythyr, a dechreuodd Dic amau bwriad golygydd y *Sydney Tribune*.

'Isio mynd i dy nicar di mae'r diawl,' meddai am Mr Abbott. 'Jeff Parry arall isio cymryd mantais arnat ti!'

'Fues i'n ddigon lwcus o Jeff Parry pan o'n i'w angen o fwyaf,' meddai hithau, gan gyfeirio at ofal y cyn-olygydd ohoni yn ystod ei hiselder.

'Ti'n siŵr bod y job yn dal ar gael i ti? Mae'r llythyr wedi cymryd diwrnodau i gyrraedd pen ei daith o Awstralia. Allai hi fod wedi mynd i rywun arall.'

'Popeth yn iawn,' nododd Tina. 'Dwi wedi ffonio Mr Abbott, ac mi ffeindith o le i mi aros. Dydi o ddim yn bell o'r ysbyty, ac felly mi welaf i Dr Thompson a'i wraig yn ddigon aml hefyd.'

'Be tasat ti'n anhapus ac yn unig ar dy ben dy hun?'

'Mae 'ne awyrennau'n dod yn ôl bob dydd os fydda i isio, Dic. Ac mi fydd Tŷ Clyd yn dal yne i mi, er y bydda i'n ei rentu fo allan. Mae Dyddgu wedi gofyn amdano.'

Wedi i'r newyddion dreiddio i ben Dic, safodd ar ei draed yn ddryslyd, gan rwbio'i fysedd yn ei wallt a cherdded yn ôl ac ymlaen fel pendil cloc. Tina'n gadael y wlad . . . fynte'n cael ei daflu allan o'i chartre'n barhaol . . . yn ôl at ei wraig am byth . . . Dyddgu'n symud allan o Lys Meddyg – efo'i chariad mae'n siŵr . . . Roedd yn anodd ganddo amgyffred y sefyllfa.

'Mi esbonia i beth sydd wedi digwydd wrth y

cwmni awyrennau a'r insiwrans,' meddai yn y man. 'Fedra i ddefnyddio'r tocyn i ddod atat ti pan fydd petha'n well. Efallai mai ychydig ddyddia neu wythnosa fydd hynny . . .'

Pan . . . Os . . . Wythnos . . . Mis . . . Doedd Tina ddim yn gweld y ffordd yn glir i Dic ymuno efo hi am flynyddoedd, os o gwbl! Ond rhaid oedd iddi ffrwyno'i hamheuon.

Gafaelodd yn ei ddwylo'r un mor dynn ag y ceisiodd yntau ddal gafael yn ei ddyfodol efo'i anwylyd. Doedd o ddim yn mynd i'w cholli, a doedd o ddim am iddi adael â blas cas yn ei cheg.

'Gad pethau am wythnos cyn canslo'r awyren 'te, Dic,' cynigiodd air o gyngor synhwyrol iddo. 'Mae gwyrthiau'n gallu digwydd 'sti, ac ella bod modd cael triniaeth arbenigol i Gari yn Awstralia . . .'

Er i Tina bechu Dic efo'i chyhoeddiad ei bod am adael y wlad ar ei phen ei hun, gwrthodai yntau gredu y byddai'n mynd hebddo. Codi nyth cacwn oedd hi, meddyliodd. Doedd ganddi fawr i ddweud wrth y lle pan aethant yno rai misoedd yn ôl, a fyddai hi byth yn mentro i wlad ddieithr llawn nadroedd heb ei fod o yno i edrych ar ei hôl! Na! Twt! Codi cestyll mae hi, meddyliodd er mwyn tawelu ei ofnau ei hun. Ond, pan sylweddolodd fod Tina o ddifrif ac yn bendant am godi ei phac, difrifolodd yn sydyn, a doedd o ddim am adael i'w ddarpar wraig ddiflannu o'r wlad (na'i fywyd) mor hawdd â hynny. Roedd am gyflwyno'r fodrwy iddi ddiwrnod cyn i'r awyren adael, a byddai'n gweddïo y byddai gwyrth yn digwydd er mwyn iddo yntau gael bod ar yr awyren honno.

*   *   *

Draw yn y Bistro, roedd Lyn yn ffysian o gwmpas Tina fel cacynen at neithdar. Doedd y ddau ddim wedi gweld ei gilydd ers wythnosau, a manteisiodd ar bum munud o seibiant i gael gair â hi cyn bod ei chydymaith yn cyrraedd.

'Zut wyt ti ers ioncs 'ta *babes*? Dal i fenthyg?' Gwyddai Tina mai sôn am ei pherthynas â Dic yr oedd o.

'Ddim yn siŵr,' atebodd hithau. 'Problemau teuluol.'

'O, dratio! Cofia di, mae pawb sy'n benthyg yn gorfod rhoi nhw'n ôl yn y diwedd.'

Mae hynna'n rhy agos at y gwir, meddyliodd Tina, ac roedd ei eiriau wedi ei dychryn. 'Y mab yn wael efo lewcemia.'

'O! Sori, cyw. Bechod, ia? Felly . . . pwy fydd dy gwmni di heno?'

'Andrew . . .'

'. . . eto? Twt, twt, Tina ddrwg o dwll y mwg. Ti'n newid dim!'

Cywilyddiodd Tina. Na, doedd hi ddim wedi newid ei hymddygiad tuag at ddynion ers ei harddegau gwyllt, ac er bod y deg ar hugain (oed, nid nifer y dynion – roedd nifer y rheiny'n llawer uwch) wedi pasio ers blynyddoedd, roedd hi'n dal i gael cic wrth gael ei diddanu ganddynt. Roedd wedi profi ac arbrofi efo llwyth ohonynt ar hyd ei hoes, ond rŵan ei bod hi i lawr i ddau, roedd hi'n anodd gwneud y dewis terfynol!

'Swper cyfeillgarwch a ffarwelio ydi hwn,' nododd Tina. 'Sut mae Gwenan gennat ti?'

'Dal i helpu'n y Bistro a phregethu ar y Sul, ac yn parhau efo'r cwrs diwinyddol yn fuan.'

'Roedd hi'n wych wrth fedyddio plant Ann a Tomi,' meddai Tina.

'Gwens wrth ei bodd yn cael bendithio'r ddwy fach. Maen nhw'n sôn am gael mynd adra.'

'Da iawn. Falch fod pethe wedi gweithio allan i'r teulu, ac i tithe a Gwenan – er na ches i fy ngwadd i'r briodas!'

'Wel,' meddai Lyn. 'Cardi ydi Gwens, cofia – roedd o'n rhatach i bawb fel 'ne!'

'"Da i bawb cynildeb yw, a thad i gyfoeth ydyw" meddai rhyw hen fardd,' dyfynnodd Tina, gan ddrysu Lyn a dychryn ei hun ei bod yn cofio'r ffasiwn gwpled.

'*Whatever*!' meddai Lyn, gan bwyso ymlaen i roi'r sgandal diweddaraf iddi. 'Mae 'na ddau arall yn hapus iawn eu byd y dyddiau yma hefyd. Craig a Doug wedi cael priodas sifil. O ie, ac mae Antonio wedi symud i fyw i Pisa – at ei nain.'

'Gwynt teg ar ôl y Casanova diawl,' meddai Tina (ond efo atgofion melys ar yr un pryd). 'Er, mi fues i'n lwcus iawn i gael job o'i achos o!'

'Be ydi honno'n union 'ta, cyw?' holodd Lyn braidd yn y niwl am antur ddiweddaraf Tina. Doedd hi ddim wedi dweud wrth ei ffrindiau na'i mam beth fyddai ei gwir swyddogaeth o fewn y *Sydney Escort*. Efallai na ddeuai neb i wybod – yr hyn na wêl y llygaid, meddyliodd.

'Fy mhrif swyddogaeth i mae'n debyg fydd edrych ar yr holl fynd a dod o fewn eu cylchgrawn mewnol,' meddai Tina'n amwys. 'Ffeindio straeon difyr gan y cwsmeriaid . . . darllenwyr 'lly . . . Gofalu am y rhai ar y top a'r rhai ar y gwaelod . . . Gwneud yn siŵr fod pawb yn cael pleser . . . Math yna o waith.'

'Swnio'n *ideal*,' meddai Lyn yn hollol ddiarwybod.

'Siŵr fod Dic yn falch ohonot ti.' Dim cweit, meddyliodd Tina, ond ddywedodd hi ddim byd, gan i Andrew gamu i mewn i'r Bistro'n gwisgo siwt ddel ac yn edrych yn hynod o atyniadol. 'Falle ddim,' adleisiodd Lyn, cyn troi ar ei sawdl a mynd yn ôl i'r gegin.

'*Aquí está una rosa para ti,*' meddai Andrew gan gyflwyno rhosyn coch i Tina wrth y bwrdd a'i chusanu'n gynnil. 'Ti'n edrych yn lyfli. Gwin?'

'A tithe,' atebodd hithau'n swil, gan newid y stori'n sydyn rhag ofn iddo glosio gormod ati. Doedd hi ddim am iddo gael y neges anghywir, ond cyndyn iawn oedd o i wneud ymdrech i'w hudo. 'Dwi'n llwgu!'

Ymhen ychydig, diolchodd y ddau fod hanner dwsin o bobl eraill wedi cyrraedd y Bistro er mwyn i'w cleber foddi eu swildod lletchwith.

Pryd o fwyd bendigedig, potel o win a dau neu dri o wirodydd yn ddiweddarach ac roedd y ddau'n dechrau mynd yn dafotrydd. Serch hynny, roedd Andrew'n betrusgar iawn i ddweud ei wir deimladau a'i benderfyniadau wrth Tina. Ond, roedd yn RHAID iddo gyhoeddi ei neges wrthi cyn ei bod yn gadael y Borth, neu fyddai o ddim yn maddau iddo fo'i hun.

'Nes innau drio am swydd . . . yn Awstralia,' meddai i brofi'r dyfroedd. Wyddai o ddim sut y byddai Tina'n ymateb. 'Fel hyfforddwr nofio . . .'

'O?' holodd hithau. 'Yn lle?' Doedd hi ddim yn coelio'i chlustiau.

'Sydney.'

'E? Pryd wyt ti'n disgwyl clywed os fues ti'n llwyddiannus?'

'Fues i ddim!'

Diolch byth am hynna, meddyliodd hithau mewn panig, cyffro neu mewn ofn.

'Ond, rydw i ar eu rhestr wrth gefn nhw. Efallai daw cyfle ryw dro eto.'

Doedd Tina ddim wedi gwirioni'r un fath ag Andrew. Er nad oedd Dic yn debygol o fynd efo hi, doedd hi ddim eisiau rhywun arall yn ei dilyn i bellafion byd yn ddiwahoddiad chwaith. Antur arall, heb lyffetheiriau carwriaethol roedd hi eisiau yn ei bywyd rŵan, nid cyn-gariad yn cynffonna fel ci bach! Wedi'r cwbl, byddai dynion Sydney i gyd yn sialens newydd iddi!

'Cofia di, ro'n i wedi ymgeisio cyn i ti glywed am y swydd efo'r papur yn Sydney,' meddai yntau, fel petai wedi darllen ei meddwl. 'Falle 'na i drio am rywbeth arall yn fuan yno neu mewn gwlad arall . . .'

Cynyddodd chwilfrydedd Tina. Oedd Andrew o ddifrif am symud i Awstralia? Oedd o'n disgwyl cael ei chwmni hi'n hirdymor? Gwyddai na chafodd waith yn ardal y Borth ar ôl dychwelyd o Sbaen, ond . . . symud i gyfandir arall? Torrwyd ar draws ei hamheuon gan ddatganiad mawr arall a ddaeth o enau ei hedmygwr honedig.

'Tin, Tin,' meddai gan glosio ati ac estyn bocs bach coch o'i boced. Aeth ei bochau hithau'n writgoch. Gwyddai Tina fod Andrew wedi ei hedmygu a'i charu ers blynyddoedd, ond doedd hi ddim yn disgwyl iddo fynd i eithafion chwaith! Roedd o'n gwybod am deimladau Tina tuag at Dic, felly pam oedd o'n trafferthu ceisio'i denu'n ôl dro ar ôl tro, holodd ei hun? 'Dwi wedi meddwl gofyn hyn i ti ers talwm, ond ddim wedi cael y cyfle na'r gyts. Wnei di . . . dderbyn y fodrwy yma fel symbol o'n cyfeillgarwch ni?'

'Diolch byth, Andy Pandy,' meddai hithau efo gollyngdod yn ei llais. Dechreuodd chwerthin yn nerfus a diolchodd am effaith y ddiod i guddio'i hemosiynau. 'Ro'n i'n poeni am funud dy fod di'n mynd i ofyn i rywun dy briodi di!'

'Dwi wedi . . .'

Amharwyd ar y tensiwn a'i ateb iddi gan sŵn ei gwdihŵ fach, a fflachiodd enw Dic ar sgrin ffôn Tina. Wyddai hi ddim a ddylai ei ateb ai peidio. Gwyddai hwnnw ei bod yn cael swper efo Andrew heno, felly pam roedd o'n eu distyrbio? Oedd o'n genfigennus? Neu oedd yna newyddion drwg am Gari? Symudodd Tina'n simsan at ddrws y Bistro i gael mwy o breifatrwydd ac i'w glywed yn well.

'Sori amharu ar dy noson di,' meddai Dic, a swniai'n fwy calonogol na'r tro diwethaf iddynt siarad.

'Mae'n iawn,' meddai hithau. 'Dydi hi ddim yn noshon ddifyr besh bynnag . . .'

'Mi fydd hi'n fwy difyr ar ôl i ti ddod adra, Babi Dol. Mae genna i syrpreis i ti.'

Argol, dim ond newydd gael un gan Andrew ydw i, meddyliodd Tina, ond fedrai hi ddim aros i glywed ei newyddion yntau! Ond rhoi'r ffôn i lawr, gan gadw ei gyfrinach yn ei boced am y tro wnaeth Dic. A phan ddychwelodd Tina at Andrew, roedd y newyddion a ddaeth o'i enau o'n ei brifo i'r byw.

'Fel ro'n i'n mynd i ddeud . . . dwi WEDI gofyn i rywun fy mhriodi fi – ac ae mae Dyddgu wedi cytuno.'

25. Eiliad Dyngedfennol

Cyrraedd Tŷ Clyd yn benisel ac wedi cael ei syfrdanu wnaeth Tina'r noson honno. Daeth blas chwerw'r gwirodydd yn ei ôl i suro'i cheg a'i theimladau.

'Swpar neis?' holodd Dic wedi iddi faglu ei ffordd i mewn i'r lolfa.

'Oedd,' atebodd yn swta. 'Biti bod y cwmni ddim.'

Siglwyd hi i'w seiliau gan ddatganiad Andrew. Doedd o ddim wedi sôn gair wrthi am Dyddgu. Cafodd ddigon o gyfle i gyffesu wrth nofio, gloddesta neu fynd am sbin efo hi yn ei gar. Ond, na, doedd ganddo ddim digon o gwrteisi a pharch tuag ati i wneud hynny! Chyfeiriodd Dyddgu ddim at unrhyw ddyn wrth ddangos diddordeb yn rhentu'r tŷ chwaith – dylai Tina godi'r pris rŵan bod DAU yn mynd i fod yno!

Roedd hi'n amhosib bod y ddau wedi bod yn canlyn ers amser hir, meddyliodd ymhellach, gan iddi *hi* gael ei diddanu ganddo rai wythnosau ynghyn, a doedd o'n teimlo dim cywilydd y noson honno! Efallai mai diawledigrwydd ar ran Andrew oedd y priodi gwirion 'ma, ceisiodd resymu, a'i fod yn ceisio denu Tina'n ôl trwy ei gwneud yn genfigennus? Credai hi'n siŵr fod ganddo fwy o feddwl ohoni na hynny! Ai tamaid sydyn fuodd hi am yr holl flynyddoedd y bu'r ddau'n canlyn yn eu hugeiniau? Sut feiddiai'r bastard fod wedi mynd tu ôl i'w chefn hi – efo Dyddgu o bawb? Roedd o wedi ei chamarwain yn llwyr am ei deimladau ers iddo ddychwelyd o Sbaen. Ffycin dynion, meddyliodd – maen nhw i gyd yr un fath! Ond, tybed ai hi ei hun oedd EISIAU neu ANGEN cael ei charu gan Andrew? Onid oedd cariad un dyn mor ardderchog â Dic yn ddigon iddi? Ond, efallai y byddai Tina wedi bod yn hapusach yn Awstralia efo Andrew nag efo hwnnw a'i broblemau parhaus.

Wedi ystyried y sefyllfa am rai munudau, penderfynodd Tina nad oedd pwynt teimlo'n sarrug nac 'yn eneth ga'dd ei gwrthod'. Byddai'n ddoethach iddi anghofio am y gringo diawl, a diolchodd bod Dic wedi rhoi swadan go egr iddo pan gafodd ei ddal yn dinnoeth yn Nhŷ Clyd dro yn ôl! Daeth i'r casgliad positif ei bod yn ddigon aeddfed ac atebol i deithio'r byd ar ei phen ei hun, ac nad oedd angen dyn hunanol yn ei bywyd i fod yn hapus ac yn llwyddiannus. Roedd ganddi ddigon o gynlluniau chwyldroadol oedd yn barod i gael eu gwireddu!

Rhybuddiodd Dic Marie na fyddai'n aros yn Llys Meddyg y noson honno. Doedd o ddim eisiau i ddim byd amharu ar ei noson olaf efo Tina. Bellach, teimlai'n weddol ynddo fo'i hun gan fod y newyddion am Gari ychydig bach yn fwy calonogol. Roedd o heno, felly'n gobeithio:

- rhwystro Tina rhag gadael y wlad hebddo fo;
- cael noson wyllt a gwallgo efo hi cyn iddi fynd (os mai dyna oedd ei dewis);
- cyflwyno'r syrpréis iddi doed a ddêl.

Roedd yr ymfudo mawr i fod i ddigwydd o fewn deuddydd. Ond, sylwodd Dic fod rhywbeth mawr wedi digwydd i Tina yn ystod y swper efo Andrew. Gobeithiai ei fod wedi gwneud iddi weld synnwyr a'i chynghori i aros adre! Ond doedd Tina ddim mewn stad iddo geisio rhesymu â hi'r noson honno, felly ceisiodd Dic fynd i gysgu efo llwyth o amheuon a phryderon yn amharu ar ei freuddwydion.

Er bod meddyliau Tina'n un ddrysfa gymhleth hefyd, theimlodd hi 'mo'r gobennydd na dim byd arall y noson honno. Wrth iddi araf ddeffro o feddwdod hunllefus y bore canlynol, roedd Dic eisoes wedi codi. Gadawodd ddiod o sudd oren wrth ochr ei gwely, a diolchodd hithau amdano gan gymaint ei syched. Ond, pan aeth Dic i'w gweld ymhen y rhawg, digon llugoer oedd ei chroeso iddo.

Roedd golwg y cythraul arni – ei masgara wedi smwtsio, ei gwallt du yn aflêr fel petai wedi cael sioc drydanol, a'i choban rywiol wedi ei rhoi amdani y tu chwith allan.

'Teimlo'n wael?' cyfeiriodd Dic at ei phenmaenmawr.

'Wyt ti'n teimlo'n wael mod i'n gorfod mynd hebdda ti fory?'

'Dwyt ti ddim yn *gorfod* mynd,' meddai yntau, gan ei hatgoffa mai ei phenderfyniad *hi* oedd mentro mor bell heb ei gwmni. 'Dwi'n *methu* dod, a does 'na neb *isio* i ti fynd. Mae Gari'r creadur yn holi bob dydd am Anti Tina hefyd . . .'

Aeth hynny at galon Tina, ond synhwyrodd mai dweud hynny er mwyn ceisio newid ei meddwl yr oedd Dic. Ar ben pob dim, cofiodd yn sydyn am y datblygiad ym mywyd ei chyn-gariad, a chwerwodd yn ei hôl. Ond gwnaeth ymdrech i eistedd i fyny yn ei gwely i geisio trafod pethau'n gall a synhwyrol.

'Mae Andrew isio i mi fynd,' datganodd, gan gael cyfle i ddweud wrth Dic am berthynas ei chyn-garwr efo gwarchodwraig ei blant. 'Fedrith o ddim aros i weld fy nghefn i.'

'Rwyt ti'n swnio'n fwy dig bod Andrew'n ffrindia

efo Dyddgu na'r ffaith mod i'n methu dod efo ti,' ychwanegodd yntau wedi iddo gael y stori'n llawn ganddi.

Roedd Dic yn amlwg wedi cael ei frifo gan siomedigaeth Tina yn ei chyn-gariad. Teimlai, fel y gwnâi Tina, yn genfigennus bod ei gariad yn meddwl am rywun arall. Roedd Andrew (fel yr oedd Marie a Boncyn) wedi bod yn ail feiolin yn eu tro hefyd, ac roedd pawb fel petaent yn chwarae gemau emosiynol y dyddiau hyn. Taflent eu cariadon yn ôl ac ymlaen fel peli mewn gêm ping-pong, a llusgwyd Dyddgu hyd yn oed i mewn i'r cylch carwriaethol cymhleth!

Pan gododd Tina i wisgo, cyhoeddodd Dic y byddai'n gorfod gadael yn y man i ofalu am ei blant, tra oedd Marie'n cael awr neu ddwy iddi hi ei hun yn y dref.

'Bydd croeso i'r plant yn Sydney bob amser,' meddai Tina, gan ddechrau dadebru a thoddi ychydig ar y wal o rew oedd wedi ei chodi rhyngddynt.

'Tina! Dydi o ddim yn iawn dy fod yn mynd,' erfyniodd Dic arni am y tro olaf. 'Ydw i'n golygu unrhyw beth i ti wedi'r holl flynyddoedd?'

A dyna'r hen berson hunanol a hunanfoddhaol yn amlygu ei hun ynddo unwaith eto, meddyliodd Tina. Ond, roedd hi'n teimlo'n berson mwy cyflawn erbyn hyn wrth orfod wynebu'r byd ar ei phen ei hun! Er na fu hi erioed yn ffeministaidd ei natur, roedd hi'n hen bryd iddi gael y llaw uchaf ar ddynion! Roedden nhw wedi manteisio gormod arni ar hyd yr amser, ac wedi chwarae mig efo'i theimladau a'i chymryd yn rhy ganiataol. Wrth iddi ddod i benderfyniad terfynol, roedd yn hen barod i groesi croesffordd arall yn ei bywyd.

Ac eto, roedd ganddi ei hamheuon. Wyddai hi ddim a fyddai'n hapus ar gyfandir arall heb neb i ofalu amdani na chwmni i sgwrsio neu fynd am beint ag o/hi. Efallai mai hoffi'r pŵer o chwarae efo teimladau Dic yr oedd hi wrth gefnu arno. Oedd hi wirioneddol eisiau mynd oddi wrtho trwy dalu'n ôl iddo am wastraffu pum mlynedd o'i bywyd? Doedd gan y creadur ddim help bod ei fab yn wael. Ond, wedyn, bu'n bygwth gadael ei wraig ers cymaint o flynyddoedd, ac ar un cyfnod byddai Tina wedi aros pum mlynedd arall amdano cymaint roedd hi'n ei garu!

'O, wel,' mwmblodd Dic yn dawel. 'Gan dy fod di'n amlwg wedi penderfynu'n gadael ni i gyd, mae'n well i ni gael parti i ffarwelio efo ti. Byddai dy ffrindiau di isio deud ta-ta wrthat ti. Falle na welan nhw di am by . . . hir eto.'

'Dic! PAID â thrio gneud i fi deimlo'n euog na newid fy meddwl. Mae'n ddigon anodd fel mae hi. Dwi ddim isio parti cyn mynd. Mi yrra i e-bost at bawb a rhoi nodyn ar yr hen weplyfr 'ne ar ôl cyrraedd.'

Credai Tina i Dic sôn rhywbeth am 'syrpréis' hefyd – mae'n rhaid ei fod wedi anghofio amdano. Ai trefnu parti arall oedd y syrpréis hwnnw, holodd ei hun yn siomedig? Bu ei bywyd yn un parti mawr yn barod, ac roedd wedi llwyr ddiflasu arnynt! Roedd wedi gobeithio y byddai Dic yn rhoi syrpréis iddi trwy gyhoeddi ei fod am fynd efo hi wedi'r cyfan . . . neu ei fod wedi darganfod clinig arbenigol yn Awstralia fyddai'n cynnig gwell gobaith i Gari, neu glinig fyddai'n ei helpu hi efo'i ffrwythlondeb. Ond, na, *parti* i wneud yn siŵr ei bod hi'n mynd o'i olwg o oedd Dic isio! 'Rargol, teimlai Tina'n hollol ddirmygus ohono'r eiliad honno. Feder o nac Andrew ddim aros i'w gweld hi'n diflannu i gyfandir pellennig! Felly, bygro'r ddau os mai felly mae'r ffycars yn teimlo, meddai i ddannedd y gwynt!

Doedd Tina ddim eisiau parti gwirion i ffarwelio am sawl rheswm:

- fyddai Antonio ddim yno, ac yntau wedi mynd at ei nain;
- byddai gan Ann a Tomi ormod ar eu plât i deithio mor bell;
- byddai gan Gwenan bregeth i'w chynnal yn rhywle, mae'n siŵr;
- byddai Andrew'n debygol o rwbio halen i'r briw a dod yno efo Dyddgu;
- byddai Bryn y Boncyn yn siŵr o lusgo Catrin yno i ddangos ei lliw haul;
- byddai gan Dic ormod o ddyletswyddau teuluol i fedru ymlacio efo hi.

Na, os oedd Tina'n mynd i adael y Borth a'r hen Walia wen am byth, gwell fyddai ganddi wneud hynny'n dawel a di-ffws. Doedd hi ddim am i bawb wneud môr a mynydd o bethau. Wedi'r cwbl, doedd hi ddim yn bwriadu diflannu oddi ar wyneb y ddaear, a byddai'n dychwelyd yn ddigon buan ar gyfer gwyliau'r haf neu'r Nadolig!

Felly, pan ddeallodd Dic nad oedd hi wirioneddol eisiau unrhyw fath o ddigwyddiad i ffarwelio, trodd ati â golwg ymbilgar yn ei lygaid.

'Tina,' meddai'n dawel a diffuant wrth afael am ei chanol. 'Gawn ni'n dau'r noson olaf efo'n gilydd heno 'ta? Dim ond ti a fi . . .?'

'. . . gawn ni weld, ie, Dic?' meddai hithau gan betruso a cheisio rhyddhau ei hun o'i afael er mwyn cuddio'i gwir deimladau. Roeddynt bellach yn gymysgedd o siomedigaeth, cyfyng-gyngor, cariad, ofn a chynnwrf, ac roedd llifddorau'r dagrau bron â ffrwydro.

Wrth gymryd anadl ddofn yn barod i wneud ei gyhoeddiad, gafaelodd Dic yn dyner yn ei dwylo. Anwylodd nhw a'u cusanu'n ysgafn. Ond, yn sydyn, aeth ei afael yn llipa. Disgynnodd ei wep wedi iddo sylwi ar rywbeth gloyw'n sgleinio ar fys ei llaw dde. Cochodd hithau.

'Ym . . . Modrwy . . . Newydd?'

'Ym . . . ia . . . newydd ei chael hi . . . ei phrynu hi . . . yn siop H. S. Manuel . . . i gofio . . .'

'. . . i gofio pwy, Tina?'

Dywedodd Tina'r cyfan wrtho. Doedd dim pwynt mynd o'r wlad â'r gyfrinach heb ei datgelu. Eglurodd bod Andrew'n amlwg eisiau aros yn ffrindiau er ei fod am briodi rhywun arall, ac fe dderbyniodd hithau'r fodrwy i gofio am eu cyfeillgarwch.

'Dyna pam roeddat ti mor drist neithiwr,' meddai yntau â'r geiniog bellach wedi disgyn. 'A finna'n meddwl mai ddim isio fy ngadael i oeddat ti!'

'Dyna ydi sail y broblem siŵr iawn, Dic,' meddai Tina, gan edrych i fyw ei lygaid a gwneud iddo sylweddoli nad oedd hi'n hawdd iddi hithau wneud yr hyn oedd ar fin digwydd. Doedd hi ddim am i Dic feddwl fod ganddi fwy o feddwl o'i chyn-gariad nag oedd ganddi ohono fo. Ond, roedd hi am iddo wybod hefyd ei bod wedi cael digon ar din-droi yn yr un rhigol ers yr holl flynyddoedd! 'Dwi wedi dy garu di, dy ddamnio di, gwrando ar dy esgusodion a dy resymau di am gymaint o amser nes dwi bellach yn gorfod meddwl beth sydd orau i MI ei neud, Dic . . . Rhaid i mi roi fi'n hun yn gyntaf am newid!'

'. . . Dwi'n gwybod, Tina fach,' torrodd yntau ar ei thraws heb wybod lle i edrych na rhoi ei ddwylo, cymaint roedd o eisiau ei chofleidio, ei chusanu a'i chadw iddo fo'i hun. 'Nes i drio pob dim i dy blesio di – gadael fy nheulu, gadael fy swydd, cael ysgariad, symud tŷ, trefnu ymfudo . . . Roedd popeth yn edrych yn addawol tan i hyn ddigwydd i Gari druan. Dwi'n wirioneddol sori, Tina.'

Sori drosta ti dy hun, debyca, meddyliodd Tina'n sinicaidd.

'Does genna ti ddim help Dic bach, a mi rydw inne'n wirioneddol wedi gwerthfawrogi dy gariad di ar hyd y blynyddoedd. Ond, dwi wedi teimlo'n eilradd ac yn dda i ddim i ti ers amser. Dwi wedi cael digon ar gael fy siomi a derbyn esgusodion. A phan ddoth Andrew yn ôl wedi'r holl flynyddoedd, ddaru 'ne ryw hen sbarc ailgynnau, a ges i f'arwain i feddwl ei fod ynte'n teimlo'r un fath amdana i. Yna, mwya sydyn mae hwnnw'n ffeindio rhywun arall, a dyne fi'n cael fy siomi mewn cariad unwaith eto.'

'Ffawd, Tina. Doedd o ddim i fod i ti. Ti'n rhy dda iddo fo.'

'Methiant ydw i i hwnnw fel rydw i i ti, Dic. Taset ti'n wirioneddol hapus efo fi, fyse ni'n dau'n byw efo'n gilydd ers blynyddoedd. Dwi wedi methu yn fy ngwaith bellach hefyd, er bod Jeff Parry'n dal yn awyddus i gyd-weithio efo fi! Ond, mae'n hen bryd i mi droi dalen newydd a dangos y galla i fod yn feistres arna i'n hun yn ogystal ag yn feistres yng ngwely pob Tom, Dic a Harri!'

'Rwyt ti'n hallt iawn arnat ti dy hun,' ceisiodd Dic dawelu ei meddyliau. 'Fi sydd wedi dy arwain di i ymddwyn fel hyn, achos mod i'n methu rhoi sefydlogrwydd i ti.'

Cydymdeimlai Dic â hi yn y fath sefyllfa, ac roedd Tina'n ei bitïo yntau efo'i holl broblemau personol, a theimlent mor euog â'i gilydd am wneud bywydau'r naill a'r llall yn anodd.

Roedd Dic yn dal yn obeithiol y byddai'n cael hedfan allan at Tina i Sydney ryw ddydd, a hynny'n fuan. Dyna pam ei fod am gyflwyno'r anrheg iddi cyn iddi adael fory. Ond, doedd ganddo ddim amser i wneud hynny'r eiliad honno gan fod yn rhaid iddo ddychwelyd i Lys Meddyg i forol am ei blant.

'Fydda i'n ôl efo'r syrpréis heno am wyth,' meddai, gan atgoffa Tina o'i gynllun arfaethedig. Rhoddodd gusan afrosgo ar ei boch, a dechreuodd feddwl am yr araith bwysig y byddai'n ei thraddodi yn nes ymlaen. Gobeithiai hefyd fod ei gynnig iddi hi a Dic dreulio'r noson olaf efo'i gilydd yn dal yn bosib.

Wedi i fwrlwm y dydd dawelu ac i Gari a Marged setlo o flaen DVD, esgusododd Dic ei hun i fynd i newid. Gwisgodd yn hynod o drwsiadus er mwyn creu'r argraff orau (ac olaf?) ar Tina – gwyddai ei bod yn hoffi'r crys sidan glas golau a brynodd yn Llundain, a rhoddodd drowsus nefi blw llac a siaced o'r un lliw amdano. Tasgodd ddiferyn o Dolce & Gabbana ar ei wddw ac ar flewiach ei frest, ac estynnodd am allwedd ei gar yn teimlo'n llanc.

'Fydda i ddim adre'n fuan iawn fory,' meddai wrth gau'r drws ar Marie a'i deulu. Fedrai Dic ddim aros i gael treulio noson ramantus arall efo Tina. Bu'n amser hir ers iddyn nhw brancio'n wyllt efo'i gilydd, ac roedd yn benderfynol o'i hatgoffa cymaint roedd o'n ei charu. Edrychai ymlaen i weld ei hymateb pan fyddai'n selio'u perthynas efo'r fodrwy, a'i obaith, wrth gwrs, oedd y byddai Tina'n newid ei meddwl ac yn aros yn y Borth am byth efo fo. Gresyn y byddai'n rhaid iddo aros am ganlyniadau clir i Gari cyn y gallai feddwl am chwalu bywydau ei deulu bach unwaith eto.

Cyn i Dic yrru'r BMW o ddreif Llys Meddyg am Dŷ Clyd, sicrhaodd bod y fodrwy'n ddiogel ganddo. Oedd, roedd hi'n gorwedd yn ddel mewn bocs bach coch ym mhoced ei drowsus. Cafodd deimlad rhyfedd fod hyn yn ymdebygu i'r eiliadau pryderus hynny o flaen gwasanaeth priodas! I raddau, roedd digon o debygrwydd yn y senario, oherwydd roedd Dic ar fin gofyn i Tina rannu gweddill ei fywyd ag o.

Ar y llaw arall, os oedd Tina'n mynnu ymfudo o'i flaen, doedd dim ots ganddo bellach, cyn belled â'u bod yn priodi yn Sydney wedi iddo ymuno â hi. Yn y cyfamser, trefnodd Dic (yn ei feddwl) fod Tina'n holi ymhellach am glinig ffrwythloni neu'r posibilrwydd o fabwysiadu. Roedd yn grediniol mai cael plentyn fyddai'n ei ffrwyno a rhoi sefydlogrwydd iddi! Byddai babi'n ei chadw'n brysur ac yn ei rhwystro rhag crwydro i chwilio am borfeydd brasach!

Pan gyrhaeddodd ddreif Tŷ Clyd tuag wyth yr hwyr, sylwodd Dic ar gysgod yn gwibio heibio talcen y tŷ. Gwyddai'n syth mai Jeff Parry oedd yno, a dechreuodd amau ei gymhellion. Mentrodd ei holi, a phwysodd y botwm awtomatig i agor y ffenestr.

'Problem Jeff?' holodd cyn iddo gael cyfle i ddiflannu i'r nos, a throdd yn ei ôl yn llechwraidd fel plentyn wedi cael cerydd.

'Y . . . nagoes . . . dim ond cadw llygad,' meddai Jeff yn gynnil.

Wrth barcio'i gar ochr yn ochr ag un Tina, camodd Dic allan, ac amneidiodd am Jeff Parry.

'Gwrandwch,' meddai, a'i druth yn barod er mwyn ei rybuddio i gadw draw oddi wrth ei ddarpar wraig. 'Mae Tina'n ddigon atebol i edrych ar ei hôl ei hun.'

'Mae'n amlwg,' meddai Jeff yn swta o'r cysgodion.

'Felly, gwell i chi gadw hyd braich oddi wrthi, Mr Parry.'

'Anodd gwneud dim byd arall o dan yr amgylchiadau,' meddai yntau. 'Ond dwi wedi rhoi fy ngair iddi y byddwn yn gofalu am y lle.'

'Wel, mi ofalaf i am y lle am heno o leiaf,' meddai Dic, gan gychwyn am ddrws y tŷ â'r goriad sbâr yn ei law. 'Hwrê rŵan.'

Safodd Jeff Parry yn ei unfan am eiliad, a dechreuodd grechwenu wrth glywed Dic yn ebychu ac yn tuchan wrth fethu troi'r goriad yn y twll.

'Wedi newid y clo, Dr Jones,' gwaeddodd Jeff efo dirmyg yn ei lais, a throdd ar ei sawdl gan adael i Dic bendroni ynglŷn â thynged y perchennog.

Dechreuodd calon Dic garlamu, a chanodd y gloch yn ddi-baid gan gnocio ar bob ffenest nes bod y cymdogion yn syllu'n hurt drwy eu llenni.

'Tina?' gwaeddodd i mewn i'r twll llythyron, cyn symud i geisio cael mynediad drwy'r drws cefn. Ond, roedd hwnnw ar glo hefyd. Yna, sylwodd fod llenni'r llofft lle'r arferai Tina ac yntau ddiddanu ei gilydd mor nwydus ar gau. 'Tina! Wyt ti'n iawn?'

Ofnodd Dic ei bod wedi mynd i'r un sefyllfa o iselder ag yr oedd hi rai wythnosau ynghynt. Bu mor lwcus bod Jeff Parry wedi ei dal mewn pryd yr adeg honno, neu byddai'r anafiadau i'w harddyrnau wedi gallu profi'n farwol. Dechreuodd Dic deimlo'n euog unwaith eto mai fo oedd yn rheoli ei bywyd, ei hemosiynau a'i hiechyd. Cerddodd fel dyn gwyllt yn ôl i flaen y tŷ gan roi un floedd aflafar arall nes roedd y lle'n diasbedain.

'Tinaaaaaaaaaaa!'

Yn araf bach, cyffrôdd symudiadau oddi mewn i'r tŷ, a gwelodd Dic gysgod siapus yn pip-edrych drwy'r llenni. Diolch byth, meddyliodd, mae hi'n fyw! Fedrai o ddim aros i weld Tina'n dod i ateb y drws iddo, a dechreuodd ei ddwylo grynu fel y ceisiodd hel ei feddwl ynghyd yn barod i gyflwyno'r fodrwy arbennig iddi.

'Dic! Be ydach chi'n neud yn cadw sŵn ac yn amharu ar breifatrwydd pobol?'

Syllodd Dic yn fud wrth geisio canolbwyntio ar yr wyneb cyfarwydd â'i cyfarchodd. Adnabu'r llais yn syth, ac oedd, roedd o'n nabod y gwn nos a roddodd i Tina Nadolig neu ddau yn ôl hefyd. Synhwyrodd arogl hyfryd ei phersawr wrth iddi ymddangos o'i flaen ar stepen y drws, ac yna, fel petai'n olygfa araf allan o ffilm, sylwodd Dic ar ail berson yn cerdded i lawr y grisiau. Fedrai o ddim coelio'i lygaid wrth i Andrew ddod i ffocws yn gwisgo'r nesaf peth i ddim – dim ond winc hunanfoddhaol yn ei lygaid a dirmyg yn ei wên. Yna, deffrodd Dic o'i berlewyg, a sylweddolodd yn sydyn beth oedd yn digwydd.

'Mam Tina wedi ei nôl hi cyn ei bod yn hedfan fory,' meddai Dyddgu'n gysglyd a chwyslyd wedi sesiwn hirfaith efo'i dyweddi. 'Mae'n gadael y car i mi.'

Methodd Dic ddarganfod ei lais, a synhwyrodd fod llygaid pawb yn y stryd yn edrych arno ac yn pwyntio eu bysedd ato fo.

'Gyda llaw, rydw i am roi fy notis i mewn. Mae Andrew'n gobeithio dychwelyd i Sbaen, a rydw innau'n gobeithio dod yn *Señora* iddo fo'n fuan.'

Gadawyd Dic ar stepen y drws yn teimlo fel estron ei hun. Yn waeth na hynny, teimlai'n aflwyddiannus ar bob agwedd ar fywyd. Wrth ddychwelyd i'w gar, bu am rai munudau'n pendroni a ddylai fynd 'adre' i Lys Meddyg ai peidio. Ond, fedrai o yn ei fyw â wynebu ei wraig y noson honno ac yntau'n teimlo mor siomedig am ddiflaniad annhymig ei gariad fendigedig. Roedd hi o'r diwedd wedi cefnu arno, a'i holl ymdrechion i'w phlesio ar hyd yr amser wedi mynd efo'r pedwar gwynt. Teimlai mewn gormod o sioc iddo fedru crio'n uchel, ond roedd yr anobaith a'i hiraeth amdani'n ei lethu. Tybed gâi o gysur a llonyddwch wrth gysgu yn ei gar am unwaith? Roedd hi'n noson fwyn a'r lleuad yn llawn. Efallai y gallai honno oleuo ychydig ar ei fywyd a'i ddyfodol? Yna, wrth ffarwelio â Thŷ Clyd a'i atgofion melys, daeth Dic i benderfyniad. Roedd am deithio i unigeddau Eryri i glirio'i feddwl, ac i hel meddyliau am yr hyn a fu a'r hyn oedd i ddod. Fyddai Tina ddim yn bell o'i feddwl wrth iddo freuddwydio am ei chusanau a'i charu nwydwyllt yn y llecyn unigryw hwnnw. Ond, cyn gadael y Borth, aeth i'r garej agosa i sicrhau fod ganddo ddigon o betrol yn ei danc . . .

Y DIWEDD